VERONIKA RUSCH
Seelengift

Buch

Ein klirrend kalter Wintermorgen im Englischen Garten: Als Walter Gruber, der Leiter der Münchner Mordkommission, am Fundort einer Frauenleiche eintrifft, bricht für ihn eine Welt zusammen. Die Tote ist niemand anderes als seine Frau Irmgard. Irmgard Gruber hatte sich vor einem Jahr von ihrem Mann getrennt, doch in letzter Zeit hatten sich die beiden wieder einander angenähert, und die Nacht vor dem Mord hat Gruber bei seiner Frau verbracht. Da ein Nachbar angeblich einen heftigen Streit zwischen Gruber und seiner Frau gehört hat, wird Gruber langsam, aber sicher zum Verdächtigen und schließlich sogar verhaftet.
Der Hauptkommissar beauftragt die Münchner Rechtsanwältin Clara Niklas, die er aus einem früheren Fall kennt, mit seiner Verteidigung. Da Gruber für seine Kollegen als Täter feststeht, müssen er und Clara selbst den wahren Mörder ausfindig machen. Doch alle Spuren verlaufen im Nichts. Als beide nicht mehr weiterwissen, erinnert sich Gruber an etwas, was er am Tatort gedacht und dann aufgrund des Schocks wieder vergessen hatte: Am selben Ort war vor einiger Zeit schon einmal die Leiche einer Frau gefunden worden. Gruber hatte in dem Fall ermittelt, doch er konnte nie aufgeklärt werden. Als er und Clara sich mehr und mehr auf den alten Fall konzentrieren, kommen sie dem Mörder immer näher – gefährlich nah ...

Autorin

Veronika Rusch ist Rechtsanwältin. Sie wohnt mit ihrem Mann, ihrer Tochter und einer Katze in einem alten Bauernhaus in Garmisch-Partenkirchen. Mit ihrem ersten Kriminalroman, »Das Gesetz der Wölfe«, begann sie die Reihe um die Rechtsanwältin Clara Niklas und feierte ein grandioses Debüt. Für ihren Kurzkrimi »Hochwasser« wurde sie mit dem Agatha-Christie-Krimipreis ausgezeichnet.

Von Veronika Rusch außerdem bei Goldmann lieferbar:

Das Gesetz der Wölfe. Ein Fall für Clara Niklas (46412)
Brudermord. Ein Fall für Clara Niklas (47004)

Veronika Rusch
Seelengift
Ein Fall
für Clara Niklas

GOLDMANN

Verlagsgruppe Random House FSC-DEU-0100
Das FSC®-zertifizierte Papier *Holmen Book Cream*
für dieses Buch liefert Holmen Paper, Hallstavik, Schweden.

1. Auflage
Originalausgabe Januar 2011
Copyright © 2011 by Wilhelm Goldmann Verlag,
München, in der Verlagsgruppe Random House GmbH
Umschlaggestaltung: Uno Werbeagentur München
Umschlagfoto: Fine Pic
BH · Herstellung: Str.
Satz: DTP Service Apel, Hannover
Druck und Bindung: GGP Media GmbH, Pößneck
Printed in Germany
ISBN: 978-3-442-47313-7

www.goldmann-verlag.de

Es wird nicht genug sein, dir zu sagen:
»Ab heute bist du wieder die alte.«
Ich sehe es dir an: du träumst noch von deinem Handwerk.
Der Griff ums Messer wird dich erinnern,
der einsame Spaziergänger wird dir Lust machen.
Die Frauen werden erschrecken, wenn du ihre Kinder hochhältst,
und die Männer werden bei deinem Anblick zu sprechen aufhören.
Dein Handwerk ist noch in dir, ich sehe es dir an.
Versteck dich.

Günther Anders
»Heimkehrender Mörder spricht zu seiner Hand«

PROLOG

Entsetzt starrte er den Mann an, der vor der Haustür stand und auf den Klingelknopf drückte. In der letzten Zeit hatte er ihn zunehmend aus den Augen verloren. Nicht mehr so auf ihn geachtet, wie er es hätte tun müssen. Blanker Hohn war es, dass er ihn hier wiedersah. Natürlich hier. Wo sonst? Es war so klar, so einfach. Und er hatte es nicht gesehen. Verachtung stieg in ihm auf. Wie hatte er nur so nachlässig, so blind sein können? Er presste seine Lippen zusammen und wartete darauf, dass dem Mann geöffnet wurde.

Als das Licht im Treppenhaus anging, zog er sich weiter in den Schatten der hohen Buche zurück, um nicht gesehen zu werden. Das wäre das Schlimmste. Wenn sie ihn hier entdecken würde. Seine Finger krampften sich um das kleine Päckchen, das er in den Händen hielt. Jetzt ging die Tür auf, und er konnte sie sehen. Sie hatte sich fein gemacht, trug einen schwingenden, schwarzen Rock aus leichtem Stoff, der knapp bis unter die Knie reichte, und eine tief ausgeschnittene Bluse. Schimmernde Strümpfe, hochhackige Schuhe. Für ihn hatte sie sich noch nie so angezogen. Natürlich nicht. Warum auch? Er verzog den Mund. Wie hatte er nur glauben können …, wie hatte er nur annehmen können …? Seine Hände umklammerten das Päckchen immer fester, und er konnte hören, wie das Papier riss. Ein hübsches Papier hatte er gekauft, mit Flugzeugen darauf. Genau das Richtige für einen kleinen Jungen. Er hatte ganz lange in dem Schreibwarengeschäft gestanden und die vielen Bogen Geschenkpapier studiert, die dort auf den silbernen Bügeln hingen. Fast nur Mädchensachen: rosa, mit Bärchen und Blümchen und Mäuschen und Kätzchen. Er hatte den Kopf geschüttelt. Immer und immer wieder. Nein. Das war alles nicht das Richtige. Eine Verkäuferin hatte sich ihm genähert, und er hatte sich schnell weggedreht, damit sie ihm keine dieser Fragen stellen konnte: Was wünschen Sie? Kann ich Ihnen helfen? Nein danke. Er konnte sich schon selber helfen. Am Ende hatte er dann das Richtige gefunden, unter Glitzerpapier mit Schafen versteckt: einen dunkelblauen Bogen festen Papiers mit Flugzeugen darauf. Keine kindischen, knuffigen Babyflieger mit Augen und einer Nase statt eines Propellers, sondern naturgetreue Doppeldecker in Rot, Gelb und Grün. Keine Wölkchen, keine Sterne. Nur die Flieger, fein gezeichnet, auf nachthimmelblauem Grund. Er hatte eine grüne Schleife dazu gekauft, aus Stoff, genau einen Zentimeter breit. Für so etwas hatte er ein Auge. Zu Hause hatte er das Band noch einmal nachgemessen. Es stimmte genau: einen Zentimeter breit. Dann hatte er das Geschenk eingepackt. Sorgfältig und ohne einen Streifen Tesafilm.

Sie umarmten sich nicht. Ein höfliches Händeschütteln, ein wenig distanziert, wie er sofort bemerkte. Und er, er schien verlegen, wahrscheinlich ärgerte er sich, dass er keine Blumen mitgebracht hatte, wusste nicht, wohin mit seiner linken Hand. Er konnte sehen, wie er nervös am Saum seiner Jacke zupfte. Trotzdem: Sie hatte sich hübsch gemacht, hatte ihn erwartet. Sie waren verabredet. Bittere Galle stieg in ihm hoch, und er schluckte heftig. Jetzt bat sie ihn herein, mit einer offenen, einladenden Geste. Und dann, für einen winzigen Augenblick, ruhte ihre Hand auf seinem Rücken.

Eine vertraute Geste, die ihn mitten ins Herz traf. Er senkte hastig den Blick auf seine Schuhspitzen, als habe er etwas Obszönes gesehen. Als er den Kopf wieder hob, war die Tür geschlossen.

Es war bitterkalt in dieser Nacht. Mindestens 15 Grad unter null. Und obwohl es schon Anfang Februar war, lag nirgendwo auch nur ein Stäubchen Schnee. Nackt und kahl ragten die Äste der Bäume in den sternenklaren Himmel. In solchen Winternächten begriff man erst wirklich, dass es da oben nichts anderes gab als die eisige, unendliche Leere des Weltalls. Es gab kein Himmelszelt wie in dem Schlaflied für Kinder, kein Dach, das sich über einem wölbte, keinen Schutz. Es gab nichts.
Er spürte die Kälte jedoch kaum. Seine Augen waren auf die beiden leuchtenden Vierecke im ersten Stock des Hauses gegenüber geheftet, in der Hoffnung, irgendetwas zu erkennen. Silhouetten der beiden Menschen, die jetzt dort oben saßen und redeten. Er wusste genau, worüber sie sprachen. Er wusste es so genau, als säße er daneben. Sie sprachen über ihn. Über seine Dummheit. Seine grenzenlose Dummheit. Wahrscheinlich lachten sie sogar. Seine Finger, die noch immer um das Päckchen gekrampft waren, öffneten sich, und das kleine Paket fiel auf den Boden. Er merkte es nicht. Er merkte auch nicht, wie sich seine Hände wieder zusammenzogen und zu harten Fäusten ballten.

EINS

Die Sonne war zu weit entfernt, zu blass und zu schwach, um die klirrende Kälte zu durchdringen, die die Stadt seit Tagen gefangen hielt. Nur zögernd kletterte sie über die Baumwipfel, nur schamhaft langsam wagten sich ihre Strahlen auf die von schartigem Raureif bedeckte Rasenfläche. Die Eiskristalle begannen trotzdem zu funkeln, Zentimeter für Zentimeter, kalt und schön und spitz wie Glasscherben. Endlich lag die Wiese voll im Licht, glitzernd und totenstill. Im nördlichen Teil des Englischen Gartens war es auch im Sommer ruhiger als um den Kleinhesseloher See, den Monopteros und den Chinesischen Turm herum. Aber im Winter war es einsam. Eine weitläufige Parklandschaft aus Wiesenflächen, hohen Bäumen und einsamen Wegen, die vielleicht gerade deshalb so leer und verlassen wirkte, weil sie von Menschen geschaffen worden war. Ein kunstvolles, künstliches Stück Natur. Schön und gleichzeitig unendlich traurig.

Hauptkommissar Walter Gruber mied den Englischen Garten für gewöhnlich. Er mochte überhaupt keine Gärten und Parks. Nicht einmal dann, wenn sich Biergärten darin befanden. Sie deprimierten ihn. Aber eine besondere Abneigung empfand er für den Teil des Parks hinter dem Nordfriedhof, mit dem er nur schlechte Erinnerungen verband. Hier hatte sich seine Frau immer mit ihren Radlfreunden getroffen. Und bei diesen Radltreffen hatte sie den »Adi« kennengelernt, was das Aus für ihre Ehe bedeutet hatte. Gruber schloss für einen Moment die Augen, als er daran dachte, und versuchte, das bittere Gefühl hinunterzuschlucken, das ihn noch immer überkam, wenn seine Gedanken Adolf Wimbacher streiften.

Doch Adolf Wimbacher war passé. Stattdessen gab es die Möglichkeit eines neuen Anfangs. Eine echte Chance, und er gedachte, sie zu nutzen. Er würde dieselben Fehler nicht noch einmal machen. Er war keiner von denen, die sich nicht von der Stelle bewegen konnten, selbst wenn die ganze Welt um sie herum zusammenbrach. Es dauerte vielleicht ein wenig, ja, das schon, und so manch einer würde sagen, er sei stur und dickschädelig und ein Gewohnheitstier, und das stimmte auch, aber er konnte sich auch ändern. Langsam vielleicht und erst nach ein paar Schubsern und besser noch einem Fußtritt in den Allerwertesten, aber er konnte es. Und er würde es beweisen.

Aber nichts überstürzen. Keine zu großen Schritte und keine übereilten Entscheidungen. Langsam. Das hatte sie auch gesagt. Langsam. Mit jeder Geste, jedem Blick hatte sie es angemahnt. Er würde es beherzigen. Geduld hatte er, eine ganze Menge sogar. Und vor allem jetzt, nach den letzten Monaten, als ihm klar wurde, wie nahe er der Katastrophe seines Lebens gekommen war.

Er hatte seine Frau fast verloren. Hatte sie schon endgültig verloren geglaubt: an einen Versicherungsvertreter mit Stirnglatze und Schmerbauch. Und plötzlich, als er schon nicht mehr zu hoffen wagte, hatte er noch einmal eine Chance bekommen. Er würde sie nutzen. Er würde sie festhalten. Und nicht mehr loslassen.

»Aber langsam!«, mahnte er sich zum wiederholten Mal, als er endlich mit dem Freikratzen der Scheiben fertig war und in sein Auto stieg. Ganz sachte. Er rieb seine roten, eiskalten Hände und hauchte ein paar Mal hinein. Saukälte! Und dann auch noch eine Leiche im Freien. Das würde wieder blau gefrorene Zehen geben, trotz der zwei Paar dicken Socken, die er sich extra angezogen hatte.

»Herrgottsakrament!«, fluchte er, als der Wagen hustete und wieder abstarb. Er startete erneut, und beim dritten Versuch, kurz bevor die Batterie ihren Geist aufgegeben hätte, sprang der Wagen an. Mittlerweile waren die Scheiben schon wieder angefroren, diesmal von innen, doch Gruber machte sich nicht die Mühe, sie ein zweites Mal ordentlich freizukratzen. Am Ende würde der Wagen wieder absterben, und einen weiteren Startversuch machte die Batterie sicher nicht mehr mit. Er schaltete die Heizung auf Hochtouren und kratzte mit dem Schaber auf Augenhöhe zwei handtellergroße Gucklöcher frei. Dann fuhr er vorsichtig los, nach vorne gebeugt, die Augen konzentriert auf den kleinen Fleck Straße gerichtet, den er durch die freien Stellen erkennen konnte.

Es war nicht weit von seiner Wohnung in Milbertshofen zum Tatort. Er bog ein paar Mal um die Ecke, langsam, mit zusammengekniffenen Augen auf den Verkehr achtend, dann lichtete sich der Nebel auf der Scheibe. Die Gucklöcher vergrößerten sich, und er fuhr rechts auf den Frankfurter Ring. Dann bog er wieder ab, stadteinwärts, an der U-Bahn-Station Alte Heide vorbei.

»Gleich hinter dem Nordfriedhof, unmittelbar an dem Spazierweg, der am Schwabinger Bach entlangführt«, hatte Kollegin Sommer ihm am Telefon mitgeteilt.

Er hatte ihr ungläubig zugehört. Sogar nachgefragt: »An dem Spazierweg? An *dem* Spazierweg?«

»Ja, da sind doch die Parkplätze hinter dem Nordfriedhof,

direkt an der Straße, und da geht ein Spazierweg ab, gegenüber ist eine große Wiese«, hatte sie ihm erklärt, so, als ob sie einen Idioten am anderen Ende der Leitung hätte, der sich in München nicht auskannte. Als ob er den Ort nicht kennen würde. Er kannte ihn nur zu gut, und das nicht nur wegen Adi und dem Radltreff seiner Frau.

»Bin in fünf Minuten da«, hatte er geraunzt und ohne ein weiteres Wort aufgelegt. Wie kam es, dass die Sommer sich nicht erinnerte? Konnte das sein? Oder erinnerte sie sich und fand es nicht wichtig? Eine Leiche vor, wann war das? Es war auch im Winter gewesen, kurz vor Weihnachten, also war es schon über ein Jahr her. So lange schon?

Gruber schüttelte den Kopf und seufzte. War das ein Zeichen zunehmender Senilität, dass man sich an die Dinge immer besser erinnerte, je weiter sie in der Vergangenheit lagen? Eigentlich hatte er sich den heutigen Morgen etwas anders vorgestellt. Ein bisschen Zeit zum Nachdenken hätte er sich gewünscht, eine Tasse Kaffee am Fenster seines Büros, ein bisschen Papierkram, bei dem man nicht viel denken musste. Und dann und wann ein hoffnungsvoller Blick auf das Handy, ob sie wohl ... oder ob er ... Nur ein kurzes »Hallo« und »Guten Morgen, na, ausgeschlafen?«. Nein – Zeit! Geduld! Doch schon diese Mahnung bereitete ihm eine stille Freude.

Denn sie bedeutete Hoffnung. Er würde es nicht mehr versauen. Diesmal nicht.

Er sah die Einsatzfahrzeuge schon von weitem. In den Parkbuchten entlang der Straße standen die Autos seiner Kollegen. Gruber parkte hinter dem Wagen von Kollegin Sommer und stieg aus. Plötzlich fühlte er sich müde. Er war nicht für eine neue Mordermittlung bereit. Hatte nicht die Kraft für unzählige Überstunden und den ständigen Druck von allen Seiten. Er dachte an die prüfenden Seitenblicke seiner Kollegin, ihren Ehrgeiz und ihre Perfektion, die ihm immer etwas unheimlich war, und seine Müdigkeit verstärkte sich noch. Seine Beine fühlten sich bleischwer an, und anstatt hinüber zu seinen Kollegen zu gehen, blieb er stehen, die Hände in den Manteltaschen, und hob seinen Blick in den frostigen, klaren Himmel. Er hatte in der Nacht kaum geschlafen, höchstens zwei, drei Stunden.

Ein feines, melancholisches Lächeln durchbrach seine Erschöpfung, als er an den Grund für den fehlenden Schlaf dachte, und das gab ihm neue Kraft. Eine neue Ermittlung würde ihn ablenken, würde ihm helfen, die Sache langsam angehen zu lassen, würde ihn am Grübeln hindern. Er klappte seinen Mantelkragen hoch und setzte sich endlich in Bewegung.

Unter den kahlen Bäumen an der Uferböschung erspähte er den kurzen, blonden Haarschopf von Sabine Sommer und daneben eine bunt geringelte Strickmütze. Sie gehörte zu Roland von der Spurensicherung. Roland Hertzner, Heavy-Metal-Fan und in seiner Freizeit Bassgitarrist in einer düsteren Band mit unaussprechlichem Namen. Ein supergenauer Arbeiter, der sich in die Untersuchung von Erdkrümeln und Staubflusen, und was sonst noch alles zu den Freuden seines Jobs gehörte, geradezu hineinfressen konnte. Jetzt stand er mit verschränkten Armen neben Sabine und hörte ihr zu, wie sie etwas erklärte. Hertzner senkte den Blick die Böschung hinunter. Der Schwabinger Bach, der von der Reitschule in Schwabing bis hinaus nach Freimann eine natürliche Grenze zwischen dem Englischen Garten und dem westlichen Stadtgebiet bildete und dann weiter durch die Isarauen bis nach Ismaning floss, machte hier am Rande der ausgedehnten Sportanlagen des Vereins Blau-Weiß eine Kurve. Eine flache

Böschung führte zum Bach hinunter, der sich dort im Knick zu einem kleinen, flachen Teich verbreiterte. Im Sommer war es hier sicher sehr schön. Jetzt, im Winter, war die Stimmung melancholisch, fast ein wenig unheimlich. Kahles Gestrüpp stakte im Schatten einiger krumm gewachsener Bäume am Ufer, und auf dem Grund des Baches lag eine dicke Schicht brauner Blätter vom Herbst, was dem ansonsten klaren Wasser einen moorigen, bräunlichen Schimmer verlieh.

Gruber versuchte, der Beklemmung Herr zu werden, die ihn erfasste, als er Rolands Blick zu der Stelle folgte, wo die Leiche liegen musste: Es war genau dieselbe Stelle wie damals. Haargenau. Warum hatte die Sommer davon nichts am Telefon gesagt? Erinnerte sie sich tatsächlich nicht? Aber das konnte doch nicht sein. Es war nicht möglich. Sie war schließlich dabei gewesen, von Anfang an. Sicher, es hatte keine große Ermittlung gegeben, notgedrungen hatten sie den Fall nach kurzer Zeit eingestellt, aber ihn hatte er trotzdem sehr berührt. Und wütend gemacht, unglaublich wütend. Selten hatte er sich so hilflos gefühlt wie in dem Moment, als er diese Akte ins Archiv geben musste. Er wusste bis heute nicht einmal genau, warum ihn gerade diese Geschichte so betroffen gemacht hatte. Der Fall hatte im Grunde nicht einmal zu seinem eigentlichen Zuständigkeitsbereich gehört, zumindest nicht im strafrechtlichen Sinn. Für Gruber hatte das jedoch keinen Unterschied gemacht: Es war ein Verbrechen gewesen. Grausam, gefühllos, eiskalt. Und was das Schlimmste daran war: Niemand hatte dafür gesühnt.

Als Gruber das Absperrband hochhob und darunter hindurchschlüpfte, bemerkten ihn die beiden. Er hob grüßend die Hand, doch weder Roland noch Sabine grüßten zurück. Sie starrten ihn mit einem merkwürdigen Gesichtsausdruck an, und Gruber ließ die Hand sinken. Angst machte sich in seinem Magen breit, ohne dass er gewusst hätte, wovor.

»Was ist ...«, begann er und spürte, wie er zu zittern anfing. Die Kälte, versuchte er sich zu beruhigen, das ist diese mörderische Kälte. Er wollte zu ihnen hinuntergehen, doch eine abwehrende Handbewegung von Sabine Sommer hielt ihn davon ab.

Endlich, es sah aus, als habe Roland ihr erst einen Schubs geben müssen, kam sie zu ihm. »Warte!«, rief sie, »Bitte, Walter, warte ...«

Doch es war zu spät. Gruber konnte nicht mehr warten. Sein Blick hatte die Leiche bereits gefunden. Sie lag auf halber Höhe der Uferböschung, eingekeilt zwischen dem kahlen Unterholz, die nackten Glieder steif von sich gestreckt wie eine entsorgte Schaufensterpuppe.

Etwas in Gruber zog sich schmerzhaft zusammen. Es wurde dunkel um ihn herum. Der Himmel, vor wenigen Sekunden noch strahlend blau, verlor plötzlich an Farbe, ebenso wie alles andere. Gruber machte einen Schritt nach vorne, spürte, wie seine Kollegin versuchte, ihn festzuhalten, schüttelte ihren Griff ab. Noch einen Schritt, noch einen und noch einen. Er stolperte die Böschung hinunter auf den blassen Fremdkörper zu, der dort zwischen den Ästen steckte. Jemand fluchte, es war wohl Roland, doch Gruber nahm es nicht wirklich wahr. Dann war er angekommen, fiel auf die Knie und wusste nicht mehr weiter.

Er starrte auf den nackten Körper seiner Frau und konnte noch immer nicht begreifen, was er da sah. »Geduld«, flüsterte er, als habe das noch irgendeine Bedeutung. »Ich hätte doch Geduld gehabt ...« Er nahm ihre Hand. Sie war eiskalt, steif, nichts Vertrautes lag mehr darin. Er ließ sie wieder los und spürte, wie das Zittern stärker wurde. Sein ganzer Körper zitterte, doch es lag nicht an der Kälte, es kam von innen.

Ein Knacken hinter ihm verriet, dass die beiden Kollegen ihm gefolgt waren.

»Walter, bitte ...«, begann Sabine Sommer erneut, und Gruber fuhr herum.

»Weg!«, schrie er plötzlich. »Haut ab! Sofort!« Er machte eine drohende Handbewegung in Richtung Sabine, die sofort stehen blieb.

»Walter, du bist doch Polizist. Du weißt doch, dass wir die Spuren ...«

Er hasste diesen Ton, diesen behutsamen Polizisten-Betroffenheits-Scheißton, den er oft genug selbst angewandt hatte. Aber nicht bei ihm. Er stand auf und fing an, seinen Mantel aufzuknöpfen. Schlimmer als alles andere, absolut unerträglich war ihm plötzlich der Gedanke, dass die anderen seine Frau so sehen konnten: nackt, entblößt, den Blicken preisgegeben, ohne sich wehren zu können. Er spürte, wie ihm die Tränen in die Augen stiegen. Er achtete nicht darauf, zog seinen Mantel aus und breitete ihn über ihren leblosen Körper. Dann setzte er sich neben sie und wartete. Darauf, dass sie kämen und auf ihn einredeten, um ihn dazu zu bringen, wieder nach oben zu gehen. Versuchten, ihn mit einer Tasse Tee, einem Schulterklopfen, einem Hinweis auf seine Professionalität fortzulocken. Darauf, dass sie wütend würden und dann still, hilflos verstummten.

Es dauerte fast eine Stunde.

Irgendwann gab er nach, ließ sich von Roland auf die Beine ziehen, die er kaum noch spürte. Er setzte gehorsam einen Fuß vor den anderen und dachte dabei an die zwei Paar Wollsocken, die er extra angezogen hatte und die ein Weihnachtsgeschenk seiner Frau gewesen waren.

ZWEI

Clara träumte. Sie schwamm im Meer, seit Stunden schon. Allmählich gingen ihr die Kräfte aus. Sie würde ertrinken. Da war ein Boot, es schaukelte auf den Wellen, mal war es ganz nah, dann entfernte es sich wieder. Sie strengte sich an, schwamm, so schnell sie konnte, und kam ganz dicht heran. Eine Hand streckte sich ihr entgegen, sie griff nach ihr, mit letzter Kraft – und griff ins Leere.

Mit einem Ruck wachte sie auf. Sie lag in Micks Bett, und sie war allein. Ihre Hand, die im Traum so verzweifelt nach der Rettung gegriffen hatte, lag ausgestreckt auf der leeren Bettseite ihres Freundes. Langsam zog sie sie zurück und setzte sich auf. Es war keine gute Idee gewesen hierherzukommen. Hier fühlte sie sich noch verlassener als bei sich zu Hause. Sie stieg aus dem Bett und tappte zu Elise, ihrer großen, grauen Dogge, hinüber, um ihr einen guten Morgen zu wünschen. Nach anfänglichen Anpassungsschwierigkeiten hatte sich Elise, wie Clara auch, an die immer häufiger werdenden Ortswechsel zwischen ihrer und Micks Wohnung gewöhnt, und sie hatte mittlerweile auch einen Lieblingsplatz gefunden, der gleichzeitig Micks Lieblingsplatz war: einen alten Ohrensessel, der am Fenster stand und mit Stapeln von Büchern umgeben war wie ein Strandkorb von einer Sandmauer. Fehlten nur noch die Wimpel. Der Stuhl war, obwohl ziemlich groß, eigentlich zu klein für Elise, die den Umfang eines mittelgroßen Kalbes hatte, doch es schien sie nicht zu stören. Zusammengerollt, als sei sie ein kleines Kätzchen, kauerte sie auf dem Polster, und je nach Entspannungszustand hingen nach und nach verschiedene Körperteile darüber hinaus. Im Augenblick waren es ihr Kopf auf der einen und das rechte Hinterbein auf der anderen Seite. Es war Clara ein Rätsel, wie man in dieser Stellung schlafen konnte, selbst wenn man ein Hund war.

Sie ging auf der Seite des Kopfes in die Knie und kraulte Elise hinter den Ohren. Der Hund öffnete ein Auge und schnaufte freundlich. Zu mehr war er noch nicht zu bewegen. Clara lächelte und wanderte weiter zur Küchenzeile, die sich auf der anderen Seite des großen Raumes befand und ebenso verlassen wirkte wie die ganze Wohnung. Sie öffnete eine Schranktür, eine Schublade nach der anderen und seufzte. War ja klar gewesen: Tee, Tee, nichts als Tee. Wenn sie nicht für Kaffee sorgte, war keiner da. Es gab an Mick zwei Dinge, die so typisch englisch waren, dass Clara manchmal glaubte, er selbst habe seinen größten Spaß daran, diese Klischees am Leben zu erhalten: seine absolute Überzeugung, dass Tee das einzig mögliche Heißgetränk war, das man zu sich nehmen konnte, mit Ausnahme von heißem Whiskey für die ganz schweren Fälle, und seine Vorliebe für unverdauliches Frühstück, das er passenderweise »first heart attack« nannte und das werktags in der Regel aus riesigen, labbrigen Weißbrotscheiben mit lauwarmen weißen Bohnen in Tomatensoße bestand und an Feiertagen von zahllosen Eiern mit Speck und grünlichen Würstchen mit Sägespänefüllung gekrönt wurde. Der Gipfel jedoch waren die – Gott sei Dank seltenen – Gelegenheiten, an denen er außerdem gebratene Scheiben Blutwurst zu sich nahm, bei deren Anblick Clara ihr Croissant regelmäßig im Hals stecken blieb.

Aber heute war nichts dergleichen in seiner Küche zu finden. Nur Tee. Tee und Haferflocken für die magere Variante des englischen Frühstücksrituals, Porridge, das, wenn man Mick glauben möchte, ein Allheilmittel für jegliche Art von Unwohlsein am Morgen darstellte, was aus Claras Sicht kein Wunder war. Wer würde nicht nach ein paar Löffeln lauwarmen, fädenziehenden Haferschleims zur sofortigen Genesung tendieren und fluchtartig das Weite suchen?

Sie machte sich auf den Weg ins Bad. Also Frühstück bei Rita im Café. Das war ohnehin eine bessere Idee, als allein in der leeren Wohnung herumzusitzen und trüben Gedanken nachzuhängen. Was hatte sie sich nur dabei gedacht, hier zu übernachten? Als ob ein Raum, eine Wohnung allein trösten könnte. Als ob darin etwas von der Geborgenheit zurückbliebe, die nur ein bestimmter Mensch geben kann. Aber seit Mick fort war, kamen ihr des Öfteren solche wunderlichen Gedanken. Obwohl es ja erst zwei Wochen waren. Und drei Tage. Er war zu seiner Familie nach Newcastle gefahren, seine Schwester Katie hatte ein Baby bekommen. Mick hatte versucht, Clara zu überreden mitzukommen, doch sie hatte sich entsetzt geweigert. Familienveranstaltungen waren ihr bei ihrer eigenen Familie schon ein Gräuel, aber die Vorstellung, Mick zu begleiten und bei seiner Familie als seine Freundin aufzutreten, war schlichtweg unmöglich. Mick war neun Jahre jünger als sie, gerade einmal vierunddreißig, was zumindest für sie immer wieder Anlass zu Grübeleien war. Und dann noch ein Baby! Freudiges Familienereignis, Oma, Opa, Onkel, Tanten, was auch immer ...

Clara fing an, sich die Zähne zu putzen, und schnitt dabei ihrem etwas zerknitterten Spiegelbild eine Grimasse. Das fehlte gerade noch. Und was, wenn Mick auf die Idee kam, ein Baby wäre auch für sie beide eine gute Idee? Er war noch so jung. Sicher wollte er Kinder ... Clara verharrte mitten in der Bewegung. Ihr Gesicht war wie immer blass, hatte nicht viel mehr Farbe als der Zahnpastaschaum um ihren Mund, und ihre Augen waren von einem feinen Kranz Fältchen umgeben. Normalerweise sah man sie nicht so genau, aber dieses boshafte Neonlicht in Micks Bad hatte die Eigenschaft, jede Falte einzeln nachzuzeichnen. Was, wenn sie Mick klar machen musste, dass ein Baby für ihn vielleicht eine gute Idee war, aber nicht für sie, die schon einen erwachsenen Sohn hatte und für die das Thema längst abgehakt war? Clara spuckte den Schaum ins Waschbecken und spülte sich den Mund aus. Dann wusch sie sich das Gesicht so lange mit eiskaltem Wasser, bis es die Farbe eines frisch gesottenen Krebses angenommen hatte, und begann, mit feuchten Fingern ihre krausen Haare zu entwirren.

Der Morgen war bitterkalt. Aus den U-Bahn-Schächten stieg weißer Dampf, und Clara spürte nach wenigen Schritten ihre Nasenspitze nicht mehr. Elise drückte sich immer wieder zwischen ihre Beine, sodass Clara mehrmals ins Stolpern kam und die Dogge endlich fluchend eine Armlänge von sich schob. »Als ob es wärmer würde, wenn du mir zwischen die Füße läufst«, schimpfte sie. An Tagen wie diesem nahm sie sogar ihre Klaustrophobie in Kauf und zwängte sich mit halb geschlossenen Augen und so ruhig atmend wie möglich in eine vollbesetzte U-Bahn. Ihre Angstanfälle in solchen Situationen hatten seit dem letzten Jahr erheblich abgenommen, als sie sich im Zusammenhang mit einem dramatischen Fall mehr oder weniger freiwillig einer Schockbehandlung in Sachen Panikattacken unterzogen hatte. Seitdem konnte sie besser damit umgehen. Trotzdem gehörten U-Bahnen, Aufzüge und sonstige enge Räume mit vielen Menschen darin noch immer nicht zu den Orten, an denen sie sich gerne aufhielt.

Bei Rita war es warm und roch nach Kaffee und Gebäck, und Rita, mit frisch blondierten Haaren, im Rollkragenpullover und in Stiefeln zum üblichen, kurzen, engen Rock, winkte ihr freundlich zu. Der einzige Wermutstropfen war das Rauchverbot. Clara vermisste ihre Morgenzigarette zum Cappuccino schmerzlicher als jede andere Zigarette des Tages, und sie weigerte sich aus Prinzip, sich zum Rauchen auf die Straße zu stellen. Die Folge war ein erheblich eingeschränkter Zigarettenkonsum und eine leicht gereizte Stimmung, die zu bekämpfen sich Clara zwar redlich bemühte, was ihr jedoch nicht immer gelang. Heute ganz besonders nicht. Missmutig zerpflückte sie die Serviette, auf der ihr Croissant und das von Elise gelegen hatte, zu kleinen Kügelchen und kämpfte mit sich. In die Kanzlei hinübergehen und pünktlich aufsperren oder noch einen Cappuccino trinken? Ohne Zigarette? Zu allem Überdruss war zurzeit nicht nur Mick nicht da, sondern auch Willi Allewelt, Claras Sozius und langjähriger, guter Freund. Er hatte sich zusammen mit Linda, ihrer beider Sekretärin und neuerdings seiner ständigen Begleiterin, zum Skiurlaub verkrümelt. Clara war im Moment also nicht nur zu Hause, sondern auch in der Arbeit allein, was ihre Motivation nicht gerade steigerte. Sie warf einen Blick auf die Uhr: fünf vor halb neun. Also gut, dann eben arbeiten. Einen Vorteil hatte Willis und Lindas Abwesenheit nämlich, Clara konnte überall ungestört rauchen, was sie mit Begeisterung tat. Irgendwo musste sie schließlich dafür sorgen, dass ihr Nikotinspiegel nicht zu sehr abfiel. Auf dem Weg zur Tür fiel ihr noch etwas ein: »Sag mal, Rita, wie wäre es mit einem Coffee to go?«

Rita starrte sie einen Moment verständnislos an. »To go?«, wiederholte sie. Dann, verstehend und mit sich verfinsternder Miene: »*Cappuccio a portare via*? Plastikbecher mit Schnabel zum Trinken? *Che schifo, Madonna mia*! Bist du verrückt?« Sie rang die Hände.

Clara lachte. »Nein. In einer schönen, großen Porzellantasse und nur für mich und nur für gegenüber! Ja? Bitte, bitte!« Sie deutete auf ihre Kanzlei und machte eine Handbewegung, die *Rauchen!* signalisieren sollte.

»Ah!« Ritas Miene hellte sich ein wenig auf. »Aber dass mir das nicht zur Gewohnheit wird, eh? Was ist schon ein Café ohne Gäste? Kann man sich gleich den *caffè* aus dem Internet bestellen!«

Sie wedelte zur Bekräftigung mit den Händen noch ein bisschen zornig in der Luft herum und begann dann, halblaut auf Italienisch vor sich hin schimpfend, an der Kaffeemaschine herumzuhantieren. Clara wusste, wem ihre Beschimpfungen galten: den Politikern im Allgemeinen, deutschen wie italienischen, und zurzeit mit Vorliebe den bayerischen Politikern im Besonderen, weil diese das Rauchverbot verbrochen hatten. Es war ihr auch egal, dass dieselben Politiker seit einiger Zeit schon wieder damit begonnen hatten, das Objekt ihres Zorns aufzuweichen, und ihr Geschäft bisher keine größeren Einbußen zu verzeichnen gehabt hatte. Eine derartige Einmischung seitens des Staates in *affari propri* konnte sie schon aus Prinzip nicht gutheißen. Sollte er sich doch um seine eigenen Angelegenheiten kümmern, dieser Staat, da hatte er genug zu tun, und anständige Leute in Frieden lassen.

Die Kanzlei war, mit Ausnahme von Claras Schreibtisch, geradezu unanständig aufgeräumt. Linda hatte vor ihrer Abreise noch etliche Überstunden geschoben, um auch wirklich jeden Brief zu beantworten, jeden noch so kleinen Vermerk zu bearbeiten, jeden Anruf zu erledigen und jede aktuelle Akte sorgfältig mit Notizen zu versehen und eine lange Liste mit Hinweisen für Clara zu erstellen, die ihr Überleben und vor allem das der Kanzlei sichern sollten. Diese Liste handelte vom ordnungsgemäßen Heizen des Schwedenofens über die Tücken des Faxgerätes und das Versteck des Kopierpapiers bis hin zu mit drohenden Ausrufezeichen versehenen Erinnerungen an fällige Schriftsätze alle erdenklichen Katastrophen ab, die sich während ihrer einwöchigen Abwesenheit ereignen könnten. Clara hatte die Liste mit einem spöttischen Strammstehen quittiert, sich aber angesichts von Lindas Ernst und Willis warnendem Blick jede weitere Bemerkung verkniffen und stattdessen pflichtschuldig genickt. Ja, sie würde sich um den Weihnachtsstern auf dem Fensterbrett kümmern, natürlich, und ja, sie würde bestimmt am Montag Frau Rampertshofer in ihrer Scheidungssache anrufen, versprochen. Ganz sicher. Und sie würde auch Herrn Malic anrufen und über den Termin nächste Woche sprechen, und sie würde seine Strafakte unbedingt bis spätestens Dienstag zurückschicken ...

Dann waren sie abgezogen, und Clara hatte ihnen nachgelächelt und sich wunderbar gefühlt bei dem Gedanken, einmal eine ganze Woche lang die Kanzlei für sich allein zu haben. Doch da hatte das zweite einsame Wochenende noch vor ihr gelegen, und Mick hatte noch nicht angerufen und ihr mitgeteilt, dass er noch eine Woche länger in Newcastle bleiben würde.

Jetzt hielt sie Lindas Liste in den Händen, und ihr Blick wanderte unschlüssig zur Akte Rampertshofer gegen Rampertshofer. Sie fühlte sich definitiv nicht in der Verfassung, Frau Rampertshofer anzurufen. Clara seufzte. Sie konnte die Frau ja grundsätzlich verstehen. Ihre Wut, ihre Verletztheit, ihre Existenzängste. Aber jedes Mal, wenn sie mit ihr gesprochen hatte, fühlte sie sich danach so ausgelaugt wie nach einem Boxkampf über zehn Runden. Technisches K.o. oder besser, K.o. durch Erschöpfung. Und keines ihrer Gespräche brachte sie weiter. Keines der langen, von Wutausbrüchen und Tränen durchtränkten Telefonate und Treffen in der Kanzlei führte dazu, dass sie in dem Rechtsstreit auch nur einen Zentimeter vorankamen. Spielte es eine Rolle, ob die Gardinenstangen im Wohnzimmer ein Geschenk der Mutter des Ehegatten oder von Frau Rampertshofer selbst gekauft worden waren? Brachte es sie weiter, wenn der Ehemann darüber Buch führte, wie lange der gemeinsame Sohn für die Hausaufgaben brauchte, wenn er zu Besuch bei ihm war, und verlangte, diese Zeiten mit denen bei der Mutter zu vergleichen, als Beweis für deren Unzulänglichkeit bei der Erziehung der Kinder? Claras Seufzen vertiefte sich, als sie an ihren letzten Gerichtstermin dachte, bei dem sich die beiden Eheleute fast an die Gurgel gegangen waren, als es darum ging, wer darüber zu entscheiden habe, welches Mountainbike für die Tochter angeschafft werden solle, und wer die Kosten für die Zahnspange und den Musikunterricht zu übernehmen habe. In dieser Verhandlung hatte sie mit den vereinten Kräften des Richters und sogar des gegnerischen Anwalts zu regeln versucht, welche Geschenke für die Kinder als angemessen anzusehen wären, ob ein Computerspiel »außer der Reihe« ein Bestechungsversuch um die Gunst des Sohnes darstelle und ob die Mutter es verbieten könne, dass der Tochter eine Barbie geschenkt würde, da sie diese Puppen für pädagogisch schädlich hielt, als Auslöser von Magersucht und Konsumwahn. Ihre Bemühungen waren vergeblich geblieben. Die Verhandlung hatte keine Einigung, ja nicht einmal einen Minimalkompromiss gebracht. Also würde es weitergehen. Mindestens noch ein Jahr oder auch zwei oder drei. Blieb zu hoffen, dass die Kinder diesen ebenso scheinheiligen wie verbitterten Stellvertreterkrieg der Eltern um das angebliche Kindeswohl einigermaßen unbeschadet überstanden. Aber sie befürchtete, dass sich diese Hoffnung nicht erfüllen würde. Auf den Nebenkriegsschauplätzen blieb immer am meisten verbrannte Erde zurück.

Sie hakte feige, aber ohne schlechtes Gewissen den Punkt Rampertshofer als erledigt ab und griff sich eine der anderen Akten, die mit leuchtenden Klebezetteln versehen waren: Fristsache! Verhandlung!! Eilt!!!

Gerade als sie nach dem Diktiergerät greifen wollte und ihr gleichzeitig klar wurde, dass Diktieren bei Abwesenheit der Schreibkraft wenig sinnvoll war, klingelte die Türglocke, ein Relikt aus alten Zeiten, in denen die Kanzlei ein Buchladen gewesen war. Clara hob überrascht den Kopf. Sie erwartete niemanden.

In der Tür stand ein junger Mann und sah sich suchend um. Clara hatte ihn noch nie gesehen. Sie stand auf und ging die wenigen Treppen zum Eingangsbereich hinunter.

»Guten Morgen. Kann ich Ihnen helfen?« Sie musterte ihn neugierig. Er war etwa Anfang zwanzig, blass, dunkelhaarig und schien sich definitiv nicht wohl in seiner Haut zu fühlen. Unruhig trat er von einem Fuß auf den anderen, und sein Blick flatterte zwischen Clara und seinen Schuhspitzen hin und her. Er hatte dunkle, sehr dunkle Augen, die Clara an jemanden erinnerten, doch sie kam nicht darauf, an wen.

»Kann ich Ihnen helfen?«, wiederholte sie, nachdem der Mann nicht geantwortet hatte.

»Sind Sie Rechtsanwältin Clara Niklas?« Der Blick des jungen Mannes traf endlich Claras Augen.

»In voller Größe.« Sie reckte sich und lächelte aufmunternd. »Was haben Sie denn auf dem Herzen?«

Der junge Mann schnappte nach Luft, als befände er sich kurz vor dem Ertrinken, und schloss für einen Moment gequält die Augen. »Also ...«, begann er zögernd, stoppte wieder und schluckte schwer. »Mein, mein Vater hat mich zu Ihnen geschickt ...« Seine Stimme erstarb.

»Ja?«, versuchte Clara ihm auf die Sprünge zu helfen. »Worum geht es denn?«

»Sie haben ihn ... äh ... heute Morgen haben sie ihn ...«, er begann zu stottern, und sein blasses Gesicht wurde rot. »Sie haben ihn verhaftet!«, stieß er endlich hervor, und sein Kinn fing vor Erregung an zu zittern. Er biss sich auf die Lippen.

Clara nahm ihn vorsichtig am Arm: »Kommen Sie mit nach oben. Dort können Sie mir alles in Ruhe erzählen.«

»Ihr Vater wurde also heute Morgen verhaftet«, begann Clara behutsam, als sie oben an ihrem Schreibtisch saßen. »Wissen Sie, was man ihm vorwirft?«

Der Mann nickte und wandte den Blick ab. »Mord«, flüsterte er, und nach einer Ewigkeit und dem verzweifelten Versuch, seine Gesichtszüge wieder unter Kontrolle zu bekommen, fügte er hinzu: »An meiner Mutter.« Dann fing er zu weinen an.

Clara sah ihn erschüttert an. Öffnete den Mund, um etwas zu erwidern, und klappte ihn dann wieder zu. Nach einigen Augenblicken des Schweigens, in denen sich der Mann wieder zu sammeln versuchte, unternahm sie einen neuen Anlauf. Sie verkniff sich sinnlose Worte der Anteilnahme, die ohnehin nur heuchlerisch gewirkt hätten, und fragte stattdessen so sachlich wie möglich: »Ihr Vater möchte also, dass ich ihn vertrete?«

Der junge Mann nickte.

»Er ist hier in München in Haft?«

Wieder ein Nicken.

Clara nahm einen Zettel. »Dann bräuchte ich noch seinen Namen und die Wohnanschrift ...«

»Gruber. Walter Gruber.«

Clara hob den Kopf. »Walter Gruber?«, wiederholte sie ungläubig. Das war nicht möglich. Konnte nicht sein. »Ist er ...«, begann sie und starrte dabei auf ihren Stift, der bei dem Namen bewegungslos in der Luft verharrt war, »bei der Kriminalpolizei?«

»Ja. Kriminalhauptkommissar Walter Gruber, Abteilung Tötungsdelikte.« Die Mundwinkel des jungen Mannes zogen sich bitter nach unten, und schlagartig wurde Clara klar, woran sie diese dunklen, bohrenden Augen, der scharfe Blick von Anfang an erinnert hatten: an Walter Gruber, den Kommissar, mit dem und gegen den sie im vergangenen Jahr einen so verzweifelten wie vergeblichen Kampf geführt hatte.

»Sie sind Grubers Sohn!«, rief sie aus und konnte noch immer nicht glauben, was sie gerade gehört hatte. Erschüttert und ratlos zugleich angelte sie sich eine Zigarette aus der Schachtel und bot dem jungen Mann, der Armin hieß, Armin Gruber, wie er ihr jetzt mitteilte, auch eine an.

Er lehnte ab. Nichtraucher, seit zwei Jahren. Dann begann er zu erzählen. Fand nur dürre Worte, die das Schreckliche dahinter so wenig wie möglich berührten. Am Freitagmorgen habe man die ... Leiche seiner Mutter gefunden. Im Englischen Garten.

Sie war erwürgt worden.

Armin Gruber rieb sich ein paar Mal mit den Händen über das Gesicht, bevor er weitersprach.

Nachdem sein Vater ihn angerufen hatte, sei er am gleichen Tag noch nach München gekommen. Aus Berlin, fügte er erklärend hinzu. Und heute Morgen seien dann die Kollegen seines Vaters gekommen und hätten ihn mitgenommen. Ohne Erklärung. »Einfach so!« Seine Stimme zitterte zwar noch etwas, aber er hatte sich jetzt wieder in der Gewalt. »›Ruf die Niklas an‹, hat er noch zu mir gesagt. ›Rechtsanwältin Clara Niklas!‹« Er zögerte, warf ihr einen forschenden Blick zu. »Sie kennen sich näher?«

Clara schüttelte den Kopf. »Eigentlich nicht so besonders gut. Wir hatten letztes Jahr einen gemeinsamen Fall. Dabei haben wir uns allerdings die meiste Zeit gestritten.«

»Mein Vater kann Anwälte nicht ausstehen«, sagte Armin Gruber.

»Ich weiß.« Clara lächelte traurig.

DREI

Als an diesem Tag die Sonne unterging, fühlte er sich einen Augenblick lang frei. Die Kälte war den ganzen Tag über kaum gewichen, nicht einmal in den Mittagsstunden, und schon früh am Nachmittag wurden die Schatten eisig blau. Er saß am Fenster und sah hinaus. Sah die Sonne schwächer werden und schließlich hinter den Dächern verschwinden. Die Uhr an der Wand tickte.

Seine Gedanken wanderten durch die Straßen, kreuz und quer, und gelangten schließlich zu ihr. Er schreckte einen Moment zurück, wartete, doch es passierte nichts. Die Erde tat sich nicht auf, und kein Blitz fuhr auf ihn herab. Der Himmel blieb klar und unbeteiligt. Er wurde mutiger, tastete sich weiter vorwärts, bis er ihr ganz nahe kam. Bis er sie riechen konnte. Seine Gedanken begannen ein wenig zu zittern, zu flackern wie eine alte Glühbirne. Er konnte den Geruch nicht festhalten. Er warf einen weiteren Blick auf die Uhr, dann auf seine Hände. Es war Montag. Er war nicht gekommen. Anfangs hatte ihn das verunsichert, nervös gemacht. Das konnte doch nicht sein. Nahezu jede Minute hatte er auf die Uhr gesehen. Die Tür fixiert, den Schritten draußen im Treppenhaus gelauscht. Keinen Schritt hatte er selbst nach draußen gesetzt. Keinen einzigen Schritt. Um ihn nicht zu verpassen. Doch dann hatte er es im Radio gehört, in den Vier-Uhr-Nachrichten. Da hatte er verstanden, warum er nicht gekommen war. Und ihm war klar geworden, dass jetzt niemand mehr kommen würde. Nie mehr. Und da war es plötzlich, das Gefühl. Ganz leise am Anfang, fast schüchtern klopfte es an. Er ließ es herein: Es war zu Ende. Endlich. Er hatte sich befreit. Mit einem großen, einem gewaltigen Schlag hatte er sich befreit.

Das Zögern des Zeigers vor der vollen Stunde war kaum wahrnehmbar. Trotzdem hörte er es. Und auch das Klack, wenn sich der Zeiger schließlich losriss und die letzte Minute vollendete. Es unterschied sich vom üblichen Ticken, war lauter, satter. Endgültiger. Wie es sich für eine volle Stunde gehörte. Er bückte sich und hob sein Akkordeon auf die Knie. Behutsam steckte er beide Arme durch die Riemen und rückte es zurecht. Dann ließ er seine Finger lautlos über die Knöpfe und Tasten wandern, einmal nach unten, dann wieder nach oben, zog den Balg schnaufend auseinander und beugte sich nach vorne. Ganz eng angeschmiegt, den Kopf geneigt und mit geschlossenen Augen, begann er zu spielen.

* * *

Clara wartete bereits ein halbe Stunde. Sie fühlte sich äußerst unbehaglich, und das nicht nur wegen der bedrückenden Enge des Raumes. Sie hatte Angst, dem Mann gegenüberzutreten, auf den sie wartete. So gesehen konnte es, wenn es nach ihr ging, ruhig noch eine weitere halbe Stunde dauern, bis er kam. Ihre Finger fuhren an den abgeschabten Kanten des Tisches entlang, bohrten sich in eine Kerbe an der Ecke, kletterten weiter zu der Schachtel Zigaretten, die unberührt vor ihr lag, und machten kurz Halt, als sie den leeren Notizblock erreichten. Trommelten auf das weiße Papier, tam, tatatam, rollten den Füller hin und her und nahmen dann ihre Entdeckungsreise über den Tisch wieder auf.

Was sollte sie zu ihm sagen? In welcher Verfassung würde

er sein? Sie versuchte, sich ein Bild zu machen, aber es gelang ihr nicht. Wie fühlte man sich, wenn die eigene Frau ermordet worden war? Man selbst dafür im Gefängnis saß? Als Polizist. Von den eigenen Leuten verhaftet.

Sie hatte es an dem Abend, nachdem Grubers Sohn zu ihr gekommen war, noch in den Nachrichten gehört. Eine äußerst knappe Meldung, nicht viel mehr als ein, zwei spröde Sätze. Clara konnte sich gut vorstellen, wie die Pressestelle der Polizei sich hatte überwinden müssen, überhaupt etwas davon preiszugeben. Ein Mordverdächtiger in den eigenen Reihen. Und nicht irgendein kleiner Streifenpolizist, dem die Nerven durchgegangen waren, nein, ein Kriminalhauptkommissar. Der Nachrichtensprecher hatte hörbar Mühe gehabt, den neutralen Ton seiner Stimme nicht zu verlieren. Man kannte Kommissar Gruber in München. Ein paar aufsehenerregende Ermittlungen der vergangenen Jahre gingen auf sein Konto, zuletzt der Fall Ruth Imhofen, an dem Clara nicht unmaßgeblich beteiligt gewesen war.

Als endlich die Tür aufging, fuhr sie zusammen. Nervös wischte sie sich ihre feuchten Hände an der Hose ab und stand zögernd auf.

Der Beamte, der Gruber hereinbrachte, fühlte sich in seiner Rolle ebenfalls sichtlich unwohl. Stumm und mit verlegen gesenktem Blick schloss er die Tür, während Gruber ein paar Schritte auf Clara zukam und dann stehen blieb.

Clara wollte ihm die Hand reichen, ließ es dann aber sein. »Hallo«, begann sie verlegen und musste sich räuspern.

Gruber nickte, und das altbekannte, bittere Lächeln erschien auf seinem Gesicht. »So sieht man sich wieder«, sagte er.

Sie setzten sich schweigend. Es war, als wäre zwischen ihnen nicht genügend Raum für Worte: Gruber und sie in diesem winzigen Zimmer, ein Tisch, zwei Stühle, der Beamte vor der Tür. Ihre Rollen hatten sich auf eine Art und Weise umgekehrt, die beide sprachlos machte.

Noch vor nicht allzu langer Zeit hätte Clara dieses Schweigen nicht ausgehalten. Sie hätte sofort angefangen, nach Worten zu suchen, um es zu durchbrechen, wäre vorgeprescht, hätte es mit vielen Worten und leeren Phrasen totgeschlagen. Heute war es anders. Clara hatte nicht das Bedürfnis, *irgendetwas* zu sagen. Sie empfand dieses gemeinsame Schweigen fast ein wenig erholsam nach dem inneren Aufruhr, den die Nachricht von Grubers Verhaftung und die Bitte an sie, ihn zu verteidigen, bei ihr verursacht hatten.

Gruber schien es ähnlich zu gehen. Er saß reglos auf seinem Stuhl, die Unterarme auf die Tischplatte gestützt, die Hände ineinander verschränkt, und starrte vor sich hin. Dann, nach einer Weile absoluter Stille, begann er zu sprechen.

Er flüchtete sich in Polizeiberichtjargon: Am Freitagmorgen hatte man an der Uferböschung des Schwabinger Bachs die Leiche einer Frau gefunden. Seine Kollegin Sommer hatte ihn gleich nach der Meldung angerufen, noch bevor jemand wusste, um wen es sich handelte. Erst ein Kollege von der Spurensicherung, Roland Hertzner, hatte Irmgard Gruber erkannt. Doch da war es zu spät gewesen, ihn noch vorzuwarnen. In Erinnerung an den Moment, in dem er seine Frau gesehen hatte, verlor Grubers Stimme den unbeteiligten Nachrichtenton und wurde brüchig. Er wandte den Blick von Clara ab, hinauf zu den winzigen Fensterschlitzen oben an der Wand.

Clara musterte ihn mitfühlend. Äußerlich merkte man ihm nichts an, er sah aus wie immer. Ein bisschen dünner vielleicht, aber das konnte täuschen, ein bisschen blasser. Aber seine Augen. Sie waren ... Clara fand keine Bezeichnung dafür, was aus dem einst so durchdringend scharfen Blick des Kommissars geworden war. Erschöpft. Verzweifelt. Müde. Nichts davon wurde dem gerecht, was sie sah. Manche Dinge konnte man nicht in Worte fassen.

Sie griff nach ihrem Füller, schraubte die Kappe auf und schrieb Grubers Namen auf den Block. Um irgendetwas zu tun. Um ihm Zeit zu geben.

Endlich redete er weiter. »Sie wurde erwürgt. Mit bloßen Händen, wie es aussieht.« Gruber wandte den Blick vom Fenster ab und starrte seine eigenen Hände an. Hob und streckte sie, drehte sie hin und her und schloss sie dann ganz langsam um einen imaginären Hals.

Clara fröstelte. »Hören Sie auf«, bat sie, und ihre Stimme war alles andere als fest. »Bitte!«

Er ließ seine Hände sinken. »Entschuldigung.« Er sprach nicht weiter. Wartete auf ihre Fragen.

Clara zündete sich eine Zigarette an und wünschte, den Rauch so tief in ihre Lungen inhalieren zu können, dass nichts mehr davon herauskam. »Warum hat man Sie verhaftet?«, sprach sie endlich die Frage aus, die schon von Anbeginn im Raum stand. »Was für Verdachtsmomente sprechen gegen Sie?« Sie drückte sich absichtlich so vage, so betont anwaltlich aus, weil sie die andere Frage, die dahinterstand, nicht stellen wollte: Waren Sie es? Haben Sie Ihre Frau getötet?

Auf Grubers Gesicht erschien wieder dieses bittere Lächeln, das sie schon kannte. Doch jetzt lag noch so etwas wie Wehmut darin. Und tiefe, bittere Trauer. »Ich war bei ihr. Die ganze Nacht.« Er schluckte, sah Clara nicht an. »Gegen fünf Uhr morgens bin ich nach Hause gegangen. Wegen der Arbeit. Wollte noch duschen und mich umziehen und ... ein bisschen allein sein.«

Clara runzelte die Stirn. Waren Gruber und seine Frau nicht seit einiger Zeit getrennt gewesen?

»Wir hatten ... Es sah so aus, als ob wir wieder ...« Er konnte nicht mehr weitersprechen und vergrub sein Gesicht in den Händen.

Clara betrachtete angestrengt einen Punkt auf der Tischplatte. Nach einer Weile fragte sie: »Und der Todeszeitpunkt?«

»Zwischen fünf und viertel nach fünf«, gab Gruber zurück.

»So genau weiß man das?« Clara hob erstaunt die Augenbrauen.

»Der Nachbar von unterhalb hat genau um diese Zeit etwas gehört, er war schon wach, musste zur Arbeit. Er gibt an, Stimmen gehört zu haben. Und einen dumpfen Schlag. Aber es war ganz schnell alles wieder ruhig. Da hat er sich nicht weiter gekümmert.«

»In ihrer Wohnung? Ihre Frau wurde in ihrer Wohnung getötet?« Clara war verwirrt. »Aber sie wurde doch im Englischen Garten gefunden?«

Gruber nickte. »Man hat sie dorthin gebracht, als sie schon tot war. Im Kofferraum ihres eigenen Autos. Sie trug nur einen Morgenmantel. Den ... den hat er ihr ausgezogen und sie nackt die Böschung zum Bach hinuntergestoßen. Dann ist er mit dem Auto zurückgefahren, hat es in der Tiefgarage geparkt, ist wieder in die Wohnung und hat den Schlüsselbund zurück an den Haken im Flur gehängt. Der Gürtel des Morgenmantels lag noch im Kofferraum.«

Claras Zigarette war zwischen ihren Fingern ungeraucht heruntergebrannt. Sie drückte sie in den Blechaschenbecher.

»Und was ist mit Fingerabdrücken?«

»Keine, außer Irmis und meinen. Und noch ein paar unübersehbare Spuren meiner Anwesenheit.« Er verzog die Mundwinkel. » Außerdem hat man einen Blutfleck im Flur gefunden, der stammt von einer Wunde an ihrem Kopf. Sie ist gestürzt oder wurde gestoßen, hat sich dabei am Kopf verletzt und wurde dann erwürgt. Mit bloßen Händen.«

»Woher weiß man, dass sie mit ihrem eigenen Auto transportiert wurde?«, fragte sie.

»Es gibt Spuren von ihr im Kofferraum, Blut, Haare. Und der Gürtel ihres Morgenmantels lag noch drin.«

Clara zögerte einen Augenblick, dann sagte sie vorsichtig: »Das klingt nicht gut für Sie.«

Gruber schüttelte den Kopf. »Ich weiß. Es klingt nach einer klassischen Beziehungstat. Ein getrennt lebendes Ehepaar. Ein Versöhnungsversuch, die alten Konflikte brechen wieder auf, es kommt zum Streit, er läuft aus dem Ruder ...« Er seufzte. »Ich hätte mich auch verhaftet.«

Clara nickte langsam. »Aber warum wurde die Leiche fortgebracht? Das war doch höchst riskant. Warum sollte man so etwas tun? Ein Fremder käme doch wohl nicht auf die Idee ...«

»Es gibt keinerlei Hinweise auf einen Fremden!«, unterbrach Gruber sie heftig. »Warum sollte ein vollkommen Fremder um fünf Uhr morgens zu meiner Frau nach Hause kommen? Nur wenige Minuten, nachdem ich gegangen war? Der aufmerksame Nachbar unter ihr hat auch keine Klingel gehört. Nur das Klingeln am Vorabend. Das war ich.«

»Aber ...«, begann Clara ratlos.

Gruber verzog das Gesicht zu einer spöttischen Grimasse. »Na los, spucken Sie's aus. Sie waren doch früher nicht so rücksichtsvoll. Hat man Ihnen die Zähne gezogen? Ich sag's Ihnen gleich: Ein zahmes Kätzchen kann ich in meiner Situation nicht gebrauchen.«

Clara wurde rot. »Ich denke, in Ihrer Situation können Sie es sich auch nicht leisten, auf abgebrüht zu machen«, fauchte sie ihn an. »Das nimmt Ihnen keiner ab!«

Gruber lächelte.

»Also gut.« Clara beugte sich vor und sah Gruber in die Augen: »Sie hatten also ein Date mit Ihrer Frau. Zuerst ein bisschen Blabla, ein paar Gläser Wein, hie und da ein tiefer Blick. Ein bisschen Sex in Erinnerung an frühere Zeiten ... Und danach, nachdem die Spannung verflogen war, zack, wieder die üblichen Vorwürfe, Schuldzuweisungen, ein paar Eifersüchteleien. Sie wollen gehen, Ihre Frau läuft Ihnen nach, wirft Ihnen etwas besonders Gemeines an den Kopf, Frauen können das, nicht wahr? Vielleicht waren Sie ja gar nicht so gut, wie Sie gedacht hatten ... Sie werden wütend. Unglaublich wütend. Sind enttäuscht über diesen Scheißabend, ärgern sich, dass Sie sich überhaupt noch einmal darauf eingelassen haben. Ihre Frau keift und schimpft, vielleicht weint sie, drückt auf die Tränendrüse, will Ihnen wieder den Schwarzen Peter zuschieben, Sie geben ihr einen Stoß, sie fällt, schlägt sich den Kopf an. Doch das beruhigt sie nicht, im Gegenteil, sie wird hysterisch, und da packen Sie sie, legen ihr die Hände um den Hals und drücken zu, so lange, bis sie endlich still ist.«

Grubers ironisches Lächeln war verschwunden. Sein Gesicht war grau geworden vor Schmerz.

Sie war zu weit gegangen. Clara bereute, dass sie sich von ihm aus der Reserve hatte locken lassen. »Es tut mir leid«, sagte sie leise.

Gruber wehrte mit einer müden Handbewegung ab. »Ist schon gut. Ich wollte es ja so.«

Clara biss sich auf die Lippen. »Aber so etwa sieht es die Staatsanwaltschaft, nicht wahr?«

»Ja. So etwa.« Er sah sie erschöpft an, und die ganze Bitterkeit war aus seinem Gesicht verschwunden. »Werden Sie mir helfen können?«

Clara hob die Schultern. »Ich weiß es nicht«, sagte sie ehrlich. »Aber ich werde es versuchen.«

Sie schob ihm die Vollmacht hin, die bereits ausgefüllt auf dem Tisch lag. »Sie müssen das unterschreiben.«

Während Gruber seinen Namen unter das Papier setzte, sagte Clara langsam: »Aber ich verstehe trotzdem nicht, wieso die Leiche weggeschafft wurde. Was hat das für einen Sinn?«

Gruber reichte ihr den Füller zurück. »Sie glauben, ich hätte das gemacht, um von mir abzulenken. Ich musste ja davon ausgehen, dass ich nicht alle Spuren meiner Anwesenheit bei Irmi tilgen konnte, also habe ich es gar nicht erst versucht. Stattdessen bringe ich die Leiche fort.«

Clara runzelte die Stirn. »Aber sie war im Morgenmantel! Kein vernünftiger Mensch käme doch auf die Idee, ihre Frau wäre im Morgenmantel in den Englischen Garten gelaufen und hätte sich dort umbringen lassen! Zumal die Spuren im Kofferraum und im Flur offenbar nicht beseitigt wurden. Das wäre doch ein sehr durchsichtiges Täuschungsmanöver, ziemlich dämlich, vor allem für einen Polizisten. Und es hat ja auch nicht geklappt.«

Gruber hob die Schultern. »Ich habe keine Ahnung. Es gibt jedenfalls keinen Grund anzunehmen, ich wäre es nicht gewesen. Wer kann schon so genau sagen, was man alles unter Schock tut? Kurzschlussreaktion, Panik, irgendein kopfloser Impuls ...«

Clara nickte nachdenklich. Es war möglich. Das Ganze war so unsinnig, so wenig durchdacht, dass eine solche Erklärung die wahrscheinlichste war: Er hatte sie nicht einfach so liegen lassen können. Dazu das Entsetzen über die Tat, das Wissen all der Spuren, die auf ihn und nur auf ihn deuten würden. Und er hatte in seiner Panik dem erstbesten Impuls nachgegeben: Weg mit der Leiche. Sie schob die Vollmacht und ihren unberührten Schreibblock, auf dem außer Grubers Namen nichts stand, in ihre Tasche. »Ich werde mich als Verteidigerin bestellen und Akteneinsicht beantragen. Wir werden einen möglichst baldigen Haftprüfungstermin bestimmen lassen ...«, sie brach ab und seufzte. Es half nichts. Sie musste ihn fragen. »Waren Sie es?« Ihre Stimme war leise, furchtsam.

Gruber sah sie müde an: »Wenn ich nein sage, glauben Sie mir dann?«

Clara antwortete nicht.

VIER

Clara stützte ihre Arme auf die rote Mappe vor ihr und dachte nach. Nicht über das Verbrechen, von dem in dieser Akte die Rede war, und nicht über die Schritte, die sie unternehmen musste, um ihrem neuen Mandanten zu helfen. Sie dachte über sich nach. Über sich und Gruber. Warum war sie so gemein gewesen? Hatte absichtlich Worte benutzt, die ihn verletzen mussten. Es reichte nicht aus, sich zu sagen, er habe sie dazu herausgefordert. Was hatte er schon gesagt? Nichts, was man nicht mit einem freundlichen Lächeln, einem leichten Satz hätte übergehen können: Keine Sorge, wenn es nötig ist, kann ich meine Zähne schon zeigen, oder so etwas in der Art. Es war nicht professionell gewesen. Kein bisschen. Und das ärgerte sie.

Sie zündete sich eine Zigarette an und sah zu, wie sich der Rauch langsam verteilte. Sie würde kräftig lüften müssen, bevor Linda und Willi wiederkamen. Außerdem war es kalt. Sie hatte vergessen, Feuer im Ofen zu machen, und die uralte Heizung war den derzeitigen Temperaturen nicht gewachsen. Zu zugig waren der offene Raum und das riesige Schaufenster. Von Wärmedämmung keine Spur. Sie trank einen Schluck Kaffee und wärmte ihre Hände an der heißen Tasse.

Das Schlimmste an der ganzen Sache war, dass sie genau wusste, warum sie so reagiert hatte. Es war wie immer: Um Distanz zu wahren, wurde sie aggressiv. Im letzten Jahr war Gruber ihr Gegner gewesen. Ein hartnäckiger, verbissener

Gegner in einem Fall, der ein böses Ende genommen hatte. Am Ende hatten sie beide verloren. Aber sie hatten dadurch so etwas wie Respekt voreinander gewonnen. Bei aller Wut, die sie auf ihn gehabt hatte, wegen seiner Borniertheit, seiner Weigerung, die Dinge so zu sehen wie sie, hatte sie ihn doch am Ende schätzen gelernt. Ihn jetzt so zu sehen, in Haft, hilflos und von dieser persönlichen Tragödie gezeichnet, war unerträglich gewesen. Sie konnte damit nicht umgehen. War nicht in der Lage, ihren Beruf von ihren Gefühlen zu trennen. »Weichei«, schimpfte sie leise vor sich hin. »Hast den falschen Beruf gelernt.« Dann drückte sie die Zigarette aus und schlug die Akte auf.

Die Sache war klar. So sonnenklar, dass es weh tat. Wie Gruber schon gesagt hatte, gab es keinerlei Hinweise auf eine dritte Person in Irmgard Grubers Wohnung. Der Tatortbefundbericht listete akribisch die Spuren auf, aus denen der Hergang des Abends rekonstruiert werden konnte. Die Reste eines romantischen Abendessens: Antipasti, Salat, Nudeln mit Scampi, Tiramisù. Eine halbleere Flasche Weißwein, eine leere Flasche Prosecco, drei Flaschen Pils. Kerzen auf dem Tisch, Stoffservietten. Die Teller und das Besteck hatten noch auf dem Esstisch gestanden, nur beiseitegeschoben. Keine Zeit zum Aufräumen. Sie hatten geredet. Die halbe Nacht geredet. Und dann »Spuren von Geschlechtsverkehr« auf der Bettwäsche, Spermaspuren im Bad. Fingerabdrücke von Gruber in Küche, Wohn- und Schlafzimmer, im Bad, im Flur, überall.

Clara zündete sich eine neue Zigarette an. Sie wollte das alles nicht lesen, sich nicht vorstellen. Doch trotzdem blätterte sie weiter, und ein Teil ihres Geistes, der Teil, der von ihrem Widerwillen, sich mit der Sache zu beschäftigen, unberührt geblieben war, begann, nach einem Punkt zu suchen, an dem sie ansetzen konnte, eine Unstimmigkeit, ein Zweifel, etwas, das für Gruber sprach. Doch es gab nichts. Im Gegenteil. Im hinteren Teil der Akte fand sie die Kopie eines Eintrags aus Grubers Personalakte. Der Eintrag war vom vergangenen Sommer und betraf einen Vorfall während der Vernehmung eines Verdächtigen. Dieser hatte behauptet, Gruber sei ihm gegenüber handgreiflich geworden, habe ihm mit dem Unterarm gegen die Kehle gedrückt und ihn gegen die Wand gepresst. Weiter war darüber nichts zu finden. Offenbar hatte man gegen Gruber deswegen keine Schritte eingeleitet. Es gab auch keine Stellungnahme Grubers oder seines Vorgesetzten dazu. Aber allein die Tatsache, dass sich dieser Eintrag in der Akte befand, war schon schlimm genug. Dabei spielte es keine große Rolle, ob es sich tatsächlich so zugetragen hatte oder nicht. Es genügte, um ein schlechtes Licht auf Walter Gruber zu werfen.

Clara las Grubers Vernehmungsprotokoll, das sich mit seinen Angaben ihr gegenüber deckte: Er war am Donnerstagabend um acht zu seiner Frau gegangen und bis kurz vor fünf geblieben. Er hatte niemanden bemerkt, als er das Haus verließ. Um acht Uhr am nächsten Morgen war er von seiner Kollegin telefonisch über den Leichenfund im Englischen Garten informiert worden.

Außer Grubers Aussage gab es noch die Protokolle zweier Kollegen am Tatort, von Sabine Sommer, die Clara damals schon kennengelernt und in wenig sympathischer Erinnerung hatte, und einem Roland Hertzner, Leiter der Spurensicherung. Beide sagten übereinstimmend aus, dass Gruber »geschockt« über den Fund seiner Frau gewesen war. Offenbar hatte er sich zunächst geweigert, die Leiche abtransportieren zu lassen, und war nur unter Mühen dazu zu bewegen gewesen, den Tatort zu verlassen. Doch hier gab es einen

Unterschied. Während Roland Hertzner, der Irmgard Gruber auch persönlich gekannt und sie als Erster identifiziert hatte, Grubers Reaktion »verständlich« nannte und auf seine Betroffenheit und seinen Schockzustand zurückführte, bezeichnete Sabine Sommer dieses Verhalten als »merkwürdig« und »unangemessen«.

Clara runzelte die Stirn. Was sollte das heißen? Sie nahm sich die Protokolle genauer vor. Obwohl die beiden Aussagen hinsichtlich der Tatsachen übereinstimmten, unterschied sich Kommissarin Sommers Wertung der Ereignisse ganz erheblich von der Hertzners. Grubers Versuch, die nackte Leiche seiner Frau mit seinem Mantel vor den Blicken der anderen zu schützen, war Sommer »aufgesetzt« und »etwas übertrieben« vorgekommen. Unverständnis zeigte sie auch für seine Weigerung, die Leiche zu verlassen: »Er war außer sich, hat mir sogar gedroht für den Fall, dass ich näher kommen sollte.«

Clara schüttelte den Kopf. In Kommissarin Sommers Worten klang es so, als hätte sie es mit einem tollwütigen Hund zu tun gehabt und nicht mit einem Mann, dessen Frau gerade getötet worden war. Sommer gab außerdem zu Protokoll, Gruber habe mit seinem Verhalten ihrer Ansicht nach verhindert, dass sofort nach Auffinden der Leiche ordnungsgemäß nach Spuren gesucht werden konnte, und so die Angelegenheit verzögert. »Dabei müsste es doch in seinem Interesse liegen, den Täter so schnell wie möglich zu finden.« Immerhin sei er ja Polizeibeamter, und »bei allem Verständnis« dürfe ein »Mindestmaß an Professionalität« auch in einem solchen Fall vorausgesetzt werden. Zweifellos schien Sommer überzeugt davon, dass sie im Gegensatz zu Gruber diese Professionalität mit Leichtigkeit hätte aufbringen können.

Clara, die die Kommissarin als eine übertrieben hart auftretende, ehrgeizige Blondine mit burschikosem Kurzhaarschnitt in Erinnerung hatte, verzog bei dieser selbstgefälligen Aussage verächtlich den Mund. »Darauf möchte ich wetten, Fräulein Sommer«, murmelte sie, »dass du über Leichen gehst, ohne mit der Wimper zu zucken, wenn es deinem Job dienlich ist.«

Doch als sie den letzten Satz der Aussage las, verschwand das spöttische Lächeln aus ihrem Gesicht, und sie starrte minutenlang ins Leere. Hätte sie noch einen Beweis für Kommissarin Sommers Kaltblütigkeit gebraucht, mit dem sie bereit war, Gruber ans Messer zu liefern, hier war er schwarz auf weiß:

»Ich weiß nicht, ob das wichtig ist«, stand dort wörtlich zitiert, »aber ich habe gehört, wie Herr Gruber etwas zu seiner Frau gesagt hat, als er sich über sie beugte.« Clara schnaubte grimmig und las ein zweites Mal den Text: »Er hat sich bei ihr dafür entschuldigt, dass er keine Geduld gehabt hat. Es klang so, als ob er sich schuldig fühlte. Das ist mir schon sehr merkwürdig vorgekommen.«

Claras Faust landete mit voller Wucht auf der Seite.

Elise hob erschrocken den Kopf, ließ ihn dann aber schnell wieder auf die dicken Vorderpfoten sinken: Immer diese Gefühlsausbrüche. Konnte diese Frau nicht einfach mal ein Mittagsschläfchen halten? Die Dogge schob ihren Körper in eine neue Ruheposition und schloss erneut die Augen.

Von dem Gedanken an ein Mittagsschläfchen war Clara jedoch so meilenweit entfernt wie ein Hunnenkrieger davon, Babysöckchen zu häkeln. Sie sprang auf und begann, sehr zum Leidwesen von Elise, ziellos im Zimmer umherzulaufen. »So ein Miststück«, schimpfte sie vor sich hin. »Ein intrigantes, karrieregeiles Biest.«

War Grubers Situation ohnehin nicht gerade rosig, mit

diesen vagen Andeutungen hatte Sabine Sommer erheblich zu deren Verschlechterung beigetragen. Nichts davon war in irgendeiner Weise ein Indiz, keine harten Fakten, keine Beweise, nur Wertungen und Bosheit. Man konnte alles so drehen, wie man es haben wollte. Das war eines der ersten Dinge, die man in einem Gerichtsprozess lernt. Man musste immer mit allem rechnen: Ein vermeintlich todsicherer Zeuge konnte sich plötzlich nicht mehr erinnern, oder der Mandant hatte vorab vergessen, seinem Anwalt mitzuteilen, dass er doch ein paar Schwarzarbeiter auf der Baustelle beschäftigt hatte. Die Gegner drehten einem das Wort im Mund herum, und jeder Versuch, es wieder geradezubiegen, machte die Sache noch schlimmer.

Es war vollkommen egal, ob Grubers Verhalten nun nachvollziehbar gewesen war oder nicht. Es spielte auch keine Rolle mehr, was er genau gesagt und wie er es gemeint hatte. Entscheidend war, dass Kommissarin Sommers Aussage schwarz auf weiß in der Akte stand und der Eindruck, der daraus entstand, sich nicht mehr entkräften ließ. Jeder Erklärungsversuch würde wie das hilflose Uminterpretieren einer für den Tatverdächtigen negativen Tatsache aussehen. Clara fluchte ausgiebig. Hätte dieses dumme Weib nicht ihren Mund halten können? Was hatte sie nur dazu veranlasst, ihren Kollegen in einer solchen Situation noch tiefer reinzureiten? Doch einen positiven Effekt hatte das Ganze doch: Kommissarin Sommers Vernehmungsprotokoll hatte Clara so sehr in Rage gebracht, dass sich in ihr die Überzeugung, dass Gruber tatsächlich vollkommen unschuldig am Tod seiner Frau war, endlich durchzusetzen begann. Ob es nun ein reiner Trotzmechanismus war oder nicht, Clara entschied sich, daran zu glauben. Sie stellte ihre Wanderung durch die verwaisten Kanzleiräume ein und setzte sich zurück an ihren Schreibtisch.

»Also angenommen, er war es nicht«, murmelte sie und zog einen Bogen Papier aus der Schublade, auf den sie oben in die Mitte schrieb: *Gruber ist unschuldig*. Sie zögerte einen Augenblick, dann malte sie ein kleines Fragezeichen hinter den Satz, starrte sekundenlang darauf und strich es wieder durch. »Mal angenommen, er war es nicht ...«, wiederholte sie nachdenklich, »wer war es dann? Wie hat er es angestellt? Und warum wurde die Leiche wegtransportiert?«

Da war sie wieder, die Frage, die sie seit ihrem Besuch bei Gruber heute Morgen beschäftigte. Es ergab einfach keinen Sinn, dass Gruber in einem Anfall geistiger Umnachtung seine Frau in den Englischen Garten gefahren haben sollte. Einerseits voller Panik, so unüberlegt, dass er vergaß, die Blutspuren im Flur und im Kofferraum zu beseitigen, andererseits aber geistesgegenwärtig genug, um im Gegensatz zur Wohnung im Auto keinen einzigen Fingerabdruck, keine einzige Spur von sich zu hinterlassen.

»Was für ein Blödsinn.« Sie schlug die Akte noch einmal auf und las den Bericht der Spurensicherung: Keine Fingerabdrücke von Gruber im Auto und auf dem Autoschlüssel. Nur Fingerabdrücke von Irmgard Gruber selbst, sowie einige Haare von ihr auf der Kopfstütze auf der Fahrerseite des Wagens. Gruber hatte außerdem angegeben, dass seine Frau das Auto, einen roten VW Golf, erst nach der Trennung gekauft hatte und er es überhaupt noch nicht gesehen, geschweige denn gefahren hatte.

Clara machte sich eine Notiz auf ihrem Papier. Langsam kristallisierte sich in ihrem Kopf eine Idee heraus, wie sie in einem Antrag auf Haftprüfung argumentieren könnte. Eine vage, unsichere Idee noch, aber immerhin. Schwer genug, in einem solchen Fall überhaupt einen vernünftigen Ansatzpunkt zu finden. Sie umkringelte noch einmal den ersten Satz und setzte statt des Fragezeichens ein entschiedenes Ausrufezeichen: *Gruber ist unschuldig!* Das musste die Arbeitshypothese sein. Davon musste sie ausgehen. Jedenfalls fürs Erste. Sie schraubte ihren Füller zu und stand auf. Zeit für einen Spaziergang. Sie brauchte ein Bild in ihrem Kopf. Ohne ein Bild konnte sie nicht weiterdenken.

Elise war nicht erfreut. Mürrisch und mit eingezogenem Schwanz trabte sie hinter Clara her. Was für eine Schweinekälte. Clara musste ihr insgeheim recht geben. Die Temperaturen machten jeden Aufenthalt im Freien, der länger als fünf Minuten dauerte, zur Qual. Sie hatte ihren Schal so fest um Mund und Nase gewickelt, wie es nur ging, ohne die Sauerstoffzufuhr zu gefährden, und ihre flaschengrüne Angorawollmütze mit Bommel, die sie unter Missachtung sämtlicher Eitelkeitsanwandlungen über ihre roten Locken gestülpt hatte, tief in die Stirn gezogen. Die Hände in den Manteltaschen vergraben, blieb sie an dem weißen Haus in der Biedersteiner Straße stehen, in dem Irmgard Gruber gewohnt hatte. Ein schmucker, kürzlich renovierter Altbau mit Fensterumrahmungen in elegantem Grau und klassizistisch anmutenden Simsen entlang der Fassade. Vier Fenster gab es im ersten Stock. Zwei davon mussten zu Irmgard Grubers Wohnung gehören, wie Clara nach einem Blick auf die symmetrisch angeordneten Namen neben den Klingeln vermutete: Erdgeschoss, erster Stock, zweiter Stock: je zwei Parteien pro Stockwerk und ganz oben noch ein einzelner Name.

Claras Blick wanderte die Straße entlang. Es war sehr hübsch hier, ruhig gelegen und direkt am Englischen Garten. Am Haus floss der Schwabinger Bach vorbei, und dahinter, keine fünf Minuten zu Fuß, lag der Kleinhesseloher See mit dem schicken Biergarten direkt am Ufer. Clara konnte ihn durch die kahlen Äste hindurch erahnen. Dort, bei den Biertischen ganz vorne, schien im Sommer die Sonne immer am längsten. Der Park lag schon längst im Schatten, da konnte man hier noch immer sein Gesicht in die Abendsonne halten, die Maß Bier in der Hand und alles andere ganz weit weg. Clara seufzte und trat von einem Fuß auf den anderen, um ihre kalten Zehen aufzuwärmen. Es dauerte noch eine ganze Weile, bis die Biergartensaison begann.

Ihr Blick wanderte zurück zu den Fenstern im ersten Stock. Sie versuchte sich vorzustellen, was letzten Freitag passiert war. Wer außer Gruber war noch hier gewesen? Und warum? War der Mord geplant, oder war es eine Affekttat? Clara sah sich um. Hatte hier jemand gewartet, bis Gruber gegangen war? Aber warum? Und woher konnte er wissen, dass Gruber bis fünf Uhr morgens bleiben würde? Nicht einmal Gruber selbst hatte das gewusst. Und es würde wohl kaum jemand bei zwanzig Grad unter null die ganze Nacht hier stehen und warten. Warum auch? Jeder andere Abend wäre besser geeignet gewesen, um bei Irmgard Gruber einzudringen, wenn es darum gegangen wäre.

Clara schüttelte den Kopf. Nein. Das ergab schon wieder keinen Sinn. Wie man es drehte und wendete, man landete immer bei Gruber. Es musste einen Zusammenhang geben zwischen dem Mord und Grubers Anwesenheit. Es konnte gar nicht anders sein. Jetzt, da Clara hier am Tatort stand, tat sie sich zunehmend schwerer, ihre Arbeitshypothese von Grubers Unschuld aufrechtzuerhalten. Ihr fielen einfach keine Alternativen ein. *Im Zweifel ist die naheliegendste Lösung immer die richtige.* Woher hatte sie diesen Satz? Aus einem Fernsehkrimi? Sie konnte sich seiner Logik nicht entziehen. »Es ist doch egal«, versuchte sie ihre zunehmende Unruhe zu besänftigen. »Du bist seine Anwältin, du musst für ihn tun, was du kannst.« Und das unabhängig davon, ob er es war oder nicht. Gerade für ihn, als einen Polizisten, der Verteidiger bisher nur als lästiges Übel im Bemühen, Verbrecher hinter Gitter zu bringen, angesehen hatte.

Sie zog ihren Schal vom Gesicht und stopfte ihn sich unter das Kinn, um sich eine Zigarette anzuzünden. Es war natürlich nicht egal. Es war nie egal, und wer das Gegenteil behauptete, hatte keine Ahnung, oder er log. Was sie bei Strafverteidigungen am meisten hasste, war, wenn ihre Mandanten ihr nicht die Wahrheit sagten. Es fiel ihr viel leichter, jemanden mit voller Überzeugung zu verteidigen, wenn er sich ihr anvertraut hatte. Dann regte sich ihr Berufsethos-Gen sofort, und sie wusste, sie musste ihren Job tun, egal, ob ihre Mandanten schuldig waren oder nicht. Aber wenn sie nicht nur der Polizei, sondern auch ihr das Blaue vom Himmel herunterlogen – und das taten die meisten –, wider alle Vernunft ihre Unschuld beteuerten und dabei versuchten, sie für dumm zu verkaufen, dann hatte sie Schwierigkeiten. Am schlimmsten aber war es, wenn sie nicht feststellen konnte, ob sie logen oder die Wahrheit sagten.

Was für ein Fall war Walter Gruber? Er hatte ihr überhaupt keine richtige Antwort auf ihre Frage gegeben, und eigentlich hatte sie ihn auch gar nicht wirklich fragen wollen. »Unschuldig«, beschloss sie erneut und spürte, wie der Zigarettenrauch in ihrem Rachen kratzte. Sie warf die Zigarette weg und trat sie aus. Es gab also eine dritte Person, jemand, der morgens um fünf, nur wenige Minuten nachdem Gruber gegangen war, bei Irmgard Gruber geklingelt hatte ... Nein, halt: Es war unwahrscheinlich, dass er geklingelt hatte. Der Nachbar war bereits wach gewesen. Er hatte Stimmen und Geräusche gehört, aber kein Klingeln davor. Also war er schon drin? Oder hatte einen Schlüssel? War es vielleicht gar der

Nachbar selbst gewesen? Aus verschmähter Liebe? Sie konnte sich an den Namen des Nachbarn, der ausgesagt hatte, nicht mehr erinnern. Nur, dass er unterhalb des Opfers wohnte. Neben den Klingelknöpfen im Erdgeschoss stand links *Familie Gschneidtner* und rechts *Svenja Kirchbauer & Ewald Engel*. Sollte etwa Ewald Engel oder Familienvater Gschneidtner der Mörder sein? Clara schüttelte den Kopf. Vielleicht ein bisschen zu weit hergeholt. Jedenfalls aber war der Täter ein Mann. Clara konnte sich nicht vorstellen, wie eine Frau es fertigbringen sollte, Irmgard Gruber mit bloßen Händen zu erwürgen und sie dann zum Auto zu schleppen und in den Kofferraum zu hieven. Es sei denn, sie wären zu zweit gewesen... Wieder schüttelte Clara den Kopf. Diese Spekulationen waren sinnlos. Sie brachten sie keinen Millimeter weiter.

Sie wollte sich gerade abwenden, da ging die Haustür auf. Ein junger Mann kam heraus, ebenfalls eingewickelt in Schal und Mütze. Er warf ihr einen kurzen, desinteressierten Blick zu und ging dann mit hochgezogenen Schultern und wiegendem Cowboyschritt an ihr vorbei, die Hände in die Hosentaschen seiner Jeans gezwängt. Clara sah ihm einen Augenblick nach. Das war mit Sicherheit nicht Familienvater Gschneidtner. Vielleicht Ewald Engel? Aber er sah nicht so aus, als würde er mit einer Frau namens Svenja Kirchberger zusammenwohnen. Clara warf noch einen Blick auf die Klingeln. Ganz oben stand ein Name, der zu dem jungen Mann passte: Thomas Schatz, der Bewohner der Dachgeschosswohnung. Clara nickte zufrieden. Sicher ein Student. Einzimmerapartment, Küchenzeile, die Dachschräge voller Bücher, Schreibtisch mit Blick auf den Biergarten. Vielleicht Tiermedizin, die tierärztlichen Kliniken waren nur ein paar Minuten entfernt von hier.

Dann stutzte sie. Elise, die ungeduldig neben ihr stand,

hatte sich gegen die Haustür gelehnt, und diese hatte nachgegeben. Vorsichtig drückte Clara dagegen. Sie war offen. Nachdem der junge Mann herausgekommen war, war sie offenbar nicht mehr richtig ins Schloss gefallen. Sie ließ die Tür los, ohne sie zuzuziehen, und drückte dann noch einmal dagegen. Sie war noch immer offen.

Clara griff nach Elises Halsband und betrat das Haus. Im Erdgeschoss erinnerte nichts an das Verbrechen, das hier stattgefunden hatte. Weiß gestrichene Wände, zwei geschlossene Türen, silberfarbene Namensschilder. Vor der Tür der Familie Gschneidtner standen ein Paar winzige, rosafarbene Winterstiefel. Clara stieg die Treppen zum ersten Stock hinauf: Dort, links von der Treppe, also über der Wohnung der Familie Gschneidtner, war Irmgard Grubers Wohnung. Die Tür war noch versiegelt, aber ansonsten auch hier, wie ein Stockwerk tiefer: saubere Treppenhausleere. Es gab einen Aufzug, direkt neben der Wohnungstür, mit dem musste der Mörder Irmgard Gruber in die Tiefgarage transportiert haben.

Clara konnte es vor sich sehen: Der Unbekannte drückt den Knopf, wartet, bis sich der Aufzug in Bewegung setzt, und dann trägt oder schleift er die Tote aus der Tür und in die Kabine. Höchstens ein, zwei Minuten würde das dauern. Unten in der Tiefgarage die gleiche Vorgehensweise: Wahrscheinlich war er vorher schon unten gewesen und hatte das Auto direkt vor den Aufzug gestellt. Ein kurzer Kraftakt, um die Tote in den Kofferraum zu befördern, Klappe zu, und nichts Verdächtiges gab es mehr zu sehen. Um fünf Uhr morgens war das Risiko, jemandem bei diesem Unterfangen zu begegnen, nicht sehr hoch. Dennoch fand es Clara ziemlich abgebrüht. Vor allem, wenn man, wie die Polizei, davon ausging, dass es Gruber gewesen sein sollte. Er hatte seine Frau geliebt und unter ihrer Trennung gelitten. Außerdem hatte er gerade die Nacht mit ihr verbracht. Selbst wenn es in einem Anfall von Wut oder verletztem Stolz, oder was auch immer, so weit gekommen wäre, hätte er dann noch diese Kaltblütigkeit aufbringen können? Clara konnte es sich beim besten Willen nicht vorstellen. Je länger sie darüber nachdachte, desto unwahrscheinlicher und absurder erschien ihr der Gedanke.

Sie machte kehrt und ging mit Elise wieder hinunter. Die Tür war noch immer nicht ins Schloss gefallen. Jeder, der wollte, konnte das Haus betreten, ohne zu klingeln. So musste es auch am Freitagmorgen gewesen sein. Gruber hatte das Haus verlassen und leise, behutsam die Haustür beigezogen, um keinen unnötigen Lärm zu verursachen. So war die Tür offen geblieben. Und diesen Umstand hatte sich jemand anderer zunutze gemacht. Aber wer? Und warum? Es musste jemand sein, der vor dem Haus gewartet hatte. Jemand, der Irmgard Gruber und ihren Mann kannte. Clara runzelte die Stirn. Es musste eine Verbindung zwischen dem Mörder und den Grubers geben. Anders war der Fall nicht denkbar.

Hinter der Tür der Familie Gschneidtner rumorte es. Man hörte ein Kind reden, und die Stiefel vor der Tür waren verschwunden. Clara, die gerade das Haus hatte verlassen wollen, blieb stehen. Sie versuchte zu verstehen, was gesprochen wurde, doch sie konnte nur die hohe Stimme des Kindes und die gedämpftere Entgegnung eines Erwachsenen, wohl der Mutter, unterscheiden. Hastig ging sie noch einmal nach oben. Von dort waren die Stimmen kaum mehr zu hören. Dann öffnete sich die Tür, und Clara wich in den Flur zurück, um von unten nicht gesehen zu werden. Das Kind plapperte jetzt lauter und mit durchdringender Stimme, dann hörte man die Haustür ins Schloss fallen, und es war wieder Stille. Clara nickte nachdenklich und speicherte in ihrem Kopf den Gedanken, der ihr soeben gekommen war. Sie musste die Akte diesbezüglich noch einmal überprüfen. Dann machte sie sich ebenfalls daran, das Haus zu verlassen. Sie hatte keine Lust, jemand zu begegnen. Außerdem musste sie weiter. Es gab noch einen Ort, den sie sich ansehen wollte, bevor es dunkel wurde.

Der Weg verlief direkt am Englischen Garten entlang, am Osterwaldgarten, einem beliebten Wirtshaus mit wunderschönem Biergarten, vorbei und unter dem Mittleren Ring hindurch. Die Unterführung war verlassen, und die mit Graffiti besprühten Betonwände warfen Claras Schritte hallend zurück. Elise, die trotz ihrer Größe ein echter Angsthase war, klemmte sich den Schwanz zwischen die Beine und drückte sich eng an Clara. Sie mochte keine Geräusche, die sie nicht orten konnte. Und dieser dunkle Tunnel, über den der Verkehr rauschte, war ihr äußerst unsympathisch.

Clara tätschelte den großen grauen Kopf ihres Hundes und lächelte. »Eigentlich solltest du mich beschützen und nicht umgekehrt, weißt du? Hunde machen das für gewöhnlich so.«

Aber es gab nichts, wovor jemand hätte beschützt werden müssen. Bis auf einen weiteren einsamen Spaziergänger, der ihnen in der Unterführung entgegenkam, war der Weg wie ausgestorben. Der Spaziergänger, ein Mann mit einer grauen Mütze, die er tief in die Stirn gezogen hatte, stockte einen Augenblick, als er Clara und ihren großen Hund bemerkte, und Clara griff mit einer beruhigenden, wenngleich vollkommen überflüssigen Geste nach Elises Halsband, um ihm zu signalisieren, dass sie alles im Griff hatte und von dem Hund trotz seiner Größe keine Gefahr drohte. Sie kannte solche oder ähnliche Reaktionen auf ihre Dogge, und sie hatte es längst aufgegeben, ihren Mitmenschen wortreich zu erklären, dass Elise vollkommen harmlos war. Der Mann reagierte jedoch nicht. Er blieb wie angewurzelt stehen und beobachtete starren Blickes, wie Clara und Elise an ihm vorbeigingen. Auch ihr besänftigendes Lächeln und ihr Nicken erwiderte er nicht. Seine Augen waren hell und wässrig und sahen irgendwie merkwürdig aus.

Na gut, dann eben nicht. Clara zuckte die Achseln. Als sie aus der Unterführung hinaustraten, ließ sie Elises Halsband los und vergrub die Hände wieder tief in den Manteltaschen. Sie gingen die menschenleere Straße entlang, vorbei an der alten Lodenfrey-Fabrik und den ehemaligen Werkshäusern, die man zu Wohnungen umgebaut hatte. Es war weiter, als sie gedacht hatte. Sie beschleunigte ihre Schritte, um warm zu werden, und Elise, die offenbar ihren Widerwillen gegen diesen Spaziergang endlich überwunden hatte, verfiel in einen leichtfüßigen Trab, hin und wieder von ein paar übermütigen Galoppsprüngen zur Seite unterbrochen, wenn sie einen Vogel im nahen Gebüsch vermutete. Als Clara endlich an der Biegung ankam, wo der Spazierweg abzweigte, begann es bereits zu dämmern. Der klare Himmel über der Stadt hatte eine violette Färbung angenommen und wirkte noch kälter und distanzierter als tagsüber. Die Kiesel unter Claras Füßen knirschten wie Scherben, als sie den Weg bis zum Ufer des Baches entlangging. Ruhig und spiegelglatt war das Wasser hier, kaum eine Bewegung war auszumachen, und an den flachen Rändern, wo der Bach bereits zugefroren war, glitzerte das Eis wie dunkles Glas. Das diffuse Zwielicht der Dämmerung verstärkte noch den Eindruck von Kälte und Verlassenheit.

Clara blieb stehen und sah sich um. Warum war die Leiche

hierhergebracht worden? An diesen merkwürdigen Ort? Wie war der Täter darauf gekommen? Aus Zufall? Das war kaum vorstellbar. Clara spähte die Böschung hinunter. Hier unten im Gestrüpp hatte man die Tote gefunden. Clara hatte die Fotos, die sich in der Akte befanden, noch genau im Kopf. Außer einem Rest Absperrband, das noch an einem Baumstamm hing, gab es keinen Hinweis darauf, dass hier eine Leiche gelegen hatte.

Die Spurensicherung hatte ihre Arbeit beendet und in einen Bericht gepackt mit dem Vermerk, dass keinerlei Hinweise auf die Identität des Täters oder sonstige Spuren gefunden werden konnten. Der Täter war mit dem Auto an den Rand der Böschung gefahren, hatte die Leiche ausgeladen, sie den Hang hinunterrollen lassen und war wieder weggefahren. Den Morgenmantel hatte er oben an der Böschung liegen lassen. Dann hatte er das Auto zurück in die Tiefgarage und den Schlüssel zurück in die Wohnung gebracht und war verschwunden.

Clara ging in die Hocke und musterte die Umgebung mit zusammengekniffenen Augen. Warum hier? Was war so besonders an diesem Ort? Diese Frage rotierte in ihrem Kopf zusammen mit der noch viel wichtigeren, im Grunde alles entscheidenden Frage: Warum wurde Irmgard Gruber überhaupt aus ihrer Wohnung weggebracht?

Es herrschte absolute Stille, die durch das kaum hörbare Plätschern des Baches und das vage, allgegenwärtige Dröhnen des Verkehrs in der Ferne noch betont wurde. Clara ging am Rand der Böschung in die Knie und verharrte dort nachdenklich. Sie musste nachdenken. Irgendwas störte sie. Etwas, was ihr schon beim Lesen der Akte absurd vorgekommen war. In Gedanken ging sie die Tat noch einmal Schritt für Schritt durch und staunte dabei wieder aufs Neue, wie einfach, wie gut durchdacht und simpel das alles gewesen war. Langsam nickte sie. Das war es: ein Plan. Diese ganze Sache sah nach einem Plan aus und keineswegs nach einer Affekthandlung. Und damit rückte Gruber als Verdächtiger noch ein Stück weiter weg. Sie stand auf und schüttelte ihre Beine aus. Es war Zeit, nach Hause zu gehen. In einer halben Stunde würde es dunkel sein.

FÜNF

Es war gut, dass er noch einmal umgekehrt war. Irgendetwas an dieser Frau hatte ihn stutzig werden lassen. Was es gewesen war, konnte er nicht sagen. Er war seinem Instinkt gefolgt. Darin war er schon immer gut gewesen: die Handlungen und Gefühle anderer vorauszusehen, ehe sie auch nur gedacht oder gefühlt waren. Sie hatte geglaubt, er fürchte sich vor ihrem Hund. Hatte ihn festgehalten. Das sollte ihn wohl beruhigen. Sein Mund verzog sich zu einem verächtlichen Lächeln. Als ob er sich vor einem Hund fürchten würde. Nie und nimmer. Er mochte Hunde, und Hunde mochten ihn. So war es immer schon gewesen. Er hatte ihr nachgesehen, wie sie die Straße entlanggegangen war, eine ganze Weile, und dann war er umgekehrt und ihr in weitem Abstand gefolgt. Es war nicht schwer gewesen, sie im Auge zu behalten, es waren kaum Leute unterwegs, eigentlich niemand außer ihnen beiden und hin und wieder ein Auto.

Als er erkannte, dass sich seine böse Ahnung tatsächlich bewahrheiten sollte, war es wie ein Schock. Er drückte sich schnell in die Büsche, die dort am Rande der Abzweigung wuchsen, und starrte durch die kahlen Äste hinüber zu der Flussbiegung, wo die Frau mit der grünen Mütze stehen geblieben war. Mit schreckgeweiteten Augen beobachtete er, wie sie suchend und prüfend hin und her ging und sich schließlich an die Böschung hockte und hinuntersah.

AN GENAU DER STELLE!

Er begann zu zittern, und ihm wurde übel. Er hatte recht gehabt: Sie war nicht zufällig hier. Es war noch nicht vorbei, wie er in einem Anfall leichtsinniger Sorglosigkeit geglaubt hatte. Diese Frau war keine harmlose Spaziergängerin. Er hatte sie geschickt. So weit ging seine Besessenheit, ihn sogar noch aus dem Gefängnis heraus zu verfolgen. Wahrscheinlich war sogar der Hund nur Tarnung. Ein durchsichtiges Manöver, um ihn zu täuschen. Wusste er, dass er Hunde gern hatte? Dass es ihm Freude bereitete, ihnen beim Spielen zuzusehen und sie manchmal, wenn niemand es bemerkte, sogar zu streicheln? Konnte er das wissen? Woher?

Er ballte die Fäuste und drückte sie sich gegen die Schläfen. Es war so ungeheuerlich, er verstand nicht, warum ihm, ausgerechnet ihm, so etwas passieren musste. Warum nun auch noch diese Frau? Würde es denn nie enden? Niemals? Wieder überkam ihn eine Welle der Übelkeit. Krampfhaft versuchte er, sie zurückzudrängen, doch es half nichts. Tränen traten ihm in die Augen, und er erbrach sich zwischen die kahlen Äste eines Busches. Wieder und wieder zog sich sein Magen schmerzhaft zusammen, er hustete und würgte so lange, bis nichts mehr kam als Galle, giftige grüne Galle. Dann war es vorbei. Mit zittrigen Fingern kramte er ein Taschentuch aus seinem Anorak und wischte sich damit über das schweißnasse Gesicht. Dann schnäuzte er sich, faltete das Tuch wieder sorgfältig zusammen und steckte es zurück.

Als er den Kopf hob und wieder hinübersah, war die Frau verschwunden. Er wagte es nicht hinüberzugehen, wollte auf diesem Teil des Weges nicht gesehen werden. Angestrengt blinzelte er durch die Bäume, die in der stärker werdenden Dämmerung bereits tiefschwarz schienen. Sie war weg. Keine grüne Mütze mehr zu sehen. Doch das besagte gar nichts. Er würde ihr wieder begegnen. Dessen war er sich sicher. Und bei dem Gedanken daran fing sein Magen erneut an zu rebellieren.

* * *

Zu Hause in Claras Wohnung war es kalt. Sie hatte am Wochenende, als sie in Micks Wohnung geflüchtet war, die Heizung zu weit heruntergedreht, und jetzt waren die Räume ausgekühlt, und es fühlte sich so an, als ob sie tagelang weggewesen wäre. Clara rannte durch die Zimmer und drehte an den Thermostaten. Es war merkwürdig, wie viel schwerer das Alleinsein zu ertragen war, wenn man nicht mehr daran gewöhnt war. Wahrscheinlich blieben deshalb so viele ihrer Mandanten bei ihren Ehepartnern, auch wenn sie sich schon längst auseinandergelebt hatten. Erst wenn das Zusammenleben so unerträglich wurde, dass es die Angst vor dem Alleinsein übertraf, fassten sie sich ein Herz – und manchmal noch nicht einmal dann. Clara hatte sich daran gewöhnt, nicht mehr allein zu sein. Auch wenn sie sich nicht jeden Tag sahen, war Mick doch da. In den gut zwei Jahren, in denen sie sich jetzt kannten, war er immer da gewesen. Bis jetzt.

Clara zog die Vorhänge zu und schlüpfte in ihre dicken Socken. Sie hatte auf dem Rückweg einen Döner gegessen, in weiser Voraussicht, denn ihr Kühlschrank war ebenso leer wie ihre Wohnung. Dann goss sie sich einen üppigen Redbreast-Whiskey ein und ließ sich auf das Sofa plumpsen. Draußen im Flur auf ihrer Matratze knurpste Elise an einem großen Knochen herum. War es gut, sich an jemanden zu gewöhnen? Clara war sich nicht sicher. Es machte abhängig. Sie nippte nachdenklich an ihrem Whiskey. Und das war etwas, was sie nach dem Desaster mit ihrem irischen Exehemann immer hatte vermeiden wollen. Aber konnte man überhaupt lieben, ohne sich in eine Abhängigkeit zu begeben? Konnte man überhaupt leben, ohne von irgendetwas in irgendeiner

Art und Weise abhängig zu sein? Und war es überhaupt Liebe, die sie mit Mick verband, oder doch nur wieder Angst? Vor dem Alleinsein, vor dem Älterwerden, vor ...

Clara nahm noch einen Schluck und starrte vor sich hin. Es war zu still im Raum. Die ganzen Tage waren zu still. Nichts als die eigenen Gedanken, die man geradezu hören konnte. Sie mochte ihnen nicht dauernd zuhören. Sie stand auf und schaltete ihre Stereoanlage ein. Es war ein antiquiertes Stück, das die Freunde ihres Sohnes immer mit einer Art fassungsloser Begeisterung betrachtet hatten: Voll krass! Ein echter Schallplattenspieler! Mit Nadel und Hebel und so. Wie die Kinder, die sie eigentlich noch waren, aber nicht mehr sein wollten, hatten sie sich mit diesem Ding beschäftigt und Claras alte Platten angehört. Zu Claras Überraschung hatten sie vieles davon »geil« gefunden, und so war sie in ihrer Achtung um einiges gestiegen. Was allerdings nicht dazu geführt hatte, dass ihr eigener Sohn sie ebenfalls cool fand.

Mittlerweile waren Schallplatten wieder extrem angesagt, und Sean, der seit einiger Zeit in Irland studierte, hatte ihr letztes Jahr zum Geburtstag eine alte LP geschenkt. *Songs of Love and Hate* von Leonard Cohen. Original aus den Siebzigern, mit einem Foto auf dem Cover, auf dem sie den Sänger fast nicht erkannt hatte. Wahrscheinlich, weil er lachte. Clara nahm die LP aus der Hülle und legte sie auf den Plattenteller. Dann setzte sie die Nadel behutsam auf eines ihrer Lieblingslieder: *Now the flames, they followed Joan of Arc as she came riding through the dark ...*

Sie liebte diese Stimme, »the golden voice«, wie Cohen selbst sie einmal in einem Lied genannt hatte: *I was born with the gift of a golden voice ...*

Clara trank noch einen Schluck Whiskey. Wozu sie wohl geboren war? Dazu, Mahnbescheide zu schreiben? Ehen und die dazugehörigen zerbrochenen Träume abzuwickeln, die Fäden zu entwirren, damit jeder wieder eigene Wege gehen konnte? Und was blieb am Ende in ihren Händen übrig, nachdem sie sich all dieser negativen Energie entgegengestellt hatte, den aufgestauten Gefühlen, der Bitterkeit und den Hoffnungen, die irgendwo am Wegesrand liegen geblieben waren? Nichts als Erschöpfung. Und die nächste Akte.

I'm tired of the war, I want the kind of work I had before, a wedding dress or something white ...

Clara nahm einen weiteren Schluck und ließ den Rest in ihrem Glas kreisen. Langsam wurde ihr warm, und eine leichte Schläfrigkeit überkam sie. So viel frische, bitterkalte Luft in Verbindung mit dem Alkohol brachte ihr Gesicht zum Glühen.

A wedding dress or something white, sang sie Leonard Cohen nachdenklich hinterher. Woran erinnerte sie das nur? *A wedding dress or something white* ... Sie war schon fast eingenickt, als es ihr einfiel: ein weißer Morgenmantel, zurückgelassen an der Uferböschung. Dann die Schilderung von Grubers Verhalten am Fundort seiner Frau, der Mantel, über die Leiche gebreitet ...

Clara richtete sich auf. Sie war wieder hellwach. Mit dem fast leeren Glas in der Hand sprang sie auf und ging zu ihrem Schreibtisch. Während ihr Laptop hochfuhr, trank sie den Whiskey aus und lächelte zufrieden. Vielleicht war es ja genau das. Worte, Argumente: ihre Begabung. Sie begann zu tippen.

Der Haftprüfungstermin war auf Donnerstag angesetzt, auf elf Uhr vormittags. Clara fand das Fax am nächsten Morgen in der Kanzlei und nickte befriedigt. Das war gut. Sie war bereit. Dann rief sie im Polizeipräsidium an und ließ sich mit einem Herrn Roland Hertzner verbinden.

Als sie am nächsten Morgen Walter Gruber im Zimmer der Ermittlungsrichterin begrüßte, war ihr doch ein wenig flau im Magen. Sie hatte ihre Strategie nicht mehr mit ihm besprochen. Zum einen, weil die Zeit dafür gefehlt hatte, zum anderen aber auch ganz bewusst, weil sie sich nicht sicher war, wie Gruber darauf reagiert hätte. Clara kannte die Richterin, Dr. Heidrun Allescher, bereits aus früheren Fällen. Eine etwas spröde, aber sehr erfahrene Juristin, die erst lange Jahre am Zivilgericht gewesen war und dann zum Strafrecht gewechselt hatte.

Sie setzten sich, und Clara nickte Gruber beruhigend zu. Gruber erwiderte ihren Blick mit verhaltenem Misstrauen. Er war nervös, man konnte es an der Art sehen, wie er eine richtige Position für seine Hände suchte, sie auf den Tisch legte, verschränkte und dann wieder sinken ließ.

Clara wandte sich ab und richtete ihre Aufmerksamkeit auf die Richterin. Sie hatte Claras Antrag vor sich und machte sich mit gerunzelter Stirn ein paar Notizen auf einem Zettel. Dazwischen blätterte sie immer wieder in der Akte. Das Schweigen zog sich in die Länge, und schließlich machte Clara, die nun selbst zunehmend nervös wurde, es ihr nach: Sie zückte ebenfalls ihren Stift und kritzelte mit gewichtiger Miene auf dem leeren Blatt Papier in ihrer Akte herum.

Endlich begann die Richterin zu sprechen. »Wenn ich das richtig lese, Frau Anwältin, dann stützen Sie Ihren Antrag auf Aufhebung des Haftbefehls darauf, dass kein hinreichender Tatverdacht zu Lasten Ihres Mandanten vorliegt?«

Clara nickte. »So ist es.«

Dr. Allescher schob ihre Brille zurecht und musterte Clara scharf. »Ist Ihnen klar, dass dies angesichts der Beweislage ein etwas … nun ja … sagen wir: kühnes Unterfangen darstellt?«

Wieder nickte Clara. »So, wie die Beweislage sich auf den ersten Blick präsentiert, mag das sein, ja.«

»Auf den ersten Blick?« Die Richterin hob ihre sorgfältig gezupften Augenbrauen. »Es gibt also Ihrer Meinung nach am Ermittlungsergebnis der Kollegen Ihres Mandanten etwas zu bemängeln?« Ihrem Ton war eine Spur Ironie zu entnehmen.

Clara nickte ein drittes Mal, ungerührt. »Ja. Durchaus.« Sie hörte, wie Gruber neben ihr unruhig auf dem Sitz hin und her rutschte, wandte sich ihm jedoch nicht zu.

Die Richterin klopfte auf das Blatt Papier, das vor ihr auf dem Tisch lag: »Nachdem Sie die Punkte, auf die Sie Ihren Antrag stützen, in diesem Schreiben nicht näher erläutern, sondern angeben, sie mündlich in der Verhandlung präsentieren zu wollen, lassen Sie mich also hören.«

Clara legte sich das Blatt zurecht, auf dem sie vorgestern Abend ihre Argumente aufgeschrieben hatte. »Zunächst, und da stimme ich dem Gericht zu, deutet alles auf die Täterschaft meines Mandanten hin«, begann sie. »Er war, wie es aussieht, als Einziger am Tatort, es gibt keine Spuren einer dritten Person. Das Motiv kann man sich leicht dazudenken, verletzter Stolz, ein Streit«, sie hob die Schultern. »Eine Tat im Affekt, also Totschlag.« Sie hob die Stimme. »Ich betone: Nach dem Ermittlungsergebnis war es kein Mord. Es fehlen alle möglichen Tatmerkmale, die es zu einem Mord machen würden. Das gesamte Ermittlungsergebnis stützt sich darauf, dass mein Mandant nach einer romantischen Nacht mit seiner Exfrau von einem unerklärlichen Anfall von Raserei gepackt wurde und die Frau, mit der er gerade noch intim war, gepackt und erwürgt hat. Und das im Flur um fünf Uhr morgens, als er offenbar gerade gehen wollte. Hier stellt sich mir schon einmal die erste Frage: Warum ist er nicht einfach gegangen? Er war schon im Flur. Was kann das für ein Streit gewesen sein, der ihn so zur Raserei getrieben hat? Die Eheleute Gruber waren seit über einem Jahr getrennt. Jetzt haben sie sich wieder angenähert, und dann, um fünf Uhr morgens, nachdem mein Mandant aufgestanden ist, um vor der Arbeit noch nach Hause zu fahren, überkommt ihn aus irgendeinem nicht näher festgestellten Grund ein mörderischer Wutanfall?« Clara ließ die Frage im Raum stehen.

Die Richterin, die ihr mit sehr zurückhaltender Miene zugehört hatte, sagte: »Ihr Mandant hat hierzu keine Aussage gemacht. Er behauptet, es habe keinen Streit gegeben.«

»Richtig.« Clara nickte. »Und das ist keine Schutzbehauptung meines Mandanten, sondern die Wahrheit.«

»Behaupten Sie«, entgegnete die Richterin mit leichtem Spott.

»Nein. Das behaupte ich nicht nur, sondern es deckt sich mit der Zeugenaussage: Der Nachbar von unterhalb hat nur Stimmen und ein lautes Geräusch gehört, aber keinen Streit.«

»Es war fünf Uhr morgens. Der Nachbar ist gerade aufgestanden. Ich denke, man kann seine Aussage schon so interpretieren, dass er laute Stimmen gehört hat, also streitende Stimmen«, gab die Richterin zu bedenken. »Wenn es das allein ist, worauf Sie sich stützen möchten ...«

»Nein, das ist es nicht allein«, gab Clara ruhig zurück, »aber es ist der erste Punkt. Wie Sie ganz richtig anmerken, handelt es sich bei der Frage, ob es nun streitende oder nur normale Stimmen waren, die der Nachbar gehört hat, lediglich um eine Interpretation. Und zwar eine Interpretation der Beamten. Dabei wurde nicht einmal überprüft, ob man überhaupt Stimmen, egal, ob laut oder leise, aus der oberen Wohnung unten beim Nachbarn hören kann. Ich war selbst in besagtem Anwesen und konnte mich davon überzeugen, dass das Haus in keiner Weise hellhörig ist: Man kann Stimmen aus der Wohnung im ersten Stock in den unteren Wohnungen nicht hören.«

Gruber warf ihr einen überraschten Blick zu, und Clara hob das Kinn. Diese Behauptung entsprach zwar nicht ganz der Wahrheit, war mehr Vermutung als Tatsache, doch das war nebensächlich. Ausschlaggebend war einzig und allein der Umstand, dass dies nicht überprüft worden war und daher im Augenblick auch nicht widerlegt werden konnte.

»Aber das stützt doch die Annahme, dass es sich um besonders laute Stimmen gehandelt haben muss«, wandte die Richterin ein. »Sonst hätte sie der Nachbar ja offenbar nicht hören können.«

»Mit Verlaub, auch das ist nur eine Interpretation. Eine Interpretation der ermittelnden Beamten, die es versäumt haben, die Aussage des Nachbarn genau zu überprüfen.«

»Aber wie soll es denn sonst gewesen sein? Unterstellen Sie dem Nachbarn, er habe gelogen, oder wie lautet Ihre *Interpretation*?« Die Richterin wurde langsam ungeduldig.

»Herr Gschneidtner hat die Stimmen nicht aus der Wohnung kommend, sondern im Treppenhaus gehört.«

Die Richterin hob den Kopf. »Aber wenn der Streit, oder die Unterhaltung, wie Sie meinen, im Treppenhaus stattgefunden hat, dann würde das bedeuten, dass Ihr Mandant die Wohnung bereits verlassen hatte und dann noch einmal zurückgegangen ist, denn getötet wurde Frau Gruber in der Wohnung.« Die Richterin runzelte die Stirn. »Das scheint mir doch sehr unwahrscheinlich.«

Clara nickte. »Ja, da haben Sie recht. Und deshalb könnte es ein Hinweis darauf sein, dass gerade nicht Herr Gruber, sondern eine andere Person der Täter gewesen ist. Jemand, der von außen gekommen ist: Er klopft an Frau Grubers Tür, sie öffnet im Glauben, ihr Mann sei noch einmal zurückgekommen. Doch es ist jemand anderer. Es gibt einen Wortwechsel, Frau Gruber will ihn nicht in ihre Wohnung lassen, er drängt sich hinein ...« Clara hob die Schultern. »Es könnte sehr gut so gewesen sein. Wir wissen es nicht, weil die ermittelnden Beamten es versäumt haben, diese so wichtige Frage abzuklären: Hätte der Nachbar die Stimmen überhaupt hören können, wenn sie aus der Wohnung gekommen wären? Und hätte es dann nicht ein besonders lauter Streit sein müssen, sodass der Nachbar sich auch dementsprechend ausgedrückt hätte? Er hat aber nicht gesagt, dass er einen Streit gehört hat. Nur Stimmen. Oder waren es tatsächlich einfach nur ›Stimmen‹, die aber aus dem Treppenhaus kamen, wo sie leicht vom Nachbarn gehört werden konnten, auch wenn sie nicht so laut waren?«

Die Richterin gab keine Antwort. Sie blätterte in der Akte und suchte offenbar die Aussage des Nachbarn. Schließlich sagte sie: »Sie haben recht. Diese Frage wurde nicht überprüft.«

Clara machte sich einen kleinen Haken neben dem ersten Punkt auf ihren Notizen. »Hierzu kommt noch, dass die Beamten behaupten, es habe keine Möglichkeit gegeben, ungehört ins Haus zu kommen, wenn man keinen Schlüssel besitzt. Das ist falsch.« Clara schilderte der Richterin ihre Erfahrung mit der Haustür. »Es bestand also sehr wohl die Möglichkeit, ins Haus zu gelangen, nachdem mein Mandant es verlassen hatte, ohne klingeln zu müssen.« Clara machte eine gewichtige Pause. »Diese Möglichkeit haben die Ermittlungsbeamten ebenfalls nicht in Betracht gezogen. Zumindest findet sich dazu kein Hinweis in der Akte.«

Die Richterin machte sich eine Notiz. »Also gut. Das ist ein

Einwand, den ich gelten lasse. Hier muss noch nachermittelt werden. Aber ich habe meine Zweifel, ob es reichen wird, den Haftbefehl gegen Ihren Mandanten aufzuheben.«

Clara nickte. Mehr hatte sie auch nicht erwartet. Ein erster Zweifel. Das war besser als nichts. »Aber ich bin noch nicht fertig«, sagte sie.

Die Richterin lächelte ironisch. »Davon gehe ich aus, Frau Rechtsanwältin.«

Clara holte tief Luft und warf einen Seitenblick auf Walter Gruber. Es würde ihm nicht gefallen, was sie jetzt zu sagen hatte. »Ich möchte noch ein wenig genauer auf die beiden Aussagen der Kollegen meines Mandanten eingehen«, begann sie. »Wie Ihnen sicher aufgefallen ist, unterscheiden sie sich erheblich voneinander in der Wertung der Ereignisse.«

Die Richterin blätterte zurück und überflog die beiden Aussagen. Dann nickte sie. »Ja, mag sein, aber es handelt sich ja, wie Sie selbst sagen, um rein subjektive Wertungen und keine Tatsachen, also spielen sie bei der Entscheidung keine Rolle.«

Wer's glaubt, wird selig, dachte Clara. Natürlich spielten Wertungen eine Rolle. Richter waren auch nur Menschen und selbstverständlich abhängig von Wertungen, so wie alle anderen auch.

»Ich darf also davon ausgehen, dass die Aussage von Frau Sommer bei der Entscheidung über den Haftbefehl in keiner Weise berücksichtigt wird?«, fragte Clara nach und ignorierte Gruber, der sie anstieß und flüsterte: »Was hat dieses intrigante Luder denn über mich erzählt?«

»Soweit es eine persönliche Wertung ist, nicht«, schränkte die Richterin ein. »Aber natürlich berücksichtigen wir ihre Aussage ebenso wie alle anderen. Sie hat Erfahrung mit der Einschätzung von Tatverdächtigen, sie kennt Ihren Mandanten als Kollegen, kann hier also wertvolle Hinweise geben.«

Wertvolle Hinweise. Clara verzog das Gesicht. »Dann möchte ich, dass Sie das Folgende ebenfalls berücksichtigen und in die Akte aufnehmen: Frau Hauptkommissarin Sabine Sommer hat sich im vergangenen Jahr um die Höherstufung zur Dienststellenleiterin beworben. Diese Stelle hat jedoch mein Mandant bekommen. Daraufhin hat Frau Sommer um Versetzung gebeten, die ihr jedoch nicht bewilligt wurde. Sie hat als Grund ›unüberbrückbare Differenzen‹ mit Herrn Gruber angegeben. Kurz danach kam es zu dem in der Akte erwähnten Vorfall während eines Verhörs, in dem mein Mandant angeblich gewalttätig gegenüber einem Verdächtigen geworden wäre.« Clara machte eine kurze Pause. »Die Beamtin, die diesen Vorfall als Einzige bemerkt haben will und die auch die Aussage des Verdächtigen hierzu zu Protokoll genommen hat, war Hauptkommissarin Sabine Sommer.« Clara fuhr schnell fort, bevor die Richterin etwas einwenden konnte. »Mir ist klar, dass es sich hierbei ebenfalls nur um Wertungen und Vermutungen handelt. Nachdem aber auch die Wertungen und Vermutungen von Frau Sommer in der Akte stehen und insbesondere auch der Vorfall während des Verhörs, der mit der aktuellen Sache überhaupt nichts zu tun hat, möchte ich, dass der Vollständigkeit halber auch diese Umstände aufgeführt werden, damit man sich, auch wenn man sich nicht von Wertungen leiten lässt, ein Gesamtbild machen kann.«

Clara lächelte, und die Richterin erwiderte ihr Lächeln etwas süßsauer. »Wenn Sie meinen.« Dann wandte sie sich der Protokollführerin zu und diktierte: »Verteidigerin beantragt, ins Protokoll aufzunehmen, wie folgt …«

Clara machte einen zweiten Haken an ihre Notizen. Es hatte sich gelohnt, mit Roland Hertzner zu sprechen. Anfangs war er sehr zurückhaltend gewesen, aber dann war es Clara doch gelungen, ihn dazu zu überreden, ein klein wenig aus dem Nähkästchen zu plaudern.

Nachdem die Richterin ihr Diktat mit einem süffisanten »Ist es so recht, Frau Rechtsanwältin?« noch einmal hatte vorlesen lassen, wandte sich Clara dem nächsten Punkt ihrer Liste zu.

Geliebter stand hier und dahinter drei Fragezeichen. Roland Hertzner hatte nichts Genaues gewusst: Gruber habe nie darüber gesprochen, aber angeblich sei »irgend so ein Typ« Ursache für die Trennung gewesen.

Clara räusperte sich. »Die Beamten sind von Anfang an davon ausgegangen, dass es sich hier um eine Beziehungstat gehandelt hat und nicht um die Tat eines Fremden. Ich denke, in diesem Punkt haben sie recht. Es ist vollkommen abwegig anzunehmen, dass um fünf Uhr morgens irgendein Mann auf die Idee kommt, in das Haus einzudringen und Frau Gruber, die er gar nicht kennt, umzubringen.«

»Freut mich, dass wir in diesem Punkt einer Meinung sind«, merkte die Richterin trocken an.

»Aber das heißt noch nicht zwingend, dass es mein Mandant war.«

Die Richterin unterbrach sie: »Diese Frage wird noch zu klären sein. Wir befinden uns noch nicht in der Hauptverhandlung. Heute geht es nur um die Fortdauer der Untersuchungshaft. Sie können sich also Ihr Plädoyer noch aufsparen. Wenn Sie keine Argumente mehr haben, um den dringenden Tatverdacht gegenüber Ihrem Mandanten zu beseitigen, müssen wir hier abbrechen.«

Clara presste die Lippen zusammen. Sie musste sich beeilen, sonst würde die Richterin ihr nicht mehr zuhören. Es war schon nach eins. Wahrscheinlich war sie zum Mittagessen verabredet.

»Doch. Ich habe noch zwei Punkte«, gab sie knapp zurück. »Zum einen hat die Polizei keinen Augenblick lang Frau Grubers Geliebten ins Visier genommen, was ich außerordentlich merkwürdig finde ...«

»Das Opfer hatte einen Geliebten?«, fragte die Richterin erstaunt nach. »Wie kommen Sie darauf? In der Akte steht, sie lebte allein, und nach Angaben ihrer Arbeitskollegen und auch Ihres Mandanten hatte sie keine Beziehung.«

»Im Augenblick nicht, das ist richtig«, gab Clara zu. »Aber sie hatte einen Liebhaber, was ja auch der Grund für die Trennung von ihrem Mann war. Und ein verflossener Liebhaber ist meiner Meinung nach ein ebenso passabler Tatverdächtiger wie mein Mandant.«

Die Richterin wandte sich jetzt direkt an Gruber: »Ist das wahr, was Ihre Anwältin sagt? Hatte Ihre Frau eine Beziehung zu einem anderen Mann?«

Gruber warf Clara einen bösen Blick zu, dann sagte er leise: »Ja. Aber das war vorbei. Schon seit einiger Zeit ...«

Clara unterbrach ihn. »Aber noch nicht so lange, dass es für diesen Mann keine Rolle mehr spielen könnte, dass Irmgard Gruber eine Nacht mit ihrem Exmann verbringt.«

Die Richterin warf Gruber einen nachdenklichen Blick zu: »Sie haben diesen anderen Mann bei Ihrer Vernehmung nicht erwähnt. Die Tatsache, dass Ihre Frau noch eine andere Beziehung hatte, könnte Sie durchaus entlasten. Das muss Ihnen doch bewusst gewesen sein.«

Gruber antwortete nicht sofort. Er hielt den Kopf gesenkt und sah sekundenlang schweigend seine Hände an. Dann sagte er: »Er hat doch keine Rolle mehr in Irmis Leben gespielt. Es war vorbei. Wir ... wir wollten doch neu anfangen ...« Seine Stimme erstarb, und Clara sah, wie er mit den Tränen kämpfte. Er hielt den Kopf gesenkt und schluckte schwer. Seine Hände begannen zu zittern. Er hob eine Hand, wollte sich über die Augen wischen, doch mitten in der Bewegung hielt er inne, verharrte eine Sekunde bewegungslos und gab es auf, sich zu beherrschen. Er beugte sich nach vorne, stützte sich auf den Tisch und vergrub sein Gesicht in den Händen. Seine Schultern bebten.

Clara warf einen Blick auf die Richterin und bemerkte mit Genugtuung, dass Grubers Erschütterung und sein Ringen um Fassung sie betroffen machten. Sicher kannte sie Gruber von zahlreichen Prozessen, in denen er als ermittelnder Beamter ausgesagt hatte. Ihn jetzt so zu erleben konnte sie nicht ungerührt lassen. Trotz ihres ehrlichen Mitgefühls für Gruber war Clara in dem Moment kaltblütig genug, sich für ihre Taktik zu loben. Beim Lesen der Akte hatte Clara ebenso verwundert wie die Richterin festgestellt, dass Gruber kein Wort über den ehemaligen Liebhaber seiner Frau verloren hatte, obwohl es ein Leichtes gewesen wäre, damit den Verdacht zunächst einmal von sich abzulenken. Doch sie hatte verstanden, warum Gruber sich so verhalten hatte. Sein verletzter Stolz und vor allem seine Hoffnung auf einen Neuanfang, die mit dieser Tat so gnadenlos zerstört worden war, hatten ihn daran gehindert, darüber zu sprechen. Ganz bewusst hatte sie Gruber deshalb nicht vorher auf dieses Thema angesprochen. Sie hatte geahnt, dass er direkter reagieren würde, wenn er unvermittelt von der Richterin damit konfrontiert werden würde. Und sie hatte recht behalten. Es war perfekt.

Während die Richterin, nun wesentlich behutsamer als zuvor Walter Gruber nach dem Namen des Mannes fragte, machte Clara einen dritten Haken auf ihren Notizen und schrieb Grubers jetzt wieder um Beherrschung bemühte Antwort daneben: Adolf Wimbacher. Dann widmete sie sich ihrem letzten und entscheidenden Punkt, für den Grubers so offensichtliche Verzweiflung die Steilvorlage gebildet hatte.

Sie runzelte die Stirn und blätterte in ihrer Akte bis zu der Seite des Tatortbefundberichts. »Eine letzte Sache erscheint mir noch außerordentlich wichtig«, begann sie zögernd und mit einem wohlkalkulierten besorgten Seitenblick auf ihren Mandanten. Würde er diesem letzten Punkt standhalten können? Oder war es zu viel? Sie überflog die Zeilen des Berichts, die sie längst auswendig kannte. »Ich habe mich die ganze Zeit gefragt, weshalb sollte mein Mandant die Leiche seiner Frau aus der Wohnung geschafft und sie auf einem Parkplatz am Nordfriedhof abgeladen haben? Wie passt dieses so planvolle wie unsinnige Vorhaben zu dem Vorwurf einer Affekttat, wie es die Staatsanwaltschaft annimmt? Wie kann ein Mann zuerst so unvermittelt unbeherrscht und dann wieder so überlegt handeln und gleichzeitig wissen, dass dieses Wegschaffen der Leiche vollkommen unsinnig ist? Mein Mandant ist ein erfahrener Beamter. Erfahren genug, um zu wissen, dass es keinen Sinn macht, seine unzähligen Spuren in der Wohnung beseitigen zu wollen. Hätte er nicht auch wissen müssen, dass es auch keinen Sinn macht, die Leiche zu beseitigen? Die Beamten gingen offenbar davon aus, dass dieses Vorgehen ebenfalls ein Affekt, zumindest unüberlegt war. Dem muss man widersprechen. Es gehört eine ziemliche Portion Kaltblütigkeit dazu, eine Leiche aus dem ersten Stock in die Tiefgarage zu transportieren, sie in den Kofferraum ihres eigenen Autos zu werfen und dann mit dem Auto zu einem Parkplatz zu fahren, um sie dort wie einen Müllsack abzuladen, das Auto wieder zurückzubringen und den Schlüssel wieder in die Wohnung zu hängen. Und damit nicht genug. Anders als in der Wohnung hat die Spurensicherung weder im Aufzug noch im Auto oder am Autoschlüssel einen einzigen Fingerabdruck meines Mandanten gefunden. Also muss er, wenn man den Schlussfolgerungen der Beamten folgen will, diese Spuren akribisch beseitigt haben.« Clara machte eine Pause. »Ich kann mir dieses Vorgehen beim besten Willen nicht erklären. Vor allem kann ich es nicht mit einem verzweifelten Mann in Verbindung bringen, der gerade seine Frau umgebracht hat, mit der er einen zweiten Start für ein gemeinsames Leben geplant hatte.«

Die Richterin nickte langsam. »Das ist etwas widersprüchlich, richtig«, gab sie zu. »Aber ...«

Clara ließ sie nicht ausreden. Mit einem Lächeln, das die Richterin um Verzeihung für die Unterbrechung bitten sollte, fuhr sie fort. »Ich dachte zuerst, das wäre der Knackpunkt. Daran hatte ich mich festgehakt. Doch das ist es nicht. Oder nicht nur. Der viel entscheidendere Punkt ist ein anderer. Und als ich den gefunden hatte, war mir klar, dass Walter Gruber es nicht gewesen sein kann.«

Sie warf einen letzten Blick auf ihre Notizen: *A wedding dress or something white* stand da handschriftlich dazugekritzelt, und die Takte des Liedes, das Clara darauf gebracht hatte, klangen ihr noch immer in den Ohren. Sie hob den Kopf und sah der Richterin offen ins Gesicht. »Die beiden Beamten am Tatort haben ausgesagt, dass mein Mandant versucht hat, die nackte Leiche seiner Frau mit seinem Mantel zu bedecken. Es war ihm unangenehm, sie so entblößt dort liegen zu sehen.« Clara warf Gruber einen Blick zu. »Ich kann diese Handlungsweise gut verstehen. Es ist nachvollziehbar, und ich habe meine Zweifel, dass es jemandem gelänge, in einer solchen Situation so professionell zu handeln, wie Kommissarin Sommer es erwartet. Wenn man seine tote Frau findet, wenn man sie nackt im Gebüsch liegen sieht, den Blicken Fremder ungeschützt ausgesetzt, nicht mehr in der Lage, sich zu wehren, dann spielt es keine Rolle mehr, ob man Polizist ist oder was auch immer. Vielleicht spielt es dann sogar keine Rolle mehr, ob man der Täter ist.«

Die Richterin nickte. »Ich stimme Ihnen zu.«

Clara schloss für einen winzigen Moment die Augen, um sich zu konzentrieren. Jetzt kam der entscheidende Augenblick.

»Aber dann bleibt doch eine entscheidende Frage offen«, sprach sie bedächtig und fast wie zu sich selbst weiter. »Warum um alles in der Welt hätte mein Mandant sie vorher ausziehen sollen?«

Die Richterin hob den Kopf. »Wie? Ich verstehe nicht ...«, begann sie, doch dann begriff sie, was Clara meinte, und Überraschung zeichnete sich auf ihrem strengen Gesicht ab. »Der Morgenmantel.«

Clara nickte. »Irmgard Gruber trug einen weißen Morgenmantel aus Seide. Bevor man sie die Böschung hinunterstieß, hat man ihn ihr ausgezogen. Er lag unversehrt an der Uferböschung, der Gürtel war noch im Kofferraum des Wagens. Warum?« Sie schüttelte den Kopf. »Frau Richterin, mein Mandant kann es nicht gewesen sein. Bei allen möglichen und unmöglichen Versuchen, sich sein Verhalten zu erklären, muss man hier scheitern: Er hätte seiner toten Frau auf gar keinen Fall, nie, niemals den Morgenmantel ausgezogen.«

Richterin Dr. Allescher erwiderte Claras Blick, und Clara konnte sehen, dass es ihr gelungen war, sie zu überzeugen. Es war dieser letzte Punkt, der den Ausschlag gegeben hatte.

Sie warteten, und keiner sagte ein Wort. Wie ein lebendes Bild verharrten alle im Raum, regungslos, endlose Augenblicke lang. Dann gab sich die Richterin einen Ruck und wandte sich an die Protokollführerin. »Nach Erörterung der Sach- und Rechtslage mit den Beteiligten kommt das Gericht zu der Auffassung, dass der dringende Tatverdacht nicht hinreichend gesichert scheint, um die Fortdauer der Untersuchungshaft zu rechtfertigen. Das Gericht ordnet Nachermittlungen hinsichtlich der Zeugenaussage des Herrn Gschneidtner betreffend die gehörten Stimmen zum Tatzeitpunkt an. Auf die hierzu gemachten Ausführungen der Verteidigerin wird ausdrücklich verwiesen. Weiter werden Nachermittlungen zu der Beziehung des Herrn Adolf Wimbacher zu dem Opfer angeordnet sowie zur Feststellung seines Aufenthalts zum Tatzeitpunkt. Die bisherigen Ermittlungen hält das Gericht für nicht ausreichend, um den dringenden Tatverdacht gegenüber Walter Gruber aufrechtzuerhalten. Es bestehen nach Prüfung der Sach- und Rechtslage vielmehr erhebliche Zweifel an der Täterschaft des Beschuldigten. Der Haftbefehl wird daher mit sofortiger Wirkung aufgehoben.«

Sie verließen den Sitzungssaal ohne ein Wort, ohne einen Blick füreinander. Erst nachdem sie die Sicherheitsschleuse am Eingang des Strafjustizzentrums hinter sich gelassen hatten und in die schneidende Kälte hinaustraten, wandte sich Gruber Clara zu. Doch auch jetzt sagte er nichts. Es war, als fehlten ihm die Worte. Clara konnte gut nachfühlen, was in ihm vorging. Es war alles so schnell gegangen. Zuerst die Nachricht vom Tod seiner Frau, die Verhaftung, die Untersuchungshaft und jetzt, von einer Minute auf die andere, die Freilassung. Und gleichzeitig neben der Erleichterung und der allgegenwärtigen Trauer im Hintergrund das Wissen, dass es noch nicht vorbei war. Im Gegenteil, es hatte gerade erst angefangen. Clara sah ihn ernst an. »Wir müssen uns unterhalten.«

Gruber nickte. Er presste die Lippen aufeinander und wandte dann den Kopf ab, hielt sein Gesicht ins Licht der blassen Sonne. »Natürlich«, murmelte er mit geschlossenen Augen, »aber nicht jetzt.«

Clara schüttelte den Kopf. Nein. Nicht jetzt. Schweigend blieben sie nebeneinander stehen. Gruber hatte bei seinem Sohn anrufen lassen. Er würde ihn abholen.

Nach einer Weile sagte Clara: »Ich muss jetzt gehen ...«.

Gruber schrak zusammen, als hätte sie ihn geweckt. Er griff nach ihrer Hand und hielt sie so fest, dass es weh tat. »Wollen Sie nicht warten? Armin kann Sie fahren ...«

Clara schüttelte den Kopf. »Nein danke. Ein bisschen frische Luft wird mir guttun.« Sie versuchte ein Lächeln. »Rufen Sie mich an, wenn Sie so weit sind? Wir sollten nicht so lange warten ...« Sie sprach es nicht aus, aber es hing auch so drohend wie das Damoklesschwert über ihnen: das Wort *Nachermittlungen*. Es war nur ein Aufschub, nichts weiter.

Clara hatte ihre Zweifel, dass die nun folgenden Ermittlungen tatsächlich zu einem neuen Täter führen würden. Selbst wenn es nicht bewusst geschah, würden sie doch in erster Linie dazu dienen, die bisherigen Ergebnisse zu untermauern. Die Polizei würde sich nicht dem Vorwurf aussetzen wollen, man habe ausgerechnet im Fall eines Verdächtigen aus den eigenen Reihen fahrlässig ermittelt. Wenn zu den Zweifeln, die sie heute hatte säen können, nicht noch Tatsachen hinzukamen, dann war Gruber genauso schnell wieder in Haft, wie er jetzt herausgekommen war. Und dann aber mit hieb- und stichfesten Beweisen, die sich nicht mehr so leicht aushebeln ließen. Es war also Eile geboten. Sie mussten die Zeit nutzen, die ihnen jetzt geschenkt worden war, um – ja um den wirklichen Mörder zu finden. Clara unterdrückte einen Seufzer. Wenn sie nur wüsste, wo sie mit der Suche anfangen sollte. Sie wandte sich wieder Gruber zu, der irgendetwas zu ihr gesagt hatte: »Entschuldigung, was meinten Sie?«

Gruber lächelte sein bitteres Lächeln. »Ich sagte gerade, Sie waren mir im letzten Jahr schon etwas unheimlich, aber seit heute weiß ich auch, warum.«

Clara lächelte zurück. »Das ist ein eher zweifelhaftes Kompliment, würde ich sagen.«

Er nickte. » Es kommt halt immer darauf an, auf welcher Seite man steht.«

Clara verabschiedete sich und ging. Als sie ein wenig ziellos die Nymphenburgerstraße überquerte, drehte sie sich noch einmal um. Sie sah einen dunkelgrauen BMW älteren Baujahrs am Straßenrand halten und einen jungen Mann herausspringen: Armin, Grubers Sohn, der am Montag bei ihr im Büro gewesen war. Er lief um das Auto herum und blieb vor seinem Vater stehen. Sie standen sich einen Moment reglos gegenüber. Kein Handschlag, keine Umarmung, nichts. Dann hob Armin seine Rechte und berührte seinen Vater einen kurzen Augenblick lang an der Schulter. Es war eine sehr schüchterne Geste, und doch rührte sie Clara mehr, als jede Überschwänglichkeit es hätte tun können. Walter Gruber nickte knapp und stieg in das Auto. Clara sah ihnen nach, wie sie wendeten und in Richtung Stadtzentrum davonfuhren, und überlegte, wie es wohl sein mochte, Walter Grubers Sohn zu sein.

SECHS

Als er den Laden aufsperren wollte, fiel ihm der Schlüssel aus der Hand. Er spürte, wie ihm heiß wurde. Sicher hatte es jemand gesehen. Der Passant, dessen Schritte er hinter sich hörte. Wahrscheinlich musterte er ihn gerade mitleidig. Oder der Fahrer des Autos, das eben vorbeigefahren war. Sicher hatte er zu ihm herübergesehen, gelangweilt, lässig, genau in dem Moment, in dem er den Schlüssel aus der Jackentasche gezogen und versucht hatte, ihn ins Schloss zu stecken.

Er bückte sich und griff rasch nach dem Schlüsselbund. Immer diese Ungeschicklichkeit. Seine Mutter hatte jedes Mal den Kopf geschüttelt und die Augen verdreht, wenn er etwas hatte fallen lassen. Ihr Sohn war ein Tollpatsch. Seine Bewegungen plump, seine Beine x-förmig, seine Füße platt. Ungeeignet für fast alles. Für alles, was seine Mutter sich für ihn erträumt hatte. Leichtathletik zum Beispiel. Allein das Wort zeigte schon, dass es eine Tätigkeit war, die für ihn nicht in Frage kam. Leicht. Was war für ihn jemals leicht gewesen? Und dann noch athletisch.

Seine Hände zitterten, als er den Schlüssel endlich ins Schloss steckte und dann herumdrehte. Man musste nach der halben Drehung die Tür ein wenig zu sich heranziehen. Genau nach einer halben Umdrehung, nicht früher und nicht später. Nur dann ließ sich das Schloss öffnen.

Er wagte es nicht, sich umzudrehen, um zu kontrollieren, ob tatsächlich jemand hinter ihm stand und ihm dabei zusah.

Sein Wohnungsnachbar, der alte Herr Lochhauser, hatte ihn heute Morgen seltsam gemustert. So von oben bis unten. ALS OB ER ETWAS WÜSSTE. Ihm war der Gruß im Hals stecken geblieben. So schnell er konnte, war er mit gesenktem Kopf an ihm vorbeigehastet.

Endlich gelang es ihm aufzusperren. Jeder, der vorbeikam, würde sich denken, was ist das nur für ein Idiot, bringt die Tür zu seinem eigenen Laden nicht auf. Ist er besoffen, schon am frühen Morgen? Oder warum zittert er so? Der hat doch was zu verbergen. In seinem Nacken begann es zu kribbeln. Rasch schlüpfte er in den Laden und schloss die Tür hinter sich. Atmete aus. Dann drückte er alle Schalter neben dem Türrahmen an der Wand, und das Licht flammte auf. Drei Schalter waren es. Einer für das Deckenlicht, eine große, rechteckige Tageslichtlampe mit silbernem Gitter, wie es Vorschrift war, obwohl er keinen Angestellten hatte, sich also nur selbst seine Augen ruinieren konnte, ein zweiter für die runde Lampe aus Milchglas hinter dem Tresen und der letzte, ganz unten und zweigeteilt, für die langen Neonröhren links und rechts entlang der Regale.

Seine Hände zitterten noch immer, als er seinen Anorak auszog und an den Haken in der Teeküche hängte. Teeküche. Was für ein schönes Wort für den engen, muffigen Abstellraum hinter der Verkaufstheke. Herr Bockelmann hatte ihn immer so genannt, obwohl seines Wissens dort nie Tee getrunken worden war. Ein mit einer abwaschbaren Folie beklebter Tisch befand sich darin, ein alter Stuhl mit Metallfüßen und ein Regal mit Keksen und Instantkaffee. Und ein gesprungenes Waschbecken mit einem kleinen Spiegel neben dem Wischmopp und dem Eimer für die Putzfrau. Bei Herrn Bockelmann war der Tisch immer übersät gewesen mit Kabeln, Zangen, Relais, Gleisteilen, Weichen, Pinzetten,

Lupen, Klebstoff, Kunstrasenstückchen der Sorte »Blumenwiese«, »Parkrasen« oder »Schotterfläche mit Wildkräutern«, dazwischen Pfeifentabakkrümel, vertrocknete Apfelschalen und ein Schweizer Taschenmesser mit verklebter Klinge vom Brotzeitmachen und Apfelschälen.

Das Taschenmesser hatte er von Herrn Bockelmann geerbt wie den Laden. Gewissermaßen jedenfalls. Er hatte ihn nach dem Tod seines Chefs von den Erben gekauft. Für einen Spottpreis. Die beiden Kinder lebten in Düsseldorf, hatten kein Interesse an einem winzigen, verstaubten Laden in München, kein Interesse an Modelleisenbahnen, kein Interesse an dem, was das Leben des Vaters gewesen war. Er hatte das Desinteresse sofort bemerkt, schon beim ersten Telefonat, förmlich gerochen hatte er es, es roch wie schale, abgestandene Luft in einem Raum, der schon lange nicht mehr benutzt worden war, Luft, die müde machte und den Rücken krumm, die einen kraftlos zusammensacken ließ wie eine Nacht ohne Schlaf, mit ewigem Umherwälzen, den Kopf voll schwerer Gedanken.

Er hatte es ihnen übelgenommen, dieses stinkende Desinteresse, diese faulige, lauwarme Abluft, die durchs Telefon zu ihm gedrungen war und seine Wohnung verpestet hatte. Und er hatte beschlossen, es sich zunutze zu machen.

Als sie endlich ihr Kommen ankündigten, um »Vatis Angelegenheiten zu erledigen« – die Beerdigung war längst schon über die Bühne gegangen, »zu Hause« in Düsseldorf, Bockelmanns Wunsch, in München bestattet zu werden, das seit vierzig Jahren schon sein Zuhause gewesen war, bewusst ignorierend –, hatte er der Putzfrau frei gegeben und Herrn Bockelmanns Durcheinander im Lager und in der Teeküche mit Schachteln und Verpackungsmaterial, gebrauchten Kaffeefiltern, angeschlagenen Äpfeln und längst ausrangierten

Stapeln von Prospekten jeden Tag noch ein wenig verstärkt. Es hatte ihn große Überwindung gekostet, und mehr als einmal hatte er sich fast übergeben, als er die Teeküche betreten hatte und sein Blick auf das schmutzige, speckige Waschbecken gefallen war. Aber er hatte sich immer wieder in Erinnerung gerufen, wofür er es tat, und sich ausgemalt, wie schön und ordentlich er alles machen konnte, wenn der Laden ihm erst einmal gehörte. Zusätzlich hatte er an dem Tag, für den sie sich angekündigt hatten, die Neonröhren im Verkaufsraum entfernt und in die Lampe über der Kasse statt einer Sechzig-Watt-Birne eine Fünfundzwanzig-Watt-Funzel eingeschraubt. Das bleiche Deckenlicht und der müde Schein über dem Tresen reichten bei weitem nicht aus, um die Ecken und all die tiefen Regale ausreichend zu beleuchten. Stattdessen verwandelten sie den Laden in eine armselig wirkende, düstere Höhle, vollgestopft mit verstaubten Schachteln und lächerlichen Bastelsätzen, etwa für den originalgetreuen Nachbau des Stadtplatzes von Bad Tölz, der aufgrund einer Krimiserie eine unglaubliche Nachfrage erfahren hatte, einer Bauanleitung des Loreleyfelsens oder eines Straßenzuges im Berlin der Jahrhundertwende. Jämmerliches Zeug für hoffnungslose Spinner, wie »Vati« einer gewesen war.

Die beiden waren auch entsprechend zurückhaltend durch den Laden gegangen. Die Tochter, Sabine Bockelmann-Thömmes, in Düsseldorfer Einkaufspassagen-Chic mit Stöckelschuhen und von blasierter Arroganz umgeben wie von einem falschen Heiligenschein, der Sohn, Werner Bockelmann, mit Wampe, im Anzug, einen dicken Siegelring am Finger und mit aggressivem Bürstenhaarschnitt. Beide nahmen ihn nicht ernst. Er war das gewohnt. Aber in diesem Fall war es ihm recht. Er übertrieb seine Langsamkeit, seine Ungeschicklichkeit und drückte sich schwerfällig aus, das Bayerische betonend, obwohl er eigentlich normalerweise kaum Bayerisch sprach. Jetzt tat er es mit holprigem »die, wo«, häufig eingeflochtenem »ja oiso«, »ja mei« und einer Menge »i woaß ned«.

Die beiden antworteten mit hochgezogenen Brauen, sprachen langsam und deutlich mit ihm wie mit einem geistig zurückgebliebenen Dorftrottel und unterhielten sich dann abgewandt und leise miteinander. Ihre rheinischen »dat« und »wat« klangen scharf und kalt, flogen wie verirrte Pistolenschüsse durch den Raum, den ihr Vater so geliebt hatte. Er stand unterwürfig ein paar Schritte entfernt und wartete. Am Ende, nachdem Sabine Bockelmann-Thömmes noch einen kurzen Blick in die Teeküche geworfen hatte, um sich sofort schaudernd abzuwenden, wurde man sich einig: Der beschränkte Gehilfe des armen Vatis erklärte sich bereit, sich um den Laden zu kümmern. Er würde »den ganzen Krempel« übernehmen und das Geschäft weiterführen. Den beiden war deutlich anzusehen, was sie davon hielten, einen solchen Laden behalten zu sollen. Aber auf diese Weise entledigten sie sich auf elegante Weise – Vati hätte es so gewollt – ihrer Pflicht, den Laden zu kündigen, auszuräumen und den Müll zu entsorgen.

Als ihm Werner Bockelmann mit wichtigtuerisch zusammengekniffenen Augen und dem Gehabe eines viertklassigen Geschäftsmannes schließlich einen Betrag für die Ablöse der Ware nannte, warf Sabine Bockelmann-Thömmes ihm einen vorsichtigen Blick zu, eine Mischung aus Gier und der Furcht davor, er könne die Summe womöglich nicht aufbringen und am Ende doch noch abspringen. Es war ein Spottpreis. Ein Bruchteil dessen, was der Laden wert war. Aber die beiden hatten ja keine Ahnung.

Er jammerte noch ein bisschen herum, im breiten Bayerisch, murmelte etwas von »lauter Glump«, das sich nicht verkaufen ließ, und seinen Mühen, das alles wieder auf Vordermann zu bringen. Dann, nach einigem Hin und Her, zahlte er ihnen den Betrag in bar, und Werner Bockelmann stopfte die Scheine in seinen Geldbeutel mit dem zufriedenen Gesichtsausdruck eines Mannes, der einen Trottel aufs Kreuz gelegt hat.

Er selbst hielt während der Transaktion den Kopf gesenkt, was ihm sicher wie demütige Dankbarkeit ausgelegt wurde. In Wirklichkeit wagte er es nicht, die beiden anzusehen, aus Angst, sie könnten ihm ansehen, wer hier wen aufs Kreuz legte. Sie merkten nichts. Wahrscheinlich hätten sie wohl nicht einmal etwas bemerkt, wenn er ihnen frech ins Gesicht gelacht hätte. Ihre Erleichterung, den Laden und alles, was damit zusammenhing, so schnell und problemlos losgeworden zu sein, war so groß, so offensichtlich, dass es fast schon obszön zu nennen war. Zweifel hatten daneben keinen Platz.

Noch am gleichen Tag reisten sie ab, und er trat in den Mietvertrag als neuer Eigentümer des Modelleisenbahnladens Bockelmann ein. Er bestellte die Putzfrau für einen Generalputz, zahlte ihr sogar einen Sonderzuschlag und räumte in tagelanger akribischer Kleinarbeit den Laden und das Lager auf, sortierte die Bestände, brachte Buchhaltung und Inventarlisten auf Vordermann und kaufte sich einen Computer und ein spezielles Programm für die Bestellungen, die Buchhaltung und die Steuererklärung.

Modelleisenbahnen Bockelmann war nun sein Laden: ein Spezialgeschäft, das weit über die Grenzen Münchens bekannt war und in dem man für Raritäten ein Vermögen ausgeben konnte. Es gab nichts, was bei Bockelmann nicht aufzutreiben war. Und bei den Summen, die echte Sammler für

Modelleisenbahnen und Zubehör ausgaben, war nach oben keine Grenze gesetzt. So gab es Loks im Laden, an denen Karl-Heinz Bockelmanns rechtmäßige Erben achtlos vorübergegangen waren, die ein kleines Vermögen wert waren. Das Lager war voll, und mit den Bestellungen übers Internet kam er gerade so nach. Der Laden brummte. Und er gehörte ihm. Ein Traum hatte sich erfüllt.

Das war jetzt schon über zehn Jahre her. Er war natürlich nicht wirklich reich geworden mit dem Geschäft, dazu war die Sammlergemeinde doch zu überschaubar, und Laufkundschaft gab es praktisch nicht. Aber er hatte ein mehr als gutes Auskommen und musste sich keine Sorgen machen.
DARÜBER NICHT.
Sein Blick fiel auf seine Hände. Sie waren rot und gereizt vom vielen Waschen. Er mochte keine ungewaschenen Sachen. Vor allem keine ungewaschenen Hände. Er hasste den Geruch. Und Schmutz unter den Fingernägeln verursachte ihm Brechreiz. Noch immer. Seine Mutter hatte ihn als Kind einmal gezwungen, die schwarzen Krümel und die fettigen grauweißen Ablagerungen, die sie mit dem Nagelreiniger unter seinen kleinen Fingernägeln herausgekratzt hatte, zu essen. Er hatte sich danach mehrmals übergeben müssen, und noch heute meinte er manchmal, den ranzigen Geschmack auf der Zunge zu schmecken, und ihn überfiel ein plötzlicher Würgereiz. Vor allem dann, wenn ihm jemand mit schmutzigen Fingernägeln begegnete, ein Kunde ihm Geld reichte oder die Ware entgegennahm. Dann musste er sich rasch abwenden, täuschte einen Hustenanfall vor oder schob die tränenden Augen auf eine Heuschnupfenattacke. Doch die Methode seiner Mutter hatte Wirkung gezeigt. Seitdem waren seine Fingernägel nie mehr schmutzig gewesen. Er be-

saß fast keine Fingernägel mehr, so besessen war er von dem Gedanken, es könnte sich Dreck darunter sammeln. Und den verbliebenen Rest schrubbte er jeden Tag mehrmals mit Wurzelbürste und Kernseife. Mit Wasser so heiß, dass er es kaum ertragen konnte. Seine Hände waren dadurch sehr empfindlich, bei der Kälte, die zurzeit herrschte, trug er ständig Handschuhe, manchmal sogar in der Wohnung. Aber sie waren sauber. Porentief sauber. Er konnte es sehen und riechen und fühlen. Sie waren das Reinste an ihm. Zarte rosa Haut wie die eines Neugeborenen. Beim Reparieren einer Eisenbahnanlage und beim Bau der Modelle kam ihm diese Empfindlichkeit sehr entgegen: Jede noch so winzige Unebenheit konnte er fühlen, jede Kerbe, jede Vertiefung. Noch bevor er sie durch die Lupe sah, hatte er sie mit den Fingerspitzen bereits ertastet.

Heute hatte er seine Hände besonders gründlich gewaschen. Eine halbe Stunde lang. Mindestens. Die Kruste des getrockneten Blutes an den Knöcheln störte den reinen Gesamteindruck etwas. Überhaupt schienen seine Hände heute trotz seiner Bemühungen nicht ganz so sauber geworden zu sein wie sonst. Es haftete ihnen ein Grauschleier an und ein übler Geruch. Es musste an der Zeitung liegen. Druckerschwärze. Ein ekliges Wort. Und die vielen Finger, durch die die Zeitung schon gegangen war, bevor sie ihm der Bote in den Briefschlitz gesteckt hatte. Er schauderte. Aber es war nicht so sehr der äußere Schmutz, der seine Finger und seinen Tag hatte grau werden lassen. Es war Schmutz, der von innen kam. Aus den Buchstaben war er herausgekommen, wie fettiger Dampf aus dem Abluftschacht einer Imbissbude. Dampf, der einem den Sauerstoff zum Atmen nahm, der die Poren verklebte und sich wie ein widerlicher, schmieriger Film auf alles Saubere, Reine legte.

Kriminalkommissar aus Untersuchungshaft entlassen.

So hatte es dort gestanden. In großen Buchstaben, satt von Druckerschwärze. Er war mit dem Daumen darübergefahren und hatte die Buchstaben dabei verschmiert. Doch selbst wenn er sie hätte wegwischen können, es wäre natürlich sinnlos gewesen. Sie waren längst bei ihm angekommen, ließen sich nicht mehr herausradieren aus seinem Kopf. Als er seinen geschwärzten Daumen sah, ließ er die Zeitung fallen, als sei sie vergiftet, was sie ja auch war, und rannte ins Bad, um die Farbe abzuwaschen. Was gäbe er nur dafür, auch die Gedanken abwaschen zu können. Warum gab es nicht eine Kernseife für das Gehirn? Um alle Gedanken sauber zu waschen, die Hirnschale zu reinigen wie eine Salatschüssel in der Spülmaschine. Porentief. Als er mit brennenden Händen aus dem Bad kam, ging es ihm nur unwesentlich besser. Er hielt die Hände waagerecht vor sich ausgestreckt, damit das Blut von den Knöcheln nicht auf den Teppich tropfte. Er konnte es nicht abwischen, Papierflusen würden sich lösen, sich dazwischenschieben, klebenbleiben im Blut, eine Vorstellung, die fast so widerlich war wie Schmutz unter den Fingernägeln. Er legte die Hände auf den Tisch und wartete, bis das Blut zu trocknen begann. Es ging schnell. Nur ein paar Abschürfungen um die Knöchel herum. Derweil dachte er nach. Es war klar, was die Nachricht in der Zeitung zu bedeuten hatte: Es ging weiter.

Natürlich. Er hatte sich geirrt in der Annahme, es sei vorbei. Doch im Grunde war es keine wirkliche Überraschung. Er hatte es bereits in dem Moment gewusst, als er die Frau mit der grünen Mütze und den roten Haaren dabei beobachtet hatte, wie sie die Böschung hinunterblickte. Oder eigentlich schon vorher, als ihn diese Ahnung, diese furchtbare Ahnung dazu bewogen hatte, ihr zu folgen. Sie hatten ihn natürlich nur in die Irre führen wollen mit Grubers Verhaftung. Das war ihm jetzt klar. Um ihn in Sicherheit zu wiegen. Aber warum? Warum nur spielten sie dieses grausame Spiel mit ihm? Er verzog schmerzlich das Gesicht. Wieder war es ihnen fast gelungen, ihn zu täuschen. Einen kurzen Augenblick lang hatte er sich sicher gefühlt. Befreit. Sein Blick fiel auf den schwarzen Akkordeonkasten in der Ecke, und er verspürte einen Anflug von Trauer. Es wäre so schön gewesen. Fast wie ein neues Leben. Doch stattdessen war er jetzt noch mehr auf der Hut. Noch einmal würden sie ihn nicht betrügen können. Und sie wussten jetzt auch, dass er sich wehren konnte. Dass er gefährlich war. Ja. Das wussten sie alle. Und dieser Kommissar, der wusste es am allerbesten.

SIEBEN

Clara kletterte mühsam auf den Fahrersitz des alten, schlammgrünen Defenders, den Mick sein Eigen nannte, und verfluchte die glatten Sohlen ihrer Stiefel, die sie hatten abrutschen lassen, was einen schmerzhaften Zusammenstoß ihres Schienbeins mit der scharfen Kante der Tür zur Folge gehabt hatte. Nichts an diesem Auto war bequem, rund, weich, elegant oder auch nur im Geringsten komfortabel. Nur Ecken und Kanten, Metall und ein dröhnender Motor. Möglicherweise ein nützliches Gefährt auf einer Expedition durch die Wüste Gobi oder auf den Berg Ararat, ein wenig unpraktisch jedoch auf dem Weg von München-Neuhausen zum Flughafen. Einzig die teure Musikanlage mit den leistungsstarken Boxen, die jedoch auch nötig waren, um die Motorengeräusche zu übertönen, und das großzügige Platzangebot für Elise im Fond waren ein Pluspunkt für dieses Auto, durch das auch bei geschlossenen Fenstern immer irgendwie der Wind zu pfeifen schien und dessen Scheibenwischer sich ihrer eigentlichen Aufgabe in keiner Weise bewusst waren, die sich stattdessen jedes Mal, wenn sie sich bei ihrer gemütlichen Schleifbewegung über die Scheibe begegneten, in einer merkwürdigen Sprache unterhielten.

Clara liebte dieses Auto trotzdem. Weil sie Mick liebte. Und beides würde sie nie zugeben. Niemals. Stattdessen rumpelte sie, Mick und seine englische Kolonialisten-Möchtegernexpeditionskarosse verfluchend, über die Autobahn, und ihr

Atem stieß kleine weiße Zornwölkchen in die eisige Luft, während Greenday, die wiederum Mick liebte, obwohl sie unwiderlegbar und ohne jeden Zweifel eine amerikanische und keine englische Band waren, ihre ganze Wut aus den teuren Boxen hinaus und in Claras Ohren brüllten. Elise schlief. Bis zu ihr nach hinten drangen weder die E-Gitarren noch Claras Schimpfen. Mick hatte ein Faible für Punk, egal, ob amerikanisch oder englisch, ob »original« oder »kommerziell«, er war da in keiner Weise dogmatisch. Er sprach Punk nicht *pank* aus, wie man es in Deutschland so vermeintlich korrekt englisch tat, sondern sagte *punk* mit einem gutturalen, merkwürdigen *u*, das entfernt an ein *a* erinnerte und das Clara noch in hundert Jahren nicht würde aussprechen können. Punk also. *I'm the son of rage and love*, brüllte Billie Joe, *on a steady diet of soda pop and ritalin* ... Und Clara brüllte versuchsweise mit: *No one ever died for my sins in hell, as far as I can tell* und hämmerte im Takt auf das Lenkrad ein, während sie sich auf die Abbiegespur einordnete.

Auf der Fahrbahn links neben ihr, allerdings um einiges tiefer sitzend, fuhr eine Familie mit zwei Nintendo-hypnotisierten Kindern auf der Rückbank. Ihre Gesichter leuchteten blau im Schein der kleinen Bildschirme, auf die sie starrten. Die Frau auf dem Beifahrersitz, blond, mit spitzer Nase und müden Augen, warf Clara einen pikierten Blick zu und sagte etwas zu ihrem Mann am Steuer, ohne die Augen von ihr abzuwenden. Clara grinste und deutete auf die Kinder. *On a steady diet of soda pop and ritalin?*, sang sie noch einmal gegen die Scheibe und überholte dann frech von rechts. Der Mann hupte erbost. Clara lachte und drückte wahllos ein paar Knöpfe der Anlage, um endlich bei ihrem Lieblingslied anzulangen. *Give me a long kiss goodnight and everything will be alright*, schmetterte sie vergnügt, während endlich der Tower in Sicht kam.

Als Clara am Gate stand, war ihr ein wenig flau im Magen. Zu wenig gefrühstückt. Eindeutig. Über ihr flatterte die Anzeige der einzelnen Flüge. *London/Heathrow* rückte einen Platz vor, überholte *Paris/Charles de Gaulle* – *delayed*, und dann war es endlich soweit. Die Maschine war gelandet. Clara mahnte sich zur Ruhe. Nannte sich selbst ein »dämliches Huhn«. Eine Sekunde später wurde daraus »ein an Dämlichkeit kaum zu überbietendes Huhn«, und die rote Rose, die sie seit einer halben Stunde zwischen den Fingern hin und her gedreht hatte, landete kopfüber im Mülleimer. Sie hatte die Fahrt im zugigen Defender ohnehin nur halberfroren überstanden. Außerdem war das albern. Eine Rose. Puh, wie kitschig. »Zu viele Schmachtfilme gesehen, was?«, spöttelte Clara an Elise gewandt, die an diesem sträflichen Anfall von Romantik jedoch keinerlei Schuld trug und entsprechend unbeteiligt dreinsah.

Clara wischte sich ihre feuchten Finger an der Jeans ab. Wenn sie nur rauchen könnte. Aber rauchfrei überall. Zum Kotzen war das. Dann sah sie ihn, ganz hinten, und ihr Herz machte einen kleinen Sprung. »Es waren doch nur drei Wochen«, flüsterte die kühle Spielverderberin in ihrem Kopf, doch umsonst, Clara hörte sie nicht mehr. Sie stand stocksteif und still an der Absperrung und konnte den Blick nicht mehr abwenden. Da kam er. Clara erkannte seinen schlaksigen Gang, die Art, wie er den Kopf hielt. Er sah aus wie immer ... Aber nein! Er ... O Gott, Clara riss die Augen auf und starrte ihn an. Er hatte sich die Haare geschnitten. Ach was, geschnitten: abrasiert, ratzekahl geschoren. Clara schnappte nach Luft, während Mick um die Absperrung herumkam und seinen Reisesack absetzte.

»Hiya«, sagte er, und als sie keine Antwort gab, fuhr er sich unsicher über seinen millimeterkurzen Stoppelkopf. »Kennst du mich noch? Ich bin's, Mick.«

Clara hob eine Braue: »Du siehst aus wie ein frischgeschorenes Schaf.«

Mick nickte etwas gequält: »Das war meine Schwester. Darf ich trotzdem nach Hause kommen?«

Nach Hause kommen.

Clara warf einen Blick auf den Mülleimer, aus dem der Stiel der Rose stakte. Sie war wirklich an Dämlichkeit kaum zu überbieten. Ohne nachzudenken, zog sie sie wieder heraus und hielt sie Mick hin. »Ich freue mich so, dass du wieder da bist«, sagte sie feierlich, und ihre Stimme zitterte dabei ein wenig. Prompt begannen ihre Wangen zu glühen.

Mick schielte vom Mülleimer auf die Blume, die bereits merklich den Kopf hängen ließ, und dann auf Clara: »Wie ich sehe, hast du keine Kosten und Mühen gescheut, mich willkommen zu heißen«, sagte er trocken und grinste dann breit, als Claras Gesichtsfarbe von Hellrot zu Purpur wechselte.

»Das war anders ...«, begann sie, unterbrach sich dann aber achselzuckend und fiel ihm endlich um den Hals.

***

Walter Gruber stand am Fenster und sah unschlüssig auf den Balkon hinaus. Dort, an der Betonbrüstung, lehnte sein Sohn und starrte in die Tiefe hinunter. Sechs Stockwerke. Hin und wieder trank er einen Schluck aus seiner Tasse. Es hatte mindestens sieben Grad unter null an diesem Montagmorgen, und Gruber überlegte, weshalb Armin wohl da draußen rumstand. Wollte er sich vom Balkon stürzen, oder was? Warum war er nicht bei ihm sitzen geblieben, am Küchentisch, wie gestern und vorgestern Morgen auch? Er hatte sich Mühe gegeben, ihn nicht zu nerven, hatte Rücksicht genommen, ihn gefragt, ob er frische Semmeln möge oder lieber eine Scheibe Brot, Tee oder Kaffee, hatte ihm die Zeitung angeboten, bevor er selber einen Blick hineingeworfen hatte, ohne wirklich zu lesen. Nur aus Gewohnheit hatte er hineingeschaut, zuerst in den Lokalteil, dann den Sport überflogen, Wirtschaft, Politik, Weltgeschehen. Das Feuilleton hatte er ausgelassen. Wie immer. Das hatte Irmi gehört. Sie hatte immer mit der Kultur angefangen, dann Lokales und dann Politik. Sport und Wirtschaft hatten sie nicht interessiert. Dafür wollte sie über neue Ausstellungen, Kinofilme und Theaterstücke Bescheid wissen.

»Da könnten wir mal hingehen, was meinst?« Oder: »Der Film soll echt gut sein.«

Er hatte nur gebrummelt, wohl wissend, dass sie beide niemals dort hingehen würden. Und so war es auch gekommen. Es war beim täglichen Lesen des Feuilletons geblieben. Und irgendwann hatte Irmi keine Vorschläge mehr gemacht und schweigend gelesen. So wie er. Er las seine Zeitung immer schweigend. Man konnte schließlich nicht alles gleichzeitig machen: Kaffee trinken, Zeitung lesen, seiner Frau zuhören und auch noch dabei reden. Frauen konnten das vielleicht. Er nicht.

Er hatte geglaubt, es sei so eine Art Hobby seiner Frau, sich auszumalen, wo man überall hingehen *könnte*, ohne es jedoch ernsthaft zu beabsichtigen. Eine Art Frühstücksbeschäftigung, mehr nicht. Was sollte man auch auf all diesen Veranstaltungen? Ein Haufen fremder Leute stand herum, man drehte ein Sektglas zwischen den Fingern und sehnte sich nach einem Bier, und im Kino saß immer einer vor einem, der einen Kopf größer war und der mit der Chipstüte knisterte. Daran konnte sie doch nicht ernsthaft Gefallen finden? Das hatte er geglaubt. Und er hatte sich darin bestätigt gefühlt, weil es immer nur bei diesen Frühstücksvorschlägen geblieben war. Nie hatte seine Frau ernsthafte Anstalten gemacht, ihn zu solchen Unternehmungen aufzufordern, nie hatte sie tatsächlich Karten gekauft, ja, sie war noch nicht einmal zu einem anderen Zeitpunkt des Tages wieder auf ihre Pläne zu sprechen gekommen. Am Abend zum Beispiel, wenn er zu Hause war und sie beide entspannt vorm Fernseher saßen. Da war sie nach einer Viertelstunde *Tatort* eingeschlafen. Wie kann man daran denken, zu einem Konzert zu gehen oder in die Kinospätvorstellung, wenn man schon nach einer Viertelstunde vor dem Fernseher schläft? Nur immer beim Frühstück, da waren ihr solche Ideen gekommen. Wo er doch seine Zeitung lesen wollte.

Einmal war er vom Büro aus zum Kino am Goetheplatz gefahren und hatte Karten kaufen wollen für einen Film, von dem sie am Morgen gesprochen hatte. Doch als er da war, hatte er sich nicht mehr an den Titel erinnern können. Wie ein Depp war er vor der Kasse gestanden und hatte keine Ahnung gehabt, für welchen Film er Karten kaufen sollte. Er hatte sich umgedreht und war gegangen. Aber da war es wahrscheinlich eh schon zu spät gewesen. Kurz danach war sie ausgezogen. Sicher hatte sich der Adi die Filme merken können, die sie gerne sehen wollte. Wahrscheinlich wusste er auch den Spielplan vom Prinzregenten- und Gärtnerplatztheater auswendig und schlenderte mit Begeisterung mit ihr über den Bioräucherstäbchen- und Traumfänger-Gruschtlmarkt auf dem Tollwood-Festival, für das sich Gruber schon vor zwanzig Jahren zu alt gefühlt hatte.

Armin stand noch immer draußen auf dem Balkon. Gruber öffnete die Tür: »Jetzt komm halt rein. Erfrierst doch in dieser Saukältn, nur mit deinem Hemd an.«

Armin hob den Kopf und lächelte freudlos: »Jetzt redest schon wie die Mama.« Aber er kam zurück in die Küche.

Sie setzten sich wieder, Gruber auf die Bank, mit dem Rücken zur Wand, und Armin gegenüber. Dort, wo vor über zwanzig Jahren sein Kinderstuhl gestanden hatte. Immer wenn er in der elterlichen Wohnung war, saß er dort. Immer nur dort. Der Platz an der Stirnseite des Tisches mit Blick aus dem Fenster blieb leer.

»Magst noch einen frischen Kaffee?«, fragte Gruber seinen Sohn und hob die Thermoskanne, schüttelte sie ein wenig und stellte sie wieder ab. »Ich glaub', ich koch' uns noch einen, oder?« Er wollte aufstehen, doch Armin hielt ihn am Arm fest.

»Jetzt bleib halt sitzen, Papa. Ich kann mir doch selber einen Kaffee machen, wenn ich noch einen will. Bin doch kein Gast hier.«

Gruber setzte sich wieder. »Freilich nicht. Bist doch da daheim.«

Er wandte den Blick ab zum Fenster hinaus. Beide wussten, dass es eine Lüge war. Armin hatte sich schon vor Jahren von dieser Wohnung entfernt, von der Stadt, von seinem Vater. Aber vielleicht stimmte das gar nicht. Vielleicht hatte sich Gruber von ihm entfernt? Aber wann war das gewesen? Wann hatte es angefangen? Irgendwann während Armins Pubertät? Vor ein paar Jahren, als Gruber vom Raub in die Mordkommission gewechselt war? Oder schon früher? Viel früher? Er stand auf und ging zum Spülbecken. Ließ Wasser in die Glaskanne laufen, steckte einen neuen Papierfilter in die Kaffeemaschine, löffelte Kaffeepulver hinein. Er fand keinen Weg zu ihm zurück. Er fand überhaupt keinen Weg mehr. Wusste nichts zu sagen und nichts zu fühlen. Er goss das Wasser in die Maschine und schaltete sie ein. Wischte mit dem alten Handtuch die Spüle trocken, blieb davor stehen und starrte auf den blinden Edelstahl, der nicht mehr poliert worden war seit ... seit ....

Er brach nicht zusammen. Zumindest nicht äußerlich. Seine Knie knickten nicht ein, ihm wurde nicht schwarz vor Augen. Dabei hätte er es sich so gewünscht. Zusammenbrechen. Hier, auf der Stelle. In alle Einzelteile zerfallen. Zerscheppern auf dem Boden wie eine alte Porzellantasse. Warum ging das nicht? Warum konnte er nicht verzweifeln? Weil er nicht wusste, wie das ging: verzweifeln. Es kam nichts heraus, es brach nichts zusammen. Alles blieb an seinem Platz, und die Kaffeemaschine spotzte und keuchte, und die Spüle sollte poliert sein, und hinter ihm am Tisch saß sein fremder Sohn, und das Schweigen stand zwischen ihnen wie eine Mauer aus Glas, Panzerglas, auch das zersprang nicht so einfach, genauso wie er nicht einfach zersprang, in kleine Scherben, tausend kleine Scherben. Er wollte ihn umarmen, Armin, seinen Sohn, der als Kind schon immer viel zu ernst gewesen war, aber er war zu weit weg. Er konnte ihn nicht erreichen. Lieber noch wäre er selbst in den Arm genommen worden. Dann hätte er sich fallen lassen. Vielleicht wäre es dann gelungen. Vielleicht hätte er dann verzweifeln können.

Er breitete das feuchte Küchentuch aus, strich es sorgfältig glatt und hängte es über den Griff am Herd. Dann nahm er die Kanne aus der Maschine und ging zurück zum Tisch. »Wegen der zwei Tassen braucht's die Thermoskanne nicht«, begann er und verstummte dann abrupt. Er klang wie ein alter Mann. Ein alter Mann, der so in seinen Gewohnheiten eingerostet war, dass es ihn verunsicherte, wenn er den Kaffee nicht wie üblich in die Thermoskanne goss. Und genauso fühlte er sich auch. Müde ließ er sich auf seine Bank sinken.

Armin schüttelte den Kopf, als Gruber ihm nachgießen wollte. »Ich muss mal ein bisschen raus. Ich ersticke hier drin.«

Gruber nickte. Er kannte das Gefühl, das ihn manchmal

bei der Arbeit überkam, wenn er in fremden Wohnungen stand, in denen die Trauer und der Schmerz so greifbar waren, dass man glaubte, sie anfassen zu können. Sie schnürten einem die Luft ab. Er stellte die Kanne ab. Blieb sitzen, während Armin aufstand, und sah wieder zum Fenster hinaus. So fremd waren sie sich geworden, dass er nicht einmal wusste, wohin er gehen könnte. Hatte er noch Freunde hier in der Stadt? Er wollte ihn fragen und brachte es doch nicht über die Lippen. Armin war erwachsen, und er wollte nicht wie eine alte Glucke wirken, die sich plötzlich auf ihre Elternpflichten besinnt.

»Und? Was ist jetzt?«

Gruber wandte den Kopf. »Was soll sein?«

Armin stand in der Tür zur Küche und zog sich seine Lederjacke an. Ein viel zu dünnes Kleidungsstück für diese Schweinekälte. »Kommst jetzt mit, oder was?« Es klang forsch und gleichzeitig ängstlich, so als fürchte er, sein Vater könnte ihn zurückweisen.

»Ach so, ja.« Gruber stand eilig auf, bemüht, sich nicht anmerken zu lassen, wie sehr er sich darüber freute, dass Armin mit ihm gehen wollte. »Ich komm' schon.«

Sie gingen zu Fuß durch ihr Viertel. Hier gab es wenig zu sehen, was sehenswert war, und praktisch keinen Stein, den Gruber nicht kannte. Und kaum jemanden, der Gruber nicht kannte. Er schlug den Kragen seines Mantels nach oben und nickte Barisch kurz zu. Der Besitzer des türkischen Cafés auf der anderen Straßenseite war ein Freund von ihm. Er kannte ihn schon, seit Barisch seinen Laden eröffnet hatte. Vorher war hier eine kleine Wirtschaft gewesen, in der sich Gruber hin und wieder nach Feierabend zusammen mit Irmi einen Absacker genehmigt hatte. Auch mit Freunden waren sie öfters dort gewesen. Dann hatte das Wirtshaus geschlossen, und Barisch war gekommen. Irmi hatte nicht in die »Dönerbude« gehen wollen, wie sie sich ausgedrückt hatte, und ihre Freunde schon gleich zweimal nicht. So hatten sie ihren Treffpunkt verlagert in eine neue, bayerisch aufgebrezelte Wirtschaft in Schwabing, in der sich die Anzugträger aus den umliegenden Büros trafen, um sich bei einem Schweinsbraten aus der Tiefkühltruhe und Kochbeutelknödln so richtig *münchnerisch* zu fühlen. Gruber war selten mitgegangen. Es gefiel ihm dort nicht, er fand es affig, mit den getrockneten Hopfendolden um die nachgemachten, auf alt getrimmten Balken drapiert, viel zu teuer und außerdem zu weit weg von seiner Wohnung für ein schnelles Feierabendbier. Und so war er, der »eigensinnige Depp«, wie seine Frau ihn deswegen betitelt hatte, bei Barisch gelandet. Ein gutes Bier gab es dort auch, zu einem vernünftigen Preis, und garantiert keine Anzugträger.

Sie gingen schweigend nebeneinander her. Gruber konnte sehen, wie Armin in seiner dünnen Lederjacke fror, aber er sagte nichts. Das war Irmis Part gewesen. Ständig hatte sie versucht, ihm einen Schal, Handschuhe oder eine Mütze aufzudrängen. Doch Irmi war nicht mehr da, und jetzt musste Armin sich selbst drum kümmern, dass er sich keine Grippe einfing. Diese Erkenntnis traf ihn wie ein Schlag: Mit Irmis Tod waren sie keine Familie mehr. Es gab nur noch zwei Männer, einen jungen und einen nicht mehr so jungen, die nicht wussten, wie sie miteinander umgehen sollten. Es gab kein Verbindungsglied mehr zwischen ihnen, keinen Anknüpfungspunkt. Und er hatte keine Ahnung, wie er das ändern sollte.

Sie hatten die Leopoldstraße erreicht, und Armin blieb stehen. »Von hier zum Nordfriedhof ist es nicht mehr weit ...«, begann er und verstummte dann mitten im Satz.

Gruber verstand auch so. »Bist du sicher, dass du da hin willst?«

»Ja.« Armins Blick war starr geradeaus gerichtet.

Im ersten Augenblick war Gruber versucht, es ihm auszureden, doch dann ließ er es sein. Er konnte den Wunsch seines Sohnes verstehen. Ihm selbst jedoch wurde fast schwindlig bei der Vorstellung, noch einmal dort hinzugehen. Noch einmal an die Böschung zu treten und hinunterzusehen. Doch das durfte er Armin nicht sagen. Er würde es schon durchstehen. Seinem Sohn zuliebe. Gruber zog die Schultern hoch und versuchte, sich innerlich zu wappnen, während sie stumm weitergingen. Als die Mauer des Friedhofs in Sicht kam, wurde sein Widerwille davor, zu diesem Ort zurückzukehren, so stark, dass er am liebsten umgedreht wäre. Er senkte den Kopf, damit Armin sein Gesicht nicht sehen konnte, und beschleunigte trotzig seinen Schritt. »Wir sind gleich da.«

Als sie jedoch den Bach erreichten und die kalte, stille Einsamkeit dieses Ortes ihn wieder umfing, vergaß Gruber, dass er für seinen Sohn hatte stark sein wollen. Stattdessen sah er sich selbst, wie er am vergangenen Freitag dort angekommen war, vollkommen ahnungslos ...

»Papa!« Die Stimme drang entfernt an sein Ohr. »PAPA!«

Gruber schüttelte sich. »Was ist?«

Er kniete mitten auf dem Weg. War buchstäblich in die Knie gegangen. Seine Hände stützten sich auf dem gefrorenen Boden ab. Er konnte die harten Kiesel unter seinen Fingern spüren und nahm die Hände weg.

Armin kauerte vor ihm in der Hocke und hatte ihn an den Schultern gepackt »Geht's dir gut?«

»Ob's mir gut geht?« Gruber begann zu lachen. Er wischte sich die kleinen Steine von den Händen und versuchte aufzustehen. »Freilich geht's mir gut, Armin.« Er lachte noch immer, während Armin ihm mühsam auf die Beine half. Er konnte nicht aufhören zu lachen, er lachte und lachte, bis ihm endlich die Tränen kamen.

Später, am Abend, saß Gruber in der Küche und starrte auf das halbleere Bierglas vor sich. Armin war längst in sein Zimmer gegangen, sein altes Kinderzimmer, das jetzt eher eine Art Abstellkammer war. Gruber hatte nicht die Kraft dazu aufgebracht, es vor der Ankunft seines Sohnes herzurichten. Nicht dass er es nicht versucht hatte. Nach dem Anruf, diesem Anruf am Freitag, dem schwersten seines Lebens, als er seinem Sohn hatte sagen müssen, was passiert war, hatte er sofort danach an das Gerümpel in dem Zimmer gedacht. Er war sogar aufgestanden, hatte das Bügelbrett gepackt und den alten Hometrainer seiner Frau und hinaus auf den Flur gestellt. Doch zu mehr hatte es nicht gereicht. Beides stand noch immer dort, mitten im Flur, und man musste sich daran vorbeiquetschen, wenn man in das Zimmer hineinwollte.

Gruber wusste nicht, ob Armin schon schlief. Oder ob er einfach nur dalag und in die Dunkelheit starrte, so wie er hier in der Küche? Half es, wenn zwei Menschen die gleiche Leere in sich fühlten? Half es ihnen dabei, sich einander näher zu fühlen? Heute Nachmittag hatte er es fast geglaubt. Nachdem er sich von seinem lächerlichen Anfall wieder erholt hatte, hatte er Armin die Stelle gezeigt, wo man sie gefunden hatte. Er hatte den Arm um seinen Sohn gelegt, und es hatte sich ganz richtig angefühlt. Vertraut. Sogar ein bisschen tröstend. Aber der Augenblick war schnell vorüber gewesen. Und im Grunde wusste er es: Es war nicht die gleiche Leere, die sie fühlten. Jeder fühlte seine eigene Leere, seinen eigenen Schmerz, und der andere hatte dort keinen Zutritt.

Er trank sein Bier aus, das bereits schal geworden war, und versuchte, an etwas anderes zu denken. Etwas, das ihm ebenfalls heute Nachmittag wieder eingefallen war: dieses merkwürdige Déjà-vu, was den Fundort der Leiche anbelangte. Im Winter vor einem Jahr hatte man an der gleichen Stelle ebenfalls eine Leiche gefunden. Es war ihm ja bereits aufgefallen, als Kollegin Sommer ihn an jenem Morgen über den Leichenfund informiert hatte. Doch dann hatte die schreckliche Tatsache, dass es sich um Irmi handelte, alles andere aus dem Bewusstsein verdrängt. Heute Nachmittag, als sie dort an der Uferböschung gestanden hatten, hatte er wieder daran denken müssen. Das Gespenstische daran war, dass es sich damals auch um eine Frau gehandelt hatte, sogar im gleichen Alter wie Irmi, und auch sie hatte jemand unbekleidet die Böschung hinuntergeworfen. An der gleichen Stelle! Man hatte sie nur nicht sofort gefunden, denn sie war zugeschneit worden. Erst einige Tage später, als es Tauwetter gegeben hatte, war sie entdeckt worden. Gruber schluckte bei dem Gedanken daran, dass sie Glück gehabt hatten, Irmis Leiche sofort zu finden.

Wenn es am Wochenende geschneit hätte ...

Keinem seiner Kollegen war diese Übereinstimmung offenbar besonders aufgefallen. Oder aber, man hatte sie als unwesentlich abgetan, weil in ihren Augen der Täter in diesem Fall ja bereits feststand: Der Täter war er, Walter Gruber, ihr Vorgesetzter und Kollege. Gruber verzog bitter den Mund. Nein, seinen Leuten brauchte er mit der Geschichte von der zweiten Frau nicht zu kommen. Die würden ihn nur mitleidig anschauen. Oder schlimmer noch: Vielleicht kämen sie sogar auf die Idee, er habe seine Frau mit voller Absicht eben gerade dort abgelegt, um von sich ab- und ihre Aufmerksamkeit stattdessen auf diesen alten Fall zu lenken. Der Sommer waren solche Gedankengänge durchaus zuzutrauen. Sie würde ihn kühl mustern und ihn dann schnurstracks »höchst professionell« nach Hause schicken. Damit sie in Ruhe nachermitteln konnten: um seine Schuld zu beweisen.

Gruber stand auf und ging zum Kühlschrank, um sich ein neues Bier zu holen. Er öffnete es mit einem Kaffeelöffel, der neben der Spüle lag, und setzte sich zurück an seinen Platz neben dem Fenster. Er konnte sich nicht mehr auf seine Leute verlassen. Nicht in diesem Fall. Und wahrscheinlich auch danach nicht mehr. Wenn es ein Danach gab. Irgendwann.

ACHT

Clara saß mit Mick im *Old Victorian House* und tunkte ihr Roastbeef unschlüssig in das Pfefferminzgelee, das einen exotischen Farbklecks auf dem sonst recht appetitlich wirkenden Teller bildete. Mick hatte sie zum Essen eingeladen und darauf bestanden, ausnahmsweise in ein englisches Restaurant zu gehen, wohl um ihr zu beweisen, dass es nicht ganz so grässlich um das englische Essen bestellt war, wie sie es von früher in Erinnerung hatte. Nun, vielleicht hatte er recht. Das Lokal war sehr gemütlich, Clara fühlte sich augenblicklich in einen Miss-Marple- oder Inspector-Barnaby-Film versetzt, und sie wurden von einem indischen Kellner höchst stilvoll bedient, der mit Mick Englisch mit einem entzückenden Akzent sprach. Nun aber *mint-jelly* zum Roastbeef. Clara kostete mit höchster Vorsicht, während Mick einen Stapel Fotos aus seiner Tasche holte und zu blättern begann.

Er legte ihr ein Foto neben den Teller: »Schau! Das ist Kurt-Karim.«

Clara verschluckte sich an der *mint-jelly* und musste husten. »Wie bitte?«

Sie starrte auf das Bild eines winzigen Babys mit überraschend dichtem schwarzen Haarschopf und mürrischem Gesichtsausdruck.

»*Wie* heißt der arme Wurm? Kurt? Und wie noch?«

Mick lachte. »Ja, Kurt, nach Kurt Cobain, du weißt schon, Nirvana ...«

»Na, das sind ja tolle Aussichten für den Kleinen«, bemerkte Clara trocken. »Hat sich der nicht erschossen? Und wer ist Karim? Ein irakischer Freiheitskämpfer?«

Mick schaute sie streng an. »Das ist der Name des Vaters. Er ist Pakistani.«

»Oh. Ach so. Gut.« Clara fiel auf, dass der Schock über den Namen von Micks Neffen den Geschmack der *mint-jelly* irgendwie verdrängt hatte. Sie musste erneut kosten.

»Es bedeutet edel und vornehm, aber auch gastfreundlich, es ist einer der neunundneunzig Namen Allahs«, belehrte sie Mick und grinste stolz.

»Na, dann dürfte das wohl das schlechte Karma von Kurt Cobain wieder aufwiegen.« Clara kaute bedächtig ihr Fleisch mit *mint-jelly* und starrte dann nachdenklich auf den Teller.

»Was ist? Schmeckt's nicht?«

»Oh. Doch, doch. Es ist nur ... die Kombination ... Sie schmeckt... etwa so ähnlich wie Kurt und Karim, wenn du verstehst, was ich meine ...« Clara kicherte.

Als sie den Hauptgang beendet hatten und die Teller abgeräumt waren, breitete Mick seine Fotos vor Clara aus. Er schien nur auf den Moment gewartet zu haben. Die Digitalkamera war Claras Weihnachtsgeschenk gewesen, doch jetzt betrachtete sie die überreiche Ausbeute an Fotos, die vor ihr lag, mit gemischten Gefühlen. So viel Familie, Heimat, Freunde, alles potentielle Gründe, um Mick von hier weggehen zu lassen. Weg von ihr. Sie schluckte energisch und schob dann dieses egoistische, stechende kleine Gefühl rasch beiseite. Zu ansteckend war Micks Begeisterung, ihr alles zu zeigen und zu erklären, und im Übrigen war Clara auch brennend neugierig, wie diese Familie, Micks Familie, von der sie bisher noch kaum etwas gehört hatte, wohl aussehen mochte.

Zuerst kamen eine ganze Reihe Fotos von Kurt-Karim: Auf der Krabbeldecke, im Kinderwagen, auf dem Schoß von irgendjemand, dessen Kopf abgeschnitten war, und dann eines, schnell und etwas verschämt beiseitegeschoben, von Mick mit dem Baby im Arm, wobei beide einen etwas belämmerten Gesichtsausdruck zur Schau stellten.

Clara musste lächeln, obwohl sich prompt ihr Unbehagen zurückmeldete. Dann kam ein Foto der stolzen Eltern von Kurt-Karim: Micks Schwester Katie, eine junge Frau mit Nasenpiercing, großen Kulleraugen und einem abenteuerlichen Kurzhaarschnitt in vorwiegend Fuchsrot, glücklich lachend im Arm eines ernst wirkenden, dunkelhäutigen jungen Mannes mit Pferdeschwanz.

»Katie ist Friseurin«, erklärte Mick. »Sie hat einen eigenen Laden.«

Clara warf einen bedeutungsvollen Blick auf Micks rasierten Kopf und nickte. »Aha. Das erklärt so einiges ... Und Karim? Karim senior?«

»Oh, er ist Koch, und außerdem spielt er dieses merkwürdige Instrument.« Mick machte eine Handbewegung, als wolle er die Saiten einer überdimensionierten Gitarre zupfen, und verdrehte dabei gequält die Augen. »George Harrison fand das mal ganz toll, und Cat Stevens, glaube ich, auch. Es klingt ein bisschen wie jaulende Katzen ...«

»Du meinst eine Sitar?« Clara lachte.

Mick nickte. »Ja, so nennt sich das wohl. Es soll sehr erleuchtend sein. Vorausgesetzt, man will sich erleuchten lassen.« Er zuckte mit den Schultern. »Katie liebt es. Karims Musik kommt gleich nach Kurt Cobain.«

»Na, mal sehen. Wahrscheinlich wird Kurt-Karim die Popmusik revolutionieren. Die richtigen Voraussetzungen dafür hat er jedenfalls.«

»Mh. Vielleicht wird er aber auch einfach nur Metzger.« Mick trank einen Schluck von seinem Bier. »Es gibt nicht viele gute Metzger in Newcastle, weißt du? Das wäre ein Beruf mit Zukunft, und man hätte immer die besten Fleischstücke für sich ...« Er schob sich ein großes Stück Steak in den Mund.

Clara widmete sich wieder den Fotos. Sie betrachtete ein Reihenhaus in einer endlosen Straße absolut identischer Reihenhäuser unter einem schiefergrauen Himmel. Spärlicher, brauner Winterrasen im Vorgarten und eine violett gestrichene Haustür. Ein eigenwillig getöpfertes Schild neben der Klingel verkündete in Regenbogenfarben, dass dort Ann und Peter, Mickey und Katie Hamilton zu Hause waren.

»Nicht mehr ganz aktuell, oder?« Clara deutete auf das Schild. »Aber süß. Mickey. Kommt das von Mickey Rourke oder von Mickey Maus?«

»Weder noch!«, gab Mick in gespielter Entrüstung zurück, doch sein Hals färbte sich ein wenig rosa vor Verlegenheit. »Ich war ungefähr acht oder neun, als wir dort eingezogen sind. Katie konnte gerade so laufen.«

Clara versuchte, sich Mick als kleinen Jungen vorzustellen, doch es gelang ihr nicht richtig. Sie wusste viel zu wenig über ihn, über seine Vergangenheit, eigentlich fast nichts. Er hatte ihr nur erzählt, dass er englische Literatur studiert hatte und dann vor etwa zehn Jahren nach Deutschland gekommen und irgendwie hier hängengeblieben war. Nach diversen Jobs hatte er angefangen, im *Murphy's* zu arbeiten. Als nach einiger Zeit Owen McMurphy, der alte Inhaber des Pubs, zurück nach Irland gegangen war, hatte er das Lokal übernommen. Das war die ganze Geschichte gewesen, bisher. Und jetzt breitete sich seine frühere, noch gänzlich unbekannte Geschichte vor Clara aus. Sie spürte, dass es von Bedeutung war, dass er ihr jetzt mit diesen Bildern davon erzählen wollte. Und es machte ihr Angst. Bisher hatte ihnen die Gegenwart genügt. Ein paar Details aus ihren früheren Leben, ja schon, ab und zu ins Gespräch eingeflochten, wobei, und das fiel Clara ebenfalls erst in diesem Augenblick auf, sie stets mehr erzählt hatte als Mick. Einen schwachen Moment lang war sie versucht, ihm dies anzulasten. Sie war versucht, die Verantwortung für ihre etwas vage gehaltene Beziehung allein ihm anzulasten, der so lässig und unkompliziert damit umging, keine Fragen und keine Pläne zu haben schien. Doch ehrlicherweise musste sie sich eingestehen, dass sie ebenso die Verantwortung dafür trug. Es war ihr sehr entgegengekommen, dass Mick keine Ansprüche an sie stellte, nicht alles mit ihr teilen wollte. Sie hatte es immer auf ihren Altersunterschied geschoben, darauf, dass eine solche Beziehung ohnehin nur für den Augenblick war und keine übermäßige Nähe und vor allem keine Zukunftspläne aushielt. Doch in Wahrheit war sie es, die es nicht ertrug, an die Zukunft zu denken. Deswegen hatte sie Mick keine Fragen gestellt, nichts über seine Familie wissen wollen, nichts über seine Vergangenheit, sein Leben in England.

Ihr Blick fiel zurück auf das Foto in ihrer Hand. Es waren keine Menschen darauf zu sehen, kein Klein-Kurt im Kinderwagen oder Ähnliches, einzig dieses Reihenhaus mit der violetten Tür. Es gab nur einen Grund, weshalb Mick dieses Foto geschossen hatte: um es ihr zu zeigen. Um ihr zu zeigen, wo er herkam. Und tatsächlich, es gab noch mehr solche Fotos. Ein heruntergekommenes Gebäude von gnadenloser Hässlichkeit, Micks alte Schule, in der sein Vater noch immer unterrichtete. Eine Straße, bunt und etwas schäbig, mit kleinen Geschäften links und rechts und an der Ecke ein Haus, in dem Mick während des Studiums einige Zeit im obersten Stock gewohnt hatte, und ein winterlich stiller Park mit Blick auf den Tyne. Dann natürlich die Tyne Bridge, der Hafen und ein schickes Ausgehviertel mit Restaurants und Clubs, das offenbar ziemlich neu war und zu Micks Zeit noch nicht existiert hatte. Clara sah sich alle Fotos genau an und ließ sich zunehmend von Micks mal witzigen, mal melancholischen und teilweise haarsträubenden Anekdoten zu jedem einzelnen Bild gefangennehmen. Fast bereute sie es, nicht doch mitgekommen zu sein. Offenbar hatte ihm viel mehr daran gelegen, als sie gedacht hatte.

Nein. Das war nicht richtig. Schon wieder versuchte sie, sich etwas vorzulügen: Eigentlich hatte sie es gewusst. Und ignoriert. Oder anders gesagt, genau dieser Umstand, dass es ihm wichtig gewesen war, hatte sie veranlasst, so vehement abzulehnen. Warum war immer alles so kompliziert? Clara unterdrückte einen Seufzer und griff nach dem nächsten Bild. Auf dem Foto saß Mick rauchend auf einer Bank im Park, die langen Beine ausgestreckt, und hielt sein Gesicht in die blasse Sonne. Neben ihm saß ein Mann, den Clara sofort als seinen Vater identifizierte. Ebenso groß und schlaksig wie er, die gleiche Haarfarbe, nur ein wenig grau an den Schläfen, die gleichen Wangenknochen, dasselbe kantige Kinn.

»Dein Vater?«, fragte Clara trotzdem.

Mick nickte. »Ja. Peter.«

»Du nennst ihn Peter? Nicht Dad oder so?«

Mick schüttelte den Kopf. »Nein. Das war ... vor allem Ann, also meine Mutter, wollte das nicht. Sie wurde immer sehr wütend, wenn ich sie als Kind Mummy nannte. Schon als wir ganz klein waren, durften wir sie nur beim Vornamen nennen.« Er zuckte mit den Schultern. »Das war wohl in ihren Kreisen so üblich.«

»Was waren das denn für Kreise?«, hakte Clara etwas irritiert nach.

»Ach, superalternativ, superpolitisch, antiautoritär. So was eben.« Micks Mitteilungsbedürfnis schien plötzlich versiegt zu sein.

Clara musterte ihn neugierig. »Hast du auch ein Bild von ihr? Von Ann?«

Mick begann zu kramen und legte ihr schließlich ein Foto hin, auf dem Katie, das Baby im Arm, neben einer dunkelhaarigen Frau saß und sich angeregt mit ihr unterhielt. Anders als die meisten anderen Fotos war es ein Schnappschuss, eher beiläufig gemacht, und die beiden Frauen schienen die Kamera nicht zu bemerken.

Clara hielt die Luft an, als sie Micks Mutter betrachtete. Sie sah umwerfend gut aus. Dichtes, langes Haar, offen und in der Mitte gescheitelt, wie bei einem Hippie aus den Siebzigerjahren, und ein so klassisch schönes Profil wie eine Madonna. Zu allem Überfluss sah sie unglaublich jung aus, wenn man bedachte, dass sie jetzt schon Großmutter war.

»Wie alt ist deine Mutter?«, fragte Clara, und ihre Stimme klang etwas kläglich.

Mick überlegte einen Augenblick. »Ich glaube, sie ist ... ja, dreiundfünfzig.«

Clara schluckte. Zehn Jahre. Nur zehn Jahre älter als sie selbst. Plötzlich war sie wieder froh, nicht mitgefahren zu sein. Es war definitiv die richtige Entscheidung gewesen. Sie legte das Foto weg.

»Sie sieht toll aus«, murmelte sie. »Wie Ali MacGraw.«

»Ja«, gab Mick wortkarg zurück. Über seine Mutter schien er definitiv nicht sprechen zu wollen.

»Sie war erst neunzehn, als du geboren wurdest. Wahrscheinlich hat sie sich damals einfach noch zu jung gefühlt, um Mama genannt zu werden?«, versuchte Clara es trotzdem.

»Mag sein.« Mick nahm die Fotos und schob sie auf einen Haufen zusammen. »Aber das hätte sie sich vorher überlegen sollen.« Seine Stimme klang unbeteiligt, aber darunter lauerte eine bei ihm völlig ungewohnte, ätzende Schärfe.

Clara schwieg betreten. Unverhofft waren sie auf dünnes Eis geraten, und sie wusste nicht, welche Richtung sie einschlagen sollte, um die Gefahrenstelle zu verlassen.

Doch Mick half ihr. Er trank sein Bier aus, schüttelte sich wie ein Hund und lächelte dann. »Genug Familie für heute. Was meinst du, sollen wir noch ein bisschen um die Häuser ziehen?«

Clara warf ihm einen prüfenden Blick zu. Sein Lächeln war vollkommen unbefangen, in seiner Stimme keine Spur mehr von Bitterkeit. Sie nickte und gab ihm einen Kuss. Als sie hinausgingen und die eiskalte, klare Nacht ihnen fast die Luft zum Atmen nahm, kam ihr der Gedanke, dass Micks lässige Art, die Dinge hinzunehmen, wohl auch nichts anderes als eine Maske war, um Ängste und Verletzungen zu verbergen.

NEUN

Am Montagmorgen ging Clara zu Fuß von Micks Wohnung in Neuhausen in die Kanzlei. Es war noch sehr früh, erst kurz nach sieben, und der Himmel begann sich gerade langsam vom kalten Nachtblau in ein zaghaftes Blauviolett zu verfärben. Es würde noch eine Weile dauern, bis die Sonne aufging. Die Nymphenburger Straße war in Kälte erstarrt, und die an den Ampeln wartenden Autos dampften ihre Abgase wie Nebel in die Luft. Clara mochte diesen Weg durch die halbe Stadt, der mittlerweile schon zu einer Montagmorgengewohnheit geworden war. Tief in Schal und Mütze vergraben, trabte sie mit Elise an der Seite die endlos lange, selbst um diese Uhrzeit schon geschäftige Straße entlang bis zum Stiglmaierplatz und gelangte dann nach einer ganzen Weile flotten Marsches endlich zur liebsten Stelle ihres Weges: dem Königsplatz. In der Morgendämmerung wirkten die klassizistischen Gebäude und der leere, weite Platz dazwischen wie eine unwirkliche Theaterkulisse. Kein Mensch war um diese Zeit hier zu Fuß unterwegs, und selbst die Autos, die in einem Oval um den Platz herum über das Kopfsteinpflaster rumpelten, wirkten verloren, so fehl am Platz wie unpassende Requisiten. Clara fühlte sich jedes Mal, wenn sie frühmorgens hier vorbeikam, wie auf einem anderen Stern. Die Woche, die vor ihr lag, rückte in weite Ferne, nichts schien drängend, nichts wichtig. Im Sommer legte sie hier immer eine kurze Pause ein, setzte sich auf die noch nachtkalten Stufen der Antikensammlung oder der Glyptothek, rauchte eine Zigarette und ließ so den Tag beginnen. Doch bei den gegenwärtigen Temperaturen war an eine Pause nicht zu denken, und selbst wenn sie es trotzig versucht hätte, wäre sie von Elise, die vom Herumstehen in einer solchen Saukälte rein gar nichts hielt, so lange vorwurfsvoll gestupst und angewinselt worden, dass sie nicht einmal die Muße gehabt hätte, sich eine Zigarette auch nur anzuzünden. Sie überquerte den Platz und bog dann nach rechts in Richtung Alter Botanischer Garten ab.

Als sie schließlich mit frostrotem Gesicht und feucht gekräuseltem Haar in der Kanzlei ankam, war es kurz vor halb neun, und Linda war schon da.

Adrett wie eh und je, mit sanft getöntem Teint und einem für ihre Verhältnisse rustikalen Wollpullover, der allerdings auf Taille gestrickt und aus weicher anschmiegsamer Wolle war, saß Linda am Schreibtisch und strahlte Clara an. »Guten Morgen!«

Clara strahlte zurück, während Elise sich hastig an ihr vorbeidrückte und schnurstracks den bereits warm lodernden Schwedenofen ansteuerte. »Schönen Urlaub gehabt?«

Linda nickte, und ihr Strahlen vertiefte sich noch ein wenig. »Sehr schön.« Dann deutete sie mit dem Kopf in Richtung von Claras Schreibtisch. »Sie haben Besuch.«

Claras Blick wanderte nach oben. Tatsächlich, dort stand jemand und strich Elise, die ihn neugierig von allen Seiten begutachtete, mit einer etwas abwesenden Geste über den Kopf. Es war Walter Gruber.

»Oh. Guten Morgen!«, rief Clara hinauf und hängte hastig ihren Mantel an den Haken neben der Tür. »Warten Sie schon lange?«, fragte sie, während sie die wenigen Stufen nach oben ging und ihm die Hand reichte.

Er schüttelte stumm den Kopf.

Clara musterte ihn besorgt. Er sah schlecht aus, grau und müde, und seine Augen waren rotgeädert. Wahrscheinlich hatte er seit Tagen nicht mehr richtig geschlafen.

»Möchten Sie Kaffee?« Er nickte, noch immer schweigend, und Clara ging in die kleine Küche, um ihnen zwei Tassen zu holen. Als sie zurückkam, hatte Gruber ihr eine Akte auf den Tisch gelegt. Clara musterte sie erstaunt. Es war eine Polizeiakte, sehr dünn und bereits im letzten Jahr abgelegt, wie der Vermerk auf dem Aktendeckel zeigte. *Gerlinde Ostmann; geb. 14.04.1958, verst. 14.12.2008*, las Clara, dann folgte das Aktenzeichen und der Vermerk *Ungeklärte Leichensache*.

»Was ist das?«, fragte Clara. »Hat das etwas mit dem Tod Ihrer Frau zu tun?«

Gruber bejahte. »Ich glaube schon.« Er beugte sich nach vorne, wurde lebhafter. »Gerlinde Ostmann war mein Fall. Das heißt, eigentlich war es gar kein richtiger Fall, denn wie sich herausstellte, ist Frau Ostmann eines natürlichen Todes gestorben.« Er verzog den Mund. »Sofern man das so nennen kann, wenn jemand bei Minusgraden ohne einen Fetzen Kleider am Leib im Englischen Garten an einem Herzanfall stirbt.«

Clara horchte auf. »Im Englischen Garten? Sie meinen ...«

»Ja. Man hat sie am Ufer des Schwabinger Bachs gefunden. Hinter dem Nordfriedhof. Genau wie meine Frau. Nur hat man sie nicht gleich nach ihrem Tod entdeckt. Es hat geschneit in jener Nacht, und sie wurde zugeschneit.« Er deutete mit einer müden Handbewegung auf die Akte. »Steht alles da drin.« Dann hob er den Kopf und sah Clara eindringlich an. »Sie lag genau an der gleichen Stelle, verstehen Sie?«

Clara begriff und spürte ein leises Kribbeln im Magen.

Doch sie wollte nicht voreilig urteilen. »Aber warum stand darüber kein Wort in Ihrer Ermittlungsakte? Haben Ihre Kollegen denn keinen Zusammenhang gesehen?«

Gruber machte eine heftige Bewegung und stieß dabei um ein Haar seine Kaffeetasse um.

Elise, die zusammengerollt so nah wie möglich neben dem Ofen lag, hob wachsam den Kopf und ließ ein leises, warnendes *Wuff* ertönen.

»Die Kollegen!« Gruber verzog verächtlich den Mund. »Was glauben Sie denn, was die sehen? Die sehen nur mich!«

Clara blätterte durch die Akte und nickte langsam. »Verstehe. Und es war ein natürlicher Tod, sagten Sie? Wie kann so etwas natürlich sein?«

Gruber lächelte bitter. »Sie sind die Juristin, Frau Niklas.«

Clara gab keine Antwort. Sie las bereits den Abschlussbericht. Dann klappte sie die Akte zu und sah Gruber nachdenklich an. »Gerlinde Ostmann ist an einem Herzinfarkt gestorben, der in jedem Fall tödlich gewesen wäre. Aber sie wird sich wohl kaum selbst diese Böschung hinuntergestürzt haben. Noch dazu ohne Kleider ...«, fuhr Clara fort. »Also gab es jemanden, der das getan hat.« Sie schlug die Akte noch einmal auf. »War sie da schon tot?«

Gruber schüttelte den Kopf.

»Also hat der Unbekannte, wer auch immer es war, sie lebend dort hinuntergestoßen ...« Clara schauderte und trank hastig einen Schluck Kaffee. »Dabei konnte er, selbst wenn sie zu dem Zeitpunkt den Herzanfall schon gehabt hätte und nicht erst danach bekommen hat, nicht wissen ...«

»... dass gar keine Rettung mehr möglich war«, ergänzte Gruber und nickte ihr zufrieden zu, so als sei sie eine besonders gelehrige Schülerin. »Dem Täter war es egal, ob sie starb. Er hat keine Hilfe geholt, und es ist auch kein anonymer Hinweis oder Ähnliches eingegangen. Ihm muss außerdem klar gewesen sein, dass sie in kürzester Zeit erfrieren würde.«

»Aber warum hat er das getan?«, wandte Clara ein. »Es ergibt doch keinen Sinn. Wenn er sie tatsächlich hätte töten wollen, hätte er sich doch auch vergewissern müssen, dass sie wirklich stirbt? Außerdem konnte er den Herzinfarkt ja wohl kaum vorhersehen, oder?«

Gruber verzog das Gesicht zu einer zynischen Grimasse. »Kurzschlussreaktion? Affekt? Stand es so nicht in dem Bericht über mich? Oder wie sagt man im Juristendeutsch so schön: Er hatte keine direkte Tötungsabsicht, aber hat ihren Tod *billigend in Kauf genommen*?«

Claras Augen blitzten zornig auf. »Was aber nichts daran ändert, dass er vorsätzlich gehandelt hat.«

Gruber schüttelte den Kopf. »Das sagen Sie jetzt. Aber würden Sie es auch sagen, wenn Sie die Verteidigerin unseres Unbekannten wären? Es steht unzweifelhaft fest, dass die Frau in jedem Fall gestorben wäre. Also lag, objektiv gesehen, gar keine Tötungshandlung vor. Und was ist dann mit dem Vorsatz?«

Clara sah ihn nachdenklich an. »Sie haben recht«, gab sie schließlich zu. »Dann würde ich natürlich anders argumentieren.«

Gruber nickte. »Natürlich. Das ist Ihr Job.«

Clara seufzte und sehnte sich nach einer Zigarette. »Aber unabhängig davon ist es doch eine verwerfliche Tat gewesen.«

Grubers zerfurchtes Gesicht verzog sich zu einem traurigen Lächeln. »Wie schön, dass wir beide endlich einmal einer Meinung sind.«

Clara erwiderte sein Lächeln und stellte fest, dass Walter Gruber längst nicht mehr ihren Zorn und ihren Widerspruchsgeist anstachelte wie damals, als sie sich zum ersten Mal begegnet waren. Wann war diese Wandlung eingetreten? Irgendwann, am Ende dieser unseligen Geschichte im letzten Jahr, als sie beide mit leeren Händen dagestanden waren. Gruber war ein kluger Mann und bei weitem nicht so engstirnig, wie sie anfangs vermutet hatte. Und als er sie jetzt um ihre Hilfe gebeten hatte, war es für sie außer Frage gestanden, ihm auch zu helfen. Wer weiß, vielleicht würden sie irgendwann, wenn das alles vorbei war, sogar noch Freunde werden können?

Sie senkte den Blick wieder auf die Akte. »Gab es denn irgendwelche Hinweise auf den Täter?«

»Nein. Nicht einmal verwertbare Reifenspuren. Der Schnee hatte alles zugedeckt. Nur ihre Kleider hat man gefunden. Sie lagen oben auf dem Parkplatz. Deshalb wurde auch jemand aufmerksam, weil dort in der Nähe der Böschung ein Haufen Kleider lag.«

»Aber vielleicht stammte der Täter ja aus dem Umfeld des Opfers, hat man denn nicht herausfinden können, mit wem sie verkehrt hat?« Clara blätterte durch die wenigen Seiten.

»Es gab kein Umfeld.« Gruber seufzte. »Sie wurde nicht einmal vermisst.«

»Es gab kein Umfeld?« Clara sah ihn unbehaglich an. »Wie kann das sein? Jeder Mensch hat doch wohl einen gewissen Bekanntenkreis, Arbeitskollegen, Familie ...«

»Gerlinde Ostmann nicht.«

»Aber ...« Clara verstummte hilflos.

»Sie war Buchhalterin in einer kleinen Firma in Schwabing, die Berufskleidung herstellt. Firma Hartmann. Kochschürzen, Blaumänner, so etwas. Einige Wochen vor ihrem Tod ist ihr gekündigt worden. Angeblich aus Einsparungsgründen. Der 13.12. war ihr letzter Arbeitstag. Sie hatte noch Resturlaub, und es war kurz vor Weihnachten ... kein Mensch hat sie vermisst.«

»Hatte sie denn gar keine Familie? Freunde?«

»Offenbar nicht. Nur eine Katze. Ihre Eltern sind beide tot. Keine Geschwister. Sie war geschieden, hatte keine Kinder, und enge Freunde konnten wir keine ausfindig machen. Die Nachbarin hat uns angerufen. Ihr ist irgendwann aufgefallen, dass Gerlinde Ostmann nicht zu Hause war. Normalerweise gab sie der Nachbarin nämlich immer die Schlüssel, wenn sie für ein paar Tage nicht da war oder länger verreiste, damit sie die Katze füttern konnte. Als wir informiert wurden, war sie schon gut zehn Tage tot.«

Er verstummte.

»Und die Katze?«

Gruber lächelte. »Die hat es überlebt.«

Die große Erleichterung, die Clara bei diesem Satz überkam, war angesichts der tragischen Geschichte geradezu grotesk, und sie schämte sich ein bisschen. Nach einer Weile meinte sie nachdenklich: »Aber gibt es wirklich Parallelen zwischen diesem Fall und dem Mord an Ihrer Frau? Abgesehen vom Fundort? Gerlinde Ostmann ist an einem Herzinfarkt gestorben, und Ihre Frau wurde erwürgt ...«

»Ja, ja, ich weiß«, gab Gruber resigniert zurück. »Ich dachte nur, so einen Zufall kann es doch einfach nicht geben. Das muss doch irgendeine Bedeutung haben?«

Clara sah ihn mitfühlend an. Natürlich klammerte er sich in seiner Situation an jeden Strohhalm. Sie würde das ebenso tun. Aber war diese Geschichte tatsächlich von Bedeutung? Clara hatte ihre Zweifel, obwohl sie zugeben musste, dass es merkwürdig war. Eigentlich zu merkwürdig für einen bloßen Zufall. Aber wo sollte hier ein Zusammenhang zu finden sein? Sie schüttelte den Kopf. Vielleicht sollten sie sich zunächst um die naheliegenderen Möglichkeiten kümmern. Es waren ohnehin nicht viele. Genauer gesagt, nur eine einzige, die ihr im Augenblick einfiel: Adolf Wimbacher, Irmgard Grubers ehemaliger Liebhaber.

Gruber erstarrte, als Clara den Namen nannte und vorschlug, sich erst einmal mit ihm zu unterhalten.

»Wie kommen Sie denn jetzt auf den?«, wehrte Gruber unwillig ab. »Der ist doch längst schon wieder passé.«

»Eben darum«, gab Clara geduldig zurück. »Vielleicht hat er das anders gesehen? Ich halte das für ein ziemlich gutes Motiv, und es ist, ehrlich gesagt, auch das einzige halbwegs realistische Motiv, das wir bisher haben.«

Gruber schwieg eine ganze Weile, dann nickte er. »Sie haben recht. Knöpfen wir ihn uns also vor.« Er stand auf. »Was ist?«

Clara sah ihn an. »Wie? Jetzt sofort?«

»Haben Sie was Besseres vor?«

»Oh, wie kommen Sie denn darauf?«, gab Clara ironisch zurück. »Sie sind natürlich mein einziger Mandant, und sonst sitze ich hier den ganzen Tag nur so zum Spaß herum!«

»Und wie viele mutmaßliche Mörder verteidigen Sie im Augenblick? Ich meine, außer mir?«

Clara seufzte. »Schon gut.«

Gerade als sie die Kanzlei verlassen wollten, kam Willi zur Tür herein. »Willi?« Clara starrte ihn verwundert an. Ihr Kompagnon, ein gebürtiger Hamburger und auch nach Jahren in München noch immer überzeugter Hanseat bis in die Knochen, war kaum wiederzuerkennen. Seit sie ihn kannte, war Willi ein Stubenhocker und Bücherwurm erster Klasse gewesen, dessen Gesichtsfarbe je nach Jahreszeit zwischen blass und sehr blass changierte, was einen trefflichen Kontrast zu seiner großen schwarzen Hornbrille ergab. Heute jedoch war sein Gesicht keineswegs blass, im Gegenteil, es war, mit Ausnahme der Partie um die Augen, feuerrot, und auf eine Brille hatte er erstaunlicherweise ganz verzichtet.

»Moin!« Er gab Clara einen Kuss auf die Wange und grinste Gruber fröhlich an. »Oh, unser gestrenger Herr Gendarm. Was haben wir denn verbrochen?«

Eine peinliche Pause entstand. Clara biss sich auf die Lippen. Willi hatte natürlich keine Ahnung, was in seiner Abwesenheit passiert war. Sie packte ihn am Arm: »Sag mal, wie siehst du denn aus? Wie ein gekochter Krebs. Und wo ist deine Brille? Du darfst doch ohne sie gar nicht Auto fahren!« Sie linste nach draußen, doch tatsächlich, dort stand Willis Wagen auf dem Anwohnerparkplatz.

»Ja, Mama, weg, Mama, doch, Mama.«

»Wie bitte?«

»*Ja*, ich sehe aus wie ein gekochter Krebs, meine Brille ist *weg*, das heißt, sie ist schon noch da, aber zu Hause, und *doch*, Auto fahren darf ich, denn es gibt da so eine ungeheuerliche Erfindung, du wirst es nicht glauben, man nennt sie Kontaktlinsen, und man kann sie direkt auf die Augen legen, das ist sehr praktisch, zum Beispiel beim Skifahren ...«

»Idiot.« Clara musste lachen. »Schön, dass du wieder da bist.«

Willi grinste und zupfte sich einen kleinen Hautfetzen über den Augenbrauen weg, wo sich die Haut bereits zu schälen begann. »Und was verschafft uns nun die Ehre des Besuches der hohen Polizei?« Er musterte Gruber neugierig.

Clara schob sich hastig an Willi vorbei. »Das erzähle ich dir ein anderes Mal. Wir müssen jetzt ganz dringend weg. Servus.«

Sie stürzte an die Tür, und Gruber folgte ihr, zum ersten

Mal seit der schrecklichen Geschichte leicht amüsiert. »Netter Kollege. Sie verstehen sich gut, oder?«

Clara nickte, ein wenig süßsauer. »O ja. Wir drei sind wie eine große Familie.« Durch die große Schaufensterscheibe sah sie, wie Willi Linda mit einer innigen Umarmung begrüßte, und unterdrückte einen Seufzer. Auf Dauer würde das nicht gutgehen. Es konnte nicht gutgehen, wenn man so eng zusammenarbeitete und einer der Anwälte mit der Sekretärin liiert war. Sie bekam jetzt schon Magenschmerzen bei dem Gedanken daran, dieses Thema bei Willi anzusprechen.

Adolf Wimbachers Versicherungsagentur war in der Hohenzollernstraße, nicht weit vom Nordbad entfernt. Sie fuhren mit Grubers Auto, einem von Streusalz überkrusteten, schmutzig-grauen 3er BMW, und an seiner verbissenen, aggressiven Fahrweise konnte Clara sehen, welche Überwindung es ihn kostete, diesem Mann gegenüberzutreten. »Am besten, Sie lassen mich reden«, meinte sie. »Nicht dass Sie gleich mit der Tür ins Haus fallen oder Streit anfangen.«

Gruber lachte freudlos. »Ha! Streit! Was glauben Sie denn? Wenn ich könnte, wie ich wollte, dann hätte ich diesem Saukerl längst sämtliche Knochen gebrochen.« Er bremste scharf und klopfte dann ungeduldig mit den Fingern auf das Lenkrad. »Und wenn sich herausstellt, dass er Dreck am Stecken hat, kann er darum betteln, dass das alles ist, was ich mit ihm anstelle.« Er überholte rüde einen zögerlichen PKW, der offenbar einen Parkplatz suchte, und zeigte dem Fahrer dabei den Vogel.

Clara kam der Gedanke, dass es vielleicht keine so gute Idee gewesen war, mit Gruber zusammen zu Adolf Wimbacher zu fahren. Doch dafür war es jetzt zu spät. Sie hatten ihr Ziel erreicht. Gruber parkte ungerührt in zweiter Reihe und legte ein Schild an die Windschutzscheibe, das besagte, dass es sich hier um einen polizeilichen Einsatz handelte.

Adolf Wimbachers Versicherungsagentur war klein und deprimierend. Leicht angegraute Lamellenvorhänge an den Fenstern, dazu die üblichen Reklameschilder, perfekte Menschen, alle lachend und mit blendend weißen Zähnen, die, mit Hilfe der Versicherung von allen Sorgen befreit, ihre erste Wohnung einrichteten, rundum versicherte Kinder bekamen und am Ende mit ebenjenen Kindern und einem Golden Retriever auf einer grünen Wiese umhersprangen. Beim näheren Hinsehen waren die Schilder jedoch gewellt und hatten hie und da Stockflecken, und auf dem Fensterbrett lagen tote Fliegen. Der Mann, der hinter einem billigen weißen Furnier-Computertisch saß, empfing sie mit einem geübten, wenngleich etwas müden Was-kann-ich-für-Sie-tun-Lächeln, das jedoch auf der Stelle gefror, als Walter Gruber eintrat. Adolf Wimbacher war ein kräftiger Mann mit breiten Schultern und einem typischen Wohlstandsbauch, ohne direkt fett zu sein. Sein Gesicht und die Stirnglatze glänzten rosa, er trug eine randlose Brille und hatte hellbraunes, schon etwas spärliches Haar. Rein äußerlich war er das glatte Gegenteil von Walter Gruber.

»Walter. Grüß' dich.« Wimbachers Stimme klang wachsam. Zunächst schien er aufstehen zu wollen, um sie zu begrüßen, dann überlegte er es sich anders und blieb sitzen.

Gruber schwieg. Offenbar hatte er tatsächlich vor, das Reden Clara zu überlassen, und fing damit schon bei der Begrüßung an. Clara warf ihm einen schnellen Blick zu. Sein Gesicht war vollkommen ausdruckslos, weder Wut noch sonst irgendein Gefühl war darauf abzulesen. Lediglich seine dunklen Augen konzentrierten sich mit beunruhigender Intensität auf Adolf Wimbacher, der jetzt zunehmend unsicher wurde. »Was willst du?«, fragte er, und dann, an Clara gerichtet: »Und wer sind Sie überhaupt?«

Clara lächelte möglichst entwaffnend, wie sie hoffte, und reichte ihm ihre Hand. »Ich bin Clara Niklas, Herrn Grubers Anwältin. Wir wollen nur einen Augenblick mit Ihnen sprechen. Dürfen wir uns setzen?« Wimbacher nickte automatisch, obwohl ihm anzusehen war, dass er am liebsten den Kopf geschüttelt und sie beide schnurstracks wieder hinausbefördert hätte.

Sie setzten sich, ohne ihre Jacken auszuziehen. Es würde nicht lange dauern, sollte das signalisieren, und dazu hob Clara in einer entschuldigenden Geste die Arme. »Es tut mir leid, dass wir hier einfach so hereinplatzen, ohne uns angemeldet zu haben, sicher haben Sie furchtbar viel zu tun ...«

Wimbacher winkte ab. »Schon gut.«

»Danke, dass Sie sich einen Augenblick Zeit für uns nehmen.« Clara schenkte ihm ein dankbares Lächeln und wurde sofort wieder ernst. »Sie können sich wahrscheinlich denken, dass wir wegen Herrn Grubers Frau hier sind. Sicher haben Sie schon von dem tragischen Unglück gehört?«

Adolf Wimbacher nickte, und nach einem kurzen Seitenblick auf den wie versteinert dasitzenden Gruber murmelte er: »Schreckliche Geschichte.«

»Ja. Sie ... ähm ... haben ja Frau Gruber recht gut gekannt, deshalb wollten wir ...«, begann sie vorsichtig, doch Wimbacher unterbrach sie sofort.

»Aber das war doch längst vorbei! Schon mindestens ein halbes Jahr, wenn nicht länger. Eine saudumme Geschichte. Ich und Irmgard waren schon seit einer Ewigkeit gute Freunde. Und dann plötzlich hat es sich halt ergeben, dass mehr draus wurde.« Er nahm die Brille ab und rieb sich über die Augen, dann schüttelte er den Kopf. Als er Clara wieder ansah, waren seine Augen gerötet. »Wir haben uns recht schnell wieder getrennt, schon nach ein paar Monaten war uns klar ...« Er unterbrach sich, hustete und setzte dann umständlich die Brille wieder auf, bevor er weitersprach: »Also, es war eigentlich Irmgard, die zuerst begriffen hat, dass wir einen Fehler gemacht haben.«

»Und Sie? Wie haben Sie darüber gedacht?«, wollte Clara wissen. »Waren Sie nicht verletzt? Wütend?«

Wimbacher lächelte jetzt, ein wenig wehmütig. »Ach, was heißt schon verletzt? Es war halt so. Da ließ sich nichts dran ändern.« Er zuckte mit den Schultern. »Ich sagte ja schon: Es war eine dumme Sache. Wir wären besser nur Freunde geblieben.«

Clara schwieg einen Augenblick und sah zu Gruber hinüber, der noch immer regungslos neben ihr saß. Diese *dumme Sache* hatte seine Ehe zerstört und war auf irgendeine Art und Weise, die ihnen noch immer nicht klar war, vielleicht sogar der Grund von Irmgard Grubers Tod. Und gleichzeitig war die ganze Geschichte so banal, dass es kaum zu ertragen war. Sie bewunderte Gruber für die Selbstbeherrschung, die ihn dazu brachte, hier schweigend zu sitzen und dem Exliebhaber seiner Frau zuzuhören, wie er achselzuckend darüber sprach, dass sie einen *Fehler* begangen hatten. Und dabei sogar noch recht hatte. Solche Fehler passierten im Leben von Paaren, und das nicht gerade selten. Keine große Sache. Ein Seitensprung. Blöd gelaufen. Clara wusste, sie selbst wäre niemals imstande, in einer derartigen Situation so ruhig zu bleiben. Es war schon fast unheimlich, wie scheinbar gelassen und unbeteiligt Gruber dasaß. Nichts war aus seinem Gesicht abzulesen, man konnte sich nicht einmal sicher sein, ob er überhaupt zugehört hatte. Und dabei war Clara sich sicher, dass ihm keine Silbe, keine Bewegung Wimbachers entgangen war. Ihr wurde klar, was für ein unschätzbarer Vorteil diese Fähigkeit für einen Kriminalbeamten war. Gruber war ein ausgezeichneter Polizist, das wurde Clara in diesem Augenblick wieder einmal bewusst, und gleichzeitig überkam sie heiße Wut bei dem Gedanken an diese intrigante Kommissarin Sommer, die versucht hatte, seine Professionalität in Zweifel zu ziehen. Clara biss sich auf die Lippen und versuchte, sich wieder auf Adolf Wimbacher zu konzentrieren.

»Haben Sie Irmgard Gruber eigentlich noch einmal gesehen, seit sie sich getrennt haben?«, fragte sie leichthin und hatte das Gefühl, dass Gruber sich bei dieser Frage neben ihr unmerklich anspannte.

Wimbachers rosa Gesicht wurde einen Ton dunkler, und der Blick, den er jetzt zu Gruber hinüberwarf, war verlegen. »Also, ja, nein, nicht so, wie Sie vielleicht jetzt denken ...«, begann er umständlich und nestelte an seinem Hemdsärmel herum.

»Wir denken gar nichts«, beruhigte ihn Clara. »Haben Sie sich getroffen, oder haben Sie nicht?«

Wimbacher bemühte sich jetzt, Gruber nicht anzusehen, und heftete seine Augen auf Clara. »Wir haben uns noch ein paar Mal zum Kaffeetrinken getroffen.«

Eine minimale Bewegung neben sich, die sie nur aus den Augenwinkeln wahrnahm und mehr erriet als tatsächlich sah, verriet Clara, dass diese Information für Gruber neu war. Offenbar hatte Irmi ihm diese Treffen unterschlagen.

»Zum Kaffeetrinken?«, fragte sie gedehnt nach und setzte eine zweifelnde Miene auf. »Und das, obwohl Sie sich getrennt hatten?«

»Das war vollkommen harmlos! Rein freundschaftlich, verstehen Sie?« Wimbachers Blick flog nervös von Clara zu Gruber und wieder zurück.

»Wo haben Sie sich denn getroffen?«

»Ja, also ... bei mir.«

»Ach!« Clara hob die Augenbrauen und hoffte, Grubers Selbstbeherrschung werde ihn nicht ausgerechnet jetzt verlassen.

»Ja. Aber das war ganz anders, als es sich anhört: Ich habe einen Neffen, den Sohn meiner jüngsten Schwester, er ist auch mein Patenkind, und er ist öfters am Wochenende bei mir. Meine Schwester ist frisch geschieden und Ruben, also so heißt mein Neffe, leidet sehr darunter. Ich kümmere mich deshalb ein bisschen um ihn, er hat seine Modelleisenbahn bei mir aufgebaut, weil zu Hause kein Platz mehr ist, meine Schwester musste ja umziehen, in eine kleine Wohnung, weil ihr Mann keinen Unterhalt bezahlt, er hat eine neue Freundin, und da ist seine Familie ziemlich abgeschrieben.«

Adolf Wimbacher verstummte abrupt, und Clara fragte sich, ob ihm die Ironie an dieser Geschichte wohl in dem Moment bewusst geworden war. Ruben. Ob der Junge jetzt wohl Ruben Wimbacher hieß? Doch nach Kurt-Karim konnte sie ohnehin nichts mehr erschüttern.

»Und was hat Ihr Neffe nun mit Ihrem Kaffekränzchen mit Irmgard Gruber zu tun?«, hakte sie nach.

»Ja, das ist so: Der Rudi, ich nenne ihn immer Rudi, das klingt irgendwie besser, nicht so überkandidelt, oder?«

»Viel besser!«, stimmte Clara zu, obwohl der arme Junge ihr immer bemitleidenswerter erschien. Man stelle sich vor, nur diese Auswahl zu haben: Ruben oder Rudi. Konnte so etwas nicht für ein Trauma sorgen?

»Also Rudi und Irmgard haben sich recht gut verstanden. Sie konnte sehr gut mit Jungs. Hat ja selber einen Sohn.

Achim heißt er, glaub' ich.« Irgendwie schien er jetzt in seinem Bemühen, die Sache im richtigen Licht darzustellen, Grubers Anwesenheit ganz vergessen zu haben. Deshalb fuhr er auch vor Schreck zusammen, als Gruber sich unvermittelt zu Wort meldete.

»Armin. Unser Sohn heißt Armin.« Seine Stimme war eiskalt.

»Wie? Ach so, ja.« Wimbacher senkte den Kopf.

»Sie wollen damit also sagen, Irmgard ist wegen Ruben weiter zu Ihnen zum Kaffeetrinken gekommen?«, fragte Clara.

»Ja. Sie meinte, er würde es nicht verstehen, wenn sie jetzt plötzlich nicht mehr käme, nur weil wir nicht mehr miteinander... also, weil wir ...«, er verstummte hilflos.

»Weil Sie beide diesen dummen Fehler eingesehen haben«, half Clara ihm liebenswürdig auf die Sprünge.

»Ja, genau«, stimmte Wimbacher erleichtert zu, vollkommen unempfänglich für die Ironie in Claras Worten. »Sie hat sich für den Rudi interessiert, hat ihn nach der Schule gefragt, nach seinen Freunden, was für Musik er mag und so was. Und immer hat sie ihm kleine Geschenke mitgebracht.« Er sah Clara plötzlich erschrocken an. »Er hat morgen Geburtstag. Wird zwölf. Wir wollten deshalb am kommenden Sonntag noch ein bisschen mit ihm feiern. Mein Gott! Er weiß es ja noch gar nicht!«

»Hat Irmgard Ihnen bei diesen Treffen auch etwas über ihr derzeitiges Leben erzählt?«, wollte Clara wissen. »Hat sie vielleicht jemanden kennengelernt?«

Wimbacher schüttelte den Kopf. »Ich glaube nicht. Jedenfalls hat sie nichts darüber gesagt. Und außerdem sah es doch so aus«, er schielte vorsichtig zu Gruber hinüber, »als ob Walter und sie sich wieder näher kommen würden.« Jetzt sah er ihn direkt an. »Stimmt doch, oder?«

Gruber gab keine Antwort.

»Hat sie Ihnen das erzählt?«, hakte Clara nach. »Dass sie sich mit ihrem Mann aussöhnen wollte?«

Wimbacher nickte. »Ja, freilich. Das war in letzter Zeit immer wieder das Thema.« Er seufzte. »Ich fand es auch gut so. Wie gesagt, das mit uns beiden ... war ein Fehler.«

»Und wussten Sie auch, dass Irmgard Gruber sich am vergangenen Donnerstag mit ihrem Mann getroffen hat?«

»Nein.«

»Wo waren Sie denn in der Nacht vom Donnerstag auf Freitag?«

»Nicht in München«, antwortete er, und als er an Claras abwartendem Blick sah, dass ihr das nicht genügte, fügte er noch hinzu: »Ich war von Donnerstag bis Sonntag beim Skifahren. In Österreich.«

»Allein?«

Wimbachers Gesicht überzog sich jetzt mit einer tiefen Röte. »Nein«, murmelte er und senkte den Kopf. »Ich habe jemanden kennengelernt ... Wir ... Seit einigen Wochen ...«

»Verstehe.« Clara stand auf. »Das war eigentlich alles. Vielen Dank für Ihre Offenheit.« Sie reichte ihm die Hand.

Wimbachers Händedruck war feucht und matt, und auf seiner Stirn glänzten Schweißperlen. Er schien weniger nervös als vielmehr zu Tode erschöpft. Stumm folgte er ihnen bis zur Tür, dann gab er sich einen letzten Ruck und sah Gruber an. »Walter«, begann er zögernd, »es ... es tut mir so leid.«

Claras Blick wanderte ebenfalls zu Gruber, der reglos neben ihr in der Tür stand. Er war einen halben Kopf kleiner und sehr viel schmaler als Wimbacher. Im Kontrast zu dem schwitzenden, rotgesichtigen Mann wirkte er wie ein dunkler Fleck, zäh und knotig und noch immer wie versteinert. Clara schien es eine Ewigkeit, in der sich die beiden Männer schweigend gegenüberstanden, dann drehte sich Gruber ohne ein Wort um und ging.

Clara musste sich beeilen, um ihm zu folgen. Erst an der Straßenecke holte sie ihn ein.

Er blieb stehen. »Spucken Sie's schon aus«, schnauzte er sie unvermittelt an, noch ehe sie einen Ton gesagt hatte.

Clara zündete sich erst eine Zigarette an, bevor sie antwortete, und stellte dabei verwundert fest, dass es erst die zweite an diesem Tag war. Dabei war es schon Mittag. »Was meinen Sie?«, fragte sie und blies den Rauch in die kalte Luft.

»Ich hätte ihm die Hand schütteln sollen oder so was, nicht wahr? Tränenreiche Versöhnung im Angesicht des Todes.« Er verzog verächtlich den Mund.

Clara betrachtete die geschäftige Straße, in der sie wie zwei Fremdkörper mitten auf dem Gehsteig standen und den Passanten den Weg versperrten. Der Himmel war blau und leuchtete, aber die Luft war trotz des strahlenden Sonnenscheins kaum wärmer als am Morgen. Ein eisiger Wind pfiff um die Straßenecke. Sie sagte: »Wenn Sie es gekonnt hätten, hätten Sie es sicher gemacht.«

Gruber sah sie einen Augenblick verdutzt an und meinte dann nachdenklich: »Ja. Da haben Sie wohl recht.«

Die Rückfahrt verlief wesentlich disziplinierter als die Hinfahrt, keine Beleidigungen, keine obszönen Gesten, keine gewagten Überholmanöver. Gruber war vollkommen in Gedanken versunken und blieb während der gesamten Fahrt stumm. Clara störte sein Schweigen nicht. Sie dachte über Adolf Wimbacher nach und was sie von ihrem Gespräch zu halten hatte. War etwas Neues dabei herausgekommen? Hatte es sie weitergebracht? Sie war sich nicht ganz sicher, doch ihr Gefühl sagte ihr, dass sie Wimbacher glauben konnte. Er hegte ganz offenbar keinen Groll gegen Irmgard, schien in keiner Weise eifersüchtig oder in seinem Stolz verletzt. Und wenn er zur Tatzeit tatsächlich Ski fahren gewesen war, noch dazu mit einer neuen Freundin, dann hatte sich ihr einziger möglicher Verdächtiger neben Walter Gruber gerade in Luft aufgelöst.

»Wie bitte?« Sie wandte überrascht den Kopf. Gruber hatte irgendetwas zu ihr gesagt, doch sie hatte es nicht mitbekommen. Sie waren inzwischen vor der Kanzlei angekommen.

»Warum hat sie das nur gemacht?« Gruber starrte aus dem Fenster. »Ich meine, dieser Trottel ist doch auch kein George Clooney, oder?«

Clara hob die Schultern. »Solche Dinge passieren eben manchmal einfach.«

Gruber schüttelte den Kopf. »Das ist mir auch klar. Aber warum ausgerechnet *der*? Ich kapier' das nicht.«

Clara rutschte ein wenig unbehaglich auf dem Sitz hin und her und dachte nach. Nach einer Weile sagte sie vorsichtig: »Vielleicht lag es ganz einfach daran, dass er anders ist? Sie sind sehr ... beherrscht, haben Ihre Gefühle unglaublich gut im Griff, vielleicht hat sie nach etwas, ähm, weniger Kontrolliertem gesucht ...« Sie verstummte abrupt, als sie Grubers Gesicht sah. Solche Gespräche durfte man nicht führen. Noch nicht einmal unter Freunden und schon gar nicht in dieser Situation. »Wichtig ist doch, dass sie sehr schnell gemerkt hat, dass es ein Fehler war«, beeilte sie sich hinzuzufügen. »Sie haben sich immerhin wieder versöhnt.«

Gruber nickte langsam. »Ja. Stimmt. Das haben wir.« Er überlegte einen Augenblick, dann fügte er hinzu: »Vielleicht hätte ich dem Trottel doch die Hand geben können.«

Clara lächelte. »Ja, vielleicht.«

Als sie bereits ausgestiegen war, rief er ihr noch hinterher: »Ohne Wimbacher haben wir nichts, nicht wahr? Rein gar nichts.«

Clara hätte gerne etwas Aufbauendes erwidert, aber es gab nichts, und Gruber, der alles andere als ein Idiot war, wusste dies ebenso gut wie sie. Sie schüttelte den Kopf. »Nein. Aber wir werden noch etwas finden. Ganz sicher.« Sie sah ihm nach, während er davonfuhr, und wünschte, sie wäre sich dessen tatsächlich so sicher.

ZEHN

Schon in dem Moment, als er sie zum ersten Mal gesehen hatte, mit ihrem Hund im Englischen Garten, genau an DER Stelle, hatte er geahnt, dass sie Unheil bringen werde. Aber jetzt, jetzt sah er es. Jetzt wusste er es. Seine Hände zitterten, und er konnte nicht sagen, ob vor Kälte oder vor Aufregung. Ungeschickt zog er sich seine dicken Wollfäustlinge über die dünnen Baumwollhandschuhe, die er wie immer zum Schutz seiner empfindlichen Haut trug. Wieder einmal war sein Gespür richtig gewesen. Er konnte sich dafür beglückwünschen, dass er so feine Antennen hatte.

Gestern, am Sonntag, an diesem leeren Tag, an dem nichts geschah und nichts getan werden musste, hatte er lange auf seinem Küchenstuhl gesessen und auf dem Akkordeon gespielt. Zwei, drei Stunden waren so vergangen. Er hatte mit einfachen, leichten Walzern und Polkas angefangen und war dann zu den schwierigen Tangos übergegangen. Manche davon waren sehr kompliziert, und er musste einige Stellen geduldig immer wieder spielen, bis sie ihm endlich leicht und ohne Mühe von den Fingern glitten. Dann erst konnte er die Augen schließen und sich von der Musik tragen lassen. Er spielte und spielte, und dann irgendwann kam er zu dem Punkt, an dem die Gedanken in seinem Kopf leichter wurden. Er begann sich leer zu fühlen und rein wie frisch gewaschene Bettwäsche, die in der Sonne trocknet. Weißes Leinen, wie das seiner Mutter, gebleicht und so gestärkt, dass es ein knisterndes Geräusch gab, wenn man es zusammendrückte, wie festes, glattes Papier. In diesem Zustand konnte er schweben und fühlte sich trotzdem fest mit allem um ihn herum verbunden. Er spürte die kleinen schwarzen Knöpfe der Bässe unter seinen Fingern, das Holz des Küchenstuhls und den festen Boden unter seinen Füßen, glänzend gewischt und poliert. Die Welt war dann in Ordnung, so wie sie zu sein hatte, und er war darin sicher. Hinzu kam, dass an diesem Sonntag die Sonne schien. Deshalb war keiner seiner Nachbarn zu Hause, außer dem schwerhörigen Herrn Leonhard nebenan. Sonst hätte sich womöglich doch wieder jemand beschwert, an die Decke geklopft oder Sturm geklingelt. Manchmal kam das vor. Wenngleich bei weitem nicht mehr so oft in der letzten Zeit. Das lag daran, dass die Mieter oben gewechselt hatten.

Als die Schnepfe aus der Bank dort noch gewohnt hatte, war es schlimmer gewesen. Sie hatte alle anderen gegen ihn aufgehetzt, keine Ruhe gegeben. Zunächst hatte er sich davon nicht stören lassen. Es war nichts Unrechtes, was er tat. Erst als sie ihm damit gedroht hatte, dafür zu sorgen, dass er auf die Straße gesetzt würde, hatte er beschlossen, etwas zu unternehmen. Niemand kündigte ihm die Wohnung, in der er lebte, seit er denken konnte. Niemand. Und schon gar nicht die Schnepfe aus der Bank. Es hatte gar nicht viel Mühe gekostet. Ein paar Mal hatte er ihre Post aus dem Briefkasten gefischt, sie geöffnet und die Briefe (es waren glücklicherweise auch einige sehr privater Natur sowie zwei Mahnschreiben wegen nicht bezahlter Rechnungen dabei gewesen) im Treppenhaus verteilt, sodass jeder sie sehen konnte. Dann hatte er über ein paar Wochen jedes Mal ihren sorgfältig getrennten Müll durcheinandergebracht und leere Schnapsflaschen dazugestellt oder zusammen mit dem Müll vor ihrer Wohnungstür abgelegt. Dies und noch ein paar andere Kleinigkeiten wie nächtliche Telefonanrufe und ein paar anonyme Schreiben hatten dazu geführt, dass irgendwann der Umzugswagen vor der Tür gestanden hatte, und dann war sie weg gewesen. Jetzt wohnte dort oben eine Familie mit zwei kleinen Kindern. Die waren froh, wenn sich niemand über sie beschwerte, und ließen ihn in Ruhe. Er mochte Kinder genauso, wie er Hunde mochte, und es störte ihn nicht, wenn sie oben Krach machten. Blieb nur noch das alte Ehepaar Fischer aus dem Erdgeschoss, aber die waren auch sehr viel ruhiger geworden, seit die Schnepfe ausgezogen war. Sie hatten keinen Rückhalt mehr ohne sie, und so war auch das Klopfen von unten in letzter Zeit fast ausgeblieben. Er tat nichts Unrechtes. Er spielte nur Akkordeon. Tat niemandem weh. Und doch war es genau diese Geschichte mit der Schnepfe aus der Bank gewesen, die ihn am Sonntag auf die richtige Spur gebracht hatte.

Während eines langsamen Musette-Walzers, bei dem er sich nicht sonderlich konzentrieren musste, waren seine Gedanken abgeschweift, und da war ihm plötzlich die Schnepfe wieder eingefallen und der Brief, den sie ihm hatte schreiben lassen und der ihn dazu bewogen hatte, etwas gegen sie zu unternehmen: Es war ein Anwaltsbrief gewesen. Er hatte mitten im Spiel innegehalten, und die fröhliche, sanfte Melodie war so abrupt abgestorben, als hätte er sie getötet. Stattdessen standen ihm die dicken schwarzen Lettern der Zeitung von letzter Woche wieder vor Augen, die verkündet hatten, dass Gruber aus der Untersuchungshaft entlassen worden war. Damit war sein Spiel für diesen Sonntag beendet gewesen. Er hatte das Akkordeon in den schwarzen Koffer verstaut und war in die Abstellkammer gegangen, wo er das Altpapier aufbewahrte. Mit spitzen Fingern hatte er die Zeitung herausgezogen. Er hätte den Artikel natürlich schon am Freitag ausschneiden und gesondert aufbewahren müssen, wie er es sonst auch tat, aber er war so schockiert und angewidert von der Nachricht gewesen, dass er sich nicht hatte überwinden können, die Zeitung noch einmal durchzublättern. Auch hatten seine Hände geblutet, und er hätte sie nach dem Ausschneiden noch einmal schrubben müssen, was sicher nicht sehr angenehm gewesen wäre. Doch am Sonntag hatte er die Nachricht noch einmal lesen können – und tatsächlich: Dort hatte etwas von einer Anwältin gestanden, die Gruber vertrat. Bedächtig war er aufgestanden und hatte sich Schere, Kleber, einen Notizblock und einen Stift geholt. Dann hatte er den Artikel ausgeschnitten und in seinen Fallordner geklebt. Danach hatte er sich den Namen der Anwältin notiert, und vor seinem Auge war sofort die rothaarige Frau mit dem großen Hund erschienen, die er ein paar Tage zuvor getroffen hatte. Clara Niklas. Sie musste es sein. Er war sich hundertprozentig sicher.

Das war gestern gewesen, und heute stand er in seiner Mittagspause vor der Kanzlei, die er im Telefonbuch ausfindig gemacht hatte. Es war enttäuschend, wie klein und unscheinbar sie war. Sie sah gar nicht wie eine Rechtsanwaltskanzlei aus, sondern eher wie ein Laden. Er hatte sich angesichts des Unheils, das die Anwältin verkörperte, etwas Beeindruckenderes vorgestellt. Wenigstens ein goldglänzendes Schild und einen Empfangsraum mit Marmorboden, wie man es aus dem Fernsehen kannte. Aber soweit man durch das alberne Schaufenster sehen konnte, gab es weder Marmor noch einen Empfangsraum. Nur eine Sekretärin, blond und ein bisschen aufgetakelt, und einen Mann im Anzug, der offenbar der Sozius der Kanzlei Niklas & Allewelt war. Die Frau mit den roten Haaren war hingegen nicht zu sehen, und ihm kamen einen

Augenblick lang Zweifel. Doch dann entdeckte er den Hund, der ein paar Stufen oberhalb auf den glatt polierten Holzdielen lag und schlief, und es durchzuckte ihn heiß. Er hatte recht gehabt. Schnell zog er sich vom Fenster zurück, damit die Sekretärin nicht auf ihn aufmerksam wurde, und wartete. Irgendwann musste sie kommen.

Und dann, als sie tatsächlich kam, mochte er seinen Augen kaum trauen. Der letzte Beweis, für den Fall, dass es überhaupt noch Zweifel gegeben hätte, wurde ihm auf dem Silbertablett geliefert: Sie kam zusammen mit Gruber. Als er sah, wie sie aus seinem Auto ausstieg, noch einmal innehielt, weil er ihr etwas nachrief, und dann – mit Bedauern, wie es schien – den Kopf schüttelte, begann er zu zittern. Es war unglaublich, welch ein perfides Spiel sie mit ihm trieben.

Wie hatte er nur jemals so naiv sein können zu glauben, es wäre vorbei? Er schüttelte erneut den Kopf, nein, das war falsch gedacht. Es wäre vorbei gewesen – wenn diese Frau nicht aufgetaucht wäre. Sie war es, die Gruber aus dem Gefängnis geholt hatte. Mit irgendwelchen spitzfindigen Tricks. Man kannte sie ja, diese Anwaltsspielchen. Er beobachtete sie genau, wie sie dastand und dem wegfahrenden Wagen nachsah. Prägte sich ihre Gestalt ein, ihre Größe und, das Auffallendste an ihr, ihre Haare. Dichte, etwas wirre Locken von einem ungewöhnlichen Rostrot, wahrscheinlich ihre Naturfarbe, nicht gefärbt. Sie war nicht besonders groß, schlank, aber nicht zu schlank, soweit man das unter dem Mantel, den sie trug, erahnen konnte.

Sie blieb noch eine ganze Weile dort stehen, rauchte eine Zigarette. Als sie dann endlich hineinging, nur um unmittelbar darauf in Begleitung des großen dunkelhaarigen Mannes und ihres Hundes wieder herauszukommen, zitterte er bereits am ganzen Leib, diesmal aber vor Kälte. Er musste sich bewegen, sonst würde er hier noch fest frieren. Er entschloss sich, den beiden zu folgen. Sie würde es gar nicht bemerken, denn er war sehr vorsichtig in solchen Dingen. Geübt. Und im Übrigen war sie in Begleitung, also unaufmerksam, nicht gefasst auf einen Verfolger. Er erlaubte sich ein kleines Lächeln, genoss einen Augenblick das Gefühl der Überlegenheit und heftete sich an ihre Fersen. Zu seiner Betrübnis gingen sie jedoch nicht weit. Ein Café über der Straße war ihr Ziel, und einen Augenblick blieb er unschlüssig stehen. Es war ein Uhr. Er hatte noch eine Stunde Zeit, bis er seinen Laden wieder aufschließen musste. Sollte er ...? Durfte er ...?

* * *

Clara ließ sich auf den Stuhl plumpsen und strich sich mit einer energischen Geste ihre Haare aus dem Gesicht. »Ich habe Hunger wie ein Wolf«, seufzte sie und studierte die Tafel an der Wand über Willis Kopf, auf der die Tagesgerichte aufgezählt waren. Sie bestellte Vitello tonnato und einen Salat mit Artischocken und Ei und begann, Willi die ganze Geschichte mit Gruber zu erzählen.

Willi pfiff leise durch die Zähne und schüttelte immer wieder den Kopf. »Sie haben ihn tatsächlich verhaftet? Sind die denn total bekloppt?«

Clara hob die Schultern. »Es gibt weit und breit keinen anderen Verdächtigen. Nichts und niemand. Der Einzige, der meiner Meinung nach noch in Frage gekommen wäre, war Adolf Wimbacher, doch das hat sich, wie es aussieht, auch erledigt.«

Sie unterbrach sich einen Augenblick, um einen Gast vorbeizulassen, der sich an den kleinen Einzeltisch neben sie setzte. Dann brachte Rita das Vitello tonnato und eine Lasagne für Willi, und beide sagten eine ganze Weile nichts.

»Glaubst du denn, er war es?«, fragte Willi schließlich mit vollem Mund.

Clara schüttelte den Kopf. »Kannst du dir vorstellen, dass Gruber seine Frau umbringt? Und dann noch dazu auf eine Art und Weise, dass man sofort auf ihn als Täter kommt?«

Willi kratzte seinen Teller leer, was ein leise quietschendes Geräusch erzeugte. »Eigentlich nicht, aber ich kann mir so etwas bei niemandem vorstellen.«

Das war der Punkt. Man konnte sich überhaupt nicht vorstellen, dass jemand, den man kannte, einen Menschen tötete. Und doch passierte es.

»Nein«, sagte Clara entschieden. »Er war es nicht.« Und sie erzählte Willi von dem Morgenmantel und warum Gruber deshalb für sie nicht der Täter sein konnte.

Der Mann neben ihr begann zu husten. Er bekam einen regelrechten Hustenanfall, und Clara wandte sich ihm besorgt zu. »Kann ich Ihnen helfen? Brauchen Sie ein Glas Wasser?«

Der Mann schüttelte den Kopf. »Nein«, ächzte er in einer Hustenpause. »Geht schon wieder.« Er trank einen Schluck von seinem Kaffee und wischte sich mit einem Taschentuch über das gerötete Gesicht.

Einen Augenblick lang trafen sich ihre Blicke, und Clara runzelte überrascht die Stirn. Er kam ihr vage bekannt vor, so als ob sie ihn irgendwo schon einmal gesehen hätte, und sein Blick war ...

Sie öffnete den Mund und wollte etwas sagen, doch er wandte abrupt den Kopf ab und stürzte die Tasse Kaffee in einem Schluck hinunter. Obwohl es warm im Raum war, hatte er seine Handschuhe anbehalten. Er legte ein paar Münzen neben die Tasse und stand so hastig auf, dass er gegen den Tisch stieß. Mit der Jacke in der Hand verließ der Mann fluchtartig das Café.

Clara, Willi und Rita sahen ihm erstaunt nach.

»Was hat den denn gebissen?«, wunderte sich Willi und arrangierte sein Besteck und die Serviette sorgfältig auf seinen ratzeputz leergegessenen Teller, bevor er ihn Rita reichte und ihr einen Kuss zuwarf: »Das war die beste Lasagne meines Lebens. Wenn ich jetzt noch deinen göttlichen Espresso bekomme, dann bin ich der glücklichste Mensch auf Erden.« Rita hob die Augenbrauen. »*Madonna mia*. Was ist denn mit dir passiert? Ist dir das Skifahren mit *la bella Linda* nicht bekommen, eh?«

Clara grinste. »Ich frage mich, ob die beiden überhaupt zum Skifahren gekommen sind.«

Willi sah sie tadelnd an. »Was für Unterstellungen! Jeden Tag, von neun bis vier! Man kann das gut an meiner neuerdings so athletischen Figur erkennen.« Er zog sein kleines Bäuchlein ein und machte ein würdevolles Gesicht.

Clara tätschelte ihm die Wange: »Das sieht man eher an deiner gesunden Gesichtsfarbe. Sonnencreme gab's wohl nicht, was?«

Willi zog es vor, nicht zu antworten.

* * *

Er rannte die Straße hinunter, als seien die Furien hinter ihm her. Erst an der Ecke blieb er stehen und zog sich seine Jacke an. Dann lehnte er sich an die Hausmauer und versuchte, wieder zu Atem zu kommen. Dieser verdammte Husten. Immer wenn er sich aufregte, musste er husten. Dabei hatte es so gut begonnen. Es war vielleicht etwas leichtsinnig gewesen, einfach so in das Café zu spazieren und sich neben diese Person zu setzen. Aber manchmal musste man solche Risiken eingehen, wenn man weiterkommen wollte. Es hatte sich ja auch ausgezahlt. Er hatte jedes Wort verstehen können, das sie gesprochen hatten. Er begann erneut zu zittern, als er daran dachte, was diese Anwältin über den Morgenmantel gesagt hatte. Es war schlau von ihr gewesen, auf diese Weise darauf zu schließen, dass es Gruber nicht gewesen sein konnte. Aber es besagte auch, dass Gruber sie nicht eingeweiht hatte. Zumindest nicht vollständig. Sie hatte nicht verstanden, warum das mit dem Morgenmantel hatte SEIN MÜSSEN. Warum hatte Gruber ihr das nicht gesagt?

Langsam ging er los in Richtung U-Bahn. Er bemühte sich, so unauffällig wie möglich zu gehen, für den Fall, dass sie ihm nachgingen. Er würde vollkommen unschuldig tun, falls sie ihn am Arm packten und anhielten. »Was soll das?«, würde er rufen und die Stirn runzeln. Er überlegte, ob das die richtige Reaktion wäre: Verärgerung. Oder vielleicht war es besser, freundlich zu sein, zu lächeln und zu sagen: »Kann ich Ihnen behilflich sein?« Oder einfach: »Ja bitte?« Er probierte die verschiedenen Varianten aus, sagte sie laut vor sich hin und probte verschiedene Gesten, die dazu passten. Fast stieß er dabei mit einem Idioten zusammen, der mitten auf dem Gehsteig stand und in einer Zeitung blätterte, die er sich gerade aus dem Kasten geholt hatte. »Können Sie nicht aufpassen?«, herrschte er ihn an, mitten in einem seiner Übungssätze unterbrochen, doch der Mann glotzte nur verständnislos. Er schüttelte angewidert den Kopf und ging so rasch weiter, wie er konnte, ohne Aufsehen zu erregen.

Erst als er die U-Bahn-Station erreicht hatte und niemand ihn am Arm gepackt oder nach ihm gerufen hatte, wagte er es, sich umzudrehen. Weder die Anwältin noch ihr Begleiter waren zu sehen. Diese rothaarige Person löste in ihm noch ein größeres Unbehagen aus, als Gruber es vermocht hatte. Der Kommissar in seiner perfiden Art, ihn an der langen Leine zu halten und trotzdem keinen Moment aus den Augen zu lassen, war bereits schlimm genug gewesen. Doch jetzt, nachdem er Gruber unmissverständlich klar gemacht hatte, dass er sich zu wehren wusste, dass er nicht mehr länger das passive Opfer seines Spiels war, hatte dieser schärfere Geschütze aufgefahren: Diese Frau, sie war klug, ohne Zweifel, das hatte er gleich bemerkt, und sie war mit Sicherheit erbarmungslos. Wie eine Katze, die mit der Maus zuerst eine Weile spielt und sie dann mit einem einzigen wohlgezielten Tatzenhieb erledigt. Er zuckte unwillkürlich zusammen, als er dieses Bild vor Augen hatte, und beeilte sich, im Untergrund zu verschwinden.

Die U-Bahn war wie immer um diese Zeit überfüllt, und er musste unglaublich gut aufpassen, um niemanden zu berühren und von niemandem berührt zu werden. Aber es hatte auch sein Gutes, wenn viele Menschen in seine Richtung fuhren: Es würde sicher jemanden geben, der wie er an der Münchner Freiheit ausstieg, und so konnte er vermeiden, den Türgriff zu berühren. Er musste nur warten, bis ein Fahrgast die Tür öffnete, und dann hinter demjenigen hinausschlüpfen. Es gab natürlich auch die Möglichkeit, dass jemand einstieg, dann gäbe es auch kein Problem mit dem Griff. Dann jedoch musste er hoffen, dass die Leute wohlerzogen waren und warteten, bis er ausgestiegen war, und sich nicht zu dicht an ihm vorbeidrängelten.

Er kam vollkommen pünktlich zum Ende der Mittagspause an seinem Laden an. Erleichtert schloss er die Tür hinter sich und lehnte sich dagegen. Nicht auszudenken, wenn er zu spät gekommen wäre. Das war noch nie vorgekommen, seit er den Laden besaß. Sicher wäre es jemandem aufgefallen, einem Kunden oder einem Passanten, dem Inhaber der kleinen Wäscherei zwei Häuser weiter, der immer vor der Tür stand und rauchte. Oder den Angestellten des Friseurs direkt neben seinem Laden. Sie hätten sich gewundert, so, wie er sich wundern würde, wenn die Wäscherei morgens noch geschlossen wäre, wenn er kam. Sie hätten sich gefragt, was das zu bedeuten hätte, und irgendwann, irgendwann hätte jemand eins und eins zusammengezählt ...

Es waren immer die Kleinigkeiten, die einen zu Fall brachten. Das wusste man doch. Er spähte aus dem Fenster. Alles war normal. Niemand Verdächtiges zu sehen. Halbwegs beruhigt ging er nach hinten in die Teeküche, um sich die Hände zu waschen.

Die Erkenntnis traf ihn, während er seine Hände abtrocknete, und sie traf ihn wie ein Blitz. Er keuchte und ließ das Handtuch fallen. Das war schlecht, denn er hatte kein frisches mehr im Laden. Doch im Augenblick dachte er gar nicht daran. Schwer atmend setzte er sich auf den wackligen Stuhl und starrte ins Leere. Das Bild von der Mäuse fangenden Katze war ihm gerade wieder in den Sinn gekommen und die Frage von vorhin, warum Gruber seiner Anwältin nicht die Wahrheit über den Morgenrock gesagt hatte. Er schüttelte heftig den Kopf. Das war wieder einmal dumm von ihm gewesen: Natürlich hatte er es ihr gesagt. Natürlich wusste sie von dem Zusammenhang zwischen Irmgards Tod und der anderen Frau und von der Botschaft, die für Gruber darin lag. Sie hatte sich absichtlich dumm gestellt in dem Café. ABSICHTLICH! Das bedeutete, dass sie gewusst hatte, wer er war. Es war eine Finte gewesen, um ihn aus der Reserve zu locken. Um ihn zu verunsichern. Er krümmte sich bei dem Gedanken daran, wie er ihr auf den Leim gegangen war, zusammen. Warum hatte er es nur nicht gleich gesehen? Der Blick, ihr Blick! Sie hatte ihn längst erkannt. Wahrscheinlich hatte Gruber sie sogar auf ihn aufmerksam gemacht, als er ihr aus dem Auto noch etwas zugerufen hatte. Ja, so musste es gewesen sein: Er hatte ihn dort stehen sehen und sie vorgewarnt. Und dann hatte sie sich diese Strategie zurechtgelegt. Hatte darauf gebaut, dass er sie verfolgen würde, was er, der gottverdammte Idiot, auch getan hatte. Und dann, als ihre Finte Erfolg gehabt und er diesen Hustenanfall bekommen hatte, war dieser scheinheilige, boshafte Satz gekommen. Er verzog das Gesicht, ahmte ihren widerlich süßlichen Tonfall nach: »Kann ich Ihnen helfen? Brauchen Sie ein Glas Wasser?« Ihm kamen die Tränen, so sehr schämte er sich angesichts dieser Gemeinheit und seiner eigenen, ohnmächtigen Dummheit.

Er nahm die Kippe, die er vor der Kanzlei aufgehoben hatte, bevor er ihnen ins Café nachgegangen war, aus der Hosentasche und warf sie unbesehen in den Papierkorb unter dem Waschbecken. So überlegen hatte er sich gefühlt, als er ihnen gefolgt war! So verdammt überlegen! Hatte wahrhaftig geglaubt, er wäre ihnen einen Schritt voraus. Er musste nichts mehr über sie herausfinden, konnte sie nicht mehr unbemerkt beobachten. Sie kannte ihn längst. Sie war die Jägerin, und er war die Beute. Er senkte den Kopf und schloss die Augen. Da war es wieder, dieses Gefühl der absoluten Hilflosigkeit, das ihn begleitete, seit er denken konnte. Nichts konnte er tun, nichts richtig machen, nichts bewirken. Er blieb immer das Opfer, immer die Beute.

Es dauerte eine ganze Weile, bis er sich so weit beruhigt hatte, dass er wieder aufstehen konnte. Automatisch hob er das Handtuch vom Boden auf und warf es in die Wäschetüte, die an der Türklinke hing. Dann ging er zum Waschbecken, um sich noch einmal die Hände zu waschen. Er schrubbte und schrubbte mit der Wurzelbürste, bis Blut kam, in der Hoffnung, der Schmerz werde die demütigenden Bilder aus seinem Kopf vertreiben. Doch immer, wenn er in den Spiegel über dem Becken sah, sah er dort statt seines Gesichts das der Anwältin, böse lächelnd, umgeben von einem Kranz roten Haars: »Kann ich Ihnen helfen? Brauchen Sie ein Glas Wasser?« Er ließ die Wurzelbürste fallen, scheppernd landete sie im Becken, wo das Blut sich mit dem Wasser vermischte und gurgelnd den Abfluss hinunterrann. Mit der rechten Faust hieb er auf den Spiegel ein, doch erst der zweite Hieb war heftig genug, ihn zerbersten zu lassen. Klirrend landeten die Scherben im Becken und auf dem Boden, und das Gesicht war verschwunden. Mit einer müden Handbewegung drehte er das Wasser ab und setzte sich wieder auf seinen Stuhl, die wunden Hände so vor sich ausgestreckt, dass sie trocknen konnten.

ELF

Als Clara an diesem Tag nach Hause kam, schien ihr die Leere ihrer Wohnung nahezu unerträglich. Man sah es den Räumen an, dass sie das ganze Wochenende leer gestanden hatte, während sie bei Mick gewesen war. Sie waren ausgekühlt und wirkten verlassen. Das Frühstücksgeschirr vom Samstag stand noch in der Spüle, und das Bett war nicht gemacht. Clara seufzte. Wenn sie doch ein wenig mehr Talent zur Häuslichkeit hätte. Wenn sie es nur einmal schaffen würde, ein bisschen vorzuplanen, vorausschauend einzukaufen, damit etwas im Haus war, wenn man Hunger bekam. Sie mochte ihre Wohnung sehr, doch manchmal fehlte ihr einfach die Kraft, sich um sie zu kümmern. Vor allem, seit Sean studierte und nur noch zu allen heiligen Zeiten nach Hause kam.

Clara schälte sich aus Mantel, Schal, Handschuhen, Mütze und Stiefeln und trug ihre Einkäufe, die sie während des Heimwegs noch schnell erledigt hatte, in die Küche. Elise folgte ihr auf den Fersen. Clara bereitete ihrer Dogge eine Salatschüssel voll Futter, räumte den Kühlschrank ein, legte Oliven, klein geschnittene Tomaten, Schafskäsewürfel und eine Scheibe Brot auf einen Teller und setzte sich mit ihrem Abendessen an den kleinen Küchentisch. Elise hatte ihr Mahl schon fast beendet und war gerade damit beschäftigt, die große, fast leere Schüssel klappernd durch die Küche zu schieben, in der Hoffnung, so auch noch den letzten Krümel Futter zu erwischen. Als sie damit an der Wand angelangt war, kippte die Schüssel um. Elise stutzte einen Augenblick und bellte sie dann auffordernd an. Als die Schüssel nicht reagierte, schob sie sie mit ihrer großen Pfote ein wenig hin und her und warf dann Clara einen vorwurfsvollen Blick zu. Clara lachte und kraulte ihren Hund hinter den Ohren. »Jetzt ist Schluss mit Abendessen. Sonst wirst du noch fett, meine Liebe.« Elise trollte sich schicksalsergeben, und Clara konnte hören, wie sie ins Wohnzimmer tapste und sich mit einem Ächzen auf der Couch niederließ. Das würde nachher wieder einen Kampf geben, sich diesen Platz zurückzuerobern oder zumindest einen Teil davon mit zu beanspruchen.

Unvermittelt schweiften Claras Gedanken ab und landeten bei Gerlinde Ostmann, Grubers ungeklärter Leichensache. Sie war gestorben, und niemand hatte sie vermisst. Keine Familie, keine Freunde, nur eine Katze. Clara räumte ihren Teller weg und holte sich ein Bier aus dem Kühlschrank. Dann zündete sie sich eine Zigarette an und ging ins Wohnzimmer. Elise lag in ihrer ganzen Pracht ausgestreckt auf dem Sofa mit dem Kopf auf der Lehne und schnarchte. Clara schob Beine und Hinterteil ihres Hundes ein wenig zusammen und quetschte sich mit angezogenen Beinen, den Aschenbecher auf den Knien balancierend, dazu. Nachdenklich drehte sie ihre Zigarette zwischen den Fingern und sah dem bläulichen Rauch nach, der sich nach oben kräuselte. Erst ihre vierte Zigarette heute. Wenn das so weiterging, würde sie noch Nichtraucherin, ohne es zu wollen.

Gerlinde Ostmann. Was war sie für ein Mensch gewesen? Was hatte sie für ein Leben geführt? Selbst wenn sie einsam gewesen war, irgendjemanden musste es doch in ihrem Leben gegeben haben, der sie näher gekannt hatte. Nahe genug, um ... Oder war es vielleicht ein Überfall eines Fremden gewesen, eine Vergewaltigung? Sie stellte den Aschenbecher auf den

Boden, schob Elises linkes Hinterbein, das sich schon wieder auf ihrem Schoß ausgestreckt hatte, beiseite und stand auf.

Elise grunzte unwillig. Sie hasste Unruhe, wenn sie sich schlafen gelegt hatte. Vor allem Bewegungen, die ihre diversen Entspannungsstellungen beeinträchtigten, konnte sie nicht ausstehen. Oft genügte eine vorsichtige Änderung in Claras Haltung auf dem Sofa, ein kleines Sich-zurecht-Rutschen, um sie beleidigt aufspringen zu lassen. Doch heute war sie von den Spaziergängen in der unwirtlichen Kälte, die Clara ihr zugemutet hatte, zu erschöpft, um über eine Unmutsbezeugung hinaus noch irgendeine Art von Reaktion zu zeigen. Sie streckte nur ihre langen Vorderbeine ein wenig, als Clara mit der Akte Ostmann zurück aufs Sofa kam, und schnaufte demonstrativ.

Clara trank einen Schluck von ihrem Bier und blätterte in der Akte. Sie sah sich die Fotos noch einmal an und las den Obduktionsbericht. Außer einem großflächigen Bluterguss in der Nierengegend, der vermutlich von einem Fußtritt stammte, und diversen Abschürfungen, die von dem Sturz die Böschung hinunter herrührten, gab es keine Zeichen von Gewaltanwendung. Der Rechtsmediziner hatte Anzeichen von stattgefundenem Geschlechtsverkehr festgestellt, jedoch keine verwertbaren Sperma- oder Speichelspuren gefunden. Überdies gab es keine typischen Abschürfungen oder Blutergüsse an den Oberschenkelinnenseiten oder den Armen und keinerlei Abwehrverletzungen. Clara klappte die Akte zu. Also war es keine Vergewaltigung gewesen, sondern ein freiwilliges Stelldichein. Aber warum ausgerechnet dort? Mitten im Winter? Gerlinde Ostmann hatte allein gewohnt, war geschieden. Warum waren sie nicht zu ihr nach Hause gefahren, wenn sie miteinander schlafen wollten? Das wäre doch viel gemütlicher gewesen. Clara lächelte unwillkürlich. Vielleicht hatten sie aber gar keinen gemütlichen Sex gewollt. Vielleicht ging es gerade um das schnelle Vergnügen?

»Tststs«, machte Clara und nahm noch einen Schluck von ihrem Bier. »So etwas hätte ich dir gar nicht zugetraut, Gerlinde.« Sie überlegte einen Augenblick, ob es ihr Spaß machen würde, mit Mick im Auto, so wie früher, ganz, ganz früher ... Doch dann verwarf sie den Gedanken, als sie an Micks Defender dachte.

Aber wer weiß, vielleicht hatte Gerlinde Ostmann eine Vorliebe für One-Night-Stands mit Unbekannten gehabt? Vielleicht hatte sie übers Internet Bekanntschaften geschlossen? Sie machte sich im Geist eine Notiz »Internet?« und las weiter. Der Todeszeitpunkt wurde auf etwa halb zwei Uhr morgens geschätzt. Da hatte es zu schneien begonnen. Man hatte bei der Leiche einen ungefähren Blutalkoholgehalt von 1,8 Promille zum Todeszeitpunkt festgestellt. Nicht gerade wenig. Sie hatte sich offenbar mit jemandem getroffen und gefeiert, und dann waren sie zusammen dorthin gefahren. Und während sie Sex hatten, bekam Gerlinde Ostmann einen Herzinfarkt. Aber warum hatte der Unbekannte sie einfach hinausgeworfen und keine Hilfe geholt? Weil er verheiratet war? Aber das machte diese doch sehr extreme Reaktion noch nicht wirklich verständlich. Er hätte sie ins Schwabinger Krankenhaus fahren können. Niemand dort hätte es interessiert, ob er verheiratet war oder nicht. Oder aber er war ebenfalls betrunken gewesen. Hätte gar nicht mehr fahren dürfen. Doch auch dann hätte er wenigstens Hilfe rufen können, nachdem er sie dort zurückgelassen hatte. Anonym. Vielleicht war er prominent? Und verheiratet? Und betrunken? Ein trunksüchtiger Politiker mit einer eifersüchtigen Frau? Clara verzog das Gesicht. So einem wäre natürlich alles zuzutrauen. Aber würde sich so jemand ausgerechnet mit einer Frau wie Gerlinde Ostmann abgeben? Der Buchhalterin einer Firma für Berufskleidung?

Sie sah sich die Fotos der Toten noch einmal an. Eine eher vollschlanke Frau mit herausgewachsenen, blonden Strähnen und einem unscheinbaren Gesicht mit Doppelkinn. Nein. Das ergab keinen Sinn. Doch irgendetwas musste diesen Unbekannten doch dazu bewogen haben, so gefühllos zu handeln. Was konnte ihn so in Angst und Schrecken versetzt haben, dass er sie, nachdem sie einen Herzanfall bekommen hatte und um ihr Leben kämpfte, dort einfach wie einen Müllsack auf einer wilden Deponie abgeladen hatte? Immerhin hatte er gerade noch mit ihr geschlafen. Sie überlegte. Vielleicht war es ein Geistlicher gewesen? Den plötzliches Entsetzen über seine eigene Sündhaftigkeit gepackt hatte? Clara kicherte etwas unpassend bei der Vorstellung eines Priesters in wallender Soutane, wie er diese schändliche Tat beging, und rief sich schnell zur Vernunft: Die Vermutung, Gerlinde Ostmann habe sich mit einem Priester zu einem nächtlichen Stelldichein neben dem Nordfriedhof getroffen, war wohl doch etwas zu weit hergeholt.

Und was war eigentlich mit den Kleidern von Gerlinde Ostmann? Clara blätterte zum Tatortbefundbericht. Richtig: Man hatte die Kleider am Tatort gefunden. Sie waren genau aufgelistet: eine beigefarbene Hose, ein dunkelbrauner Pullover, beides von C & A, blickdichte, schwarze Seidenstrümpfe, Baumwollunterwäsche, eine dunkelgrüne Steppjacke, ein weißer Wollschal und Winterstiefel aus braunem Synthetik mit Kunstpelzfutter. Dazu eine schwarze Umhängetasche aus Leder. Clara runzelte die Stirn. Nach einem Rendezvous sah diese Kleidung nicht gerade aus. Eher Alltagskleidung, Bürokleidung. Was hatte Gruber erzählt? Gerlinde Ostmann war entlassen worden, der Tag vor ihrem Tod war ihr letzter Arbeitstag gewesen. Sie las nach, was in der Tasche gewesen war: Handschuhe, eine weiße Wollmütze, Taschentücher, Handcreme und eine Karte mit Abschiedswünschen ihrer Arbeitskollegen. Kein Geldbeutel, keine Hausschlüssel. Deshalb war es den Beamten auch nicht gleich gelungen, sie zu identifizieren, zumal keine Frau vermisst gemeldet war, auf die die Beschreibung der Toten gepasst hätte.

Clara dachte nach. Die Frau war entlassen worden. Also kein Grund, irgendetwas zu feiern. Höchstens ein Grund, sich aus Frust zu betrinken. Sie war auch nicht so gekleidet gewesen, als hätte sie sich mit einer Internetbekanntschaft zu einem heißen Date verabredet. Baumwollunterwäsche! Clara schüttelte den Kopf. Nein. Diese Sache war mit Sicherheit nicht geplant gewesen. Die Polizei hatte ihre Arbeitskollegen befragt, doch niemand hatte eine Ahnung, mit wem sie sich am Abend getroffen haben könnte. Clara las sich die Aussagen noch einmal durch. Sie waren deprimierend kurz. Keiner hatte Gerlinde Ostmann offenbar näher gekannt. Als sie die Aussage einer Kollegin las, stutzte sie einen Augenblick.

»Gerlinde ist früher gegangen«, gab diese an. »Eigentlich war das für sie gar kein Arbeitstag mehr, sie ist nur gekommen, um sich zu verabschieden. Wir haben ihr Blumen geschenkt und eine Abschiedskarte, was man halt so macht. Sie ist so gegen zwei, halb drei gekommen und um vier wieder gegangen. Wir mussten ja weiterarbeiten.«

Clara biss sich auf die Lippen. Sie konnte sich diese Verabschiedung genau vorstellen. Ein paar gekünstelte Umarmungen, wenn überhaupt, ein paar halbherzige Fragen nach Zukunftsplänen, der Rest peinliches Schweigen. Nach und nach dann verkrümeln sich die Kollegen an ihre Schreibtische, man gehört schon nicht mehr dazu, ist schon Vergangenheit. Gerlinde Ostmann war ziemlich lange geblieben, dafür, dass nichts mehr zu tun war und sich niemand für sie interessiert hatte. Wahrscheinlich hatte sie sich nicht losreißen können, nicht gewusst, was sie sonst tun sollte. Bis ihr nach gut eineinhalb Stunden nichts anderes übriggeblieben war und sie gehen musste. Aber wohin? Nach Hause? Clara sah auf die Uhr. Es war kurz vor neun. Noch nicht zu spät für einen Telefonanruf.

Gruber antwortete nach dem ersten Klingeln. Nein, er war noch nicht im Bett gewesen, ja, sicher könnte sie ihn etwas zum Fall Ostmann fragen. »Schießen Sie los«, sagte er.

»Hat man in Gerlinde Ostmanns Wohnung Blumen gefunden?«

»Blumen?«

»Ja. Einen Blumenstrauß. Sie hat an dem Tag Blumen von ihren Kollegen bekommen«, erklärte Clara und wartete gespannt.

Auf der anderen Seite war Stille. Gruber dachte nach. Dann sagte er langsam: »Nein. Keine Blumen. Nicht einmal eine Topfpflanze. Nur die Katze.«

Clara nickte. »Dann ist sie wohl gar nicht mehr nach Hause gegangen. Sonst hätte sie die Blumen ins Wasser gestellt. Die Abschiedskarte der Kollegen war auch noch in ihrer Tasche.«

»Kann gut sein«, stimmte Gruber zu. »Sie hat die Blumen unterwegs irgendwo liegen lassen. Oder weggeworfen.«

»Aber wo ist sie gewesen, zwischen vier Uhr nachmittags und halb zwei Uhr nachts?«

»Keine Ahnung.«

»Haben Sie nachgeprüft, ob sie übers Internet Bekanntschaften geschlossen haben könnte?«

»Sie hatte nicht einmal einen Computer. Ihre Kollegen haben gemeint, sie sei ein wenig altmodisch gewesen. Es habe schon großer Überredungskunst bedurft, sie überhaupt dazu zu bringen, bei der Arbeit den Computer zu benutzen. Wenn Sie mich fragen, war das der eigentliche Grund für ihre Kündigung. Zu unflexibel. Dabei hat sie fast zwanzig Jahre in der Firma gearbeitet.« Er schnaubte.

»Mhm.« Claras Gedanken waren schon weitergewandert. Kein Internet also. Die Möglichkeit einer solchen Bekanntschaft hatte sie ohnehin schon fast abgehakt, Gerlinde Ostmann schien so gar nicht der Typ dafür gewesen zu sein. »Hat man eigentlich ihre Geldbörse und ihre Schlüssel später noch gefunden?«, fragte sie unvermittelt.

»Nein. Es wurde auch nichts mit der Kreditkarte abgehoben, obwohl sie einen ziemlich hohen Betrag auf ihrem Konto hatte. Sie hat eine hohe Abfindung bekommen.«

»Ich dachte, man habe sie entlassen, weil die Firma in finanziellen Schwierigkeiten steckte?«, fragte Clara verwirrt. »Und trotzdem haben sie ihr eine Abfindung gezahlt? Wie geht das denn zusammen?«

Gruber seufzte. »Wie gesagt, ich denke, das war nur ein Vorwand. Sie wollten sie loswerden. Die Firma existiert nämlich nach wie vor. Wahrscheinlich haben sie einfach eine jüngere Buchhalterin eingestellt. Die sind flexibler und billiger.«

Clara schwieg. Ihre Gedanken wanderten zu Gerlinde Ostmann, die nach zwanzig Jahren in ein und derselben Firma plötzlich vor dem Nichts gestanden hatte. Keine Freunde, keine Familie und dann auch noch keine Arbeit mehr: nichts.

Grubers Stimme holte sie in die Gegenwart zurück. »Sie glauben also jetzt auch, dass ein Zusammenhang zwischen den beiden Fällen besteht?«, fragte er, und seine Stimme klang hoffnungsvoll.

Clara überlegte einen Augenblick. »Ich weiß nicht«, sagte

sie schließlich zögernd. Sie wusste es wirklich nicht. Sie wusste nicht einmal, warum sie sich an diesem Abend die Akte noch einmal vorgenommen hatte. Es war nur ein Gefühl. Ein ziemlich vages noch dazu, und sie konnte gar nicht sagen, woher es rührte, doch es war da. In ihr pochte und hämmerte etwas leise, aber hartnäckig wie ein Zeigefinger, der unbewusst auf die Tischplatte trommelt, während man an etwas anderes denkt. Er trommelte auf dem Fall Ostmann herum, ohne dass Clara wusste, weshalb. Irgendetwas drängte sie zu glauben, dass diese beiden Fälle mehr verband als nur der gleiche Fundort der Leiche. Irgendetwas war zu ähnlich, als dass man es als bloßen Zufall hätte abtun können, selbst wenn, oberflächlich betrachtet, nichts wirklich dafür sprach.

Clara beschloss, ihrem Gefühl zu trauen, obwohl die Gefahr bestand, dass dieses Gefühl nichts weiter als eine Selbsttäuschung war, um die Augen vor dem Offensichtlichen zu verschließen: der Tatsache, dass sie nichts, rein gar nichts in der Hand hatten, was Gruber entlasten konnte. Denn so würden es Grubers Kollegen und die Richterin sehen, wenn sie mit dem Fall Gerlinde Ostmann ankäme: als einen hilflosen Versuch, einen Unbekannten aus dem Hut zu zaubern, um vom eigentlichen Täter abzulenken. Im Augenblick war diese Ahnung auch nichts weiter als eine ungenaue Richtung, die sie einschlagen konnten, um möglicherweise etwas in Erfahrung zu bringen, das gegenüber dem Gericht von Gewicht sein konnte. Eine sehr ungenaue Richtung. Aber da sie ohnehin nichts anderes hatten, konnte sie diesem Gefühl auch genauso gut nachgehen.

»Es kann zumindest nicht schaden, sich diesen Fall noch einmal genau anzusehen«, meinte sie schließlich vorsichtig. Sie wollte Gruber nicht zu viel Hoffnung machen.

»Ja! Das sehe ich auch so!« Gruber klang plötzlich sehr eifrig. »Ich werde gleich morgen ...«, begann er, doch Clara unterbrach ihn.

»Nein. Sie werden jetzt erst einmal gar nichts tun. Ich werde mich darum kümmern und mich dann bei Ihnen melden.«

»Aber ...«, widersprach Gruber empört. »Sie wissen doch gar nicht, wie man da vorgeht. Das ist kein Anwaltskram, sondern polizeiliche Ermittlungsarbeit.«

»Eben. Und Sie sind beurlaubt, nicht wahr? Stellen Sie sich vor, wir finden tatsächlich einen Hinweis auf eine Verbindung zwischen den beiden Fällen, und dann kommt heraus, dass dieser Hinweis ausgerechnet von dem Beamten entdeckt wurde, der in diesem Fall unter Tatverdacht steht. Was, glauben Sie, kann ich dann mit diesem Hinweis anstellen?«

Gruber knurrte unwirsch, doch Clara wusste, dass er ihr insgeheim zustimmte. Zustimmen musste.

»Sie müssen mir vertrauen.«

»Ja, ja, ist ja gut. Aber was soll ich dann tun? Daheim rumsitzen und Däumchen drehen?«

Clara dachte an Armin, Grubers Sohn, an sein blasses, verzweifeltes Gesicht, als er am vergangenen Montag zu ihr gekommen war, und an den Augenblick, als er Gruber nach dem Haftprüfungstermin vor dem Gericht abgeholt hatte. An seinen unbeholfenen Versuch, seinen Vater zu umarmen. An die Distanz, die so offensichtlich zwischen den beiden geherrscht hatte.

»Kümmern Sie sich um Ihren Sohn«, sagte sie, barscher als beabsichtigt. »Er braucht Sie.« Dann legte sie schnell auf.

***

Gruber starrte den Hörer an, aus dem nur noch ein Besetztzeichen ertönte, und fluchte leise. »Verdammtes Weibsstück«, murmelte er, aber es lag kein echter Groll darin. Eher so etwas wie widerwillige Achtung. Das war eine, die sagte, was sie dachte. So etwas gab es selten. Und Gruber war sich nicht sicher, ob er eigentlich immer so genau wissen wollte, was andere dachten. Vor allem, wenn sie recht hatten. Und natürlich hatte sie recht. Er musste sich um Armin kümmern. Und um die Beerdigung. Armin hatte ihm heute Abend sogar schon Unterlagen von zwei Bestattungsunternehmen hingelegt, bevor er in sein Zimmer verschwunden war. Die Leiche seiner Frau war heute Morgen freigegeben worden. Er legte das Telefon auf die Basisstation und nahm die Prospekte in die Hand. Ohne Interesse überflog er die wenigen Zeilen auf dem ersten Flyer, die mit zurückhaltendem Ernst und gediegener Aufmachung (Trauerrand um jede Seite) über die unterschiedlichen Leistungen informierten. Der zweite Prospekt war weniger pietätvoll. Er zeigte Fotos von Särgen und Urnen in verschiedenen Preisklassen »für jedes Bedürfnis und jeden Geldbeutel« und pries als Sonderangebot eine »All-inclusive-Bestattung« an. Gruber zerknüllte den zweiten Prospekt und versuchte, sich dazu zu überreden, aufzustehen und ihn in den Müll zu werfen. Doch seine Überredungskünste scheiterten kläglich. Seine Glieder waren aus Blei, und er war müde. So müde.

Natürlich hatte die Niklas recht. Er musste sich um Armin kümmern. Wie sollte der Junge sonst damit fertig werden? Die Mutter tot, ermordet, und der Vater unter Mordverdacht. Ein seltsames Gefühl überkam ihn, als er diesen Gedanken so plötzlich überdeutlich vor Augen hatte, wie die Schlagzeilen einer Boulevardzeitung. Es war ein Gefühl, als ob ihm jemand einen heftigen Schlag in die Magengrube versetzt hätte, und er schnappte nach Luft. Das zerknüllte Papier fiel ihm aus der Hand und auf den Boden, doch er hob es nicht auf. Sollte es doch liegen bleiben.

Erst nach geraumer Zeit, während der er auf den Boden gestarrt hatte und es ihm immer mehr so vorgekommen war, als hätte er die hellgrau gemusterten Fliesen noch nie zuvor gesehen, stand er schwerfällig auf und nahm den einen Prospekt, den gediegenen mit dem Trauerrand, in die Hand. Ihm war ein wenig schwindelig, und seine Hände zitterten, doch das lag wohl daran, dass er heute noch kaum etwas gegessen hatte. Er konnte nichts essen. Seine Kehle war wie zugeschnürt, und wenn er morgens ein halbes Brot hinunterwürgte, dann nur mit Mühe und nur, um seinem Sohn ein Vorbild zu sein, der ebenso reglos wie er vor seiner unberührten Frühstückssemmel saß. War das nicht auch ein Sich-Kümmern? Das Brot zu essen, obwohl ihm fast schlecht dabei wurde, damit auch der Sohn etwas aß? Vielleicht ein bisschen, aber Gruber zweifelte daran, dass die Niklas so etwas gemeint hatte. Er wusste genau, was sie im Kopf gehabt hatte: reden. Aber wie sollte er mit Armin reden, wenn ihm doch die Worte fehlten? Ihm war, als wäre er innerlich ganz stumm geworden. Sein Mund bewegte sich zwar, um alltägliche Sätze auszusprechen, aber das hatte nichts mit ihm zu tun. Das funktionierte automatisch. Er funktionierte automatisch. Er ging langsam zum Zimmer seines Sohnes, lauschte an der Tür: absolute Stille. Keine Musik, kein Fernseher. Noch bevor er es sich anders überlegen konnte, klopfte er.

Armin lag auf dem Bett. Er war noch vollständig angezogen, sogar die Schuhe hatte er noch an. Dicke Winterschuhe mit markantem Profil, fast wie Bundeswehrstiefel. Seine Mutter hätte das nicht gerne gesehen, wie er da mit den Schuhen auf dem Bett lag. Doch Gruber sagte nichts. Er ging ein paar Schritte ins Zimmer hinein und wedelte fast entschuldigend mit dem Flyer in seiner Hand. »Stör' ich?«

Armin schüttelte den Kopf und setzte sich auf.

Gruber wollte sich auf den Schreibtischstuhl setzen, dort hatte er früher auch immer gesessen, wenn er versucht hatte, mit seinem Sohn zu reden. Versucht hatte, gegen die Musik aus der Anlage anzureden oder gegen das Gedudel irgendeines Computerspiels. Selten genug war das überhaupt vorgekommen. Meistens hatte Irmgard es in die Hand genommen, mit Armin zu reden, wenn es Probleme gab, in der Schule, oder wenn er es mit dem Weggehen am Abend zu sehr überzogen hatte.

Überrascht bemerkte Gruber, dass der Stuhl nicht mehr da war. »Wo ist denn dein Schreibtischstuhl?«, fragte er.

Armin zuckte mit den Schultern. »Keine Ahnung. Wahrscheinlich habt ihr ihn woanders gebraucht?«

Da fiel es Gruber wieder ein. Er selbst war es gewesen, der ihn weggenommen hatte. Bei seinem eigenen Stuhl, der in dem winzigen Arbeitszimmer neben dem Schlafzimmer stand, das eigentlich ein begehbarer Kleiderschrank hätte sein sollen (warum zum Teufel sollten Leute, die in einer Dreizimmerwohnung in einem Sechzigerjahre-Mietblock in Milbertshofen wohnten, einen begehbaren Kleiderschrank brauchen?), war die Lehne gebrochen, und er hatte es nicht für notwendig erachtet, einen neuen zu kaufen. Für die wenigen Male, in denen er tatsächlich zu Hause arbeitete, lohnte es doch gar nicht. Außerdem gab es ja diesen fast neuen Stuhl in Armins Zimmer, den er damals nicht nach Berlin hatte mitnehmen wollen. Wenn er nach Hause kam, würde er ihn seinem Sohn wieder ins Zimmer stellen, hatte er gedacht. Das hatte er jetzt natürlich vergessen.

»Ach ja, den hab' ich im Büro stehen, warte, ich hol' ihn schnell ...«, sagte er und wandte sich zur Tür.

»Ach, Schmarrn, Papa, jetzt bleib halt da!«, rief sein Sohn und rutschte unvermittelt ins Bayerische, das in Berlin so spurlos von ihm abgewaschen worden war, dass sein Vater geglaubt hatte, es sei für immer vergessen.

Gruber zögerte. »Aber es ist ja dein Stuhl. Es tut mir leid, dass ich vergessen hab', ihn zurückzustellen ...« Er verstummte, als er Armins Gesicht sah, und setzte sich stattdessen neben ihn aufs Bett. »Kann ihn ja später auch noch bringen«, murmelte er und starrte auf den Flyer in der Hand. »Ich hab' mir gedacht, wir nehmen diese Firma. Was meinst?«

Er hielt Armin den Flyer hin, doch sein Sohn griff nicht danach. »Ist gut«, sagte er nur und sah seine eigenen Hände an.

»Die andere Firma war so ...« Gruber suchte nach Worten, räusperte sich.

»... ramschig«, half ihm Armin und lächelte ein bisschen. »Wie bei einem Discounter.«

»Ja, genau. Ramschig. Das hätt' deiner Mutter nicht gefallen, glaub' ich.«

»Nein, das hätte ihr nicht gefallen.« Armin schüttelte den Kopf und presste die Lippen zu einem Strich zusammen.

Gruber sah, wie sein Kinn zuckte. Er zögerte, überlegte, ob er den Arm um seinen Sohn legen sollte. Doch er wartete zu lange.

Armin rückte von ihm ab, rutschte nach hinten zur Wand und schlang die Arme um seine Knie.

Gruber blieb unschlüssig sitzen. »Brauchst was?«, fragte er schließlich. Armin schüttelte den Kopf.

Gruber räusperte sich erneut. Er fürchtete sich vor dem nächsten Satz, hatte Angst, die Stimme würde ihm wegbleiben. »Was ich dir die ganze Zeit sagen wollte, Armin ... also ... glaub mir bitte, ich ... war das nicht. Ich schwör's dir!« Gruber senkte den Kopf, wagte nicht, seinen Sohn anzusehen. Er schämte sich so sehr, diese Worte überhaupt sagen zu müssen. Aber trotzdem hatte er das Gefühl, es sei notwendig.

Ein seltsamer Laut kam von Armin, eine Art entsetztes Keuchen, und Gruber hob den Kopf.

Armin starrte ihn an, und in seinem Blick lag die gleiche Scham, die Gruber spürte. »Aber Papa! Das weiß ich doch!«

Und dann begann er zu weinen, und Gruber klopfte ihm hilflos auf die Schulter und schloss die Augen. Ihn überkam mit einem Mal ein so heftiges Gefühl von Reue und Verlust, dass er es kaum aushalten konnte. So viel war zerbrochen in den letzten Jahren, so viel unwiederbringlich vergangen. Es schmerzte fast noch mehr als der Tod seiner Frau. Er zog seinen Arm zurück und stand hastig auf. Wenn er jetzt hier sitzen blieb, würde er am Ende auch noch zu weinen anfangen, und dann würde er in ein Loch fallen, aus dem er nie wieder herausfand. Das konnte er nicht zulassen. Er musste schließlich weiterleben. Auch für Armin. Vor allem für ihn.

»Ich hol' jetzt deinen Stuhl«, sagte er und ging hinaus.

ZWÖLF

In dieser Nacht träumte er von seiner Mutter. Lange schon hatte sie sich aus seiner Erinnerung entfernt, war nur noch ein blasses Gesicht aus der Vergangenheit wie sein Vater, der schon einige Jahre vor ihr gestorben war. Nichts war übriggeblieben als ein paar Erinnerungsfetzen hie und da, Dinge, die sie gesagt oder getan hatte, die wie Schlaglichter auftauchten und wieder verschwanden, aber nichts mehr mit seinem heutigen Leben zu tun hatten. Doch heute Nacht träumte er von ihr. Dabei war sie im Traum fast gar nicht zu sehen. Und doch handelte er von ihr. Er war wieder ein kleiner Junge, hier in dieser Wohnung, in der sie schon immer gewohnt hatten, sein Vater, seine Mutter und er. Wenig hatte sich verändert seit dieser Zeit, sogar der Teppich im Wohnzimmer war noch der gleiche wie damals. Er hatte nie daran gedacht, ihn wegzuwerfen, warum auch? Was machte es schon, wenn er an manchen Stellen ein wenig ausgetreten war? Ein echter Perserteppich, handgeknüpft, hatte seine Mutter immer gesagt und ihn täglich mit ihrem Ungetüm von Staubsauger gereinigt. Heute wusste er, dass das nicht stimmen konnte. Für einen echten Perserteppich war das Muster zu grob, das Material zu billig. Doch als kleiner Junge hatte er das nicht gewusst. So hatte er immer eine gehörige Portion Ehrfurcht, gepaart mit Angst, verspürt, wenn er in Strümpfen oder Pantoffeln (nie, niemals mit Straßenschuhen!) über den Teppich gelaufen war. Angst deshalb, weil er immer gefürchtet hatte, den Teppich versehentlich zu beschädigen oder zu verschmutzen.

Er war ja so ungeschickt gewesen als kleiner Junge. Ein dummer, unbeholfener Tollpatsch. Unser kleiner Kartoffelsack, hatte seine Mutter ihn immer genannt, weil er so plump und unförmig gewesen war. Natürlich hatte sie es nicht böse gemeint, es war ja auch seine Schuld gewesen, dass er so unsportlich war. Er hatte sich nicht getraut, beim Schulsport so mitzumachen wie die anderen Kinder, war nie draufgängerisch oder auch nur flink oder kräftig gewesen. Er hatte sich vor den lauten, aggressiven Buben gefürchtet, vor den ständig kichernden Mädchen, die auf ihre Art mindestens so gemein sein konnten wie die Buben, vor dem Ball, dem Stufenbarren, den Ringen und dem Kasten, über den er nie springen konnte, ohne mindestens einmal aufzusetzen. Meistens kam er nicht einmal hinüber, blieb hängen wie eine faule Tomate, die jemand an die Wand geworfen hatte. Es war natürlich seine Schuld. Er hätte sich mehr anstrengen müssen. Dann wäre er auch geschickter, gewandter geworden.

Er hatte sich schon angestrengt, gewaltig sogar. Aber es hatte nichts genützt. Es waren die falschen Dinge gewesen, für die er sich angestrengt hatte: Das Akkordeonspielen zum Beispiel, das seine Mutter ihm nur erlaubt hatte, weil er zu unmusikalisch, zu dumm für die Geige gewesen war. Er hatte sich schuldig gefühlt, weil er seine Mutter mit dem Geigespielen nicht hatte zufriedenstellen können. Er hätte sich ein bisschen mehr anstrengen können, am Anfang, als er versucht hatte, es zu lernen. Doch seine Finger waren zu ungeschickt gewesen, es hatte immer geklungen, wie wenn man einer Katze auf den Schwanz tritt.Und immer, wenn er einen Ton nicht getroffen hatte, was fast ununterbrochen geschah, hatte seine Mutter, die bei jeder Übungsstunde, die bei ihnen zu Hause im Wohnzimmer stattfand, hinter ihm auf dem Sofa saß, geseufzt. Manchmal, wenn es besonders schrecklich klang, hatte sie gelacht und »O mein Gott!« gerufen.

Als ihm dann einmal die Geige aus den verschwitzten Fingern gerutscht und auf den Boden gefallen war, war die Mutter aufgestanden und hatte das »Trauerspiel« beendet, wie sie es nannte. Der Musiklehrer, ein blasser, stiller Mann mit langen Fingern und einem langen Gesicht, hatte seinen Lohn für einen ganzen Monat bekommen und war schnell und komplikationslos verabschiedet worden. An diesem Abend, beim Essen – er konnte sich noch genau erinnern, dass es Pellkartoffeln mit Butter und Käse gegeben hatte – hatte die Mutter ihm und dem überraschten Vater verkündet, dass der Junge »verdammt noch mal« dieses Bauerninstrument lernen könne. Zu etwas anderem tauge er ja ohnehin nicht, und so würde er wenigstens Noten lernen. Er hatte sich so gefreut an diesem Abend. Sogar die Scham über sein Versagen war darüber verblasst.

Aber natürlich hatte seine Mutter die Freude bemerkt, obwohl er versucht hatte, sie zu verbergen. Sie hatte ihn angesehen, auf diese ihr eigene Art, mit hochgezogenen Brauen und einem bitteren Lächeln um den Mund, und gemeint: »Na, hast wieder mal deinen Willen bekommen, was? Hättest deiner Mutter ruhig auch einmal eine Freude machen können.« Da hatte er sich sofort wieder schlecht gefühlt, weil er seiner Mutter nicht einmal diesen kleinen Gefallen hatte tun können. Weil es ihm immer nur um sich ging, weil er immer seinen Kopf durchsetzen musste und weil er sich gerade so glücklich gefühlt hatte. Und so war seine Freude über das Akkordeonspielen immer mit einem unterschwelligen schlechten Gewissen seiner Mutter gegenüber gewürzt gewesen. Das war auch der Grund, weshalb er sich immer so besonders angestrengt hatte. Er war bald der beste Schüler in seiner Gruppe und durfte im Orchester der Musikschule mitspielen. Sein Vater war stolz auf ihn. Seine Mutter nicht. Sie ging zwar mit auf die Konzerte, doch auch wenn sie klatschte, langsam und distanziert, blieb immer dieser spöttische Zug um ihre Mundwinkel, und wenn sie Freunden gegenüber erwähnte, dass ihr Sohn Akkordeon spielte, klang es immer ein wenig verächtlich, so als müsse man sich dafür schämen.

In seinem Traum ging es jedoch nicht um Musik. Er war viel kleiner, vielleicht vier, fünf, und hatte von einem Akkordeon wohl noch nie etwas gehört. Der Traum war so plastisch und wirkte so echt, dass er die dunkelblaue Cord-Latzhose spüren konnte, die er damals trug. Sie spannte ein bisschen an den Trägern, denn er saß am Boden, vornübergebeugt, und spielte. Seine Mutter mochte es nicht gerne, wenn er am Boden spielte, sie war der Meinung, dafür gebe es den Tisch in seinem Kinderzimmer, doch es war nicht das Gleiche, an einem Tisch zu spielen oder auf dem Boden. Ein Tisch war immer nur ein Tisch, egal, was man darauf aufbaute, doch mit dem Boden war es anders: Der Fußboden war geheimnisvoll, er konnte sich in einen Dschungel voll wilder Tiere verwandeln, die hinter den Bettpfosten lauerten, oder in einen Wald mit einer Hexe, die ihre Hütte unter einem umgedrehten Bilderbuch hatte und nur darauf wartete, dass der kleine Plastikjunge, der sich in dem Wald verirrt hatte, in ihre Nähe kam. Und der beste Platz für solche Spiele war nicht sein Kinderzimmer, sondern das Wohnzimmer und dort der große Perserteppich mit seinen verschlungenen Mustern. Es gab Wege darauf, die gerade eben noch verborgen gewesen waren und die plötzlich erschienen, wenn er seine kleinen Figuren dort hinstellte. Es gab Zauberblumen auf diesem Teppich, die einen in einen Drachen verwandeln konnten, wenn man davon kostete, und es gab in der Mitte des Teppichs ein großes Rund aus komplizierten Linien, das einen Schatz verbarg, den nur derjenige entdecken konnte, der das Geheimnis dieser Linien lüftete.

In seinem Traum spielte er auf diesem Teppich, was eine Sache war, die er sich in seiner Kindheit, soweit er sich erinnern konnte, nie getraut hatte. Er war zwar manchmal in unbeobachteten Momenten darauf gesessen, hatte mit den Fingern die weichen, kurzflorigen Muster nachgezogen und sich die spannendsten Spiele ausgedacht, aber nie, nie hatte er es gewagt, sie tatsächlich in die Tat umzusetzen. Man spielte im Kinderzimmer und nur dort. Das war ein Gesetz. »Das Kinderzimmer heißt Kinderzimmer, weil es das Zimmer ist, in dem Kinder sich aufhalten.« Einer der Lieblingssätze seiner Mutter, er flüsterte den Satz noch heute manchmal, wenn er an der Tür zu seinem alten Kinderzimmer vorbeiging. Doch in seinem Traum war er mutiger als in der Realität. Er hatte alle seine Figuren, die Tiere und Indianer aus Weichplastik, die Autos und die anderen kleinen Spielsachen, die er immer von seinem Vater geschenkt bekam, wenn er von seinen Reisen zurückkam, ins Wohnzimmer getragen und dort auf dem Teppich aufgebaut. Es gab ein kleines Haus für die Familie, aus Bauklötzen, daneben einen Teich aus einer blauen Serviette, einen kleinen Zoo mit Kekskrümeln als Futter für den Tiger und den Eisbären und ein Indianerreservat, wo sich die Cowboys mit den Indianern auf den scheckigen Pferden bekriegten. In seinem Traum war es ein wundervolles Spielen. Niemand war da, nur er, niemand störte ihn.

Normalerweise kam seine Mutter immer in sein Zimmer und verlangte, wenn er gerade mitten in einer schönen Geschichte war, alles aufzuräumen, damit das Zimmer nicht wie ein Schweinestall aussah, und wenn er nicht sofort gehorchte, griff sie mitten hinein in seine aufgebauten Welten und warf alles zurück in die große Krimskramskiste. Er wurde dann immer so wütend, dass er hätte weinen können, doch er durfte nicht weinen. Denn wenn er weinte, dann sagte seine Mutter, er mache ihr solchen Kummer. Immer mache er ihr nur Kummer. Erst räume er sein Zimmer nicht auf und dann, wenn es sie, die auch sonst schon genug Arbeit hatte, für ihn tun müsse, nur weil er zu faul dafür war, dann weine er auch noch, obwohl sie es doch nur gut mit ihm meinte. In solchen Fällen machte sie dann ein ganz trauriges Gesicht und sagte, sie sei so enttäuscht von ihm, weil er sie immer absichtlich traurig mache, und zur Strafe müsse er ohne Abendessen ins Bett, so habe er genug Zeit, darüber nachzudenken, was er ihr angetan habe.

In seinem Traum jedoch war das nicht so. In seinem Traum konnte er stundenlang auf dem Perserteppich spielen, und niemand störte ihn. Es war ein paradiesisches Gefühl, und er war so glücklich in seinem Traum wie noch nie. Immer wilder und aufregender wurden seine Spiele, es gab Höhlen unter dem Sofa, dort hausten Monster, die er besiegen konnte, und es gab den kleinen Jungen auf der anderen Seite der Teppichwelt, der sein Freund sein wollte. Doch der Junge konnte sich nicht bewegen, er war verzaubert, und er musste ihn retten. Aber in dem Moment, in dem er versuchte, ihm über die verschlungenen Pfade des Perserteppichs hinweg das Mittel gegen den bösen Zauber zu bringen, bekam das Spielparadies einen Riss: Der Schlüssel drehte sich in der Tür im Flur. Seine Mutter kam nach Hause. Er erstarrte.

Im Traum wanderte sein Blick von seiner dunkelblauen Cordhose zu den unzähligen Spielsachen auf dem wertvollen Teppich. Die Keksgkrümel, die kleinen Limodeckel voll mit

Wasser als Tränken für die Tiere. Sein Herz begann zu klopfen, und er wusste, er würde den kleinen verzauberten Jungen im Stich lassen müssen. Er musste aufräumen. So schnell es ging. Und er begann, seine Spielsachen zusammenzuraffen, so wie es seine Mutter immer tat, alles durcheinander, schnell, schnell, die Schälchen mit Wasser kippten um und hinterließen hässliche, große Flecken auf dem Teppich, genau neben einem dunkelblauen Schnörkel. Er raffte und stopfte, immer wieder entdeckte er etwas, griff danach, begann zu schwitzen, während die Schritte seiner Mutter näher kamen. Endlich hatte er alles in seine Hose gestopft. Jetzt sah er tatsächlich aus wie ein Kartoffelsack. Nur den kleinen verzauberten Plastikjungen am anderen Ende des Teppichs konnte er nicht mehr erreichen, denn nun ging die Tür auf, und seine Mutter kam herein.

In seinem Traum herrschte in dem Moment vollkommene Stille. Er sah ihre Beine, die in hochhackigen Schuhen steckten, er wagte nicht, den Kopf höher zu heben, hatte Angst, in ihr Gesicht zu blicken. Sie sagte nichts, aber er spürte ihren Blick auf sich ruhen, und er wusste, dass sie die Spielsachen in seiner Hose, in den Taschen, vorne im Latz, entdeckt hatte. Sie entdeckte immer alles. Nichts ließ sich vor ihr verbergen. In Erwartung der Strafe senkte er den Kopf noch mehr, erwartete jeden Moment ihre kalte, enttäuschte Stimme zu hören, doch stattdessen vernahm er nur ein einziges Geräusch: ein hässliches Knirschen, als die Mutter auf den kleinen Jungen trat, der dort vor ihren Füßen stand.

Er erwachte mit heftigem Herzklopfen. Ein Blick auf die Uhr sagte ihm, dass es erst halb fünf war. Draußen war noch stockfinstere Nacht. Schwer atmend schälte er sich aus dem Laken und stand auf. Der Schlafanzug klebte feucht an seinem Körper, und er war von kaltem, schmierigem Schweiß überzogen wie von einem Film. Zitternd und voller Ekel vor sich selbst ging er ins Bad, um sich zu waschen. Er drehte den Hahn in der Dusche so heiß auf, wie er es gerade noch ertragen konnte, und stellte sich unter den harten Strahl. Das Wasser nahm ihm fast den Atem, doch es tat gut. Er blieb lange so stehen, die Augen geschlossen, die Arme schlaff herunterhängend. Vielleicht konnte er den Traum wegwaschen. Konnte seine Gedanken verbrühen, bis sie sich in Dampf auflösten. Diese schrecklichen, beunruhigenden Gedanken, die sich immer wieder durch seinen Kopf gruben, seine Eingeweide verschnürten, sein Herz fast zum Zerspringen brachten.

Was sollte dieser Traum? Was sollte er jetzt? Warum träumte er plötzlich davon, wieder ein Kind zu sein? Es war vorbei. Seine Kindheit war vorbei, längst schon, und seine Mutter war tot. Alles tot und vergessen. Aber es half nichts. Er wusste, warum er diesen Traum hatte, und er wusste auch, warum er ihn ausgerechnet jetzt hatte: Er war eine Warnung. Er warnte ihn davor, dass etwas Schreckliches passieren würde. Es war noch lange nicht vorbei, im Gegenteil, die Jagd hatte gerade erst begonnen, und die Jäger waren mehr geworden, sie wurden jetzt von dieser rothaarigen Frau angeführt, die keine Ruhe geben würde, die ihn suchen und hetzen und schließlich einkreisen würde, wie einen halbtoten Fuchs. Seine Knie gaben nach, und er rutschte die dampfenden Fliesen hinunter auf den Boden. Er zitterte trotz der Hitze, und ihm wurde klar, dass er nicht mehr tatenlos zusehen konnte, bis sie ihn in der Falle hatten. Er musste etwas unternehmen.

DREIZEHN

Als Clara am nächsten Morgen aufwachte, war es eiskalt in ihrem Schlafzimmer. Zu allem Übel hatte sich Elise nicht nur *in* ihr Bett, sondern sogar *unter* ihre Bettdecke verkrochen und Clara damit den größten Teil derselbigen entzogen. Clara zerrte vergeblich an einem verbliebenen Zipfel der Decke, gab es dann jedoch auf und stieg seufzend aus dem Bett. Sie erschauerte, als ihre nackten Füße den eiskalten Boden berührten, und prüfte die Heizung. Nicht ein Hauch von Wärme. Wieder einmal muckte die verdammte Heizungsanlage. Das war nun schon das dritte Mal in diesem Winter. Sie würde den Hausmeister anrufen müssen und sich wieder einmal seine dummen Sprüche anhören dürfen. Leo Manninger, dessen hausmeisterliche Fähigkeiten sich auf gelegentlichen Glühbirnenwechsel in den Treppenhäusern und seltenes, äußerst bedächtiges Schneeräumen – wenn Schnee vorhanden war – beschränkten, war mit etwas so Kompliziertem wie einer Heizung schlichtweg überfordert. Nichtsdestotrotz weigerte er sich jedes Mal mit dumpfer Starrsinnigkeit, die Wartungsfirma anzurufen, bevor er nicht selbst »die Sach« kontrolliert hatte, was sich jedoch angesichts seiner Gewohnheit, schon vor dem Frühstück die erste Halbe Bier zu konsumieren, erheblich in die Länge ziehen und am Ende zu keinem befriedigenden Ergebnis führen würde. Clara schlotterte und zog sich ihren alten Bademantel über ihr T-Shirt. Elise rührte sich nicht. Diese verhasste Kälte, die sich nun auch noch in ihrer

Wohnung breitgemacht hatte, brachte sogar ihre natürlichen Fressinstinkte nahezu zum Erliegen. Stattdessen wühlte sie sich jetzt, nachdem Clara aufgestanden war, nur noch tiefer in das warme Bett, robbte nach oben, bis sie das Kopfkissen erreicht hatte, und bettete mit einem zufriedenen Schnaufer ihren großen Kopf darauf.

Nach dem unbefriedigenden Telefonat mit Herrn Manninger, der Clara mit den Worten begrüßte: »Was glauben S' denn, die wievielte Sie heut schon sind?«, und das mit dem wenig vielversprechenden: »Ich werd' mich um die Sach' kümmern!« endete, schlüpfte Clara schlotternd in ihre wärmsten Kleidungsstücke, packte ihre Bürotasche und hoffte gegen alle Vernunft, dass die »Sach'« mit der Heizung bis zum Abend geregelt war.

In der Kanzlei war es mollig warm. Linda und Willi saßen bei einer Tasse Kaffee an Willis Schreibtisch und unterhielten sich angeregt, als Clara und Elise zusammen mit einem Schwall kalter Luft hereinkamen.

»Schon so früh heute?«, begrüßte sie Willi mit einem Blick auf die Uhr. »Was hat dich denn aus dem Bett geworfen?«

»Sicher etwas anderes als dich«, gab Clara schlechtgelaunt zurück und ließ ihren Blick missbilligend über die aufgeschlagene Zeitung und die leere, krümelige Bäckertüte gleiten, die Linda auf Claras Schreibtisch liegen gelassen hatte. Zu allem Überfluss saß sie auch noch auf ihrem Stuhl. Clara packte die Zeitung und das Papier und platzierte beides auf Willis Tisch. Dann griff sie ungnädig nach ihrem Stuhl, den Linda nach einem Blick in Claras Gesicht hastig geräumt hatte, schob ihn wieder zurück hinter ihren eigenen Tisch und fegte demonstrativ die noch verbliebenen Krümel von der Tischplatte. Sie hasste es, wenn sich jemand an ihrem Schreibtisch zu schaffen machte. Und sie hasste es, jetzt, ausgerechnet jetzt, an diesem verdammt kalten Morgen, an dem sie noch nicht einmal hatte heiß duschen können, mit dem Thema Willi und Linda konfrontiert zu werden.

»Ich möchte das Kaffeekränzchen ungern stören, aber haben Sie nichts zu tun?«, fauchte sie Linda an. »Wie wäre es mit der Ablage vom letzten Jahr? Die Ordner gehören schon längst in den Keller. Und wenn Sie schon mal unten sind, könnten Sie freundlicherweise nachschauen, ob Sie die Akte Schneider gegen Schneider aus 2008 finden, um die ich Sie schon vor Ihrem Skiurlaub gebeten hatte.« Clara ließ sich auf ihren Stuhl fallen und schaltete den Computer ein.

»Aber ...«, begann Linda, doch nach einem Blick in Claras ungnädiges Gesicht besann sie sich eines Besseren und ging schweigend nach unten zu ihrem Platz, wo ein Stapel grauer Ablageordner säuberlich nach Monaten geordnet auf sie wartete. Willi war ebenfalls aufgestanden und sah Clara verärgert an.

»Was?«, schnappte Clara. »Willst du Linda nicht beim Tragen helfen?«

»Doch, genau das werde ich tun«, gab Willi kühl zurück. »Vorher nur noch eine Kleinigkeit.« Er deutete auf Claras Schreibtisch, wo sich neben dem PC die Akten türmten. »Vielleicht wirfst du mal einen Blick darauf: Die Akte, die du so dringend suchst, liegt schon seit fast zwei Wochen da.« Und dann ging er nach unten, nahm Linda einen Teil der Ordner ab und verschwand mit ihr im Keller.

Clara zog die Akte Schneider gegen Schneider aus dem Stapel. Sie war für die Wiederaufnahme bereits mit einem neuen Aktendeckel und ordentlicher Beschriftung versehen und trug dazu noch einen Post-it-Zettel mit einem handschriftlichen Vermerk von Linda: *Sie war unter 2007 gerutscht, darum konnte ich sie nicht gleich finden. Tut mir leid. Bis in einer Woche, liebe Grüße, Linda!*

Sie hatte also noch am Abend vor ihrem Skiurlaub den ganzen Keller abgesucht, die Akte wieder neu angelegt und sie ihr auf den Schreibtisch gelegt. Und Clara hatte es nicht mal bemerkt. »Scheiße«, murmelte sie und warf den Ordner zurück auf den Stapel. Das machte ihre Laune nicht besser. Sie durchforstete ihren Terminkalender, der gottlob für diesen Vormittag leer war, starrte einen Augenblick unschlüssig die Akten an und überlegte, dass sie vielleicht besser daran tat, Linda und Willi jetzt nicht gegenüberzutreten. Sie würde sich entschuldigen müssen. Ja, wohl oder übel. Aber nicht jetzt. Sie zog Grubers Akte über Gerlinde Ostmann aus ihrer Tasche und machte sich ein paar Notizen. Dann stand sie auf und gab der leidgeprüften Elise, die es entschieden vorgezogen hätte, vor dem Ofen liegen zu bleiben, einen Klaps auf ihr Hinterteil. »Komm, Süße, noch einen kleinen Spaziergang.«

Als Willi und Linda wieder aus dem Keller auftauchten, konnten sie gerade noch miterleben, wie Clara die Tür so schwungvoll hinter sich zuschlug, dass die großen Fensterscheiben des alten Ladengeschäfts erzitterten.

Clara fuhr mit der U-Bahn zum Bonner Platz und ging von dort zu Fuß weiter. Es war nicht sehr weit, nur eine Querstraße weiter befand sich das Geschäft, in dem Gerlinde Ostmann zwanzig Jahre gearbeitet hatte: *Hartmann Berufskleidung* war in nüchternen Lettern über der Tür zu lesen, und im Fenster standen zwei Schaufensterpuppen, eine als Koch gekleidet und eine als Automechaniker. Clara zögerte hineinzugehen. Sie sah sich um und ging stattdessen in die Einfahrt neben dem Geschäft, die in einen überraschend großen Hinterhof führte. Der rückwärtige Teil des Gebäudes, in dem sich der Laden befand, beherbergte offenbar die Büroräume der Firma Hartmann. Es gab einen rückwärtigen Eingang mit der Klingelaufschrift Firma Hartmann – Verwaltung. Clara konnte einen Blick auf eine junge Frau vor einem PC erhaschen und daneben ein hohes Regal, das bis zur Decke mit einheitlich gelben Ordnern vollgestellt war. Neben einigen Firmenparkplätzen gab es in dem Hinterhof noch ein niedriges, eingeschossiges Rückgebäude, in dem früher offenbar die Produktion der Firma untergebracht gewesen war. Jetzt stand es leer, und über der Tür war ein Schild angebracht, auf dem unter dem Schriftzug der Firma Hartmann die neue Adresse der *Produktion und Fertigung* zu lesen war, ein neu ausgewiesenes Gewerbegebiet in Unterföhring. Clara hatte davon gehört, es hatte damals ebenso heftige wie vergebliche Proteste von Anwohnern und Naturschützern gegeben, als dieses weitläufige Gelände unweit der Isarauen von der Gemeinde Unterföhring zum Gewerbegebiet erklärt worden war. Sie schaute sich um. Für die Firma Hartmann hatte die Verlagerung der Produktion aus der Stadt hinaus sicher erhebliche Vorteile gebracht.

Sie ging zurück auf die Straße und musterte noch einmal den Laden, der zwischen den Modegeschäften und Cafés der belebten Straße schmal und unscheinbar wirkte. Entschlossen drückte sie die Tür auf. Der Verkaufsraum war ein langer dunkler Schlauch, gesäumt von Regalen, in denen sich die Kleider in nach Größe und Sorte geordneten Stapeln bis an die Decke türmten. Clara konnte Blaumänner ausmachen, weiße und karierte Hosen, Malerkäppis und Kochmützen. Am Boden längs der Regale standen Schuhe mit Stahlkappen und klobige Stiefel aufgereiht. Links neben dem Eingang gab es eine kleine, vom Gebrauch glattpolierte Holztheke mit einer hypermodernen Registrierkasse darauf.

Dort stand eine Frau mittleren Alters und lächelte sie und Elise freundlich an. »Kann ich Ihnen helfen?«, fragte sie.

»Äh. Ja ...« Clara zögerte. Sie hatte eigentlich vorgehabt, sofort auf Gerlinde Ostmann zu sprechen zu kommen, doch jetzt kamen ihr Zweifel. Was würde sie erfahren, wenn sie sich als Anwältin desjenigen Kommissars zu erkennen gab, der damals in dem Fall ermittelt hatte und jetzt selbst eines Mordes verdächtig war? Wohl nichts. Zumindest nichts Neues. Ihre Blicke wanderten über die Regale hinunter zu den Schuhen. »Ich hätte gerne ... solche Schuhe.« Sie deutete auf die schweren Stiefel. »Haben Sie die auch in Größe 38?«

Die Frau sah etwas überrascht drein. »Da muss ich nachsehen, ob wir so kleine Größen dahaben ... das sind Feuerwehrstiefel.«

»Ach. Schade. Ich dachte nur, Gerlinde sagte einmal, die wären so gut zum Spazierengehen. Halten viel mehr aus als andere Schuhe. Ich bin ja viel unterwegs, mit dem Hund und so ...« Sie lächelte harmlos.

»Gerlinde? Sie meinen Gerlinde Ostmann?« Die Frau sah sie erschrocken an.

»Ja, das ist eine Bekannte von mir.« Clara kraulte Elise hinter den Ohren und plauderte munter weiter: » Ich habe sie eine Ewigkeit nicht mehr gesehen. War jetzt einige Zeit im Ausland, wissen Sie ... da verliert man sich leicht aus den Augen. Ist sie da? Da könnte ich schnell mal Hallo sagen ...«

»N-nein.« Die Frau zupfte sich nervös am Ohrläppchen. »Sie ist ...«, begann sie, dann wich sie aus: »Sie waren im Ausland, sagten Sie?«

»Ja«, gab Clara zurück und plauderte drauflos. »Ich war in Irland. Meine Familie lebt dort. Das heißt mein Exmann und mein Sohn. Wir dachten, wir könnten noch einmal von vorne beginnen ...«, sie zuckte mit den Schultern und schaute betrübt drein. »Hat nicht geklappt. Und jetzt bin ich wieder da. Hat Ihnen Gerlinde nie etwas von mir erzählt? Ich habe ihr ein paar Mal geschrieben, wollte, dass sie mich besuchen kommt ...« Sie verstummte, fast beschämt darüber, wie sie der guten Frau das Blaue vom Himmel herunterlügen konnte, ohne rot zu werden.

»Nein, hat sie nicht.« Die Frau räusperte sich. »Gerlinde ... ja ... also Gerlinde ist tot. Seit über einem Jahr schon.«

Clara riss die Augen auf. »Tot? Aber das kann doch gar nicht sein.« Sie schüttelte den Kopf. »Was ist denn passiert? Du meine Güte! Ich hatte ja keine Ahnung. War es das Herz?«

Die Frau sah sie scharf an. »Ach, Sie wussten von ihren Herzproblemen? Uns hat sie nie etwas davon gesagt.«

Clara nickte und sah kummervoll drein. »Doch, sie hatte immer wieder Probleme mit dem Herzen. Aber sie wollte niemanden damit belästigen. Sie wissen doch, wie sie war.«

Die Frau nickte vage, doch dann sagte sie langsam: »Ich weiß eigentlich nicht genau, wie sie war.«

»Aber sie hat doch fast zwanzig Jahre bei Ihnen gearbeitet«, wandte Clara ein. »In so langer Zeit lernt man sich doch kennen. Da wurden doch sicher ein paar Freundschaften geschlossen?«

»Freundschaften? Nicht dass ich wüsste«, gab die Frau etwas brüsk zurück. »Also mit mir ja sowieso nicht, als Chefin muss man Distanz wahren zu seinen Angestellten, alles andere bringt nur Verdruss.«

In Claras Kopf klingelte etwas. Ein Verdacht.

»Und Ihr Mann?«, fragte sie leichthin. »Hielt er es auch so mit der Distanz wie Sie?«

Ein Schuss ins Blaue, doch die Wirkung war verblüffend.

Die Frau blähte die Nasenflügel und warf ihr einen giftigen Blick zu. »Natürlich!«, zischte sie mit Verachtung in der Stimme. »Natürlich hat sie Ihnen davon erzählt, wenn sie Ihre Freundin war. Hätte ich mir ja denken können, dass sie es überall herumtratscht, diese einfältige ...«

»Ach? Gerlinde hatte also tatsächlich ein Verhältnis mit Ihrem Mann?« Das waren ja interessante Neuigkeiten.

Die Augen der Frau waren so hart und kalt wie Glasmurmeln, als sie antwortete. »Natürlich hatten sie *kein* Verhältnis! Was auch immer sie Ihnen erzählt hat, es war gelogen. Gerlinde Ostmann war Buchhalterin. Zahlen, Bilanzen und Steuern waren ihre Aufgabe. Was sie sich in ihrer Freizeit so zusammengesponnen hat, weiß ich nicht.« Sie zuckte demonstrativ mit den Schultern.

»Aber gerade, da sagten sie doch ...«, versuchte Clara einzuwenden, doch die Frau unterbrach sie scharf.

»Ich sagte nichts dergleichen. Nur dass ich mir denken konnte, dass sie Ihnen etwas Derartiges erzählt hat. Sie hat sich da etwas eingebildet! Reine Einbildung! Das war nur wegen dieses Betriebsausflugs. Aber das wissen Sie ja wahrscheinlich schon. Am Abend auf der Feier hat mein Mann wohl ein wenig zu oft mit ihr getanzt. Ein bisschen geflirtet, wie das eben ist auf solchen Feiern.« Sie schürzte die Lippen.

»Mm, ja«, stimmte Clara zu und musterte sie dabei nachdenklich. Frau Hartmann sah nicht so aus, als wüsste sie aus eigener Anschauung, wovon sie sprach, und ihre weiteren Worte bestätigten diese Einschätzung umgehend:

»Ich, für meinen Teil war ja immer schon gegen solche Unternehmungen. Ich fahre auch nie mit. Dort wird immer Alkohol getrunken, mehr, als so manchem guttut, und dann kommt es zu Ausschweifungen, und es verwischen die Grenzen zwischen dem, was sich schickt und was nicht sein darf.«

Sie sog die Luft durch ihre bebenden Nasenlöcher ein und zupfte mit spitzen Fingern am Kragen ihrer Bluse.

Ein paar Ausschweifungen hätten dir vielleicht auch einmal ganz gut getan, dachte Clara boshaft.

Frau Hartmann fuhr fort: »Mein Mann ist ein wenig unbedarft in dieser Hinsicht, wenn Sie verstehen, was ich meine. Es war ihm gar nicht bewusst, dass sich diese einfache Frau deswegen irgendwelche Hoffnungen machen könnte.«

Sie verzog ihre Mundwinkel verächtlich nach unten, und Clara fiel auf, was für ein böses, spitzes Gesicht sie hatte. Wer's glaubt, wird selig, dachte sie, doch sie sagte nichts. Die Frau redete jetzt, da sie einmal damit angefangen hatte, unbeirrt weiter. Sie schien ganz vergessen zu haben, dass Clara angeblich eine Freundin von Gerlinde gewesen war und gerade erst von ihrem Tod erfahren hatte. Oder es war ihr egal. Sie sprach wie unter einem Zwang. Es sprudelte nur so aus ihr heraus. Als müsste sie sich auch über ein Jahr nach dem Tod von Gerlinde Ostmann noch immer rechtfertigen.

»Er hat sich nichts dabei gedacht, verstehen Sie? Aber sie, sie war ja vollkommen ausgehungert. Hat ja niemanden mehr gehabt seit ihrer Scheidung, und die ist ja schon vor Jahren gewesen. Da kam ihr mein Mann eben gerade recht. Angehimmelt hat sie ihn. Förmlich angeschmachtet. Es war unerträglich. Jedem ist das aufgefallen hier in der Firma. Jedem! Die Angestellten haben schon über sie gelacht. Man konnte es einfach nicht mehr mit ansehen.«

Du konntest es einfach nicht mehr mit ansehen, dachte Clara. Weil sie auch über dich gelacht haben. Sie nahm Elise am Halsband und ging zur Tür. »Ich glaube, ich muss jetzt gehen«, sagte sie. »Das war jetzt ein bisschen viel für mich ...«

Die Frau unterbrach ihren Redefluss und sah sie erschrocken an. »Oh. Ich rede und rede, und dabei habe ich noch gar nicht nach den Schuhen geschaut, die Sie haben wollten. Es tut mir leid ...!«

»Nein, nein, danke, ich glaube, ich habe es mir anders überlegt.« Clara winkte ab.

»Nein! Warten Sie doch, wir haben sicher kleinere Größen hinten im Lager. Mein Mann ist ohnehin gerade wegen einer neuen Lieferung da. Er kann schnell nachsehen.«

Claras Hand, die gerade die Klinke drücken wollte, verharrte bewegungslos.

»Ihr Mann?« Sie würde den Mann, der ein Verhältnis mit Gerlinde Ostmann gehabt hatte, auf dem Silbertablett serviert bekommen?

»Also gut«, gab sie scheinbar zögernd nach. »Wenn es Ihnen keine Umstände macht.«

Frau Hartmann hatte sich wieder gefangen und schenkte ihr ein zuckersüßes Kundenlächeln, so als hätte sie sich nicht gerade bei ihr, einer wildfremden Person, über das angebliche Liebesverhältnis ihres Gatten zu seiner Buchhalterin ausgelassen. Sie ließ Clara stehen und ging nach hinten, um ihren Mann zu holen.

Clara wartete gespannt und überlegte, ob die Polizei etwas von diesem Techtelmechtel gewusst hatte. In der Akte stand jedenfalls nichts. War Herr Hartmann nach dieser Geschichte nicht *der* klassische Verdächtige? Clara wurde ganz heiß bei dem Gedanken, dass sie womöglich so schnell ans Ziel gelangt sein sollte. Es passte so gut zusammen: Gerlinde Ostmann hatte damals ihren letzten Tag bei der Firma Hartmann gehabt. Clara war sich sicher, dass sie auf Betreiben der Ehefrau entlassen worden war. Deshalb auch die kurze Kündigungszeit nach zwanzig Jahren und die großzügige Abfindung. Von wegen wirtschaftliche Gründe! Am Abend hatte sie ihren ehemaligen Chef dann angerufen und um ein letztes Treffen gebeten, vielleicht hatte sie geweint, gefleht – jedenfalls war er gekommen, sie hatten sich auf dem Parkplatz getroffen, und Hartmann war noch einmal schwach geworden. Sie hatten sich geliebt, zum Abschied gewissermaßen, und dabei hatte Gerlinde Ostmann einen Herzanfall erlitten. In einem solchen Fall wäre Panik in bestimmter Weise sogar verständlich gewesen, überlegte Clara. Wenn Frau Hartmann davon erfahren hätte ...

Herr Hartmann kam allein. Offenbar hatte seine Frau es vorgezogen, sich zurückzuziehen, nicht ohne ihm jedoch vorher noch gesagt zu haben, wer Clara war. Er schüttelte ihr die Hand und machte ein ernstes Gesicht. »Sie sind eine Freundin von Gerlinde gewesen? Es tut mir aufrichtig leid. Eine schlimme Geschichte war das.«

Clara nickte gnädig. »Ist schon gut.« Sie musterte ihn unauffällig, während er die Stiefel aus der Schachtel holte und die Verschnürungen öffnete. Herr Hartmann war ein Mann in den Fünfzigern, klein und schmächtig und absolut unauffällig. Ein schütterer, angegrauter Haarkranz umrahmte seine Glatze wie die Tonsur eines Mönchs, und auf seiner Oberlippe saß ein sorgfältig gestutzter Schnauzer. Das beigefarbene Hemd mit Krawatte und der grüngemusterte Pullunder waren vor etwa zwanzig Jahren modern gewesen.

»Bitte, wenn Sie versuchen wollen ...« Er hielt ihr die geöffneten Stiefel hin.

Clara zog ihre eigenen Schuhe aus und schlüpfte in die schweren schwarzen Stiefel, deren Schaft ihr fast bis zur Hälfte der Wade reichte.

Herr Hartmann kniete vor ihr nieder und verschnürte die Bänder. »Ein wunderbarer Arbeitsschuh«, schwärmte er. »Genarbtes, doppelt vernähtes Rindsleder, das können Sie in einem Leben gar nicht kaputtkriegen.«

Clara musste ein wenig über sich selbst den Kopf schütteln. Was tat sie hier eigentlich? Feuerwehrschuhe anprobieren? War sie noch bei Trost?

Dann hatte er die Stiefel fertig geschnürt, und sie ging probeweise ein bisschen herum.

»Ihre Frau sagte mir, Sie seien mit Gerlinde besser befreundet gewesen?«, fragte sie im leichten Plauderton.

Herrn Hartmanns kleines Gesicht überzog sich mit einer leichten Röte. »So, hat sie das gesagt?« Er presste die Lippen aufeinander und packte schweigend das Seidenpapier zurück in die Schachtel.

»Na ja, Gerlinde hat das auch gesagt.« Clara zwinkerte ihm verschwörerisch zu. »Betriebsausflug, nicht wahr?«

Mit einem Knall stellte Herr Hartmann die Schachtel auf die Theke. »Passen die Schuhe?«

»O ja, sehr gut.« Mit leichtem Erstaunen bemerkte Clara, dass das tatsächlich stimmte. Sie waren richtig bequem. Und Platz für ein paar dicke Socken gab es auch noch. Sie betrachtete sich vor dem Spiegel. Die Schuhe sahen nicht mal schlecht aus. Sie wirkten ein wenig martialisch an ihren Füßen, aber das war eigentlich ganz cool, wie sie fand.

»Sie waren sicher sehr erschüttert, als das mit Gerlinde passiert ist, oder?« Clara ließ probeweise die Jeans über die Stiefel fallen. Auch nicht schlecht.

»Nehmen Sie die Schuhe jetzt oder nicht?« Herr Hartmann war bei weitem nicht so gesprächig wie seine Frau.

»Ja«, sagte Clara, überrascht über sich selbst. »Ja, die nehme ich.«

Als ihr Herr Hartmann den Preis nannte, schluckte sie, doch sie hatte ein Faible für ungewöhnliche Schuhe, und ihr Gefühl hatte längst entschieden. »Ich behalte sie am besten gleich an.«

Herr Hartmann packte ihre alten Schuhe in eine Tüte und reichte sie ihr. »Hören Sie«, begann er plötzlich leise, als sie beide schon an der Tür waren. »Ich weiß nicht, was Gerlinde Ihnen erzählt hat, aber da war nichts zwischen uns.«

Clara hob die Augenbrauen: »Ach nein?«, fragte sie gedehnt.

»Nun ja, nichts Richtiges. So ein bisschen ... Rumgeknutsche auf der Feier und danach ...« Er hüstelte und warf einen vorsichtigen Blick nach hinten in den Laden. Als er weitersprach, war seine Stimme noch leiser. »Aber mehr als dieses eine Mal war wirklich nicht. Ich schwöre! Wir waren beide betrunken, da passiert so was eben mal. Aber danach war nichts mehr.«

»Aber Gerlinde hat das anders gesehen«, wandte Clara ein.

»Ja doch, leider! Das war ja das Problem. Sie ist so aufdringlich geworden, sie hat getan, als wäre ich die Liebe ihres Lebens. Mein Gott!« Er raufte sich seine wenigen Haare. »Sie hat angerufen bei mir, mir ständig Blumen oder Pralinen auf den Schreibtisch gelegt ... Ich wusste wirklich nicht mehr, was ich tun sollte.«

»Und da haben Sie sie einfach entlassen? Nach zwanzig Jahren?« Clara war es jetzt egal, dass sie offiziell gar nichts davon wissen konnte. »Haben Sie gedacht, damit wäre das Problem gelöst?«

»Das war wegen meiner Frau! Es musste etwas passieren. Wenn das so weitergegangen wäre, hätte sie sich scheiden lassen.« Er seufzte. »Es war keine Liebe, auch wenn Gerlinde das vielleicht gedacht hat. Sie hat sich an mich geklammert, als ob ich sie vor dem Ertrinken retten könnte! Sie war wie ausgehungert.«

Ausgehungert. Den gleichen Begriff hatte seine Frau auch

gewählt. Clara biss sich auf die Lippen. Je mehr sie über die Tote erfuhr, desto mehr war sie zu bedauern.

»Und am Abend ihres Todes hat sie Sie dann noch einmal angerufen, nicht wahr? Da haben Sie erkannt, dass es für Gerlinde keineswegs vorbei war. Warum haben Sie sich mit ihr getroffen? Hat sie Ihnen leid getan oder ...«

»Getroffen? Herrgott, was reden Sie denn da?« Herr Hartmann schüttelte verwirrt den Kopf. »Ich habe sie nicht getroffen. Wie kommen Sie darauf? Und ich dachte, Sie haben von ihrem Tod erst heute erfahren ...?« Er sah sie misstrauisch an. »Sie sind gar keine Freundin, oder? Wer sind Sie? Jemand von der Polizei? Aber warum? Die Sache ist doch längst abgeschlossen? Kommen Sie wegen ...«

»Es haben sich neue Umstände ergeben«, unterbrach ihn Clara und bemühte sich um ein förmliches Gesicht. »Es muss noch einmal nachgeprüft werden, ob Sie in der Nacht, in der Gerlinde Ostmann gestorben ...«

»Aber ich war doch gar nicht da, als sie gestorben ist!«, rief Herr Hartmann, nun völlig außer sich. »Ich war auf der Fachmesse in Köln, zusammen mit meiner Frau! Ich hatte keine Ahnung, dass Gerlinde noch einmal kommen wollte, um sich zu verabschieden! Ihre Arbeitszeit war ja schon abgegolten, alles war erledigt ... Wahrscheinlich ist sie extra an dem Tag gekommen. Sie wusste ja, dass wir auf der Messe waren, so wie jedes Jahr, wir haben einen Stand dort, immer in der gleichen Halle, das können Sie nachprüfen.« Er verstummte, dann sagte er leise: »Und eines kann ich Ihnen sowieso versprechen: Niemals hätte sie mich angerufen. Sie hat nach der Kündigung kein Wort mehr mit mir geredet. Kein einziges.«

»Erwarten Sie deswegen etwa Mitleid von mir?« Clara hob kühl die Augenbrauen. »Ich muss jetzt gehen.«

»Halt, warten Sie!« Herr Hartmann rief ihr nach, als sie

schon aus der Tür war. »Wer sind Sie denn jetzt eigentlich? Kann ich Ihren Ausweis sehen?«

Clara drehte sich noch einmal nach ihm um und sah ihn traurig lächelnd an. »Tut mir leid, aber ich bin wirklich nur eine Freundin von Gerlinde Ostmann, nichts weiter. Leben Sie wohl, Herr Hartmann!«

Er blieb an der Tür stehen und sah ihr nach, als seine Frau zu ihm trat. »Hat sie die Schuhe tatsächlich genommen?«

Er nickte abwesend.

»Hättest du gedacht, dass diese biedere Gerlinde so eine ... ungewöhnliche Freundin hatte?«, fragte sie weiter.

»Das war keine Freundin.«

»Keine Freundin? Du meinst, sie hat uns angelogen?«

Ihr Mann nickte.

»Aber wer war sie dann, um Himmels willen?«

»Ich weiß nicht.« Er gab sich einen Ruck und wandte sich ab. Gemeinsam gingen sie zurück in den Laden. »Keine Ahnung, wer das war. Am besten, wir vergessen das Ganze.«

Seine Frau nickte erleichtert. »Ja. Das ist das Beste. Es führt zu nichts, alte Dinge wieder aufzurühren.«

VIERZEHN

Clara ging niedergeschlagen die Straße zurück in Richtung U-Bahn. Dieses Gespräch hatte sich so vielversprechend entwickelt. Sie war sich so sicher gewesen, in Hartmann den richtigen Mann gefunden zu haben. Am liebsten hätte sie ihn sofort verhaften lassen. Doch dann? Dann hatte sich plötzlich alles wieder ganz anders dargestellt, und ihr neuer Verdächtiger hatte sich mit einem »Plopp« in Luft aufgelöst. Wenn das mit der Messe in Köln stimmte, konnte er es wohl kaum gewesen sein. Und diese Angaben würden sich leicht nachprüfen lassen. Sie musste Gruber Bescheid geben. Clara seufzte. Wieder eine Spur, die nach wenigen Metern im Sand verlief.

Aber wenigstens hatte sie ein bisschen mehr über Gerlinde Ostmann erfahren. Was für eine traurige, trostlose Geschichte: Die Buchhalterin verliebt sich in ihren Chef. Vielleicht hatte sie ihn schon eine ganze Weile heimlich geliebt, und nach dieser Betriebsfeier hatte sie geglaubt, dass ihr Sehnen und Flehen endlich erhört worden war. Wahrscheinlich war sie überglücklich gewesen. Allerdings nur für kurze Zeit. Clara kickte mit ihren neuen Schuhen einen Stein vom Bürgersteig und ballte die Hände in ihren Manteltaschen zu Fäusten. »Ausgehungert« hatten beide sie genannt und dieses Ärgernis, diese Person, die so aufdringlich deutlich darauf bestanden hatte, in aller Öffentlichkeit in ihren Chef verliebt zu sein, entlassen.

Clara empfand Mitleid mit Gerlinde Ostmann, allerdings gepaart mit einer Portion Ärger über ihre Dummheit. Was hatte sie sich dabei gedacht? Hatte sie tatsächlich geglaubt, Hartmann würde sich wegen dieses für ihn eher peinlichen Fehltritts von seiner Frau scheiden lassen? Offensichtlich war sie dieser Meinung gewesen. Clara schüttelte den Kopf. Andererseits wusste sie nicht, was genau zwischen den beiden passiert war. Sie wusste nicht, was er ihr alles versprochen hatte. Und sie wusste nicht, ob es wirklich nur ein einziger Seitensprung gewesen war oder vielleicht doch viel mehr. Sie hatte heute nur die Version zu hören bekommen, die sich die beiden zurechtgelegt hatten, um ihre Ehe und ihr gemeinsames Geschäft nicht zu gefährden. Eheleute tischten einander in solchen Situationen immer Lügen auf. Und der andere Teil glaubte sie meist nur zu bereitwillig. Es musste ja weitergehen. Irgendwie.

Clara sah auf die Uhr: Es war halb elf, höchste Zeit, zurück in die Kanzlei zu gehen. Ihr grauste es davor, Willi und Linda zu begegnen. Sie würde sich entschuldigen müssen. Und sie würde reden müssen mit den beiden. Oder vielleicht zuerst einmal mit Willi.

Clara ging in die Hocke und kraulte Elise hinter den Ohren. »Was soll ich ihnen nur sagen?«, murmelte sie. »Ich kann doch nicht verlangen, dass Linda geht, nur weil sie mit Willi befreundet ist.« Sie mochte Linda sehr gerne und wusste außerdem, dass sie eine so tüchtige Sekretärin so schnell nicht wieder finden würden. Von Willis Reaktion auf diese Forderung einmal ganz abgesehen, daran durfte sie gar nicht denken. Andererseits konnte das auf Dauer nicht gut gehen.

Clara blähte die Backen auf und stieß mit einem Seufzer die Luft aus. »Warum mache ich mir um diese Geschichte überhaupt Gedanken?«, brummelte sie zu Elise gewandt, die ihre großen, blutunterlaufenen Augen fest auf sie gerichtet hatte, ganz so, als teile sie ihre Sorgen. »Ich muss doch eigentlich gar nichts sagen. Sie müssten doch mit mir reden, oder? Was meinst du?«

Elise verstand, dass diese Frage an sie gerichtet war, und leckte ihr als Antwort einmal quer übers Gesicht.

»Bah!« Clara musste lachen, während sie sich mit dem Ärmel das Gesicht abwischte.

Neben ihr blieb eine junge Frau mit einem Kleinkind an der Hand stehen und sah sie missbilligend an: »Wie unhygienisch. Sie sollten Ihrem Hund so etwas nicht durchgehen lassen! Wenn er das lernt, leckt er das nächste Mal auch andere einfach so ab. Kleine Kinder womöglich!« Ihre Stimme bekam einen hysterischen Unterton. »Was das für Bakterien sind.« Sie zog ihr Kind, das gerade seine behandschuhten Patschhände in Richtung Elise ausgestreckt hatte, ruckartig zu sich.

Clara lächelte freundlich. »Danke für den Hinweis. Schön, dass Sie sich um die Hygiene der Gesellschaft sorgen. Sind Sie vom Gesundheitsamt?«

Die Frau sog entrüstet die Luft ein. »Sie haben wohl keine Kinder, was? Klar, bei Leuten wie Ihnen haben die Hunde ja immer Vorrang, dürfen die Spielplätze zuscheißen und …«

Clara nickte gelassen. »Ja, genau. Und ich an Ihrer Stelle würde mich ein bisschen entspannen. Von diesem verkniffenen Gesichtsausdruck bekommen Sie Falten um den Mund, das macht unheimlich alt.«

Die Frau sog empört die Luft ein: »Also, das ist ja …«, begann sie, doch Clara lächelte ihr freundlich zu.

»Ihnen auch noch einen schönen Tag!« Damit ließ sie die beiden stehen.

Sie hatte keine Lust, mit der U-Bahn zu fahren. Sie würde

zu Fuß zurück ins Büro gehen. Eine halbe Stunde hin oder her war jetzt auch schon egal. Außerdem konnte sie so auch gleich die neuen Schuhe auf ihre Wandertauglichkeit testen.

Während sie die belebte Straße entlangging, fiel ihr unversehens Gerlinde Ostmann wieder ein. Wo war sie hingegangen nach dem Abschied im Büro? Clara blieb stehen und dachte nach. War sie in die Innenstadt gefahren? Um was zu tun? Zu shoppen? Sicher nicht. Die Vorweihnachtszeit war kein guter Zeitpunkt, in die Kaufhäuser zu gehen, wenn man einsam und deprimiert war. Und deprimiert war sie sicherlich gewesen. Sie versuchte sich zu erinnern, wo Gerlinde Ostmann gewohnt hatte, doch es fiel ihr nicht mehr ein. Sie setzte sich auf die eiskalte Metallbank einer Bushaltestelle, an der sie gerade vorbeikam, und zog die Akte aus ihrer Tasche. Die Adresse sagte ihr nichts. Wo zum Teufel sollte das sein? Sie blätterte weiter, sah sich eine Weile die Fotos der Leiche an und las dann noch einmal den Ermittlungsbericht. Dort wurde sie fündig: Gerlinde Ostmann hatte in Freimann gewohnt, im Münchner Norden, nur drei U-Bahn-Stationen vom Nordfriedhof und nur wenig weiter von ihrem Arbeitsplatz entfernt. Wahrscheinlich war sie, genau wie Clara heute, am Bonner Platz ausgestiegen. Jeden Morgen. Zwanzig Jahre lang. Und auch an dem Nachmittag, an dem sie zum letzten Mal bei der Firma Hartmann gewesen war. Clara klappte die Akte zu. »Und danach?«, flüsterte sie. »Wohin bist du danach gegangen?«

Sie sah sich um. Ganz sicher war Gerlinde Ostmann nicht direkt wieder nach Hause gefahren. Sie selbst hätte das an ihrer Stelle jedenfalls nicht gemacht. Sie hätte sich vor der Leere gefürchtet. Und auch die Sache mit dem Blumenstrauß, den man in ihrer Wohnung nicht gefunden hatte, sprach dafür, dass sie vor ihrem Tod nicht mehr zu Hause gewesen war.

Aber irgendetwas Bestimmtes unternommen hatte sie wohl auch nicht. Dazu fehlte ihr nach diesem Nachmittag sicher die Kraft und auch die Lust. Man trifft in einer solchen Situation keine Verabredungen, vor allem nicht, wenn man keine engen Freunde hat, so wie Gerlinde Ostmann.

»Ich wäre herumgelaufen«, murmelte Clara nachdenklich. »Hier herumgelaufen. Ich hätte mich in ein Café gesetzt und aus dem Fenster gestarrt, wäre wieder weitergelaufen, immer weiter, bis ich irgendwann zu Hause angekommen wäre, zu müde, um noch einen klaren Gedanken zu fassen.«

Clara spürte, wie die Erregung sie packte. Sie hatte das sichere Gefühl, auf etwas Wichtiges gestoßen zu sein. Schnell blätterte sie die Akte noch einmal durch und suchte sich von den Fotos aus der Rechtsmedizin eines aus, das nur Gerlindes Gesicht zeigte, und steckte es in ihre Manteltasche. Dann packte sie die Akte zurück in ihre Tasche und stand auf. Langsam ging sie weiter, versuchte, die Straße mit den Augen von Gerlinde Ostmann zu sehen, die dort jeden Tag auf dem Weg zur Arbeit entlanggegangen war. Welche Richtung hatte sie an jenem Nachmittag eingeschlagen? Richtung Leopoldstraße? War gut möglich. Ja, sicher in diese Richtung!

Clara verbot sich, darüber nachzudenken, wie wahrscheinlich es war, auf diese Art und Weise die Spur einer Frau wiederzufinden, die vor mehr als einem Jahr gestorben war. Aber sie hatte nichts anderes. Es gab nichts, was sie hätte tun können, um Gerlindes letzten Nachmittag zu rekonstruieren. Sie lief weiter die Leopoldstraße entlang in beide Richtungen, schaute in die Schaufenster, trank einen Cappuccino in einem der Cafés, starrte aus dem Fenster. Vor dem Kinocenter an der Münchener Freiheit kam ihr eine Idee: Vielleicht war sie ins Kino gegangen? Kurzentschlossen ging sie zu der Ticketverkäuferin.

»Könnten Sie mir wohl sagen, was Sie vorletztes Jahr im Dezember hier im Programm hatten?«

Die junge Frau musterte sie einen Augenblick erstaunt, schob ihren Kaugummi von einer Seite des Mundes in die andere und nickte dann. »Klar kann ich, alles da drin.« Sie deutete auf ihren Bildschirm und begann zu tippen, ohne weitere Fragen zu stellen. »Also: Da sind angelaufen ... *Der Tag, an dem die Erde stillstand*, *Tintenherz*, *Australia*, *1 ½ Ritter* ...«

»*Australia*! War das nicht so ein Schmachtfilm mit Nicole Kidman und diesem gutaussehenden ...« Clara überlegte.

»Hugh Jackman«, nickte die junge Frau und leckte sich die Lippen. »Eine echte Sahneschnitte.«

Clara lächelte. »Richtig.« Sie bedankte sich bei der hilfsbereiten jungen Frau und verließ das Kino.

Australia. Genau das Richtige für eine einsame Frau mit Liebeskummer und Weltschmerz. Sie blickte die Fassade des Kinogebäudes hoch. »Bist du ins Kino gegangen, Gerlinde? Hast dich so richtig in deinen Frust fallen lassen?«

Ja, es war möglich. Sogar recht gut möglich. Sie konnte es sich genau vorstellen, wie Gerlinde hier stehen geblieben war, nach oben auf die Anzeige geblickt und sich dann kurzentschlossen eine Karte gekauft hatte. Sie hatte ja Zeit. Viel zu viel davon. Niemand wartete auf sie, keine Arbeit, keine Familie. Und dann? Wie war es weitergegangen?

Clara überlegte. Das Ganze begann ihr Spaß zu machen. Sie kramte eine Zigarette aus der Tasche und zündete sie sich an. Hatte Gerlinde geraucht? Nein, sie glaubte, gelesen zu haben, dass sie Nichtraucherin gewesen war. »Also, sie steht hier nach der Vorstellung etwas verloren herum, kein bisschen besser gelaunt nach zweieinhalb Stunden in Gesellschaft der überaus perfekten und wunderschönen Nicole Kidman und des noch perfekteren Hugh *Sahneschnitte* Jackman, die sich sicher am Ende gekriegt haben...« Clara hatte den Film nicht gesehen, vermutete aber ein Happy End. »Du hattest eine stattliche Menge Alkohol im Blut, also bist du danach auf dem Heimweg noch irgendwo etwas trinken gegangen.«

Sie drehte sich einmal um die eigene Achse und schlug dann den Weg in die Feilitzschstraße ein. Dort, in der Gegend zwischen Münchener Freiheit und Englischem Garten, gab es eine Menge Kneipen und Restaurants höchst unterschiedlicher Qualität und für fast jeden Geschmack. Was war das Richtige für jemanden wie Gerlinde Ostmann gewesen?

Etwas ratlos wanderte Clara mit der zusehends lustloser werdenden Elise im Schlepptau durch die kleinen Straßen und versuchte ihr Glück in den Restaurants und Lokalen, die um die Mittagszeit schon geöffnet hatten und einigermaßen so aussahen, als ob sich Gerlinde Ostmann allein dort hineingewagt hätte. Doch schon während sie im ersten Lokal ihr Foto zückte und es den Angestellten zeigte, wusste sie, dass das nichts bringen würde. Nichts bringen konnte. Wer sollte sich schon an eine alleinstehende Frau erinnern, die hier vor über einem Jahr etwas getrunken hatte? Wenn sie überhaupt hier gewesen war und Clara sich nicht alles nur zusammengesponnen hatte. Sie erntete auch nur ratloses Kopfschütteln. Einige der Bedienungen waren damals noch gar nicht da gewesen, und die anderen konnten sich erwartungsgemäß nicht erinnern. Trotzdem klapperte Clara alle Läden ab, die ihr in irgendeiner Weise vielversprechend vorkamen.

Nach über zehn Lokalen war sie unverrichteter Dinge wieder am Wedekindplatz angelangt, und ihre Finger waren steifgefroren. Ihre Zehen erfreulicherweise nicht. Also hatte ihr Stiefelkauf bei der Firma Hartmann tatsächlich noch etwas Gutes gehabt. Sie ging in den McDonald's gegenüber, kaufte sich eine kleine Tüte Pommes Frites und einen Hamburger und aß beides mit Todesverachtung. Sie konnte Fast Food nicht ausstehen, vor allem die Semmeln verabscheute sie leidenschaftlich. Aber sie hatte auch keine Muße, irgendwo anders ordentlich zu Mittag zu essen, und Ritas Café war weit.

Als sie halbwegs aufgewärmt und mit schwerem Magen wieder nach draußen trat, waren plötzlich dicke Wolken aufgezogen. Clara sah überrascht nach oben. Seit mehr als zwei Wochen war der Himmel wolkenlos gewesen. Wolkenlos klar und bitterkalt.

Für diese Jahreszeit, in der es hier in der Stadt meistens graue Wolkensuppe gab und die Sonne nur in den Bergen schien, war das ungewöhnlich. Wie überhaupt dieser eiskalte Winter ohne Schnee ungewöhnlich war. Vielleicht würde es doch noch schneien? Es war erst Anfang Februar, der Winter war noch lange nicht vorbei.

Unschlüssig blieb sie stehen. Dort, am McDonald's vorbei, gab es noch eine Straße, in der sie noch nicht gewesen war. Sie führte im schrägen Winkel in Richtung Ungererstraße und war stiller und weniger bunt als die anderen Straßen des Viertels. Ganz vorne gab es einen Schreibwarenladen, der so aussah, als sei er aus den fünfziger Jahren übriggeblieben. Es war wohl nur noch eine Frage der Zeit, bis dieses Relikt einer anderen Ära durch eine Dönerbude und einen Coffee-Shop ersetzt werden würde.

Sie warf einen Blick auf Elise, die mit eingezogenem Schwanz neben ihr stand und sie vorwurfsvoll ansah, und kraulte sie hinter den Ohren. »Wir gehen jetzt nur noch diese letzte Straße entlang und schauen, ob es dort ein Lokal gibt, und dann steigen wir in die U-Bahn und fahren zurück ins Büro. Was hältst du davon?«

Elise hielt davon augenscheinlich gar nichts, doch nachdem einfach dazubleiben auch keine echte Alternative war, trabte sie Clara missmutig hinterher.

Sie kamen an einer etwas schäbigen Musikkneipe vorbei, die um diese Zeit natürlich noch geschlossen hatte, einem Tattoo-Laden, einem Esoterik-Buchladen und einem Geschäft für Second-Hand Mode. Clara wollte gerade umkehren, als ihr ganz am Ende das Schild einer Brauerei ins Auge stach. Abrupt blieb sie stehen. Ein letzter Versuch noch, dann würde sie aufgeben. Fürs Erste jedenfalls. Das Brauereischild gehörte zu einem schlichten Wirtshaus, wie es früher in der Stadt davon eine ganze Menge gegeben hatte, bevor der Laptop- und Lederhosen-Chic Einzug gehalten hatte. Kurzentschlossen ging Clara, die mittlerweile äußerst missgestimmte Elise fest am Halsband gepackt, hinein.

Das Lokal bestand aus einem einzigen kleinen Gastraum mit dunkler, fast schwarzer Holztäfelung an den Wänden und einer Schänke am anderen Ende. Kein einziger Gast saß an den leeren Holztischen, auf denen, wie Clara sofort bemerkte, Aschenbecher standen. Eine Raucherkneipe. Ob sich Gerlinde Ostmann ausgerechnet hierher verirrt hatte? Clara bezweifelte das. Sie überlegte gerade, ob sie wieder gehen sollte, als ein Mann hinter der Theke auftauchte.

»Grüß Gott.«

Clara zuckte mit den Achseln. Fragen kostete ja nichts, und auf eine Absage mehr oder weniger kam es auch nicht an. »Hallo.« Sie nahm das Foto aus der Tasche und ging zur Schänke.

»Kann ich Ihnen helfen?« Der Mann hatte eine heisere Stimme und die plattgedrückte, schiefe Nase eines Boxers.

Pockennarben durchzogen seine Wangen. Doch er lächelte freundlich, und um seine Augen erschien ein Kranz tiefer Lachfältchen, die seinem Gesicht die Grobheit nahmen. In einem Ohr glitzerte ein Ohrring.

Clara nickte zögernd. »Ja, vielleicht. Ich suche eine Frau, die womöglich vorletztes Jahr an einem Abend hier bei Ihnen gewesen ist.« Sie legte das Foto auf den Tresen. »Vielleicht können Sie sich an sie erinnern? Es war im Winter, kurz vor Weihnachten.«

Der Mann nahm ein Bierglas aus dem Regal hinter ihm und stellte es unter den Zapfhahn. »Vorletztes Jahr? Mein Gott! Wie soll man sich da an einen einzelnen Gast erinnern?«

Clara seufzte. »Ja, ich weiß, es ist eigentlich unmöglich. Ich dachte nur, womöglich ist sie aufgefallen. Sie war ganz allein, machte wahrscheinlich einen deprimierten Eindruck, und sie hat einiges getrunken.«

Der Mann sah sie zweifelnd an. »Solche gibt's haufenweise in einer Kneipe wie meiner. Auch Frauen. Sie würden sich wundern.« Wie zur Bekräftigung nahm er einen Schluck aus seinem gezapften Bier, das zu vier Fünfteln aus Schaum bestand. »Wollen S' was trinken? Auch einen Schnitt vielleicht?«

Clara schüttelte den Kopf. »Danke, aber das ist mir noch ein bisschen zu früh. Vielleicht einen Kaffee?« Sie kramte ihre Zigarettenschachtel hervor. Was für ein Luxus: eine Zigarette, die sie nicht mit klammen Fingern auf der Straße rauchen musste.

Der Wirt stellte ihr eine Tasse Filterkaffee hin und gab ihr Feuer. Dann nahm er das Foto und warf einen Blick darauf. »Sieht nicht mehr sehr g'sund aus«, meinte er und nahm noch einen Schluck. »Warum suchen Sie denn nach der? Sind Sie von der Polizei?«

Clara schüttelte den Kopf. »Nein, ich bin Rechtsanwältin. Ein Freund von mir steckt in Schwierigkeiten, und diese Frau könnte etwas damit zu tun haben.« Sie trank einen Schluck Kaffee. Er war lauwarm und schmeckte abgestanden. Wahrscheinlich war er schon vor Stunden aufgebrüht worden. »Sie ist seit vorletztem Jahr tot. Ich versuche herauszufinden, wo sie an dem Abend war, bevor sie gestorben ist. Sie muss jemanden kennengelernt oder getroffen haben.« Sie zuckte mit den Achseln und fügte hinzu: »Kann sein, dass sie einen Blumenstrauß dabei hatte.«

»Blumenstrauß, sagen Sie?« Der Mann kratzte sich am Kinn. »Warten Sie mal, da klingelt was bei mir. Nein, das kann noch nicht so lange her sein. Aber es war auch im Winter…« Er drehte sich um und rief durch die niedrige Durchreiche in die Küche hinein: »Hilde?«

»Ja!« Eine helle, etwas schrille Frauenstimme antwortete ihm.

»Wann war noch mal der Geburtstag von Papa Joke? Weißt schon, welchen ich meine, dieser narrische Abend. War das letztes oder vorletztes Jahr?«

Die Antwort konnte Clara nicht verstehen. Sie trank den Kaffee aus, bevor er noch kälter wurde, und schüttelte sich leicht.

»Ach ja? Vorletztes Jahr schon? Mhm, könntest recht haben.« Der Mann wandte sich wieder Clara zu und nahm noch einmal das Foto in die Hand. »Könnt' schon sein, dass die das war. Seit wann ist sie tot, sagen Sie?«

»In der Nacht vom 13. auf den 14. Dezember. Es hat heftig geschneit in dieser Nacht.« Clara sah den Mann hoffnungsvoll an.

Er nickte abwesend, fuhr sich ein paar Mal übers Gesicht und schob sich schließlich ebenfalls eine Zigarette zwischen die Lippen. »Der Wahnsinn«, murmelte er durch die zusammengebissenen Zähne. »Wenn die das tatsächlich war.«

»Ja?« Konnte es sein, dass sie wirklich eine Spur von Gerlinde Ostmann gefunden hatte? »Sie können sich an sie erinnern?«

»Ja, ich glaub' schon.« Er runzelte die Stirn und gab ihr das Foto zurück. »Im letzten Winter, da hatten wir einen recht denkwürdigen Abend, deshalb erinnere ich mich auch daran. Wir hatten hier jahrelang einen Stammgast, der kam regelmäßig, und jeder kannte ihn, weil er so ein komischer Vogel war. Wenn er mittags kam, hat er immer das Gleiche gegessen, ein paar Wiener und Kartoffelsalat, immer nur Wiener mit Kartoffelsalat, ganz ordentlich mit Messer und Gabel, und dazu ein Mineralwasser mit Zitrone. Abends saß er dann immer da drüben im Eck.« Er deutete auf den Tisch rechts neben der Tür. »Immer mit dem Rücken zur Wand und ganz kerzengrad. Dann hat er zwei Halbe Bier getrunken und ist wieder gegangen. Vor ein paar Jahren sind wir draufgekommen, dass er Ziehharmonika spielt, und weil wir eine dahaben, haben wir ihn überredet, ein bissl für uns aufzuspielen.« Er verzog das Gesicht zu einem schiefen Grinsen, was es noch furchterregender erscheinen ließ. »Da ist er richtig aufgetaut.«

Er trank sein Bier aus, verharrte einen Augenblick lang in Gedanken bei seinem leeren Glas und sah Clara dann fast drängend an. »Wollen S' nicht doch lieber ein Bier?«

Clara gab nach. Es schien eine etwas längere Geschichte zu werden. »Na gut, aber wirklich nur einen Schnitt.«

Der Wirt nickte zufrieden und ließ einen kräftigen Strahl Schaum in das Glas schießen, der sich dann langsam von unten her zu einem Bier verdichtete. Bei seinem Glas wiederholte er das Ganze.

»Er hat gut spielen können, das muss man ihm lassen.

Nicht nur so *humtata*, *humtata*. Er hat Tangos gespielt und französische Walzer und alles Mögliche.« Er machte eine Bewegung mit den Armen, als ob er Akkordeon spielen wollte, und versank in Gedanken.

Clara übte sich in Geduld.

Endlich sprach er weiter. »Eine Zeit lang hat er fast jede Woche bei uns aufg'spielt. Den Leuten hat das gefallen. Manche sind extra wegen ihm gekommen. Er wollte auch nix dafür haben. Nur seine zwei Halbe Bier, auf die habe ich ihn einladen dürfen.« Er nickte, und wie zur Rechtfertigung fügte er noch hinzu: »Ich hätte ihm schon was bezahlt oder ein gescheites Essen ausgegeben, aber das wollte er nicht. War halt ein komischer Vogel, der Papa Joke.«

Clara versuchte, ihn zum eigentlichen Gegenstand des Interesses zurückzuführen: »Und dann war sein Geburtstag, sagten Sie? Der Abend, an dem Gerlinde Ostmann auch da war?«

»Wie, sagen Sie, hieß die Frau?«

»Gerlinde. Gerlinde Ostmann.«

»Sie sagte, glaub' ich, sie heißt Gerda. Und sie hat einen Blumenstrauß dabeigehabt, genau wie Sie gesagt haben. Er war schon ein bissl matt, aber ganz schön groß. So ein Strauß, den man jemandem schenkt, wenn einem sonst nix Besseres einfällt. Keine Rosen oder so was Romantisches. Am Ende hat sie ihn auch einfach am Tisch liegen lassen.«

Clara spürte, wie die Erregung in ihr stieg: Es schien, als habe sie Gerlinde Ostmann tatsächlich gefunden. »Und dann?«, fragte sie, und ihre Stimme war vor Aufregung ganz heiser.

»Ja, also ich weiß nicht, wie wir darauf gekommen sind, aber irgendwann an dem Abend hat Papa Joke erzählt, dass heute sein Geburtstag ist. Oder vielleicht hatte er es schon früher einmal erzählt, und jemand vom Stammtisch hat sich erinnert ...« Er sah Clara nachdenklich an und kratzte sich erneut am Kinn. »Na, egal, jedenfalls habe ich eine Runde für ihn und den Stammtisch ausgegeben. Und dann hat noch einer ein Runde ausgegeben, und dann er selbst, und so ist das weitergegangen. Es wurde ganz schön gesoffen an dem Abend. Und er, er hat auch einiges mehr intus gehabt als seine üblichen zwei Halbe. Aber ihm hat das mal ganz gut getan, würde ich sagen.« Er verzog den Mund wieder zu seinem schiefen Grinsen. »Ist viel fröhlicher geworden. Hat fetzige Sachen gespielt. Und dann, dann ist diese Frau gekommen.«

Er deutete auf das Foto, und sein Grinsen erstarb abrupt. »Ganz blass war die und hat verheult ausgesehen. Sie hat sich an den einzig freien Platz gesetzt, da, neben der Tür zum Abort, und einen doppelten Kognak bestellt. Und danach gleich noch einen. Die war richtig schlecht drauf.« Er trank einen kräftigen Schluck und wischte sich mit dem Handrücken den Mund ab. »Der Waggi und der Oscho vom Stammtisch haben sie dann angesprochen und gefragt, ob sie sich nicht dazusetzen will. Zuerst wollte sie nicht, aber dann ist sie doch gekommen.«

Er verstummte, und sein Blick wanderte zu dem Tisch direkt neben der Theke. Es war der größte Tisch im Lokal, und ein schmiedeeisernes Schild darauf verkündete, dass es sich um den Stammtisch handelte. Er deutete auf einen Stuhl. »Da hat sie gesessen. Direkt neben dem Papa Joke, der saß wie immer auf der Bank und hat ein Lied nach dem anderen gespielt. Wollt' gar nicht mehr aufhören.«

Claras Blick blieb an dem leeren Stuhl haften. Dort hatte Gerlinde Ostmann in den letzten Stunden vor ihrem Tod gesessen, zwischen fremden Männern, die Oscho, Waggi und

Papa Joke hießen. Clara überkam plötzlich eine tiefe Trauer, so, als ob sie die Frau tatsächlich gekannt hätte. Sie stand auf und setzte sich auf den Stuhl, ließ den Blick umherschweifen, versuchte, das Lokal mit Gerlinde Ostmanns Augen zu sehen, die Musik zu hören, die Menschen zu sehen, die herumsaßen, vielleicht mitsangen, tranken und ihren Spaß hatten. Und dann? War sie mit einem der Gäste mitgegangen? Auf der Suche nach ... ja wonach? Nach Nähe? Nach Ablenkung? Mehr konnte es ja nicht gewesen sein. Ein trauriger, bitterer Versuch, einen Aufschub zu erzwingen. Den Moment hinauszuzögern, in dem sie nach Hause musste, wo niemand außer der Katze auf sie wartete. Eine leere Wohnung und eine leere Zukunft. Clara versetzte der Gedanke einen schmerzhaften Stich. Sie konnte diese Frau nur zu gut verstehen.

Das Bierglas, das sie noch immer umklammert hielt, war warm geworden, und der Schaum längst zusammengefallen. Sie trank den Rest in einem Schluck und schob es dann beiseite. »Wissen Sie vielleicht, ob die Frau allein oder mit jemand zusammen gegangen ist?« Sie räusperte sich und wartete dann fast furchtsam auf die Antwort. Unversehens waren sie am entscheidenden Punkt angelangt.

Zu ihrer Überraschung lachte der Wirt laut auf. »Ja freilich! Das war ja das Verrückte! Sie ist doch tatsächlich mit dem Papa Joke weg. Was glauben Sie, wie wir alle geschaut haben.«

Clara starrte ihn an. Sollte es tatsächlich so einfach sein? Hatte sie den Mann gefunden, der für Gerlinde Ostmanns Tod zumindest moralisch mitverantwortlich war und – womöglich – Irmgard Gruber umgebracht hatte?

»Papa Joke ...«, wiederholte sie leise. »Und wie heißt der Mann mit richtigem Namen?«

Der Wirt sah sie verdutzt an. »Keine Ahnung. Einer vom

Stammtisch ist auf den Spitznamen gekommen. Alle haben ihn so genannt. Es hat ihm nichts ausgemacht.«

»Aber warum Papa Joke? Was soll das bedeuten?«

Der Wirt schüttelte den Kopf. »Ich weiß es nicht. Das war irgend so ein saublöder Einfall, wie Spitznamen halt so entstehen. Ich hab' ja schon gesagt, das war ein komischer Typ.«

»Inwiefern komisch? Ich meine, außer dass er immer das Gleiche gegessen hat?«, wollte Clara wissen.

Der Wirt überlegte, dann zuckte er mit den Achseln. »Mei, wie soll ich sagen? Komisch halt. Er hat kaum was gesagt, niemanden angeschaut.«

»Und wann ist er normalerweise gekommen? Jeden Tag oder nur an bestimmten Tagen? Wann haben Sie ihn denn zum letzten Mal gesehen?«

Der Wirt sah sie erstaunt an: »Ja, gar nicht mehr! Hab' ich das nicht gesagt? Schon seit einer Ewigkeit war der nicht mehr da.« Er dachte nach, dann wandte er sich wieder der Durchreiche zu: »Hilde, seit wann war jetzt der Papa Joke nimmer da?«

Clara glaubte die Antwort zu kennen, obwohl sie sie nicht verstehen konnte, und der Wirt bestätigte ihre Ahnung: »Die Hilde glaubt, dass er tatsächlich seit diesem Geburtstag nicht mehr da war.« Er rieb sich über Kopf und Gesicht. »Sakra! Hat er sie umbracht, oder was?«

Clara schüttelte den Kopf. »Nein. Sie ist an einem Herzinfarkt gestorben.«

»Ach so? Ja aber ...« Der Wirt sah sie verwirrt an. »Warum wollen S' denn dann das alles wissen?«

Clara gab keine Antwort. Stattdessen fragte sie: »Wie hat er denn ausgesehen?«

»Wie er ausgesehen hat? Ganz normal eigentlich. Ziemlich groß, aber nicht so groß wie ich, braune Haare, glaube ich ...«

»Und wie alt war er?« Claras Enthusiasmus über die Entdeckung von Papa Joke war jetzt erheblich gedämpft.

»Vielleicht so ungefähr fünfzig? Oder etwas jünger? Könnt' auch schon älter gewesen sein.«

Clara seufzte.

»Fragen S' halt mal die vom Stammtisch. Die haben ab und zu was mit ihm geredet. Wenn man das Reden nennen kann. Vielleicht können die Ihnen mehr sagen.«

»Kennen die vielleicht auch seinen richtigen Namen?«, fragte Clara hoffnungsvoll.

»Kann sein.« Er machte ein zweifelndes Gesicht.

Clara stand auf und brachte das leere Bierglas zurück zum Tresen.

Als sie ihren Geldbeutel zückte, winkte der Wirt ab. »Das passt schon.«

»Danke. Wann kommen denn die Herren vom Stammtisch?«

Er sah auf die Uhr an der Wand, als stünde dort der Wochentag geschrieben. »Immer am Donnerstag, so ab sieben.«

Als Clara das Wirtshaus verließ und endlich in Richtung U-Bahn marschierte, kehrte ihre anfängliche Begeisterung über ihren »Ermittlungserfolg« zurück. Es war hundert Prozent mehr, als sie zuvor gehabt hatten: Sie wussten jetzt, wo und mit wem Gerlinde Ostmann ihren letzten Abend verbracht hatte und mit wem sie weggegangen war. Auch wenn der Name noch fehlte, sie würden diesen Mann ausfindig machen. Gruber und sie mussten mit den Kollegen im Präsidium reden, die hatten schließlich Mittel und Wege, so etwas herauszufinden …

Ihr forscher Schritt stockte etwas, als ihr Sabine Sommer einfiel. Würde sie dieser Spur wirklich mit der notwendigen

Konsequenz nachgehen? Sie musste! Es war schließlich ein vollkommen neuer Hinweis, und er konnte Gruber entlasten. Clara drängte ihre Zweifel, so gut es ging, in den Hintergrund und lief mit Elise die Treppe zur U-Bahn hinunter. Es würde in jedem Fall nicht schaden, wenn sie sich am Donnerstag selbst mit diesen Stammtischbrüdern unterhielt.

FÜNFZEHN

In der Kanzlei herrschte dicke Luft. Clara sah es bereits an der Art, wie Linda von ihrer Schreibarbeit zu ihr hochsah, als sie zur Tür hereinkam. Noch im Mantel ging Clara auf sie zu. »Linda«, begann sie, ohne zu zögern, »es tut mir sehr leid, was ich heute Morgen gesagt habe, ich ....«

Weiter kam sie nicht. Willi unterbrach sie mit einem scharfen: »Kannst du bitte mal nach oben kommen?« Er stand auf dem Treppenabsatz und hatte die Arme verschränkt. Sein noch immer sonnenverbranntes Gesicht war zu einer finsteren Grimasse verzogen.

»Nach oben? Ins Besprechungszimmer?«, fragte Clara verdutzt. »Aber wieso ...?

Doch Willi hatte sich schon umgedreht und stapfte mit unheilvoll festem Schritt die Treppe zur Galerie hinauf.

Clara hängte ihren Mantel auf und warf Linda einen fragenden Blick zu, doch sie wich ihr aus. Achselzuckend gehorchte Clara, umrundete vorsichtig Elise, die bereits vor dem Ofen lag, alle viere von sich gestreckt, und folgte Willi nach oben.

Er hatte sich nicht hingesetzt, erwartete sie mit noch immer verschränkten Armen und grimmigem Gesichtsausdruck.

»Was ...«, begann Clara, doch der sonst so bedächtige Willi schnitt ihr rüde das Wort ab.

»Sag mal, spinnst du jetzt komplett? Spazierst einfach in

der Stadt herum, nur weil du schlechte Laune hast, und lässt uns hier sitzen, ohne ein einziges Wort zu sagen? Schon mal was von Telefon gehört?«

Claras Hand tastete unwillkürlich nach dem kleinen Klapphandy in ihrer Manteltasche, das sich dort noch immer wie ein Fremdkörper anfühlte, seit ihr Sohn Sean es ihr zu Weihnachten geschenkt hatte. Clara hatte sich aus Sturheit, Trotz und einer gehörigen Portion archaischer Technikverweigerung, die sie trotz Computer und Internet nie ganz hatte ablegen können, bisher standhaft geweigert, sich eines dieser Dinger anzuschaffen. Und dann bekam sie Seans Weihnachtsgeschenk. Mittlerweile musste sie sogar widerstrebend zugeben, dass es nicht ganz unpraktisch war. Oder besser gesagt, nicht ganz unpraktisch wäre, wenn es nicht immer dann, wenn es darauf ankam, entweder unauffindbar wäre, der Akku sich auf geheimnisvolle Weise entleert hätte oder sie es wie heute Vormittag aus Unachtsamkeit gar nicht erst eingeschaltet hätte. Doch sie dachte nicht im Traum daran, das so einfach zuzugeben. Stattdessen funkelte sie Willi wütend an: »Geht's noch? Wie redest du denn mit mir? Seit wann muss ich mich bei dir abmelden?«

»Den ganzen Vormittag hat das Telefon für dich geklingelt, und um eins kam eine Mandantin von dir, ganz aufgelöst, mit einem blauen Auge, das ihr Mann ihr verpasst hat, und wollte dich unbedingt sprechen. Wir konnten ihr nicht mal sagen, wann du gnädigerweise wieder erreichbar sein wirst.«

»Was für eine Mandantin?«, wollte Clara erschrocken wissen.

»Keine Ahnung. Eine Ausländerin. Sie wollte mir ihren Namen nicht nennen. Wollte nur mit dir sprechen. Aber du warst ja nicht da!«

Clara biss sich auf die Lippen. »Das war Frau Erez.« Sie hatte ihr geholfen, sich von ihrem gewalttätigen Mann zu trennen, und sie zusammen mit ihren beiden Kindern in einer Nacht- und Nebelaktion im Frauenhaus untergebracht.

»Was ist passiert? Hat ihr Mann ihr irgendwo aufgelauert?«

»Hallo! Hörst du mir zu? Sie – wollte – nicht – mit – mir – sprechen! Als sie kapiert hat, dass du nicht da bist, ist sie wieder weg.«

»Verdammt! Warum hast du sie nicht aufgehalten?« Clara wandte sich zum Gehen. »Ich muss sie finden.«

»Moment! Ich bin noch nicht fertig.« Willi hob die Arme. »Wir reden gerade miteinander.«

Clara fuhr herum. »O nein, mein Lieber, wir reden nicht! Du redest. Du machst mir Vorwürfe. Es tut mir leid, dass ich nicht da war, o. k.? Und, nur nebenbei gesagt, wenn du irgendwann in der letzten Zeit einmal mit mir geredet hättest, hätten wir nicht diese miserable Stimmung hier.«

»Worüber denn geredet? Wovon sprichst du eigentlich, Clara? Kannst du vielleicht mal von deinem hohen Ross herunterkommen und mir verraten, was du für ein Problem hast?«

Clara sah ihn einen Augenblick an, dann sagte sie: »Rutsch mir den Buckel runter!«

Sie ließ ihn einfach stehen und rannte die Treppe hinunter. Während sie ihren Mantel wieder anzog, sagte sie zu Linda: »Für Willis Protokoll: Ich bin auf dem Weg zum Frauenhaus, um mit Frau Erez zu sprechen. Ich werde in circa zwei Stunden wieder zurück sein.«

Linda öffnete den Mund, wollte etwas sagen, doch Clara kümmerte sich nicht darum. Sie wandte sich brüsk ab und verließ die Kanzlei ohne ein weiteres Wort.

Der Himmel war noch mehr zugezogen, die Wolken hingen jetzt schwer über den Dächern, und es wehte ein scharfer, eiskalter Wind. Er kam Clara gerade recht, sie hob ihm ihr vor Zorn erhitztes Gesicht entgegen und schloss die Augen. »Dieser Idiot«, murmelte sie, doch ihre Wut wollte nicht so recht weiterlodern. Er hatte ja vollkommen recht. Sie hätte natürlich erreichbar sein müssen. Doch das war es nicht, was sie aufwühlte und ihr Magenschmerzen bereitete. Es gab noch etwas anderes, etwas, wofür der Streit mit Willi nur ein Symptom war, und das war auch der Grund, weshalb es ihr noch schwerer als sonst fiel, sich für einen Fehler zu entschuldigen. Es war Trauer. Trauer um ihre jahrelange Freundschaft mit Willi, den sie schon seit dem Studium kannte und mit dem sie viele schwierige Zeiten durchgestanden hatte. Dieser Streit, die Sache mit Linda heute Morgen und jetzt wieder, fühlte sich wie der Anfang vom Ende an.

Etwas hatte sich verändert, seit Willi mit Linda zusammen war, und es betraf nicht nur das Gefüge in der Kanzlei. Clara war sich Willis immer sicher gewesen. Eine Zeitlang hatte sie sogar geglaubt, ein bisschen in ihn verliebt zu sein, doch nachdem es keinerlei Anzeichen gegeben hatte, dass dieses Gefühl auf Gegenseitigkeit beruhte, war es schließlich irgendwann wieder verflogen. Es war ein bisschen wie dieser ganz leichte Duft nach Frühling im Februar gewesen, als die Tage erstmals wieder spürbar länger wurden und die Sonne kräftiger. Es ließ ahnen, wie der Frühling sein konnte, gewährte einen kurzen Augenblick eine kleine Hoffnung darauf. Doch der Februar war der falsche Monat für Frühlingsgefühle, und der nächste Windstoß oder der nächste Schnee wehten sie so schnell und nachhaltig fort, als ob sie nie da gewesen wären.

Claras Stolz hatte bisher nie zugelassen, sich einzugestehen, dass es sie persönlich schmerzte, dass Willi neuerdings eine Freundin hatte. In ihren großzügigen Momenten gönnte Clara es ihm von ganzem Herzen. Aber dann gab es immer wieder diese egoistischen, kleinlichen Momente, in denen sie eifersüchtig war, in denen sie die Vertrautheit vermisste, die sie beide immer verbunden hatte und die nicht mehr da war. Sie fürchtete sich davor, ihn zu verlieren. Vielleicht hatte sie ihn schon verloren. Clara wandte ihr Gesicht vom Wind ab und vergrub das Kinn tief in ihrem Mantel. Nur nicht den Teufel an die Wand malen. Es würde sich schon wieder einrenken. Jetzt galt es zuerst einmal, Frau Erez zu finden.

Als Clara wieder zurück in die Kanzlei kam, war es schon nach fünf, und sowohl Willi als auch Linda waren schon gegangen. Normalerweise blieb Willi immer mindestens bis sieben. Früher war das jedenfalls so gewesen. Doch Clara war froh, die beiden heute nicht mehr anzutreffen. Sie war erschöpft und zutiefst deprimiert.

Der Fall Erez hatte ihr für heute den Rest gegeben. Sie war den weiten Weg zum Frauenhaus gefahren, nur um zu erfahren, dass ihre Mandantin vor ein paar Tagen beschlossen hatte, zusammen mit ihren Kindern zu ihrem Mann zurückzukehren. Danach war sie nach Perlach gefahren, wo die Familie wohnte, um mit der Frau zu sprechen. Doch man hatte sie gar nicht hineingelassen. Ihr Mann hatte die Tür geöffnet und ihr mit unbewegter Miene erklärt, seine Frau sei krank und für niemanden zu sprechen, und ihr dann die Tür vor der Nase zugeschlagen. Ein Anruf bei der Polizei in der Abteilung Häusliche Gewalt hatte ebenfalls nichts gebracht: Die Familie sei bekannt, ja, man wisse von der Gewalttätigkeit des Ehemanns, aber die Frau erstatte nie Anzeige oder, wenn ja, ziehe sie sie nach wenigen Tagen wieder zurück. Man werde dort immer mal wieder vorbeischauen, doch ohne die Mitwirkung der Frau könne man nichts machen.

»Man kann sie schließlich nicht zwingen, ihren Mann zu verlassen«, hatte der Beamte gemeint.

Clara hatte wütend entgegnet, ob das, was der Mann mit der Frau anstelle, denn nicht der eigentliche Zwang sei, doch ihr war klar gewesen, dass sie auf verlorenem Posten stand. Sie hatte schon zu viele solcher Fälle erlebt, um sich der Illusion hinzugeben, dass sie oder die Polizei in der Lage sei, an der Situation tatsächlich etwas zu ändern. Immerhin hatte sie den Beamten mit dem Hinweis, dass die Frau offensichtlich erneut misshandelt worden war und heute bei ihr um Hilfe gebeten hatte, das Versprechen abgerungen, der Familie noch an diesem Abend einen Besuch abzustatten, um sich zu vergewissern, dass es der Frau gut ging. Dann war der Akku ihres Handys leer gewesen, und Clara hätte es am liebsten in den nächsten Mülleimer geworfen.

Elise öffnete ein Auge, als Clara nach oben zu ihrem Schreibtisch ging, und klopfte zur Begrüßung ein-, zweimal mit dem Schwanz auf den Boden. Dann schlief sie weiter. Auf dem Bildschirm ihres PCs klebte ein Zettel: »War noch mit Elise kurz um den Block, für alle Fälle! Linda.« Clara riss den Zettel ab und warf ihren Mantel über die Stuhllehne. Dann ging sie in die kleine Küche am Ende des Raumes und kochte sich einen starken Kaffee. Ein paar Stunden Arbeit warteten noch auf sie.

Es wurde halb neun, bis Clara endlich die Schreibtischlampe ausknipste und stöhnend aufstand. Ihr Rücken schmerzte vom krummen Sitzen, und ihr Magen knurrte mittlerweile bedenklich. Außer dem Hamburger heute Mittag und einer halbvollen Tüte Haselnusskekse, die sie in der Kanzleiküche gefunden hatte und die wahrscheinlich Willi gehörte, hatte sie noch nichts gegessen – ganz im Gegensatz zu Elise, für die sie immer Futter in der Kanzlei bereitstehen hatte und die jetzt, nach einer ausgiebigen Mahlzeit, mit eingeklappten Pfoten auf dem Rücken lag und ihren vollgefressenen Bauch in die Höhe reckte, ganz so, als sei sie noch ein rundlicher kleiner Welpe und keine ausgewachsene Dogge in Kalbsgröße.

Nach einem Abstecher bei Rita und einem Teller Spaghetti Bolognese, der zusammen mit einem Glas Rotwein Claras Seele wenigstens ein klein wenig aufmunterte, kam sie todmüde gegen zehn zu Hause an. Als sie unten an der Haustür nach ihren Schlüsseln kramte, fielen ihr die kaputte Heizung und der unfähige Herr Manninger wieder ein, und sie schickte ein Stoßgebet zum Himmel, dass er es dieses eine Mal geschafft hatte, die Angelegenheit ohne große Verzögerung zu regeln. Doch ihre Hoffnung erfüllte sich nicht: An ihrer Wohnungstür klebte ein Zettel, auf dem in dicken, ungelenken Großbuchstaben zu lesen stand: HEIZUNG WIRD MORGEN IN DER FRÜH REPARIERT!

»Na, fantastisch! Da kann ich gleich ins Bett gehen«, grummelte Clara und sperrte auf. Auf dem Boden in ihrem Flur lag ein Brief, offenbar unter der Tür durchgeschoben. Clara hob ihn auf, während sie eintrat und ihre Anwaltstasche in die Ecke pfefferte. Auf dem Brief stand nur ihr Name in Druckbuchstaben, und er war ohne Absender. Clara drehte ihn ein paar Mal hin und her und öffnete ihn dann. Als sie das Blatt Papier herauszog und überflog, begriff sie zunächst nicht, was das sollte. Ihr Gehirn weigerte sich, die Informationen aufzunehmen, die ihm da übermittelt wurden. Doch es war nur ein kurzer Aufschub, der das Begreifen danach nur noch entsetzlicher machte: Clara hielt eine Todesanzeige in den Händen. Ihre eigene Todesanzeige:

Niemand trauert
um

Clara Niklas

»*Mein Herz zittert, Grauen hat mich betäubt;*
ich habe in der lieben Nacht keine Ruhe davor.«

Jes. 21,4

Sie ließ das Papier fallen. Dort lag es wie etwas Giftiges, Böses, und ihr Name stach daraus hervor. Sie versuchte ein Lachen. »Was für ein Blödsinn ...«, doch die Worte kamen so leise und brüchig heraus, dass sie sie selbst nicht glauben konnte.

Sie zog ihren Mantel aus und hängte ihn ordentlich auf einen Bügel, dann die Schuhe, die sie darunterstellte, und versuchte, das Blatt Papier nicht anzusehen, das neben ihr auf dem Boden lag. Doch in den Augenwinkeln blitzte ständig etwas Weißes, sie schaffte es nicht, sich vollkommen wegzudrehen. Schließlich bückte sie sich schwerfällig wie eine alte Frau, hob es hoch und nahm es mit in die Küche. Warum tat jemand so etwas? Sie zündete sich eine Zigarette an, strich mit zittrigen Fingern über das Blatt, rauchte und wartete darauf, dass sich der Schock legte. Doch auch nachdem das Zittern in den Händen nachgelassen hatte, verweigerte ihr Verstand noch immer den Gehorsam. Clara saß wie erstarrt, versuchte, sich zu sammeln, versuchte, klar zu denken. Dann fiel ihr Blick erneut auf die Zeilen, und dieses Mal sprangen ihr die einleitenden Worte ins Auge, die sie anfangs angesichts des Schocks, ihren Namen dort zu sehen, gar nicht wahrgenommen hatte: *Niemand trauert ...* Ihr Magen zog sich angesichts der Boshaftigkeit, die aus diesen Worten sprach, zusammen. *Niemand trauert...* Sie begann zu weinen.

Irgendwann stand sie auf und ging ins Bad. Wusch sich Gesicht und Hände mit kaltem Wasser, rubbelte sich trocken, bis ihr Gesicht krebsrot war. »Wer tut so etwas?«, fragte sie ihr Spiegelbild. »Warum?« Sie verstand es nicht. Es musste doch eine Bedeutung haben? Es musste ein Sinn dahinterstecken, eine Botschaft. Sie ging zurück in die Küche, starrte erneut auf den Zettel, las den Bibelspruch und schüttelte den Kopf. »Ich verstehe das nicht«, murmelte sie. »Was soll das heißen? Wer hat keine Ruhe? Ich? Ich soll keine Ruhe mehr haben? Vor wem? Weshalb?«

Das schrille Klingeln des Telefons riss sie aus ihren Gedanken. Sie zuckte zusammen und starrte verschreckt auf den Apparat. Was, wenn der Briefschreiber anrief? Erst nach dem dritten Klingeln konnte sie sich entschließen, aufzustehen und abzuheben.

Es war Walter Gruber, und Clara bekam vor Erleichterung ganz weiche Knie. »Oh, hallo!« Ihre Stimme klang fast euphorisch, und Gruber war hörbar irritiert darüber.

»Frau Niklas? Ich habe den ganzen Tag versucht, Sie zu erreichen. Hat ein bisschen Überredungskunst gebraucht, bis Ihre Sekretärin Ihre Privatnummer herausgerückt hat.«

Richtig. Claras Erleichterung wurde noch ein wenig größer: Sie stand ja gar nicht im Telefonbuch. Wer auch immer diesen Brief geschrieben hatte, konnte ihre Nummer gar nicht wissen, er konnte sie also gar nicht anrufen. Im gleichen Moment fiel ihr jedoch ein, dass der Absender den Brief unter der Tür durchgeschoben hatte. Er wusste also, wo sie wohnte, und das war noch viel schlimmer: Er war da gewesen. Hier vor ihrer Tür. Er hatte sich die Mühe gemacht, den Brief persönlich vorbeizubringen. Warum? Warum hatte er ihn nicht mit der Post geschickt? Hatte er etwa auf sie gewartet? Ihre Hand, die den Hörer hielt, begann wieder leicht zu zittern. Sie hatte Mühe, dem zu folgen, was Gruber ihr erzählte.

»Äh, was meinten Sie gerade?« Sie hustete nervös. »Ich habe Sie nicht verstanden ...«

»Geht es Ihnen gut?«, fragte Gruber verwirrt. »Sie klingen irgendwie komisch.«

Clara versuchte ein Lachen, das kläglich ausfiel. »Alles in Ordnung, ich war nur abgelenkt.«

»Hm, ja, also ich wollte Ihnen nur sagen, dass am Freitag um 9 Uhr die Beerdigung stattfindet. Auf dem Nordfriedhof. Vielleicht haben Sie ja die Todesanzeige in der Zeitung gesehen ...«

»Todesanzeige?« Claras Stimme klang schrill.

»Äh, ja. Sie stand heute in der Zeitung, aber wir haben den Termin nicht reingeschrieben. Mein Sohn und ich, wir wollten nicht, dass ein Haufen Neugieriger kommt, da haben wir es ganz kurz gemacht ...«

»In welcher Zeitung?«, unterbrach ihn Clara und versuchte, ruhiger zu atmen, damit die Stimme ihr nicht erneut entgleiste.

»In der Süddeutschen. Fehlt Ihnen wirklich nichts?« Gruber klang jetzt ein wenig besorgt. »Sind Sie vielleicht krank? In der Kanzlei wussten sie gar nicht, ob Sie heute noch einmal reinkommen ...«

»Nein, nein, alles in Ordnung«, versuchte Clara, ihn zu beruhigen. Sie hätte fast laut losgelacht. Nichts war in Ordnung. Rein gar nichts. Sie lenkte vom Thema ab: »Können wir uns morgen treffen? Ich habe etwas herausgefunden.«

»Tatsächlich? Und das sagen Sie erst jetzt? Schießen Sie los!«

»Nein. Nicht jetzt. Ich habe jetzt keine Zeit. Morgen. Sagen wir um halb eins in der Kanzlei? Wir könnten in Ritas Café gehen und dort zusammen zu Mittag essen.«

Gruber stimmte zu, obwohl es ihm ganz offensichtlich lieber gewesen wäre, alles sofort zu erfahren. Wahrscheinlich wäre er sogar noch heute Abend bei ihr vorbeigekommen, wenn sie ihn darum gebeten hätte.

Als Clara auflegte, kam ihr kurz der Gedanke, dass dies vielleicht gar keine so schlechte Idee gewesen wäre. Wenn sie mit ihrer Vermutung recht hatte, dann wäre das sogar eine hervorragende Idee gewesen ... Sie nahm ihre Aktentasche und holte die Zeitung heraus, die sie wie jeden Morgen auf dem Weg zur Kanzlei gekauft hatte. Heute hatte sie jedoch den ganzen Tag keine Zeit gefunden, auch nur einen Blick hineinzuwerfen, geschweige denn Todesanzeigen zu lesen. Sie breitete sie mit fahrigen Fingern auf dem Küchentisch aus, zündete sich nebenbei noch eine Zigarette an und suchte nach dem Trauerteil. Als sie ihn aufgeschlagen hatte, sah sie Grubers Todesanzeige sofort:

Wir trauern
um
Irmgard Gruber
† 5. Februar 2010

»*Wir vermissen Dich.*«
Walter und Armin

Clara starrte einen Augenblick darauf und nahm dann die Anzeige, die sie selbst bekommen hatte, und legte sie daneben: In Größe und Schriftbild waren die beiden Todesanzeigen absolut identisch.

Sie setzte sich. Es war still in der Küche. Sie konnte ihren Atem hören, spürte das Pochen ihres Herzens hart in ihrer Brust. Die Zigarette war zwischen ihren Fingern bis auf den Filter heruntergebrannt. Regungslos sah sie zu, wie der krumme Aschenkegel auf die Zeitung fiel. Dann drückte sie den Stummel aus und stand auf.

»Ich bin dir zu nahe gekommen«, flüsterte sie in die Stille hinein, und ihre Stimme klang fremd dabei.

Und plötzlich verstand sie auch den Bibelspruch, von dem sie zunächst gemeint hatte, er wäre als Drohung für sie gedacht: »Mein Herz zittert, Grauen hat mich betäubt, ich habe in der lieben Nacht keine Ruhe ...«

»Du bist es, der nicht mehr schlafen kann, nicht ich bin damit gemeint: Du bist es.«

Sie nickte langsam und verstand die Warnung, die darin steckte. Clara wanderte durch ihre ausgekühlte Wohnung und schaute aus dem Fenster im Wohnzimmer in die dunkle Nacht. Leider beruhigte sie das Wissen, von wem der Brief war, keineswegs. Im Gegenteil: Er stammte von einem Mann, der eine Frau mit bloßen Händen erwürgt und die Kaltblütigkeit besessen hatte, sie in ihrem eigenen Auto beiseitezuschaffen und das Auto danach wieder ordentlich zurückzubringen, so als sei nichts geschehen. Einem kaltblütigen, berechnenden, brutalen Mörder

»Kein Wunder, dass du nicht schlafen kannst«, murmelte Clara ihrem verzerrten Spiegelbild im Fenster entgegen und zog dann hastig die Vorhänge zu. »Aber das liegt nicht an mir.«

Sie hatte ihn aufgeschreckt. Aber womit? Hatten ihre Nachforschungen am heutigen Nachmittag etwas damit zu tun? Es war die erste richtige Spur, die sie überhaupt entdeckt hatte, und sie hatte zunächst einmal noch gar nichts mit Irmgard Gruber, sondern mit Gerlinde Ostmann zu tun. Bedeutete das, dass zwischen den beiden tatsächlich eine Verbindung bestand? War das der Beweis?

Clara runzelte die Stirn. Sie würde es gerne glauben, denn das hieße, sie wären einen entscheidenden Schritt weitergekommen, aber im Grunde bedeutete es nichts. Wie hätte der Mörder von ihrem Besuch in der Kneipe erfahren sollen? Hatte ihn etwa der Wirt angerufen und gewarnt? Das hieße, er hatte sie angelogen und wusste ganz genau, um wen es sich bei Papa Joke handelte. Oder war es gar er selbst gewesen, und alles andere war erfunden? Aber weshalb sollte er ihr dann überhaupt so eine Geschichte erzählen und ihr sogar noch vorschlagen, sie bei seinen Gästen nachzuprüfen? Er hätte einfach sagen können, er erinnere sich nicht. Sie schüttelte den Kopf. Das passte nicht zusammen. Und sie hatte dem Wirt noch nicht einmal ihren Namen genannt. Aber wenn es nicht ihr Besuch in der Kneipe gewesen war, der den Mörder aufgeschreckt hatte, was sollte es dann gewesen sein? Es gab ja nichts anderes.

Die Vorstellung, dass irgendeine Handlung von ihr den Mörder aufs höchste alarmiert hatte und sie gleichzeitig keine Ahnung hatte, was es gewesen war, war zutiefst beunruhigend. Er kannte sie. War über ihre Schritte informiert. Und er wusste, wo sie wohnte …

Sie sprang auf und ging zum Telefon, um sich ein Taxi zu

rufen. Dann packte sie ein paar zusätzliche Kleidungsstücke in ihre Kanzleitasche, zog sich wieder an und wartete unruhig im Flur. Als es an der Tür klingelte, fragte sie an der Gegensprechanlage nach, ob es sich wirklich um das Taxi handelte, dann erst ging sie mit Elise hinunter. Sie würde heute bei Mick schlafen. Es war ohnehin viel zu kalt in ihrer Wohnung.

Clara ließ sich von dem Taxifahrer zuerst zu Murphy's Pub fahren, um Mick Bescheid zu geben. Es war eigentlich nicht unbedingt notwendig, sie hatte seit einiger Zeit schon einen Schlüssel zu seiner Wohnung, und er hatte ihr immer wieder gesagt, sie könne jederzeit hinein, auch unangemeldet. Doch sie wollte seine Privatsphäre wahren und ihn nicht überrumpeln. Zumindest versuchte sie, sich das einzureden. Doch es war natürlich Quatsch: Clara wollte Mick heute Abend sehen, sie hoffte, es wäre womöglich nicht viel los im Pub und er könnte gleich mit ihr mitkommen. Immerhin war es schon nach elf, vielleicht saßen nur noch die üblichen Verdächtigen an der Bar, die, die nie den Weg nach Hause fanden. Mit denen würde Tami spielend allein fertig werden. Doch als das Taxi vor dem Pub hielt, sah sie schon von außen, dass dem heute nicht so war: Die Fensterscheiben waren von innen beschlagen, und eine Traube Raucher hatte sich um den Tisch vor dem Eingang versammelt. Als die Tür aufging, drang laute Musik heraus.

Sie wandte sich an den Taxifahrer: »Können Sie bitte kurz warten? Ich komme gleich zurück.«

Sie ließ Elise im Auto, was der gar nicht passte: Sie presste ihren großen Kopf an die Scheibe und sah ihr entrüstet nach. Clara konnte sie winseln hören. Der Taxifahrer würde heute Abend noch eine vollgesabberte Fensterscheibe putzen müssen und dabei alle Hundebesitzer aufs heftigste verfluchen. Sie konnte es ihm nicht verdenken.

In Micks Pub war die Hölle los. Im Nebenraum spielte eine Band, die unwahrscheinlichen Krach machte und entfernt an die *Pogues* erinnerte. Vor der Bühne sprangen die Zuhörer herum und kreischten mit. Clara hatte Mühe, sich durch die Menge nach vorne zur Bar durchzuquetschen. Mick stand am Zapfhahn und zapfte ein Bier nach dem anderen. Nebenbei kassierte er von den Gästen an der Bar die Zeche, gab Wechselgeld heraus und räumte die leeren Gläser weg.

Tami balancierte mit hochrotem Kopf und genervtem Gesichtsausdruck Tabletts mit Getränken durch die enggedrängten Menschen und setzte, wenn jemand nicht gleich reagierte und sie vorbeiließ, auch einmal rüde die Ellenbogen ein. Als sie Clara entdeckte, schenkte sie ihr trotzdem ein freundliches Lächeln und verdrehte dann die Augen: »Was für Freaks heute Abend!«

Clara nickte verzagt. Eigentlich konnte sie gleich wieder kehrtmachen. Mick würde keine fünf Minuten Zeit erübrigen können, selbst wenn er wollte. Trotzdem kämpfte sie sich weiter. Nur kurz hallo sagen.

Mick sah sie erst, als sie fast neben ihm stand. »Hi, Clara! Was machst du denn heute hier?« Er deutete mit dem Kinn in den Nebenraum. »Lauter Verrückte da drinnen. Keltischer Punk nennt sich das. Magst ein Bier?«

»Nein danke.« Clara musste schreien, um sich verständlich machen. »Ich wollte nur sagen, ich schlafe heute Nacht bei dir!«

»Oh. Fein!« Mick lächelte. »Sehnsucht?«

Clara zögerte, dann schüttelte sie den Kopf. »Kaputte Heizung.«

Sie versuchte ein wenig mühsam zu lächeln und deutete nach draußen. »Ich muss gehen, das Taxi und Elise warten.«

Mick nickte, gab ihr einen flüchtigen Kuss und war schon wieder bei seinen Gästen.

»Bis später!« Clara konnte seine Antwort nicht verstehen, sah nur die Bewegung seiner Lippen und ein kurzes Winken. Sie nickte, lächelte und drehte sich um. Sie hätte ihn gerne umarmt, nur ganz kurz, um ihn zu spüren.

Als sie wieder im Taxi saß, war sie sauer auf sich selbst. »Kaputte Heizung!«, murmelte sie wütend vor sich hin, während das Taxi losfuhr. Warum hatte sie nicht gesagt, dass sie ihn brauchte? Dass sie Angst hatte und nicht allein sein wollte? Doch dann schüttelte sie den Kopf. Es wäre der denkbar schlechteste Zeitpunkt gewesen. Er hatte viel zu tun, er hätte keine Zeit gehabt, ihr richtig zuzuhören.

Schluss jetzt mit diesen Sentimentalitäten! Clara kramte aus ihrer Tasche ein Papiertaschentuch hervor und putzte sich energisch die Nase. Dann nahm sie ein zweites und wischte damit die verschmierte Scheibe des Taxis sauber. Vielleicht würde der Taxifahrer doch kein Hundehasser, wenn sie ihn ein bisschen unterstützte.

In Micks Wohnung war es warm und sogar einigermaßen aufgeräumt. Zumindest, wenn man Micks Ansicht übers Aufräumen teilte. Aber nachdem Claras Schmerzgrenze in dieser Beziehung auch nicht besonders niedrig war, störten sie herumliegende Kleider und die zahllosen Bücherstapel auf dem Boden nicht besonders. Ärgerlich war jedoch, dass Mick keinen Fernseher besaß. Gerade heute Abend hätte sie sich irgendeine nichtssagende Talkshow oder einen seichten Schmachtfilm zur Ablenkung gewünscht. Auch war kein Bier im Kühlschrank, kein Whiskey oder sonst ein alkoholisches Getränk zu finden. Daran hatte Clara nicht gedacht. Mick hatte eigentlich nie Alkohol im Haus. War auch irgendwie logisch, wenn man den ganzen Tag in einer Kneipe stand.

Clara kochte sich einen Tee und setzte sich mit der heißen Tasse in den Händen in Micks Sessel am Fenster, um auf ihn zu warten. Um eins schloss das Pub. Spätestens um zwei würde er wohl zu Hause sein. Vorher würde sie kaum schlafen können. Sie war viel zu aufgewühlt, musste unbedingt mit jemandem reden. Ihr Blick fiel auf ihre Tasche, in der die beiden Todesanzeigen in einer Plastikhülle verstaut waren. Sie musste sie Mick zeigen. Irgendwie hegte sie die Hoffnung, es werde danach etwas weniger bedrohlich, etwas weniger schlimm sein. Aber vielleicht war es gar nicht so? Vielleicht würde es noch viel realer, wenn noch jemand davon wusste? Was, wenn Mick sich darüber mehr aufregte, als sie jetzt vermutete? Wenn er sie gar nicht trösten konnte, weil es ihn genauso beunruhigte wie sie selbst? Wie würde sie im umgekehrten Fall reagieren? Sie fröstelte und nahm einen Schluck von dem Tee. Sie würde sich schrecklich aufregen. Sie wäre kaum in der Lage, ihn zu beruhigen, im Gegenteil, wahrscheinlich würde sie ihn eher noch verrückt machen.

Clara vergrub sich noch ein bisschen tiefer in den Sessel und griff nach einem der Bücher, die dort auf einem Stapel neben der Lampe lagen. *High Fidelity* von Nick Hornby, das kannte Clara schon. Darunter lag ein abgegriffenes Exemplar von James Joyces *Finnegan's Wake* und noch eine Etage tiefer ein ebenso abgegriffenes, dickes Taschenbuch, das Clara jetzt zur Hand nahm: *Infinite Jest* von David Forster Wallace, die amerikanische Originalausgabe dieses Wälzers, dessen deutsche Ausgabe unter dem Titel *Unendlicher Spaß* im letzten Jahr in allen Feuilletons besprochen worden war. Clara hatte ihn trotzdem oder vielleicht gerade deswegen nicht gelesen. Sie wusste, dass Mick ausgesprochen viel las, vorwiegend nachts, wenn er vom Pub heimkam und abschalten musste, doch über dieses Buch hatte sie ihn noch nie etwas erzählen hören. Sie nahm sich vor, ihn zu fragen, und blätterte versuchsweise darin herum. An einem Satz blieb sie hängen: »Witze waren oft die Flaschen, in denen klinisch depressive Menschen ihre gellendsten Hilferufe nach jemandem aussendeten, der sich um sie kümmern sollte.«

»Du meine Güte!« Clara schluckte. Vielleicht nicht die beste Lektüre für eine Nacht wie diese. Sie klappte das Buch zu und trank ihren Tee aus. Vielleicht sollte sie ins Bett gehen. Sie würde Mick ohnehin hören, wenn er kam.

Er kam nicht. Clara döste ein, schreckte wieder hoch und lag dann mit offenen Augen da und wartete. In der Ferne schlug eine Uhr, und sie hörte jede Stunde mit übergroßer Deutlichkeit: Mitternacht, eins, zwei, drei, vier ... Als sich endlich der Schlüssel im Schloss drehte, war es kurz nach fünf, und Claras Augenlider brannten vom fehlenden Schlaf und dem Starren in die Dunkelheit.

Mick schlich, so leise er konnte, und das war nicht besonders leise. Offenbar war er nicht mehr ganz nüchtern, was bei jemand, der erst um fünf Uhr morgens nach Hause kam, auch nicht zu erwarten war.

Clara hörte, wie er sich auszog und ins Bad ging, sie sah den schwachen Lichtschein unter der Tür, hörte die Geräusche von laufendem Wasser und knipste das Licht an. Doch nach wenigen Sekunden schaltete sie es wieder aus. Sie wollte nicht mit vorwurfsvollem Blick im Bett sitzen wie eine eifersüchtige Ehefrau. Zu reden war mit Mick um diese Zeit ohnehin nicht mehr. Als er aus dem Bad kam, tat sie deshalb so, als schliefe sie tief und fest. Er kletterte zu ihr ins Bett und küsste sie aufs Haar. Clara kniff die Augen zusammen und befahl sich selbst, nicht ärgerlich zu sein. Morgen, morgen würde es noch genug Gelegenheit geben, mit ihm zu reden. Sie entspannte sich ein wenig, schmiegte sich an ihn und spürte seine Wärme. Mick war immer warm, im Gegensatz zu Clara hatte er offenbar nie kalte Hände oder Füße.

Sie roch ganz schwach den Tabak seiner selbstgedrehten Zigaretten und den rauchigen Geruch nach Whiskey, und plötzlich war es ihr egal, dass sie nicht mehr hatten reden können. Der Brief und die Bedrohung, die sie den ganzen Abend gespürt hatte, rückten in die Ferne, und sie wusste wieder, warum sie gekommen war: Es war nicht wichtig, jetzt zu reden, und es war auch nicht wichtig, wann er nach Hause kam. Jetzt war er da, und sie konnte ihn spüren. Das reichte ihr. Und endlich schlief sie ein.

SECHZEHN

Am nächsten Morgen verschliefen sie beide. Das heißt, nur bei Clara konnte man es Verschlafen nennen, denn Mick stand in der Regel ohnehin nicht vor zehn, elf Uhr morgens auf. Clara hatte vergessen, den Wecker zu stellen, und es war Elise, die sie mit einem Taps ihrer großen Vorderpfoten mitten auf den Bauch und einem feuchten Schmatz ins Gesicht weckte. Nach einem Blick auf die Uhr sprang Clara aus dem Bett: »Mist!« Es war bereits kurz vor neun. Sie rannte ins Bad, um sich fertigzumachen.

Mick schlief wie ein Toter. Seine Kleidungsstücke lagen in der umgekehrten Reihenfolge, in der er sie gestern ausgezogen hatte, auf dem Boden und bildeten so eine Spur bis ins Bad. Sie überlegte, ob sie ihn wecken sollte, entschied sich aber dagegen. Stattdessen schrieb sie ihm eine kurze Nachricht und legte sie auf den Küchentisch.

In Rekordzeit kam sie in der Kanzlei an und hatte zudem noch Croissants und Butterbrezen für sich, Willi und Linda mitgebracht. »Frühstück!«, rief sie ihnen zu, noch ehe sie ihren Mantel an den Haken gehängt hatte, wild entschlossen, die Unstimmigkeiten der letzten Tage fürs Erste zu ignorieren.

Linda sah überrascht hoch. »Oh«, sagte sie, nichts weiter, und Clara warf ihr einen überraschten Blick zu.

»Habt ihr schon gefrühstückt? Ich dachte an so eine Art kleinen Versöhnungsbrunch ...«

Als Linda noch immer keine Antwort gab, fuhr sie fort: »Ich weiß, ich war ein bisschen gereizt in letzter Zeit, das tut mir leid. Das liegt an dem Fall ...« Sie verstummte, als Willi herunterkam.

»Liegt es nicht immer an einem Fall, Clara?«, fragte er seufzend.

»Wie meinst du das?«, fragte Clara misstrauisch zurück.

Doch Willi gab keine Antwort. Er sah unbehaglich drein und wechselte einen Blick mit Linda, den Clara nicht deuten konnte.

Ein unangenehmes Gefühl in der Magengegend machte sich bei ihr breit. »Was ist? Kann mir vielleicht jemand erklären, was hier los ist?« Clara versuchte, ihre wachsende Unruhe unter Zorn zu verstecken, und sah mit funkelnden Augen von einem zum anderen: »Ist es so schlimm, dass ihr nicht einmal mehr eine Butterbreze mit mir essen könnt?«

Willi schüttelte den Kopf: »Nein, natürlich nicht. Das ist sogar eine sehr gute Idee.«

Linda sprang wie auf Kommando auf und meinte mit plötzlicher Fröhlichkeit, die mehr als aufgesetzt wirkte: »Ich mache uns gleich mal frischen Kaffee!«

Sie setzten sich an Willis Schreibtisch, den er zu dem Zweck rasch von seinen Bücherstapeln befreit hatte. Keiner der drei hatte den Vorschlag geäußert, nach oben in das Besprechungszimmer zu gehen.

Als Willi eine gesprungene Tasse ohne Henkel als Aschenbecher hinstellte und meinte: »Du kannst ruhig rauchen, wenn du willst, wir müssen uns ja nicht immer an die Regeln halten«, wusste Clara, dass dieses Gespräch schlimm werden würde. Sie schüttelte den Kopf und wartete schweigend.

Willi räusperte sich mehrmals, bevor er zu sprechen begann. »Also, es ist ja nicht so gut gelaufen mit uns in letzter

Zeit, die Stimmung war eher schlecht ...« Er brach ab, suchte nach Worten und warf Linda einen hilfesuchenden Blick zu.

Clara beobachtete die beiden und konnte sich keinen rechten Reim darauf machen. Offenbar hatten sie irgendetwas entschieden. Würde Linda gehen? Clara nahm hastig einen Schluck Kaffee. Eigentlich wollte sie nicht, dass Linda ging.

»Hört mal, ich weiß, ich war vielleicht etwas barsch in letzter Zeit ...«, begann sie. »Ich muss mich erst einmal daran gewöhnen, dass ihr zusammen seid ...«

»Eineinhalb Jahre«, warf Willi ein.

»Was?«

»Wir sind schon seit fast eineinhalb Jahren zusammen.«

»Ach? So lange schon?« Clara hatte einen Augenblick den Faden verloren. »Egal, ich habe nachgedacht, und ich glaube, das wird jetzt schon funktionieren ...«

»Clara!«, unterbrach sie Willi beunruhigend sanft. »Ich habe dir gar keinen Vorwurf gemacht.«

»Ach, nicht?« Clara runzelte die Stirn. »Aber worüber reden wir dann?«

Willi rutschte unbehaglich auf seinem Stuhl hin und her. »Ich wollte ganz generell mit dir über unsere Zukunft reden. Die Zukunft der Kanzlei, meine ich.«

»Oh.« Das klang nicht gut. Gar nicht gut. »Was meinst du damit?«, fragte sie und hoffte, es hörte sich nicht so kläglich an, wie sie sich fühlte.

Willi zögerte noch immer. »Die Situation, so wie sie jetzt ist, ist auf Dauer nicht optimal«, begann er wieder umständlich. »Für uns alle drei nicht. Und Linda und ich planen zusammenzubleiben ...«

»Ihr wollt heiraten?«, unterbrach ihn Clara aufgeregt. »Ist es das, was du mir sagen willst?« Sie warf Linda einen prüfenden Blick zu. Vielleicht war sie schon schwanger? Doch

Lindas Bauch war flach und straff wie eh und je. »Das könnt ihr mir doch einfach sagen, das ist toll ...«

»Nein, Clara. Wir werden nicht heiraten, jedenfalls nicht jetzt. Aber wir haben über unsere gemeinsame Zukunft nachgedacht, und das betrifft auch unsere berufliche Zukunft.« Jetzt hatte er endlich Mut gefasst und redete schnell weiter, damit Clara ihn nicht erneut unterbrach: »Du weißt ja, dass ich eigentlich aus einem anderen Rechtsgebiet komme und das Prozessrecht, diese ganzen Streitigkeiten, die ich im Augenblick mache, nicht so mein Fall sind.«

Clara nickte zögernd. Mit einem Mal glaubte sie zu ahnen, worauf dieses Gespräch hinauslaufen sollte. Willi war ein Bücherwurm. Er liebte komplizierte Rechtsgebiete, schwierige theoretische Fragen, Verträge, die er mit raffinierten Klauseln vollstopfen konnte. Er hatte nach dem Studium eine gute Stelle an der Universität gehabt und sogar damit geliebäugelt, eine wissenschaftliche Karriere einzuschlagen. Sie wusste eigentlich nicht einmal genau, was ihn damals dazu bewogen hatte, stattdessen ihren Vorschlag anzunehmen, gemeinsam eine Kanzlei zu gründen.

»Du willst weggehen«, sagte sie langsam, und sie spürte, wie ihr kalt wurde. »Willst du zurück an die Uni? Aber das kannst du doch auch, wenn du hierbleibst! Du kannst weniger arbeiten, machst nur noch die Sachen, die dir liegen, dann kannst du beides haben.«

»Clara, bitte! Hör mir doch mal einen Augenblick zu!«

Clara biss sich auf die Lippen und schwieg.

»Also, es ist so: Mein ehemaliger Professor hat sich als Anwalt selbständig gemacht. Er hat mich neulich angerufen und mir eine Stelle angeboten.«

Clara schwieg.

»Es ist genau das, was ich mir immer gewünscht habe! Es

ist eine große Kanzlei, sie fertigen Gutachten für die Europäische Kommission an, es gibt außerdem eine Abteilung, die sich auf internationales Urheberrecht spezialisiert hat, und außerdem könnte ich neben der Arbeit sogar noch promovieren.«

Clara schwieg noch immer. Ihre Hände zitterten leicht, und sie klemmte sie zwischen ihre Beine. Die Brezen und Croissants lagen noch unberührt zwischen ihnen in der Tüte. Der Kaffee in der Tasse war kalt geworden.

»Sag doch bitte etwas! Clara!«

»Schön für dich.« Die Worte kamen ihr mühsam über die Lippen, und sie verfluchte Willi plötzlich dafür, dass er dieses Gespräch in Lindas Beisein führte. War ihre langjährige Freundschaft nicht wenigstens so viel wert, dass er sich allein mit ihr traf, um darüber zu sprechen?

»Ich finde, diese Dinge gehen Linda nichts an«, sagte sie kalt. »Wir sollten unter vier Augen darüber sprechen.«

Willi schüttelte den Kopf. »Nein. Linda betrifft das genauso. Denn sie wird mitgehen.«

»Wohin denn?« Claras Stimme war nicht mehr als ein Flüstern.

»Nach Brüssel.«

»Nach ... Oh. Ach so.« Claras Hände verkrampften sich unter dem Tisch. Damit hatte sie nicht gerechnet. »Und wann?«, fragte sie schließlich mit leiser Stimme.

Willi wand sich. »Ich habe noch nicht endgültig zugesagt. Ich wollte zuerst mit dir darüber reden.«

»Das hast du ja jetzt gemacht. Also wann?« Claras Stimme bebte, aber jetzt war es Wut, die in ihr hochkroch. Sie spürte, wie ihr Gesicht heiß wurde.

»Wenn, also, falls ich zusage ... dann könnte ich, wir, in ... ja ... sagen wir, also ... Ich habe noch nicht zugesagt ...«

»WANN?« Clara schrie ihm ins Gesicht und sah aus den Augenwinkeln, wie Linda zusammenzuckte.

Willi wich ihrem Blick aus. »In vier Wochen.«

»In vier ...« Clara blieb der Mund offen stehen. »Du willst in vier Wochen gehen und sagst es mir erst jetzt? Wie lange weißt du es schon?«

Willi hob abwehrend die Hände. »Noch nicht so lange. Und Linda und ich mussten es ja auch erst einmal besprechen!«

Clara stand auf. »Gut. Dann weiß ich ja jetzt Bescheid.« Sie packte ihren Stuhl und schob ihn zurück an ihren Schreibtisch.

»Clara! Du kannst doch jetzt nicht einfach so weggehen! Bitte, sag doch etwas!«

Clara sah ihn an: »Was soll ich noch sagen? Ist doch schon alles geklärt.«

»Sag mir doch wenigstens, was du davon hältst.«

Clara lachte bitter. »Als ob das wichtig wäre. Du willst doch jetzt nur kein schlechtes Gewissen haben. Ich kann dir höchstens sagen, was ich von dir halte: Du bist ein erbärmlicher Feigling, und ich sollte froh sein, dich endlich los zu sein.« Bei diesen Worten schossen ihr die Tränen in die Augen, und sie sprang hastig auf und lief nach draußen auf die Straße.

Als Gruber um Punkt halb eins vor der Tür stand, um sie zum vereinbarten Mittagessen abzuholen, war Clara so erleichtert, dass sie ihm am liebsten um den Hals gefallen wäre.

Nach der folgenschweren Unterredung mit Willi war sie erst einmal eine Runde um den Block gelaufen, um sich abzukühlen. Angesichts der Tatsache, dass sie keinen Mantel mitgenommen hatte, funktionierte das mit der Abkühlung zumindest äußerlich recht gut. Der Himmel war bedeckt, und es war nicht mehr ganz so kalt wie an den Tagen zuvor, doch es genügte, um sie innerhalb weniger Minuten in ihrem dünnen Pullover zittern zu lassen. Dazu kam ein kalter, unangenehmer Wind, der Schnee verhieß. Als sie nach zehn Minuten zurück in die Kanzlei kam, brachte sie diese Kälte mit in den Raum, umgab sich mit ihr wie mit einem Panzer und warf Linda und Willi bei dem kleinsten Versuch, das Wort an sie zu richten, derart eisige Blicke zu, dass sie ganz von selbst verstummten. So arbeiteten alle drei schweigend den ganzen Vormittag, und als Kommissar Gruber kam, empfing ihn Clara bereits angezogen und mit Elise an ihrer Seite an der Tür.

Sie gingen zusammen zu Rita. Clara zögerte ein wenig, überlegte, ob sie Gruber zuerst von der Todesanzeige erzählen sollte, doch dann entschied sie sich dagegen und begann mit der Schilderung ihres gestrigen Nachmittags. Sie berichtete von ihrem Besuch bei *Hartmanns Berufskleidung* und erzählte, wie sie auf die Idee gekommen war, Gerlinde Ostmanns Nachmittag zu rekonstruieren, in der Hoffnung, so auf eine Spur zu stoßen.

Gruber hörte ihr aufmerksam zu, ohne sie ein einziges Mal zu unterbrechen. Als sie bei der Geschichte von der Kneipe ankam, hob er den Kopf. »Und Sie sind sicher, dass es Gerlinde Ostmann war, die der Wirt gesehen hat?«, fragte er aufgeregt nach. »Es ist immerhin eine Weile her.«

Clara nickte. »Ganz sicher«, sagte sie mit Nachdruck. »Der Wirt hat sogar den Blumenstrauß beschrieben. Er konnte sich so gut daran erinnern, weil es ein besonderer Abend war.« Und dann erzählte sie Gruber von dem Akkordeonspieler namens Papa Joke.

Grubers Augen wurden schmal, und Clara konnte sehen, wie seine Erregung stieg, während sie wiedergab, was der Wirt ihr erzählt hatte. Als sie an dem Punkt ankam, an dem

Gerlinde Ostmann mit dem Mann das Lokal verlassen hatte, machte er eine heftige Bewegung, und seine rechte Hand ballte sich zur Faust. »Verdammt!«, brummte er und dann, zu Clara gewandt: »Das haben Sie wirklich gut gemacht.«

»Ich weiß!«, sagte Clara keck, und sie konnte nicht verhindern, dass sich ihre Wangen mit einer zarten Röte überzogen. Lob konnte sie heute gut gebrauchen.

Gruber sinnierte eine Weile vor sich hin und malte mit seinem Messer Muster auf die weiße Papierserviette. Dann sagte er nachdenklich: »Gehen wir also einmal davon aus, dass es dieser Mann war, der Gerlinde Ostmann damals hat sterben lassen, wo ist seine Verbindung zu Irmgard?«

Clara schwieg. Über diese Frage hatte sie sich auch schon den Kopf zerbrochen. Anders als im Fall Gerlinde Ostmann war Irmgards Tod kein Unfall, sondern ein klarer, kaltblütig ausgeführter Mord. Wo also lag die Verbindung? Es war einfach nicht genug, dass die Frauen am gleichen Ort gefunden worden waren.

Sie schüttelte unglücklich den Kopf, und Gruber, der sie unablässig beobachtet hatte, sagte leise: »Es gibt keine.«

Clara zuckte mit den Schultern. »Nein. Zumindest keine, die wir sehen können. Also keine für die Polizei und die Richterin. Wenn wir jetzt damit ankommen und sagen, wir haben womöglich den Mann gefunden, mit dem Gerlinde Ostmann gegangen ist, bevor sie starb, was wird Kommissarin Sommer dazu sagen? Ein Fall von unterlassener Hilfeleistung, danke für die Information, aber was hat das mit dem Fall Gruber zu tun?«

Gruber nickte bitter. »Sie wird den Zusammenhang nicht sehen wollen.«

Clara sah ihn unglücklich an. »Es geht ja noch gar nicht einmal darum, ob sie will oder nicht, es gibt bis jetzt keinen

Zusammenhang, außer unserem Gefühl. Nicht den geringsten.«

Es klang brutal, aber es war so. Clara war gestern so begeistert von ihrem Erfolg gewesen, Gerlindes Spur gefunden zu haben, dass sie das Wichtigste aus den Augen verloren hatte: die Verbindung zwischen den beiden Fällen. Heute, während sie Gruber ihre »Ermittlungsergebnisse« darlegte, kam ihr das Ganze plötzlich viel zu vage vor.

Gruber schob sein *cotoletta milanese*, von dem er höchstens die Hälfte gegessen hatte, zur Seite und wischte sich bedächtig den Mund ab. »Sie sprachen von *unserem* Gefühl«, sagte er schließlich. »Also glauben Sie trotzdem noch daran, dass es einen Zusammenhang gibt?«

Clara nickte. »Ja, das tue ich.« Als klar wurde, dass Gruber diese Aussage nicht genügte, überlegte sie einen Augenblick, was sie eigentlich so sicher machte. »Ich glaube, es sind zwei Dinge«, versuchte sie, ihr eigenes, etwas diffuses Gefühl zu definieren: »Zum einen ist es die Tatsache, dass der Mörder die Leiche eben genau an diesen Ort gebracht hat. Die Wohnung Ihrer Frau befindet sich direkt am Englischen Garten. Wenn der Täter sie einfach irgendwo dort hätte abladen wollen, hätte er es an vielen Stellen tun können, die näher liegen und mit dem Auto genauso leicht erreichbar sind. Dabei stellt sich ja ohnehin die Frage, warum er das überhaupt getan hat. Wenn er sie hätte verschwinden lassen wollen, dann hätte es viel bessere Orte gegeben, einsamere Orte.« Sie schüttelte den Kopf, wurde sich ihrer Gedankengänge wieder sicherer: »Nein, es musste dort sein. Genau an diesem Ort. Warum?« Clara sah Gruber, der ihr schweigend zuhörte, eindringlich an. »Dieser Ort ist irgendwie wichtig für den Mörder. Er hat eine Bedeutung, die wir noch nicht kennen. Aber was wir wissen, ist, dass letztes Jahr am gleichen Ort ebenfalls eine

Frauenleiche gefunden wurde. Das kann doch kein Zufall sein.«

Gruber nickte zustimmend. »Ja. Sehe ich auch so. Und der zweite Punkt?«

Clara zögerte, überlegte, wie sie ihr Gefühl, diese vage Ahnung am besten in Worte fassen sollte. »Es ist der Morgenmantel. Warum hat der Mörder der Leiche den Morgenmantel ausgezogen?«

»Vielleicht ist der Mantel heruntergerutscht, als er sie aus dem Auto gehoben hat?«, vermutete Gruber.

»Nein. Diese ganze Sache war zu gründlich geplant, als dass er den Mantel einfach so zufällig hätte liegen lassen. Ich bin sicher, dass er Ihrer Frau den Mantel ganz bewusst ausgezogen hat.«

Gruber sah sie erstaunt an, und Clara konnte seine Verwunderung nachvollziehen: Sie selbst war überrascht, wie gut sie den Mörder in diesem Punkt verstand. Oder glaubte, ihn zu verstehen. Sie hatte sich diese Details bis zu diesem Moment, als sie durch Grubers Frage dazu gezwungen worden war, ihre Gedanken in Worte zu fassen, selbst noch nicht so bewusst gemacht. Aber es stimmte. Auch wenn sie den Plan des Mörders noch nicht kannte: Sie war sich hundertprozentig sicher, dass die Sache mit dem Morgenmantel dazugehörte.

Sie bestellte bei Rita zwei Espresso und sah Gruber dann eindringlich an. »Der Ort und der Morgenmantel. Sie erinnern sich, dass auch Gerlinde Ostmann vollständig nackt war, als man sie gefunden hat, und die Kleider lagen ebenfalls oben an der Böschung genau wie bei Ihrer Frau. Der Täter hat sie nicht mitgenommen, nur die Brieftasche und den Haustürschlüssel.«

Sie stockte einen Augenblick, runzelte die Stirn, dann

schüttelte sie den Kopf, irgendetwas war ihr bei ihren Worten durch den Kopf geschossen, aber sie bekam es nicht richtig zu fassen. Sie griff sich einen Stift aus ihrer Tasche und kritzelte zwei Wörter auf eine unbenutzte Serviette: *Brieftasche! Haustürschlüssel!*

Gruber deutete darauf: »Was meinen Sie damit? Er hat die Sachen verschwinden lassen, damit man die Leiche nicht so schnell identifizieren kann. Oder haben Sie noch eine andere Idee?«

Clara schüttelte den Kopf. »Nein, eigentlich nicht ...« Sie schob die Serviette mit den Notizen in ihre Hosentasche und kippte Zucker in ihren Espresso.

Gruber trank ihn schwarz und in einem Schluck.

Clara nahm den Faden wieder auf: »Also, ich denke, wir müssen uns auf zwei Punkte konzentrieren: Auf den Fundort und den Morgenmantel. Das sind die Dinge, die mir aufgefallen sind ...« Sie stockte und starrte Gruber plötzlich mit aufgerissenen Augen an. »Aber natürlich!«, murmelte sie, dann sprang sie unvermittelt auf. »Entschuldigung, ich bin gleich wieder da. Muss einen Augenblick nachdenken.«

Gruber sah ihr verwundert nach, wie sie vor die Tür ging und sich eine Zigarette anzündete und dann mit den Händen gestikulierend langsam hin und her ging. Er zuckte mit den Schultern und lehnte sich gottergeben zurück. »Ein verrücktes Weib ist das, hab' ich ja immer schon gesagt.«

Clara kam schneller zurück, als eine Zigarette geraucht werden konnte, und ihre Wangen waren rot vor Kälte. Mit blitzenden Augen setzte sie sich hin und beugte sich zu Gruber hinüber. »Ich weiß, wo die Verbindung liegt!«, rief sie triumphierend.

»Ach ja?« Gruber war skeptisch, aber Claras Augen glitzerten vor Aufregung.

»Es ist so einfach, keine Ahnung, warum wir nicht sofort daran gedacht haben.«

Gruber betrachtete Claras Finger, die aufgeregt auf den Tisch trommelten, und sah sie abwartend an. »Ja? Ich höre?«

Clara deutete mit einem spitzen Finger auf Gruber: »Sie sind es natürlich!«

»Wie bitte? Ich? Ich verstehe nicht ...«

»Na, es sind *Sie*! *Sie* sind die Verbindung! Ganz klar!!« Clara strahlte.

Gruber war ein wenig pikiert. »Schön, dass Sie sich so freuen, aber ich kann Ihre Begeisterung nicht ganz teilen.«

Clara lachte. »Entschuldigung, aber es ist wirklich verrückt, dass wir nicht sofort darauf gekommen sind: Es gibt keine Verbindung zwischen Gerlinde Ostmann und Ihrer Frau, es muss gar keine geben! Wir haben alles, was wir brauchen!« Clara sah ihn an, und es schien so, als ob sie begeisterte Zustimmung erwartete.

Gruber nickte probeweise. »Ja?«, sagte er vorsichtig.

»Es gibt eine Verbindung zwischen den beiden Fällen, wir haben sie nur nicht gesehen, weil sie so offensichtlich ist: *Sie* sind die Verbindung: *Sie* haben im Fall Gerlinde Ostmann ermittelt, und *Sie* sind Irmgards Ehemann. Das ist die Verbindung, die wir brauchen!«

»Ach, ja?« Gruber konnte nicht anders, als sich dumm zu stellen, er begriff nicht, worauf diese Frau hinauswollte. »Was soll das bedeuten? Natürlich bin ich involviert, aber...«, begann er und fühlte sich wie damals im Gymnasium, als ihn sein Lehrer an die Tafel holte, um eine Gleichung auszurechnen: Unsicheres Vortasten in einem tiefen dunklen Wald.

Clara schüttelte heftig den Kopf. »Sie sind nicht nur involviert. Sie sind der Schlüssel. Das Ganze ist eine Botschaft, und sie ist an Sie gerichtet.«

»Eine Botschaft an mich?« Gruber sah sie verwirrt an. »Sie meinen, Irmgards Tod sei eine Botschaft an mich?«

Clara hob die Hände: »Ich bin mir nicht sicher, ob der Mord an sich eine Botschaft war, aber die Art und Weise, wie man Ihre Frau gefunden hat, das ist eine Botschaft an Sie! Darum wurde die Leiche weggebracht, genau an diesen Ort. Der Mörder kannte ihn, und er wusste, dass Sie ihn kennen. Weil Sie Gerlinde Ostmann dort gefunden haben. Er will Ihnen damit etwas sagen.« Sie sah ihn erwartungsvoll an: »Und er geht davon aus, dass Sie seine Botschaft verstehen.«

Gruber erwiderte ihren Blick ratlos: »Aber ich verstehe sie nicht, ich verstehe überhaupt nichts ...«

Clara dachte an die Nachricht, die sie selbst gestern Abend vom Mörder erhalten hatte, und einen Augenblick überfiel sie eine tiefe Beunruhigung. Es war nicht gut, dieser Person zu nahe zu kommen. Es war gefährlich, im Dunkel herumzustochern, ohne zu wissen, wonach man suchte. Womöglich stießen sie auf Dinge, deren Wissen tödlich war, und merkten es nicht einmal. Sie fröstelte. Doch hatten sie jetzt noch eine Wahl?

Gruber hatte den Blick zum Fenster gewandt und sah hinaus. Dann meinte er langsam: »Könnte schon sein, dass Sie recht haben. Von dieser Seite habe ich die Geschichte noch gar nicht betrachtet.« Dann wandte er sich wieder ihr zu, und Clara erschrak über seinen Blick, der so voller Schmerz und Bitterkeit war, dass sie es kaum ertrug, ihn anzusehen. »Das würde bedeuten, dass Irmi wegen mir gestorben ist. Dass ich und dieser verdammte Beruf schuld sind an ihrem Tod, weil irgend so ein krankes Arschloch der Meinung war, es wäre eine gute Idee, mir auf diese Weise eine Nachricht zukommen zu lassen!« Er war laut geworden, und die anderen Gäste wandten sich nach ihnen um.

Clara legte ihre Hand auf seinen Arm und versuchte, ihn zu beruhigen: »Das ist doch noch gar nicht gesagt. Wir haben keine Ahnung, weshalb Ihre Frau umgebracht wurde. Es kann auch sein, dass es aus einem ganz anderen Grund passiert ist und der Mörder erst danach auf die Idee gekommen ist, es so zu arrangieren.«

Gruber sah sie wütend an. »Und was, bitte schön, soll mir dieser Mist sagen?«

Clara hob die Schultern und verzog unglücklich das Gesicht. »Ich habe keine Ahnung. Wenn Sie es nicht wissen ...«

Gruber schnaubte.

Clara versuchte es erneut: »Es muss etwas mit Gerlinde Ostmann zu tun haben. Ist Ihnen vielleicht irgendetwas aufgefallen damals, etwas, das Sie vielleicht für nicht so wichtig gehalten haben? Irgendeine Ungereimtheit, eine Sache, die nicht dazu gepasst hat?«

Gruber überlegte. Nach einer Weile schüttelte er den Kopf. »Tut mir leid. Mir fällt nichts ein. Es war eine Routineangelegenheit. Sehr traurig, aber nicht ungewöhnlich. Ich habe mich ziemlich über diese unsägliche Kaltschnäuzigkeit aufgeregt, aber sonst...?« Er schüttelte erneut den Kopf.

»Kaltschnäuzigkeit«, wiederholte Clara nachdenklich. »Den Mörder Ihrer Frau könnte man auch als kaltschnäuzig bezeichnen, oder?«

Gruber nickte langsam. Sie sahen sich an und dachten beide das Gleiche: Auch wenn sie es nicht beweisen konnten, waren sie doch beide überzeugt davon, dass Papa Joke Irmgard Grubers Mörder war.

SIEBZEHN

Zunächst klang das ziemlich erfolgversprechend: Sie hatten den Namen des vermutlichen Mörders. Allerdings war es nur der Spitzname, und sie wussten über ihn nicht mehr, als dass er bis vor einem Jahr relativ regelmäßig in einer bestimmten Kneipe verkehrt hatte, gerne Wiener Würstchen mit Kartoffelsalat aß und gut Akkordeon spielte. Wenn Claras Treffen mit den Stammtischbrüdern Oscho und Waggi morgen Abend nicht noch ein paar Details erbrachte, war das mehr als dürftig, um ihn ausfindig zu machen, mit oder ohne Mitwirkung der Polizei.

Gruber hatte ihre Hoffnungen auf Letzteres rasch zunichte gemacht: Auch wenn sie mit ihrer Theorie einer Botschaft für Gruber kämen: Kommissarin Sommer würde diese Argumentation nicht ausreichen, um eigene Ermittlungen anzustellen. Sie würde es lediglich als einen taktischen Versuch ansehen, vom eigentlichen Täter, sprich Gruber, abzulenken.

Und selbst wenn es ihnen gelänge, die Kollegen im Hinblick auf den Fall von Gerlinde Ostmann zu mobilisieren und den Mann deswegen zu suchen, so war die Wahrscheinlichkeit, dass die Beamten mit schnellen Ergebnissen aufwarten könnten, eher gering: Die Sache war über ein Jahr alt, und der Mann war seitdem in der Kneipe nicht wieder aufgetaucht. Vielleicht war er umgezogen, und anderswo würde ihn niemand unter dem alten Spitznamen kennen. Hinzu kam, dass es sich bei dem Fall Gerlinde Ostmann wohl »nur«

um unterlassene Hilfeleistung handelte und das bei einem Opfer, das ohnehin gestorben wäre. Das spielte zwar für die Strafbarkeit des Täters keine Rolle, bei der Frage, wie dringlich in so einem Fall nach über einem Jahr noch einmal ermittelt werden würde, jedoch durchaus.

Clara seufzte, und sie spürte, wie ihre Hoffnung sank, Papa Joke schnell ausfindig zu machen. Sie hatte bei ihrem Mittagessen Gruber doch nichts von der Todesanzeige erzählt und würde die Sache einstweilen noch für sich behalten. Am Freitag war Irmgard Grubers Beerdigung, und Clara hatte sich eingeredet, dass jetzt nicht der richtige Zeitpunkt war, ihm diese anonyme Drohung zu präsentieren. Ihr hatte es schon gereicht, seine Erschütterung zu sehen, als ihm klar geworden war, dass er in der Vorstellung des Mörders womöglich eine Mitschuld am Tod seiner Frau tragen könnte. Sie wollte verhindern, dass er sich auch noch für ihre Sicherheit verantwortlich fühlte und sie womöglich sogar davon abzuhalten versuchte, weiter nach dem Mörder zu suchen. Zumindest redete sie sich ein, dass dies der Hauptgrund für ihr Schweigen war.

Doch es gab noch einen zweiten, heimlichen, sich selbst kaum eingestandenen Grund, warum sie es nicht über sich gebracht hatte, ihm diese Anzeige zu zeigen. Es war albern, irrational und auf eine erschreckende Weise abergläubisch, aber sie hatte tatsächlich Angst, darüber zu sprechen. So, als ob sich die Gefahr eher realisieren könnte, wenn man sie ausspräch. Ihr Magen krampfte sich schon bei der Vorstellung zusammen, sagen zu müssen: »Ich habe meine eigene Todesanzeige bekommen.« Es war die Angst, mit diesen Worten etwas Endgültiges, etwas Unabwendbares herbeizurufen. So müssen Flüche funktionieren, dachte sie verzagt und konnte sich trotz aller rationalen Argumente nicht gegen diese Ängste wehren.

Stattdessen hatte sie noch einmal ihre Absicht bekräftigt, am Donnerstag mit dem Stammtisch zu sprechen, in der Hoffnung, selbst ein bisschen mehr über den Mann herauszufinden. Gruber bot sofort an mitzukommen, und eigentlich hätte Clara das Angebot liebend gern angenommen. Doch sie bezweifelte, dass die Gäste der Kneipe bei Grubers Anwesenheit genauso gesprächig wären, wie der Wirt es bei ihr gewesen war. Es würde dem Ganzen einen zu offiziellen Anstrich geben, wenn sie mit einem Kriminalkommissar auftauchte. Im Übrigen bekam Gruber Besuch von Irmgards Schwester und deren Mann, die für die Beerdigung aus Niederbayern anreisten. Gruber machte zwar ein Gesicht, als ob er auf diesen Besuch liebend gerne verzichten könnte, was Clara durchaus verstehen konnte, dennoch blieb sie hart. Sie beharrte darauf, allein in diese Kneipe zu gehen, und appellierte gleichzeitig an das Verantwortungsbewusstsein Grubers seinem Sohn gegenüber, den er unmöglich am Abend vor der Beerdigung allein lassen könne. Als Gruber schließlich nachgab, verspürte Clara dennoch keinerlei Befriedigung darüber, sich durchgesetzt zu haben: Im Gegenteil, das flaue Gefühl im Magen, das sie schon die ganze Zeit verspürt hatte, wurde stärker, und sie fragte sich beklommen, ob sie nicht einen großen Fehler machte.

Ihr Unbehagen war auch noch bestehen geblieben, nachdem sie sich von Walter Gruber verabschiedet hatte und zurück in die Kanzlei gegangen war. Vor der Tür war sie einen Moment stehen geblieben und hatte den Schriftzug am Kanzleischild betrachtet: *Niklas & Allewelt*. Sie würde sich ein neues Schild besorgen müssen. Und eine neue Sekretärin einstellen.

Und einen neuen Sozius finden ... O nein, keinen neuen Sozius, jedenfalls nicht sofort. Der Gedanke daran, irgendeine ambitionierte Junganwältin oder einen neunmalklugen Juristen frisch von der Uni und bar jeder Erfahrung einstellen zu müssen, schreckte sie ab. Sie wusste, wie naiv und dünnhäutig sie selbst am Anfang gewesen war. Nicht dass sich an ihrer Dünnhäutigkeit in den Jahren entscheidend etwas geändert hatte, aber es war Routine dazugekommen. Routine, Erfahrung und ein wenig Distanz, zumindest in den Alltagsfällen, und das wog fehlende Kaltschnäuzigkeit doch manchmal auf.

Kaltschnäuzigkeit. Schon wieder dieses Wort. War es in ihrem Fall überhaupt die treffende Beschreibung für den Mörder? Clara war sich nicht ganz sicher. Es war eines dieser Wörter, die einem sofort einfielen, wenn man die Taten betrachtete. Aber stimmte es auch? Man war so schnell mit Adjektiven wie kaltblütig, gefühllos oder grausam bei der Hand, wenn es um Mord ging. Damit schuf man sich eine Distanz zu der Person, die die Tat begangen hatte: »So wie der oder die bin ich nicht. Ich bin anders. Ich könnte so etwas niemals tun ...« Das war natürlich falsch. Clara war immer schon der Ansicht gewesen, dass jeder Mensch in der Lage war, einen anderen Menschen zu töten, wenn nur die Umstände so waren, dass ihm keine andere Wahl blieb. Und die Umstände waren nicht immer äußere Umstände, oft waren sie nur eingebildet, existierten nur im Kopf des Täters. Das war es, was sie finden mussten, das war der Schlüssel zum Motiv des Mörders: Warum hatte Irmgard Grubers Mörder geglaubt, keine andere Wahl zu haben? Was war der Auslöser für diese Ansicht gewesen?

Clara hatte mit den Schultern gezuckt und war endlich in die Kanzlei zurückgegangen. Müßige Fragen, auf die es keine

Antwort gab, solange sie den Täter nicht kannten. Und selbst wenn sie ihn finden sollten, konnte es gut möglich sein, dass er ihnen diese Antwort schuldig blieb.

Der Nachmittag schleppte sich dahin. Clara hatte zweimal bei Mick angerufen, jedes Mal jedoch nur die Mailbox erreicht. Willi war bei einem Auswärtstermin, und Linda verschanzte sich hinter ihrer Tüchtigkeit. Clara hatte keine Lust, mit ihr zu reden, keine Lust, darüber nachzudenken, was Willi ihr an diesem Morgen eröffnet hatte, und vor allem, auf welche Weise er es getan hatte. Allein der Gedanke an das Gespräch, an sein Herumgedrucke und seine ebenso hilflosen wie vielsagenden Blicke zu der restlos verstummten Linda ließen wieder heiße Wut in ihr hochsteigen. Wie hatte er das nur tun können? Warum hatte er sich nicht die Zeit genommen, ordentlich und unter vier Augen mit ihr zu sprechen? Sie wusste, warum, und das war das Bitterste an der ganzen Geschichte: weil er zu feige war. Diese Erkenntnis war wie ein Schlag ins Gesicht und hatte in ihr einen derart unversöhnlichen Zorn heraufbeschworen, dass sie sich kaum vorstellen konnte, überhaupt noch ein vernünftiges Wort mit Willi zu wechseln, geschweige denn, die Modalitäten dieser Kanzleitrennung zu besprechen.

»Soll er doch abhauen!«, murmelte sie vor sich hin und überflog ihre E-Mails nach einer Nachricht ihres Sohnes. Tatsächlich war eine darunter: Er hatte ihr einen kleinen Film geschickt, in dem er irgendwo mitten in Dublin auf einer Obstkiste stand und eine »Rede an meine ferne Mutter« hielt. Es war ziemlich komisch, vor allem, weil immer wieder Passanten stehen blieben und ihren Kommentar abgaben und der unbekannte Kameramann sich vor Lachen kaum halten konnte, was die Bildqualität erheblich beeinträchtigte. Die

Sache endete damit, dass Sean theatralisch von der Obstkiste fiel und im Liegen weitersprach, während der Kameramann eine Nahaufnahme von Seans Nasenlöchern machte, beide in glucksendes Lachen ausbrachen und das Werk abrupt mit einem Schwenk in den grauen Dubliner Himmel endete.

Clara musste ebenfalls laut lachen, was Linda unten an ihrem Schreibtisch sichtlich irritierte. Clara spürte, wie gut ihr das Lachen tat und wie trübsinnig dieser ganze Scheißtag bisher gewesen war. Sie schnappte sich die henkellose Tasse, die von heute Vormittag noch auf Willis Schreibtisch stand, und zündete sich eine Zigarette an. Es galten keine Regeln mehr. Sie musste keine Rücksicht mehr nehmen. Willi und Linda hatten beschlossen, sich zu verabschieden, also gehörte die Kanzlei ab jetzt ihr ganz allein. Und während sie rauchte und den sehr drängenden Impuls bekämpfte, Linda die Zunge rauszustrecken, spürte sie, wie sich dieser Gedanke in ihrem Gehirn festsetzte und mehr und mehr Raum beanspruchte: ihre Kanzlei. Keine Regeln, keine Rücksichten. Wenn die beiden es so wollten, gut. Sie würde das Beste daraus machen. Es blieb ihr auch gar nichts anderes übrig.

Um fünf klingelte das Telefon. Clara, die gehofft hatte, es sei Mick, der sich endlich meldete, ging selbst an den Apparat. Doch es war nicht Mick, es war Walter Gruber.

»Ich habe nachgedacht«, begann er ohne Einleitung, »über irgendwelche besonderen Vorkommnisse im Fall Gerlinde Ostmann.«

»Ja?« Clara setzte sich aufrecht hin.

»Na ja, es gab etwas, das mir aufgefallen ist, aber nur so am Rande, und vielleicht habe ich mich auch getäuscht. Meine Kollegen jedenfalls hat es nicht weiter interessiert ...«

Er verstummte, und Clara konnte hören, wie er die Hand

auf den Hörer legte und mit irgendjemandem sprach. Dann war er wieder da und klang gestresst. »Meine Schwägerin ist schon heute angekommen, sie will jetzt mit mir und Armin einkaufen gehen. Wir brauchen was Ordentliches zum Anziehen, sagt sie ...«

Jetzt war seine Stimme von hilflosem Zorn erfüllt, und wäre der Anlass nicht so traurig gewesen, hätte Clara gelacht. So sagte sie nur: »Was ist Ihnen aufgefallen?«

»Ja, also, vielleicht ist es auch nur ein Schmarrn, aber ... es war die Katze.«

»Die Katze?«

»Ja. Die Katze ist mir aufgefallen. Sie war ja einige Zeit allein in der Wohnung, und es gab keine Wasserquellen, keinen offenen Toilettendeckel oder eine Gießkanne, auch stand keine Schachtel Trockenfutter irgendwo offen herum oder so ...«

Er wurde von einer resoluten Frauenstimme aus dem Hintergrund unterbrochen, die nach ihm rief: »Woita, jetzt kumm amoi zura ...«

Clara konnte sich ein Grinsen nun doch nicht verkneifen: »Ihre Schwägerin hat also jetzt das Oberkommando?«

Gruber seufzte.

»Sie wollten mir von der Katze erzählen«, erinnerte ihn Clara.

»Ja. Also, wie gesagt, es gab nichts zu fressen und zu trinken, und trotzdem war die Katze in erstaunlich guter Verfassung.«

»Wie?« Clara runzelte die Stirn. »Aber das würde bedeuten, dass sie ...«

»Ja. Ich kann mich täuschen, aber es kam mir so vor, als ob jemand sie gefüttert hatte.«

Wieder ertönte die Stimme aus dem Hintergrund, dieses

Mal hatte sie einen drohenden Unterton: »Woita! Mir genga jetzt!«

Gruber grummelte etwas Unverständliches und fragte dann: »Wir sehen uns am Freitag auf der Beerdigung?« Es klang fast bittend, und Clara versprach ihm noch einmal zu kommen. Gruber verabschiedete sich hastig und legte auf.

Clara blieb eine ganze Weile reglos sitzen und starrte auf ihren stumpfsinnigen Bildschirmschoner, in dem sich krakelige Dreiecke in Komplementärfarben endlos im Kreis drehten. Dann griff sie in ihre Hosentasche und zog die Serviette aus Ritas Café heraus, strich sie glatt und las, was sie darauf geschrieben hatte: *Brieftasche! Haustürschlüssel!* Sie nickte langsam. Ihre vage Ahnung von heute Mittag, die ihr jetzt, als sie auf die Worte starrte, schlagartig wieder ins Bewusstsein drang, hatte sich überraschend schnell als zutreffend erwiesen: Ihr war durch den Kopf gegangen, dass die Mitnahme der Brieftasche mit allen Papieren sowie der Hausschlüssel nicht nur die Identifikation des Opfers erschwert, sondern den Täter außerdem in die Lage versetzt hatte, sich unauffällig Zugang zur Wohnung zu verschaffen. Doch Clara hatte sich nicht vorstellen können, welchen Grund der Täter dafür gehabt haben könnte. In der Akte stand keinerlei Hinweis darauf, dass die Wohnung durchsucht oder etwas gestohlen worden wäre. Darauf, dass der Mörder in die Wohnung gegangen war, um die Katze zu füttern, wäre Clara nie gekommen. Vielleicht war es nicht der einzige Grund gewesen, aber trotzdem: Er hatte der Katze zu fressen und zu trinken gegeben und ihr so wahrscheinlich das Leben gerettet.

Clara schüttelte den Kopf. Das ergab doch keinen Sinn. Warum sollte er so etwas tun? So ein Risiko eingehen wegen einer Katze? Wo er doch Gerlinde Ostmann einfach hatte sterben lassen. Sie schüttelte erneut den Kopf, dieses Mal heftiger. »Er ist nicht kaltschnäuzig«, murmelte sie. »Nicht in dem Sinne, dass es ihm egal wäre, was er tut. Im Gegenteil.« Sie hob den Kopf, durch die letzten beiden Wörter hatte sie sich selbst abrupt aus ihren eigenen Gedanken herausgerissen. Was bedeutete »im Gegenteil«? Warum hatte sie das gedacht? Sie gab sich die Antwort unmittelbar selbst: »Weil er darunter leidet. Weil er daran verzweifelt.«

Ihr fiel der Bibelspruch auf der Todesanzeige wieder ein:
Mein Herz zittert, Grauen hat mich betäubt, ich habe in der lieben Nacht keine Ruhe mehr davor...

»Er ist ein armer Teufel«, flüsterte Clara leise, und noch während sie sprach, lief ihr ein kalter Schauer über den Rücken. Es war ihr, als hätte sie mit diesen Worten den Mörder wahrhaftig berührt, ihm mitten ins Herz geschaut. Sie zuckte zusammen und schloss verwirrt die Augen, um das unheimliche Bild zu vertreiben.

Als sie den PC ausschaltete, bemerkte sie, wie ihre Hände zitterten. Sie stand hastig auf und blieb dann unschlüssig mitten im Raum stehen. Sollte sie nach Hause gehen oder zu Mick? Er hatte sich den ganzen Tag nicht bei ihr gemeldet. Sie runzelte die Stirn. Er hätte wenigstens anrufen können. Dann also in ihre Wohnung. Hoffentlich funktionierte wenigstens die Heizung wieder. Sie griff nach der Tüte Gebäck, die noch immer unberührt dalag. Niemand hatte sie weggeräumt, niemand hatte ein Stück gegessen. Dann würde es eben alte Butterbrezen zum Abendessen geben. Sie stopfte die Tüte in ihre Tasche und ging nach unten zur Garderobe.

Die Traurigkeit überfiel sie völlig ohne Vorwarnung, als sie nach ihrem Mantel griff. Wie eine mächtige schwarze Woge spülte sie sie mit sich fort und ließ sie taumeln. Etwas ging zu

Ende. Etwas, was ihr so wichtig gewesen war. Und Mick hatte sich nicht gemeldet. Sie schloss die Augen, ließ das Gefühl ein wenig absacken und wischte sich dann unauffällig mit dem Handrücken die Tränen aus dem Gesicht.

»Morgen bin ich den ganzen Tag bei Gericht, und Freitagmorgen ist die Beerdigung von Walter Grubers Frau. Da bin ich nicht da«, sagte sie, mühsam ihre Stimme im Zaum haltend und ohne Linda anzusehen.

»Ja. Ist gut, ich werde es Willi ausrichten.«

Linda klang bekümmert, doch Clara hatte kein Mitleid mit ihr. Nicht das geringste. Sie wollte sie nicht mehr sehen, alle beide nicht.

»Sie haben doch noch eine Menge Urlaub vom letzten Jahr, oder?«, fragte sie, nachdem sich ihre Stimme wieder gefangen hatte. »Nehmen Sie ihn so bald wie möglich.«

Linda nickte. Dann hob sie den Kopf und sah Clara an. »Es tut mir so leid, wie das heute Morgen gelaufen ist«, meinte sie zaghaft.

Clara erwiderte ihren Blick kalt:«Tut es das, ja?« Sie hörte selbst, wie ätzend und bitter ihre Stimme klang.

Linda sah sie unglücklich an und schwieg. Plötzlich zuckte sie zusammen. »Oh, das hätte ich jetzt fast vergessen!«

Ihre manikürten Finger huschten auf dem Schreibtisch umher und griffen schließlich nach einem kleinen Notizzettel. »Sie sollen nicht nach Hause gehen.«

»Wie bitte?«, fragte Clara ungehalten. »Was soll das heißen, ich soll nicht nach Hause gehen?«

»Herr Hamilton hat angerufen ...«

»Mick hat angerufen? Wann? Warum haben Sie das nicht gleich gesagt?«

»Er ... er wollte das nicht. Ich soll Ihnen nur sagen, er ist bei Rita und wartet auf Sie.«

»Oh.« Clara lächelte Linda an, ohne es eigentlich zu wollen.

Mick saß bei Rita an der Bar, vor sich zwei Tassen Espresso und ein Glas Wasser. Clara sah ihn schon durch die Fensterscheibe. Anders als sonst, wenn er im Pub hinter der Theke stand, war er sehr sorgfältig angezogen. Er trug eine ordentliche dunkelblaue Jeans, ein Hemd und einen blauen Pullover, der ihm gut stand, wie Clara fand. Außerdem hatte er sich rasiert. Elise begrüßte ihn freundlich schwanzwedelnd, als sie eintraten, und Clara spürte, wie sich von dem großen Klumpen Traurigkeit in ihr ein Stück löste und verschwand. Sie lächelte: »Wieder fit?«

Mick verzog ein wenig das Gesicht und deutete auf die beiden leeren Espressotassen neben ihm. »Ja. Aber es hat gedauert.« Er streckte die Hand nach Clara aus und zog sie zu sich heran. »Tut mir leid wegen gestern, aber die Typen von dieser Band waren einfach nicht totzukriegen.«

»Du Armer«, spöttelte Clara. »Musstest die ganze Nacht daneben stehen und leiden!«

Mick grinste ein wenig beschämt. »Es war auch ganz lustig«, räumte er ein. »Es wurde immer lustiger, je später es wurde.«

»Kann ich mir vorstellen«, gab Clara trocken zurück und bestellte bei Rita ein Glas Weißwein. »Als du heimgekommen bist, dachte ich, eine Herde betrunkener Elefanten stürmt die Wohnung.«

»Echt?« Mick sah sie bestürzt an.

Clara musste lachen. »Ganz so schlimm war es nicht. Es war keine ganze Herde ...«

Mick seufzte. »Ich dachte, ich wäre mäuschenmucksstill gewesen.«

»Mucksmäuschenstill«, verbesserte Clara ihn lächelnd. »Es heißt mucksmäuschenstill.«

»Außerdem hast du doch tief und fest geschlafen, als ich gekommen bin, du kannst mich gar nicht gehört haben!« Mick kratzte es ziemlich an seiner Ehre, als betrunkener Elefant bezeichnet zu werden.

Clara wurde rot. »Also, eigentlich habe ich nicht geschlafen«, gab sie schließlich zu. »Ich habe auf dich gewartet.«

»Die ganze Nacht? Warum das denn?« Mick sah sie überrascht an. »Hast du Sorgen? Bist du deswegen gestern zu mir gekommen? Wolltest du mit mir reden?«

Clara zuckte mit den Schultern. »Ach, nicht so wichtig. Du konntest es ja nicht ahnen. Und was die Sorgen anbelangt, da sind heute noch ganz andere dazugekommen.« Sie hockte sich auf den Barhocker und griff nach ihrem Glas Wein. »Lass uns nicht jetzt darüber reden, ich habe keine Lust mehr auf diesen ganzen Mist.«

Sie deutete mit dem Kinn zur Kanzlei auf der anderen Straßenseite, in der in diesem Augenblick gerade das Licht verlosch. Clara sah Linda und Willi herauskommen. Offenbar war er unmittelbar nach ihr gekommen, um Linda abzuholen. Sie war froh, ihm nicht mehr begegnet zu sein. Sie nahm einen Schluck von dem kalten Wein und wandte sich Mick zu. Er sah gut aus, ohne eine Spur der durchzechten Nacht in seinen blauen Augen. Clara sah auf einmal kleine Lachfalten in seinen Augenwinkeln, die ihr bisher noch nicht aufgefallen waren.

»Hast du heute Abend schon etwas vor?«, fragte er wie beiläufig.

Clara warf einen Blick auf ihren Hund: »Die Dame hier könnte noch ein bisschen Auslauf vertragen. Aber sonst eigentlich nichts. Musst du denn nicht arbeiten?«

Mick schüttelte den Kopf. »Habe mir freigenommen. Alan vertritt mich.« Er nestelte in seiner Tasche herum. »Ich habe mir gedacht, wenn du Lust und Zeit hast, könnten wir jetzt erst einmal einen Happen essen, dann einen Spaziergang mit Elise machen, sie nach Hause bringen, zu mir nach Hause, meine ich, und dann ...« Er zog etwas aus der Tasche, faltete es auseinander und hielt es Clara hin.

Sie nahm es ihm ab, und ihre Augen wurden groß: »Das sind ja Karten für Brandi Carlile. Heute Abend! Wie hast du das angestellt? Das Konzert ist doch längst ausverkauft?« Clara hatte diese Sängerin erst vor einem knappen Jahr mehr durch Zufall entdeckt und konnte seither fast alle ihre Lieder auswendig. Die junge Amerikanerin gab in Deutschland nur zwei Konzerte, ganz exklusiv, in kleinen Clubs in Berlin und in München, und beide waren seit Monaten ausverkauft.

Mick strahlte vor Stolz. »Es muss ja auch etwas Gutes haben, sich mit durchgedrehten Punkrockern die Nächte um die Ohren zu schlagen. Sie hatten zwei Karten von irgendjemand bekommen, aber keiner von ihnen hatte Bock hinzugehen, das ist nicht so ganz ihr Musikstil.«

»Oh!« Clara starrte ehrfürchtig auf die beiden Karten. »Das ist toll.« Sie warf einen Blick nach draußen. Es war längst dunkel. Ein paar dick vermummte Gestalten gingen am Fenster von Ritas Bar vorbei, und der Feierabendverkehr staute sich auf der Straße. Die roten Rücklichter der Autos glühten kalt durch die dichten Auspuffgase hindurch. »Wenn es so etwas wie eine gute Fee gäbe«, murmelte sie mehr zu sich selbst als zu Mick gewandt, »dann hätte sie sich nichts Besseres ausdenken können, um aus diesem Tag noch etwas Schönes zu machen.«

ACHTZEHN

Er hatte sich verboten nachzusehen. Hatte es sich verboten. Verboten. Verboten. Verboten. Doch es machte ihn krank, nicht zu wissen, was vor sich ging. Er war fahrig und unkonzentriert, hatte einem Kunden fast eine H0- statt einer H1-Lok verkauft, und bei der Bestellung der Gleise und der verschiedenen Oberflächen hatte er sich andauernd verhaspelt.

»Wollen Sie nun Schotter oder Flussufer, oder was?«, hatte ihn die unfreundliche Angestellte am anderen Ende der Leitung genervt gefragt.

Er hatte am Ende beides bestellt, obwohl er Flussufer noch genügend auf Lager hatte. Dann, kurz vor Ladenschluss, war ihm das Modell *Loreleyfelsen* hinuntergefallen, das er zu Anschauungszwecken selbst zusammengebaut hatte, und ein Stück Felsen war abgebrochen. Man konnte es nicht mehr reparieren. Die Abbruchkante war zu groß und zerstörte das Gesamtbild. Er hatte das Modell eine ganze Weile behutsam in den Händen gehalten, hin und her gedreht und überlegt, was er daraus wohl noch machen könnte. Es war leicht, nichts als Styropor, Gipsbinden und ein bisschen Farbe, dazu aufgeklebte grüne Rasenstreusel mit bunten Sprenkeln darin. So leicht wie Luft, und trotzdem sah es täuschend echt aus. Die dunklen Felsen wirkten schwer und massiv. Bis zur Abbruchkante. Dort sah man, dass alles nur Betrug war. Er brachte es nicht über sich, das Modell wegzuwerfen. So viele Arbeitsstunden steckten darin. Doch es war nicht mehr zu gebrauchen.

Unschlüssig trug er es in seine Teeküche und stellte es auf den Tisch. Dann setzte er sich. Das war gegen seine Gewohnheit. Er musste zuerst aufräumen, den Laden zusperren, die Kasse machen. Dann durfte er sich setzen. Aber heute war es anders. Er fühlte sich müde, vollkommen kraftlos. Er hatte den ganzen Tag an *sie* denken müssen. Und die ganze Nacht auch. War wachgelegen und hatte ihr rotes Haar vor sich gesehen, wie eine Flamme. Dann war er eingenickt, und die Flamme hatte sich in ein Feuer verwandelt, das alles auffraß, was ihm zu nahe kam. Ein Feuer, das man nicht löschen konnte.

Er wischte sich mit den Händen über das Gesicht. Es fühlte sich fettig an, schmierig vom Staub eines ganzen Tages. Langsam ließ er die Hände sinken. Er hatte sich gestern Abend zwingen müssen, nicht in der Nähe ihrer Wohnung zu warten, bis sie nach Hause kam. Er hatte es sich nur vorstellen können, wie sie den Brief am Boden fand, ihn öffnete und vor Schreck fallen ließ. Hatte sie geweint? Oder war sie eine ganz Harte, die keine Miene verzog? Er hätte gerne gewusst, ob sie geweint hatte. Aber eines interessierte ihn noch viel brennender: Hatte sie verstanden? BEGRIFFEN? War es Warnung genug gewesen? Er hoffte es. Es musste doch einmal zu Ende gehen.

Irmgard Gruber hatte so getan, als würde sie nichts begreifen. Bis ganz zum Schluss hatte sie so getan. Das hatte ihn immer wütender werden lassen. Immer wütender. Warum tat sie das? Warum verhöhnte sie ihn sogar noch in den letzten Minuten ihres Lebens? Warum? Hätte sie es nicht zugeben können? Sie war so stur gewesen, so unglaublich stur. Hatte ihren Verrat, ihre Bosheit bis zum Moment ihres Todes nicht zugeben können. Vielleicht waren alle Menschen so. Feige bis ins Mark. Richteten Unheil an und gaben es nicht zu. »Ums Verrecken nicht«, flüsterte er und sah auf seine Hände. Er konnte sich nicht dazu durchringen aufzustehen. Er sollte den Laden zusperren. Es war schon nach sechs.

Würde *sie* es wenigstens besser machen? Würde sie Ruhe geben, jetzt, wo sie wusste, dass er sich wehren würde? Würde die Warnung reichen, die er ihr hatte zukommen lassen? Oder etwa nicht? Seine Hände formten sich langsam zu Krallen, drückten einen imaginären Hals zu. Fester und fester, bis nichts mehr blieb, kein Röcheln, kein Flehen, nur noch Stille.

Als er endlich aufstand, war es kurz vor sieben. Er sperrte die Tür zu, räumte leere Schachteln in den Keller, kehrte den Verkaufsraum und rechnete dann die Kasse zusammen. Es dauerte nicht lange an diesem Abend. Als er den Laden verließ, war es acht. Es war noch immer kalt, bitterkalt, und kein Stäubchen Schnee war gefallen. Noch nicht einmal in den Bergen, wie er heute in der Zeitung gelesen hatte. Diejenigen Liftbetreiber, die keine Beschneiungsanlagen hatten, jammerten rum, ihre Existenz stünde auf dem Spiel. Er hatte nur müde lachen können über diesen Unsinn. Stand die Existenz nicht immer auf dem Spiel? Jeden Tag, jede Sekunde, immer wieder aufs Neue? Sie besaßen doch alle nichts anderes als ihre mickrige kleine Existenz. Glaubten diese Idioten etwa, der Winter kümmerte sich darum? Das war doch dem Winter wurscht. Vollkommen egal war dem das. Es gab überhaupt nichts und niemanden, der sich um die menschliche Existenz etwas geschert hätte, so großartig sie sich selbst auch vorkommen mochte. Sie lebten, krebsten ein wenig auf der Erde herum, und dann starben sie. Ohne eine Spur zu hinterlassen.

Er ging langsam durch die Straße, die Hände tief in den Taschen seiner Jacke vergraben, die Mütze ins Gesicht gezogen. Er war zu unruhig, um jetzt schon nach Hause zu gehen. Ein Spaziergang würde ihm guttun. Er musste nur aufpassen, wo er hinging. Letztes Mal, als er abends spazieren gegangen war, wäre er fast in die verbotene Zone geraten. Er hatte nicht aufgepasst. Ihm brach jetzt noch der Schweiß aus, als er daran dachte. Doch im Großen und Ganzen hatte sich die verbotene Zone durchaus bewährt. Damals, gleich danach, als es passiert war, hatte er daran gedacht wegzuziehen, aber dann hatte er es nicht über sich gebracht, seine Wohnung aufzugeben. Er war dort aufgewachsen. Und dann der Laden! Er hätte ihn ebenfalls aufgeben müssen, sich irgendwo etwas anderes suchen. Er war bereits bei dem bloßen Gedanken daran nervös geworden.

Und so schlimm war es dann gar nicht gewesen. Wenn man aufpasste, musste man nie wieder in die Nähe der Kneipe kommen. Und so hatte er die verbotene Zone eingerichtet. Er hatte die Weichen in seinem Kopf so gestellt, dass sie ihn umleiteten, wenn er sich der Kneipe näherte. Die Ampeln sprangen auf rot, die Gleise schnappten ein und brachten ihn sicher aus dem Gefahrenbereich. Außerhalb der verbotenen Zone war die Gefahr, erkannt zu werden, nicht so hoch. Die Menschen waren ja sehr unaufmerksam. Einmal war ihm Heinz, der Wirt, in einem Drogeriemarkt in der Innenstadt über den Weg gelaufen. Direkt hinter ihm an der Kasse hatte er gestanden, und er hatte ihn nicht bemerkt. Wenn man jemanden nicht in der gewohnten Umgebung sieht, ihn nicht einordnen kann, erkennt man ihn schwerer. Und er hatte das Glück, sehr unauffällig zu sein. Die Leute vergaßen häufig sein Gesicht. Doch nachdem er heute Abend so besonders unruhig war, schlug er von Anfang an die entgegengesetzte Richtung ein, um sein inneres Weichensystem gar nicht erst auf die Probe zu stellen.

Manchmal sehnte er sich nach der Kneipe. Es war schön dort gewesen. Vertraut. Er hatte sogar Akkordeon spielen dürfen, und den Leuten hatte es gefallen. Er hatte sich gewünscht, sein Vater könnte ihn dort sitzen und spielen sehen. Ganz selbstverständlich, so als ob er ein echter Musiker wäre und nicht nur ein Stümper, der sich einbildet, einer zu sein. Sein Vater wäre stolz auf ihn gewesen. Und seine Mutter? Er hätte sich gerne vorgestellt, dass sie auch stolz auf ihn gewesen wäre, endlich zufrieden, aber er wusste, dass es nicht so war: Sie wäre nicht stolz gewesen. Es hätte sie nur in ihrer Meinung bestärkt, dass ihr Sohn zu nichts anderem taugte, als plump und einfältig irgendwo herumzusitzen und dieses Bauerninstrument zu spielen, dessen schrille Töne bei ihr immer Migräne verursacht hatten. Wenn sie ihn gesehen hätte, wie er unter den Handwerkern und einfachen Leuten spielte und sich darüber freute, spielen zu dürfen, hätte sie sich für ihn geschämt.

Er senkte den Kopf und beschleunigte seinen Schritt. Nicht immer diese Gedanken denken. Wie kam es nur, dass er in letzter Zeit so oft an seine Mutter dachte? Sie war tot. Es war vorbei. Es kam ihm so vor, als ließen sich seine Gedanken neuerdings noch weniger kontrollieren als früher. Seit jenem verfluchten Abend in der Kneipe. Da hatte alles angefangen. Sein Kopf hatte irgendwie ein Eigenleben entwickelt, er funktionierte plötzlich vollkommen unabhängig vom Rest seines Körpers. Diese verselbständigten Gedanken machten ihm Angst, er fürchtete sich vor ihnen. Manchmal, nachts, saß er wach und wartete mit klopfendem Herzen, bis sie kamen. Sie kündigten sich meist an, wie ein leises Rascheln im Gebälk, ein Zittern, ein kalter Hauch. Dann kamen sie, und er konnte nichts dagegen tun. Er fühlte sich fremd, als schwebte er außerhalb seines Körpers, als existierte er gar nicht wirklich.

Nur die Gedanken, die waren real. Sie quälten ihn, schrien ihn an, drückten ihm das Herz zusammen. Und alle waren sie wahr. Er wusste, dass sie wahr waren. Doch er wollte sie nicht denken. Er konnte nichts mehr ändern. Er war ein schlechter Mensch, ein schwacher, schlechter Mensch. Doch sie ließen ihn nicht in Ruhe. Es genügte ihnen nicht, dass er ihnen recht gab. Sie wollten keinen Frieden, sie wollten ihn zerstören. Genauso wie die Anwältin. Würde sie jetzt Ruhe geben? Manchmal wünschte er sich, dass er gläubig wäre. Dann würde er dafür beten, dass sie Ruhe gäbe. Ihn in Frieden ließ, sie ihn alle in Frieden ließen, endlich.

***

Es war spät, als Clara und Mick den Club verließen. Das Konzert hatte über drei Stunden gedauert. Immer wieder waren die Sängerin und ihre Band zurückgekommen und hatten Zugaben gegeben.

Clara war noch ganz in der Musik versunken, und sie summte leise vor sich hin, während sie durch die nachtleeren Straßen gingen. Sie wollte noch nicht nach Hause fahren, und Mick hatte vorgeschlagen, in eine kleine Bar bei ihm um die Ecke zu gehen, die um diese Zeit noch geöffnet hatte. Das winzige Lokal war sehr beliebt bei Nachtschwärmern und melancholischen Trinkern, und sie fanden gerade noch Platz auf einer mit rotem Plüsch bezogenen Bank neben der Theke. Der ganze Raum war im Jugendstil gehalten, mit Goldtapete und Blattornamenten und kühlen Frauenporträts an den Wänden. Irgendwoher erklang leise Jazzmusik vom Band. Clara bestellte Whiskey, und zu ihrer Überraschung hatte die Bar »ihren« Whiskey, irischen, bernsteinfarbenen Redbreast, im Sortiment. Sie nippte mit geschlossenen Augen daran und lehnte sich dann träge zurück.

Mick drehte ihr und sich selbst eine seiner dünnen Zigaretten, und Clara sah ihm dabei zu. Sie wusste selbst nicht recht, was ihr daran so gefiel, dass sie sich nicht satt sehen konnte. Vielleicht waren es die geschickten Bewegungen der Finger: Mick hatte schöne, schlanke Hände, man hätte ihn für einen Künstler oder Musiker halten können, und er trug mehrere silberne Ringe, von denen Clara nicht wusste, ob sie einfach nur Schmuck waren oder eine besondere Bedeutung hatten. Sie hatte nie das Bedürfnis verspürt, ihn danach zu fragen.

Mick reichte ihr eine Zigarette und gab ihr Feuer. »Ab elf darf man hier rauchen«, meinte er zufrieden.

Eine Weile rauchten sie schweigend, und Clara überlegte, ob sie Mick jetzt von dem Drohbrief und von Willi und seiner Absicht, die Kanzlei zu verlassen, erzählen sollte, doch allein der Gedanke daran verursachte ihr schon ein leichtes Magengrimmen. Dieses Thema würde ihr garantiert den schönen Abend verderben. Sie lehnte sich an Micks Schulter und nahm noch einen Schluck von dem Whiskey. Es hatte noch Zeit. Alles hatte Zeit.

Ihr Blick wanderte über die goldenen Wände, die rote Decke und den dicken, stellenweise abgetretenen Teppich, und sie erinnerte sich an ein anderes Lokal, in dem sie einmal gewesen war, in Wien, vor ewigen Zeiten. Einige Wochen hatte sie in der Stadt gewohnt, vor vielen, vielen Jahren. In einem Haus mit endlos hohen Decken und zugigen Fenstern, in der sich eine große, schmuddelige, unübersichtliche WG mit ständig wechselnden Bewohnern eingerichtet hatte. Sie hatte dort eine flüchtige Bekannte besucht, die sie in Marokko kennengelernt hatte, und war geblieben, hatte sich treiben lassen, bis es Zeit gewesen war, wieder aufzubrechen zu ihrer ziellosen Wandertour durch halb Europa.

»Hast du eigentlich einen Traum?«, fragte sie Mick plötzlich. »Ich meine, einen Traum, den du dir unbedingt erfüllen willst, irgendwann?«

»Du meinst, einen Sohn zeugen und ein Haus bauen?«

»So etwas in der Art, ja.«

Mick überlegte. »Ja, schon«, sagte er schließlich etwas verlegen.

»Und was ist es?« Clara richtete sich auf, sah ihn neugierig an und betete gleichzeitig ganz egoistisch: Lass es bitte, bitte keine riesengroße Familie mit zehn Kindern sein.

»Eigentlich sind es mehrere Träume«, begann Mick und drückte seine Zigarette aus. »Ich hätte gerne ein Restaurant. Keinen Fünf-Sterne-Feinschmeckertempel, aber auch nicht so etwas wie das Murphy's. Eher ein Wirtshaus, mit einer kleinen Bühne, wo man Theater spielen kann, mit Kindern oder so ...« Mick sah sie an. »Am liebsten irgendwo im Norden. Im Lake Distrikt oder in Schottland, in einem kleinen Dorf, in dem der Krämer gleichzeitig der Postmann ist.« Er lachte, und Clara hatte den Eindruck, dass er sogar etwas rot wurde. »Ich würde dann mit der Dorfjugend eine Shakespeare-Straßentheatergang gründen, und sie hätten etwas zu tun und ein bisschen Spaß.«

»Das ist eine schöne Idee«, sagte Clara und wunderte sich, wie wenig sie Mick doch kannte. Sie wusste, dass er ein Theaterfan war, aber dass er etwas mit Kindern machen wollte und außerdem davon träumte, ein Restaurant zu führen, darauf wäre sie nie gekommen.

»Warum bist du eigentlich nicht Lehrer geworden?«, fragte sie. »Du wärst sicher einer von den guten gewesen.«

Mick zuckte mit den Achseln. »Um ehrlich zu sein, ich habe gar keinen Abschluss gemacht. Ich habe das Studium im letzten Jahr vor der Prüfung abgebrochen.«

»Ach!« Clara hob die Augenbrauen, sagte aber nichts weiter. Auch das hatte sie nicht gewusst. Mick war erstaunlich vage geblieben, wenn es um diesen Teil seiner Vergangenheit ging, und hatte es immer gut verstanden, sie ganz beiläufig davon abzubringen, zu viele Fragen zu stellen. Bisher war ihr das noch gar nicht wirklich aufgefallen. Sie nahm sich vor, irgendwann noch einmal nachzuhaken. Jetzt fragte sie stattdessen: »Sehnst du dich eigentlich nicht manchmal nach zu Hause?«

Mick lächelte. »Heute willst du es aber ganz genau wissen, oder?«

Clara bemühte sich um einen gelassenen Gesichtsausdruck. »Du interessierst mich eben. Mit allem Drum und Dran.«

»Auf einmal? Warst nicht immer du diejenige, die darauf beharrte, dass das Schöne an unserer Beziehung die Gegenwart sei? Keine Zukunft, keine Vergangenheit?«

Jetzt wurde Clara rot. »Man kann ja seine Meinung ändern, oder?«

Die Fältchen um Micks Augen vertieften sich.

»Manchmal fehlt mir etwas«, gab er zu. »Ich weiß nicht genau, was es ist, vielleicht die Landschaft, das Licht, irgendein Geruch, oder sich einfach nur unterhalten zu können und wirklich alle Zwischentöne, jeden Witz und jede Ironie auch zu verstehen. Und dann natürlich sehne ich mich hin und wieder nach dem wunderbaren Essen ...«

Clara nippte an ihrem Glas und dachte an das kühle, klare Licht im Norden, die ständige Gegenwart des Meeres. »Das kann ich verstehen, also zumindest, was die ersten beiden Dinge anbelangt. Was jedoch das Essen betrifft ...« Sie verzog zweifelnd das Gesicht.

»Du hast einfach keine Ahnung von den guten Dingen des Lebens«, gab Mick bekümmert zurück. »Aber ich werde dich schon noch bekehren.« Er strich Clara eine Haarsträhne aus dem Gesicht. »Was ist dein Traum?«

»Oh.« Clara öffnete den Mund, schloss ihn dann aber wieder. Sie musste erst nachdenken. Sie hatte so viele Träume gehabt, als sie jung gewesen war, und immer große Angst, nicht genug Zeit zu haben, sie alle zu verwirklichen. Doch wo waren sie geblieben? Manche hatten sich erfüllt, die meisten nicht, was jedoch, im Rückblick besehen, oft alles andere als eine Tragödie war. Und jetzt? Was war ihr Traum? Ihr fiel nichts ein. Das konnte nicht sein. Jeder hat Träume. Ohne Träume gab es keine Zukunft, da lief das Leben einfach nur so sinnlos dahin! Auf ihrem Gesicht zeichnete sich Bestürzung ab. »Ich habe keinen Traum«, sagte sie, und ihre Stimme war heiser vor Schreck. »Keinen einzigen.«

Mick warf ihr einen nachdenklichen Blick zu. Ihm war nicht entgangen, wie blass Clara bei ihren eigenen Worten geworden war. Er nahm ihre Hand. »Das ist doch nicht schlimm. Manchmal sind Träume ganz tief verborgen. Oder aber es bedeutet einfach, dass du glücklich bist mit deinem Leben, oder?«

Clara versuchte ein Lächeln. »Wenn du meinst, ja, so wird es sein.« Und plötzlich wünschte sie sich, Mick alles zu erzählen. Ihm den Drohbrief zu zeigen und zu versuchen, ihm die Angst zu beschreiben, die er in ihr ausgelöst hatte. Es war nicht einmal die unmittelbare Furcht vor etwas Bestimmtem, die sie so belastete, sondern eine plötzliche, tiefe Angst davor zu sterben. Einfach zu sterben, so wie Gerlinde Ostmann und Irmgard Gruber gestorben waren. »Plötzlich und unerwartet«, hieß es dann in den Todesanzeigen, und man las das Todesdatum, rechnete das Alter nach und war kurz beunruhigt, dann blätterte man weiter und vergaß den Menschen. Man hatte ihn ja nicht gekannt.

Clara hatte den ganzen Tag vergeblich versucht, dieses Gefühl abzuschütteln. Doch es war ihr nicht gelungen. Schlimmer noch, Willi und seine Pläne waren dazugekommen und hatten es noch verstärkt: Willis Absicht, die Kanzlei zu verlassen, erschien ihr wie ein böses Omen, das ihr noch einmal deutlich machte, dass sich alles dem Ende zuneigte und sie nichts dagegen unternehmen konnte. Und dann kam ihr plötzlich Willis Blick in den Sinn, sein Seufzer heute Morgen, als sie – noch vollkommen ahnungslos – versucht hatte, sich zu entschuldigen.

»Liegt es nicht immer an einem Fall?«, hatte er sie gefragt, und Clara überlegte jetzt, was er wohl damit gemeint haben mochte. Nervte sie ihre Umgebung mit ihrer Arbeit? Steigerte sie sich etwa zu tief in die Dinge hinein? Vielleicht würden andere solche Dinge wie diesen Brief einfach wegstecken, mit einem Achselzucken abtun. Ein Brief von einem Spinner eben. Als Anwältin hatte man ja oft genug mit Spinnern zu tun. Lag es an ihr? War sie zu labil, zu leicht zu beunruhigen?

Sie warf Mick einen nachdenklichen Blick zu. Es war wohl besser, jetzt nicht mit dieser Geschichte anzufangen. Er sollte nicht den Eindruck von ihr gewinnen, sie sei zu kompliziert, zu schwierig, zu egozentrisch. Ian, ihr Exmann, hatte ihr das damals immer vorgeworfen. Du bist so anstrengend, hatte er immer gestöhnt, anfangs noch lachend. Später hatte er einfach nur die Augen verdreht und war gegangen.

Es war ein so schöner Abend gewesen. Er sollte schön bleiben. Sie trank ihren Whiskey aus und schob Mick ihr Glas hin, als er für sich noch ein Bier bestellte. Dann lehnte sie sich wieder zurück an seine Schulter und schloss die Augen.

NEUNZEHN

Der Donnerstag verging im Gegensatz zum Vortag wie im Flug. Clara hatte am Morgen mehrere Sammeltermine am Amtsgericht und verbrachte so den größten Teil des Vormittags entweder im Gerichtssaal, wartend auf dem Gang, oder in dem Café in der Maxburg zwischen Dutzenden anderer Anwälte, die mit müden Gesichtern in ihren Akten blätterten oder versuchten, ihren Mandanten den Unterschied zwischen Gerechtigkeit und Rechtsprechung zu erläutern.

Am Nachmittag war eine weitere Verhandlung in der verhassten Familiensache Rampertshofer gegen Rampertshofer durchzustehen. Hier hatte Clara inzwischen gegen beide Parteien eine so umfassende Antipathie entwickelt, dass es ihr schon fast egal war, wer gewann. Dem Richter erging es dabei nicht anders, ebenso dem gegnerischen Kollegen, der seinem Gift und Galle spuckenden Mandanten immer wieder erschöpft die Hand auf den Arm legte, in einem ebenso hilflosen wie nutzlosen Versuch, ihn zur Contenance zu bringen. Claras Mandantin wechselte in ihrer Stimmungslage zwischen bitterlichem Weinen und hasserfülltem Gekeife, und so überhäuften sich die beiden über eine Stunde gegenseitig mit Vorwürfen, während vor dem Gerichtssaal die beiden Kinder zusammen mit einer Mitarbeiterin des Jugendamtes auf ihre richterliche Vernehmung warteten.

Irgendwann machte der Richter einen energischen Vergleichsvorschlag, der Clara mehr als annehmbar schien, und sie bat um eine Unterbrechung der Verhandlung, um mit ihrer Mandantin unter vier Augen zu sprechen. Doch sie hatte vergeblich gehofft, diesen Fall damit zu einem Abschluss bringen zu können. Als Clara das Wort »nachgeben« fallen ließ, sprang Frau Rampertshofer vor Empörung fast an die Decke, und Claras Versuch, ihr die Vorzüge einer schnellen Verfahrensbeendigung nahezubringen, brachte ihr nur giftige Blicke ein.

»Auf welcher Seite stehen Sie eigentlich?«, fauchte Frau Rampertshofer sie an. »Sie stecken doch mit diesem widerlichen Saukerl unter einer Decke.«

Clara erwiderte ihren Blick ungerührt. »Im Augenblick stehe ich auf Seiten Ihrer Kinder«, erwiderte sie kühl.

Frau Rampertshofer schnappte nach Luft und kreischte: »Wollen Sie mir etwa vorwerfen, ich würde mich nicht um meine Kinder sorgen? Hat er Sie schon so weit gebracht? Dieser gottverdammte Mistkerl, der nie auch nur einen Finger gerührt hat die ganzen Jahre und sich jetzt als Übervater aufspielt.«

Clara wandte sich ab und warf einen Blick auf den Jungen und das Mädchen, die nur wenige Schritte entfernt auf der Bank saßen und so verbissen auf den Boden starrten, als hofften sie, er würde sich auftun und sie verschlingen. Man sah ihnen an, dass sie sich am liebsten die Ohren zugehalten hätten.

»Gehen wir also wieder hinein«, seufzte sie und öffnete die Tür zum Gerichtssaal.

Frau Rampertshofer drängte sich an ihr vorbei und rief noch im Stehen dem Richter zu: »Ich möchte nicht mehr von dieser Anwältin vertreten werden! Sie soll gehen. Ich brauche eine richtige Vertretung, die für *mich* kämpft und nicht für meinen Mann!«

Clara, die gerade die Tür hatte schließen wollen, erstarrte mitten in der Bewegung. Der Richter und der gegnerische Anwalt sahen sie beide verwundert an.

Clara hob die Schultern. »Wenn Frau Rampertshofer das meint ...« Sie würde sich nicht gegen eine solch absurde Anschuldigung verteidigen. Auf gar keinen Fall.

Der Richter bat die Dame zu sich. »Sie sollten sich lieber beruhigen, Frau Rampertshofer«, sagte er streng. »Das ist ein Gericht und kein Kinderspielplatz!«

Die Frau verschränkte trotzig die Arme vor der Brust. »Frau Niklas ist jedenfalls nicht mehr meine Anwältin.«

Und während der Richter sie deutlich genervt über die Folgen belehrte, die es hatte, mitten in einer Verhandlung die Anwältin zu entlassen, und das Ganze zu Protokoll gab, zog Clara ihre Robe aus, nickte dem Richter und dem Kollegen knapp zu und verließ mit einem Gefühlsgemisch aus Wut und großer Erleichterung den Gerichtssaal. Eineinhalb Jahre hatte Frau Rampertshofer sie gequält, hatte ihre Energie, ihre Nerven und all ihr familienrechtliches Können gefordert. Sie ging an den beiden Kindern vorbei, die sie verwundert ansahen, und lächelte ihnen kurz zu. Dann lief sie die Treppe hinunter und hinaus in den kalten Nachmittag. Sie fuhr mit der U-Bahn in die Kanzlei, erledigte schweigend die Post und diktierte eine saftige Rechnung für Frau Rampertshofer. Dann machte sie sich mit Elise als moralischer Unterstützung zu Fuß auf den Weg zu Papa Jokes Kneipe.

Der vollgestopfte Tag mit Frau Rampertshofers Auftritt als krönendem Abschluss hatte einen großen Vorteil gehabt: Er hatte Clara keine Zeit gelassen, weiter über Irmgard Grubers Mörder und ihre eigene Rolle in dieser Geschichte nachzudenken. Jetzt, während sie mit Elise durch die Stadt marschierte, kamen die Gedanken zurück, und je näher Clara ihrem Ziel kam, desto unbehaglicher fühlte sie sich. Was, wenn der Wirt doch in die Sache verwickelt war? Wenn er Papa Joke gewarnt hatte? Womöglich wussten sie alle Bescheid? Und sie tappte dumm und dämlich mitten hinein in die Falle.

Sie versuchte sich zu beruhigen. Gruber wusste, wo sie war, und sie hatte auch Mick erzählt, wohin sie wollte, ohne ihm jedoch die genaueren Hintergründe zu erklären. Sie hatte sich mit ihm um halb neun im Murphy's verabredet. Er würde sich wundern und anrufen, wenn sie nicht käme. Ebenso Gruber, dem sie versprochen hatte, etwa um die gleiche Zeit anzurufen. Clara tastete nach ihrem frisch aufgeladenen und eingeschalteten Handy in der Manteltasche, das ihr gottlob noch eingefallen war. Sie hatte es heute Mittag vor der Verhandlung extra von zu Hause geholt und bei der Gelegenheit gleich ihre private Post durchgesehen: Es war kein neuer anonymer Brief dabei gewesen.

Vor der Kneipe beugte sie sich zu Elise hinunter und flüsterte in ihr graues, warmes Schlappohr: »Du passt auf mich auf, ja?« Dann sah sie sich noch einmal gründlich um. Sie glaubte nicht, dass ihr jemand gefolgt war, weit und breit war niemand Verdächtiges zu sehen. Dann holte sie tief Luft und betrat Papa Jokes Kneipe ein zweites Mal.

Schon als sie die Tür hinter sich schloss, beruhigten sich ihre Nerven merklich. Das Lokal war im Gegensatz zu vorgestern Mittag vollbesetzt, und lebhaftes, entspanntes Gemurmel erfüllte den Raum. Fast an allen Tischen wurde gegessen, mit Ausnahme des Stammtisches. Ein paar von den Gästen hatten sich zur Tür gedreht, als sie hereingekommen war, und einige von ihnen hatten mehr oder weniger leise Kommentare abgegeben. Diese galten ausnahmslos Elise und lauteten meistens: »Huch, ein Kalb« oder: »Eine Dogge, wie süß« oder etwas in der Art, Clara war daran gewöhnt. Die Aufmerksamkeit hatte jedoch schnell wieder nachgelassen, und als Clara durch den Raum zur Theke ging, waren alle wieder auf ihr Abendessen und ihre Gespräche konzentriert, und keiner hob auch nur den Kopf. Insgesamt erschien ihr das ganze Lokal derart unverdächtig und harmlos, dass sich ihre Befürchtungen geradezu lächerlich ausnahmen.

Der Wirt, der an der Zapfanlage stand und gerade ein rundes Tablett mit Biergläsern füllte, erkannte sie sofort wieder, und ein schiefes Grinsen erschien auf seinem Schlägergesicht. »Die Frau Anwältin! Heute mit Begleitschutz?«

Clara erwiderte sein Lächeln. »Man kann ja nie wissen«, sagte sie leichthin und tätschelte ihrem Hund den Kopf. Elise war durchaus in der Lage, respekteinflößend zu wirken. Allerdings nur, solange man sie nicht näher kannte und nicht wusste, was für ein Lämmchen sie eigentlich war.

Der Wirt nahm das Tablett mit den vollen Biergläsern und kam um die Theke herum. »Kommen Sie mit, dann können Sie gleich mit den beiden reden.« Er verteilte die Gläser am Stammtisch und stellte Clara bei der Gelegenheit Oscho und Waggi vor. »Das ist die Rechtsanwältin, von der ich euch erzählt hab'«, fügte er noch hinzu und verschwand dann wieder hinter der Theke.

Die Männer rückten bereitwillig zur Seite, und Clara fand sich zwischen Oscho und einem kleinen verhutzelten Männlein in einem Uralt-Pullover in Grüngrau und einer sehr staubigen Arbeitshose wieder. Waggi, schmalgesichtig und semmelblond, saß ihr gegenüber. Er nickte ihr zu: »Sie haben ja unseren Heinz ganz narrisch gemacht mit der G'schicht.«

»Heinz? Ach, Sie meinen den Wirt?« Clara war einen Moment verwirrt.

»Freilich. Heinz, bring doch der Lady was zum Trinken!«

Er sah sie fragend an: »Vielleicht ein Glasl Prosecco?«

Clara schüttelte den Kopf. »Nein danke. Lieber ein Helles.«

Waggi grinste: »Recht so, das ist wenigstens was G'scheit's.«

Nachdem so die Anfangsmodalitäten geklärt waren und Clara mit dem Grundnahrungsmittel versorgt war, sahen die Männer sie erwartungsvoll an.

»Der Papa Joke hat also a Frau umbracht?« Diese Frage kam von Oscho, der sein schon lichter werdendes, verdächtig schwarzes Haar so kräftig gegelt hatte, dass es wie in Öl gegossen wirkte. Um die wachsenden Geheimratsecken zu kaschieren, hatte er sein verbliebenes Haupthaar zu einer Art Elvislocke gedreht, die bei jeder Kopfbewegung erzitterte.

Clara schüttelte den Kopf. »Nein. Gerlinde Ostmann wurde nicht umgebracht. Sie ist an einem Herzinfarkt gestorben. Aber Papa Joke könnte uns vielleicht ein paar wichtige Informationen geben.« Sie hüstelte und machte ein wichtiges Anwaltsgesicht. »Die Hinterbliebenen und das Nachlassgericht haben da noch ein paar Fragen.«

»Die Erben?«

Clara nickte. »Es gibt noch ein paar Ungereimtheiten.«

»Hat der Papa Joke am End was geerbt?« Waggi starrte sie mit offenem Mund an.

»Darüber darf ich leider nichts sagen«, Clara lächelte freundlich und trank einen Schluck von ihrem Bier.

»Aber der hat sie doch gar nicht gekannt!«, mischte sich jetzt Oscho wieder ein. »Die war ja zum ersten Mal da.«

»Mei, vielleicht hat er sie so beeindruckt!« Diese Vermutung kam von dem kleinen Männchen, das sich Clara als Sigi vorgestellt hatte.

»Mit seiner Ziehharmonika vielleicht, oder was?« Waggi schaute ihn verächtlich an.

Oscho begann zu lachen. »Ziehharmonika!« Er machte eine Handbewegung, als ob er ein Akkordeon auseinanderziehen wollte, und grinste dabei anzüglich. »Ja genau. Mit seiner Ziehharmonika!« Jetzt lachten auch die anderen.

Clara ließ sie lachen und wartete. Nach einer Weile fragte sie unschuldig: »Was hat denn dieser Papa Joke sonst so Eigenheiten, außer dass er gut Ziehharmonika spielen kann?« Sie erntete wieder prustendes Gelächter.

Waggi beruhigte sich als erster. »Nix für ungut, Lady, aber dieser Mann war eine einzige Eigenheit.« Die anderen kicherten wieder.

»Inwiefern?« Clara ließ sich nicht aus der Ruhe bringen.

»Komisch war der.«

»Hat nix geredet.«

»Hat immer nur Wiener gegessen.«

»Nur beim Spielen ist er ein bissl aufgetaut.« Der Einwurf kam von dem staubigen Sigi, und er fügte beflissen hinzu: »Also, das Musizieren mein' ich.«

»Hab' schon verstanden«, beruhigte ihn Clara. »Wieso hieß er eigentlich Papa Joke?«

Die Männer sahen sich an.

»Das war Oschos Idee«, sagte ein drahtiger Herr, der gerade am anderen Ende des Tisches angekommen war. Er trug Sakko, ein weißes Hemd und eine Krawatte, die er sich jedoch gerade abnahm und in die Hosentasche stopfte.

Oscho nickte. »Das kam von dieser Witzmaschine. Ich hab' mal was über eine mechanische Puppe gelesen, die sich die Wirtshäuser mieten können. Man schmeißt einen Euro rein, und die Puppe erzählt dann einen Witz oder singt und spielt Akkordeon, und man kann sich einen Alleinunterhalter sparen. Und diese Puppe, das war ein Mann mit Anzug und Seitenscheitel, die hieß Papa Joke. Verstehn S'? Von Joke, englisch für Witz.«

Clara nickte. »Aber dieser Mann war nicht besonders witzig, oder?«

»Na, aber das ist doch der Witz!«

Oscho lachte. »Der war wie diese Puppe, ganz steif und komisch, und halt so gar nicht witzig.«

»Ach so.« Clara nickte langsam. Sie bekam eine vage Ahnung von dem Mann, zumindest, was seine Wirkung auf andere betraf, aber leider noch immer nicht mehr als das. »Wie sah er denn aus?«

»Mei, ganz normal«, Oscho zuckte mit den Schultern. »Nix Besonderes. A Frau wie Sie hätt' den kein zweites Mal ang'schaut.« Er verzog sein Gesicht zu einem Grinsen, das wohl so etwas wie Anerkennung ausdrücken sollte, und zwinkerte Clara zu.

Waggi johlte. »Jetzt schauts euch den Oscho an. Der lernt's nie.« Er wandte sich an Clara: »Den dürfen Sie nicht ernst nehmen, Lady, das ist ein genetischer Defekt.«

»Ah. Danke für den Tipp.« Clara grinste von Waggi zu Oscho, der einen leicht beleidigten Eindruck machte. »Aber mal ein bisschen konkreter: Wissen Sie, wie der Mann mit richtigem Namen heißt? Wo er wohnt, was er arbeitet?«

Stille breitete sich am Stammtisch aus. Alle überlegten. Dann schüttelte Waggi den Kopf. »Keine Ahnung. Ehrlich nicht! Ich hab' eigentlich gar nie richtig mit dem geredet.« Die anderen brummten Zustimmung.

Dann meldete sich plötzlich Sigi zu Wort: »Er hat Josef geheißen.«

»Echt?« Waggi starrte ihn an. »Woher möchtest jetzt du des wissen, ha?«

»Ich hab' ihn mal gefragt«, gab Sigi zurück, und seine staubweißen, mörtelverkrusteten Finger griffen haltsuchend nach seinem Bierglas. »Er hat mir leid getan, wie er so stumm dagesessen ist in seinem Eck, und da hab' ich mir gedacht, dass er es vielleicht nicht mag, immer nur mit dem Spitznamen angesprochen zu werden.«

»Ah geh! Dem Sigi hat der Papa Joke leid getan!«, höhnte Oscho. »Und jetzt, wo er eine Frau umbracht hat, dein armer Josef? Tut er dir jetzt immer noch leid, ha?«

»Depp!«, antwortete Sigi leise und trank einen Schluck von seinem Bier.

Clara verzichtete darauf, Oscho noch einmal darauf hinzuweisen, dass Gerlinde Ostmann nicht ermordet worden war. Und vielleicht hatte dieser Elvis-Verschnitt ja sogar recht, ohne es zu ahnen. Sie stand auf. »Ja, also wenn niemand mehr was weiß …?« Sie lächelte freundlich in die Runde. »Danke für Ihre Hilfe.«

»Nix für ungut!« Die Männer nickten ihr mehr oder weniger interessiert zu, nur Sigi sah sie so an, als wolle er noch etwas sagen. Doch es kam nichts. Als Clara ihren Geldbeutel zückte, winkte Waggi generös ab: »Des geht auf uns, Lady!«

Clara bedankte sich und schlüpfte in ihren Mantel, bevor Oscho, der bereits Anstalten gemacht hatte aufzustehen, ihr dabei helfen konnte. Elise streckte ihre langen Glieder und gähnte dann ausgiebig.

Die Männer lachten. »Bei der Frau hast du keine Chancen, die hat einen Begleiter mit einer noch größeren Schnauze als du!«, rief einer von ihnen Oscho zu, und der Angesprochene kniff wütend die Augen zusammen.

»Ich glaub', du hältst jetzt besser deine eigene Schnauze, sonst kriegst noch eine drauf!«, drohte er dem feixenden Mann, was noch mehr Lacher zur Folge hatte.

Clara war schon fast an der Tür, da zupfte sie jemand am Ärmel. Es war Sigi. »Mir ist da noch was eingefallen«, sagte er. »Aber ich wollt' es nicht vor den anderen sagen, die reden ja doch bloß wieder blöd daher.«

Clara nickte. »Kann ich verstehen.«

»Der Josef, der hatte vielleicht eine Krankheit.«

»Eine Krankheit? Was denn für eine Krankheit?«, fragte Clara verblüfft.

Sigi hob die Schultern. »Vielleicht ein Ekzem oder so was. Er hatte immer Handschuhe an, wenn er reingekommen ist. Manchmal hat er sie sogar im Wirtshaus anbehalten. Nur wenn er gespielt hat, hat er sie ausgezogen. Seine Hände waren immer ganz rot, und manchmal sogar blutig an den Knöcheln.«

Clara nickte langsam. »Handschuhe ...«

»Hat Ihnen das weitergeholfen?«, wollte Sigi wissen und trat unruhig von einem Bein auf das andere. Offenbar wollte er zurück zu seinen Kameraden, bevor sie ihn noch mehr aufzogen.

»O ja! Das hat mir sehr geholfen!« Clara lächelte ihm abwesend zu und bedankte sich, dann verließ sie nachdenklich das Lokal. »Handschuhe ...«, murmelte sie und zündete sich eine Zigarette an. Das war wirklich sehr interessant. Gruber würde Augen machen.

Clara sah sich aufmerksam um, während sie die Straße entlangging. Eigentlich lag es doch nahe, dass der Mann hier in der Gegend wohnte. Vielleicht sogar in dieser Straße? Sie schüttelte den Kopf. Nein, das war zu nah an der Kneipe, da wäre er sicher einem der Gäste oder Heinz, dem Wirt, irgendwann über den Weg gelaufen. Doch niemand hatte ihn seit jenem Abend mehr gesehen. Clara hatte diese Frage gleich zu Anfang gestellt, und alle hatten einhellig den Kopf geschüttelt. Sie hatte dem Wirt ihre Visitenkarte dagelassen, für den Fall, dass sich jemand noch an etwas erinnerte oder dass jemand Papa Joke irgendwo sah. Aber es schien so zu sein, als würde der Mann seit jenem Abend die Gegend um die Kneipe meiden, in der er früher Stammgast gewesen war. Was an sich schon sehr verdächtig war und die Annahme erhärtete, dass er mit Gerlinde Ostmanns Tod etwas zu tun hatte. Clara war sich mittlerweile ohnehin sicher, dass es so war. Und sie war sich sicher, dass dieser Mann auch Irmgard Gruber getötet hatte. Es war das Warum, das sie quälte. Was für eine Verbindung gab es zwischen den Taten, außer Walter Gruber? Und wenn der Kommissar die einzige Verbindung war, was für einen Grund konnte es gegeben haben, dessen Frau zu töten? Clara war nach wie vor überzeugt davon, dass die Art und Weise, wie die Leiche abgelegt worden war, eine Botschaft für Gruber beinhaltete. Doch wenn Gruber sie nicht entschlüsseln konnte, wie sollte es dann ihr gelingen?

»Was willst du von Gruber?«, murmelte sie halblaut vor sich hin, während sie in Richtung U-Bahn ging. »Und was, verdammt noch mal, willst du von mir?«

Sie rief Gruber an, als sie vor dem Murphy's stand. Er war kurz angebunden und hörbar enttäuscht darüber, dass Clara nicht mehr als Papa Jokes Vornamen herausgefunden hatte. Im Hintergrund war Stimmengemurmel zu hören. Grubers Schwager war nun ebenfalls eingetroffen, und die beiden redeten »seit Stunden« mit ihm über die Beerdigung, wie er Clara knapp erklärte. Sie konnte an seiner Stimme hören, wie sehr er dieses Gespräch verabscheute. Doch als Clara ihm von Sigis Beobachtung berichtete, war er schlagartig hellwach.

»Handschuhe, sagen Sie?«

»Ja! Er trägt sie anscheinend ständig. Vielleicht hat er einen Ausschlag oder so etwas.«

Schweigen auf der anderen Seite der Leitung. Dann sagte Gruber langsam: »Das würde erklären, warum man bei Irmi und im Auto keine Fingerabdrücke gefunden hat. Er musste keine Spuren beseitigen, er hat gar keine hinterlassen.«

Clara fiel noch etwas ein. »Ich glaube, ich habe erst kürzlich irgendwo jemanden gesehen, der auch Handschuhe trug ...«

»Bei der Witterung ist das ja eigentlich eher normal«, wandte Gruber mit leichtem Spott ein.

»Nein! Es war eben nicht normal. Es war ungewöhnlich, deshalb ist es mir aufgefallen, aber ich komme nicht drauf, wo es gewesen ist.« Clara zuckte mit den Schultern. »Egal. Vielleicht fällt es mir ja noch ein.«

Sie wollte sich gerade verabschieden, als Gruber sich plötzlich noch einmal leise zu Wort meldete: »Armin hat sich in sein Zimmer eingeschlossen. Er macht nicht auf. Redet mit niemandem.« Es klang so hilflos, dass Clara das Herz weh tat.

»Möchten Sie vielleicht noch auf einen Sprung vorbeikommen?«, fragte sie. »Ich bin im Murphy's, oder wir gehen wo anders hin. Wo man reden kann.«

Gruber zögerte, doch dann sagte er: »Nein, lieber nicht. Meine Schwägerin reißt mir den Kopf ab, wenn ich jetzt gehe. Aber trotzdem danke.«

Er legte auf.

Clara blieb noch einen Augenblick vor dem Pub stehen und rauchte eine Zigarette. Sie fühlte sich plötzlich deprimiert und müde. Gruber tat ihr leid. Er hatte nicht einmal Zeit zu trauern, solange dieser Verdacht noch immer drohend über ihm schwebte. Woher sollte er die Kraft nehmen, sich um seinen Sohn zu kümmern? Sie warf einen Blick durch die Tür, die gerade aufging, und atmete auf. Heute Abend wenigstens schien nicht viel los zu sein. Sie sehnte sich nach einem Glas Whiskey und nach Ruhe. Nicht mehr reden, nicht mehr denken. Einfach nur dasitzen, am Glas nippen und zusehen, wie Mick hinter der Theke stand, mit den Leuten sprach und ab und zu lächelnd zu ihr herübersah. Ihm zusehen, warten, bis die Gäste gingen und er die Stühle hochstellte. Sie mochte seine sicheren, ruhigen Bewegungen, seine schlaksige Gestalt, die Art, wie er das Kinn hob und lachte. Sie streichelte Elise über ihren warmen, knochigen Kopf und ging hinein.

ZWANZIG

Die Beerdigung war genau so schlimm, wie Clara sie sich vorgestellt hatte. Es waren viele Leute gekommen, darunter trotz der diskreten Todesanzeige eine Menge Neugieriger, die etwas entfernt von den eigentlichen Trauergästen herumstanden und einen Blick auf das Geschehen zu erhaschen suchten. Ein Mordopfer und einen Kriminalkommissar als Verdächtigen hatte man schließlich nicht jeden Tag. Wer weiß, vielleicht gab es noch einen Skandal? Eine Verhaftung am offenen Grab? Clara entdeckte das rote Gesicht Adolf Wimbachers unter den Trauergästen. Er stand wie sie ganz hinten und hatte einen hochaufgeschossenen, flachshaarigen Jungen neben sich, der den Kopf hängen ließ. In seinem blassen, kindlichen Gesicht leuchteten unzählige Sommersprossen. Das musste Ruben alias Rudi sein.

Jemand weinte laut und ungeniert, und Clara konnte das Geräusch einer dicken, blonden Frau mit Hut zuordnen, die, von ihrem Mann gestützt, neben Gruber stand. Offenbar Irmgard Grubers Schwester. Gruber und Armin standen wie versteinert da. Keiner der beiden weinte, und Clara schnürte der Anblick der beiden in ihrem Schmerz erstarrten Männer fast das Herz ab. Am liebsten wäre sie hingegangen und hätte sie heftig geschüttelt. Oder in den Arm genommen. Oder beides. Stattdessen blieb sie still stehen und versuchte, der Ansprache des Pfarrers zu folgen. Doch seine Worte erreichten sie nicht. Irmgard Gruber blieb ihr fremd, und das war nicht einmal die Schuld des Pfarrers, der sich redlich bemühte, die passenden Worte für diese Situation zu finden. Er war jung und fror erbärmlich, seine Lippen waren ganz blau. Wahrscheinlich war Irmgard Gruber das erste Mordopfer, das er beerdigen musste.

Rechts vom Grab stand eine Abordnung der Polizei, darunter auch Kommissarin Sommer. Ihr blondes kurzgeschnittenes Haar leuchtete in der fahlen Sonne, die hin und wieder durch die unentschlossenen Wolken stach, immer wieder auf. Clara wandte sich ab, als die Gäste anfingen, sich in einer langen, stummen Reihe am Grab zu bekreuzigen und Gruber zu kondolieren. Sie konnte den Anblick von Grubers versteinerter Miene und die Qual, die sich dahinter verbarg, nicht mehr ertragen. Langsam ging sie den Weg zurück zum Ausgang. Sie war dagewesen, Gruber zuliebe, sie hatten sich zu Beginn kurz begrüßt, aber nicht miteinander gesprochen. Heute war kein Raum für Gespräche ihrer Art. Heute ging es nicht darum, einen Mörder zu finden. Auch nicht darum, wie es weitergehen sollte. Heute ging es darum, etwas abzuschließen, so schmerzhaft es auch war. Und Clara hatte keinen Anteil daran. Es war nicht ihr Schmerz, nicht ihr Verlust. Es reichte auch so.

Ganz automatisch wandte sie sich am Ausgang nach rechts in Richtung Osterwaldstraße. Bei den parkenden Autos unweit des Schwabinger Bachs blieb sie stehen und dachte darüber nach, wie merkwürdig es doch war, dass Irmgard Gruber ausgerechnet hier auf dem Nordfriedhof beerdigt wurde, nur wenige Meter von der Stelle entfernt, an der sie gefunden worden war. Wahrscheinlich wussten die meisten der Trauergäste, die hier ihren Wagen abgestellt hatten, gar nicht, was für eine Bedeutung der Ort hatte. Aber Gruber würde es nie vergessen. Er würde ihn immer und unabwendbar mit jenem

Morgen in Verbindung bringen, als er dort ankam, noch vollkommen ahnungslos ...

Clara ging noch einmal zu der Stelle, an der sie schon einmal gestanden und hinuntergesehen hatte. Eine Böschung wie jede andere, kahles Gestrüpp, kein Hinweis, kein Zeichen, nichts. Sie kletterte vorsichtig hinunter bis zum Bach und versuchte, sich an das Foto in der Akte zu erinnern und den genauen Fundort wiederzufinden, doch es war gar nicht so einfach. Alles sah gleich aus. Dann entdeckte sie ein paar abgebrochene Äste, eine Art niedergedrückte Mulde in einem der dürren Sträucher. Vorsichtig kletterte sie auf dem beinhart gefrorenen, unebenen Boden darauf zu. Ihr fiel ein, dass sie sich beeilen musste, um wieder oben zu sein, bevor die Beerdigung zu Ende war. Es würde keinen guten Eindruck machen, wenn Gruber sie entdeckte, wie sie dort unten herumkroch, während die Trauergäste zu ihren Autos gingen. Sie sah auf die Uhr. Ihr blieben höchstens noch fünf Minuten.

Jetzt hatte sie den Platz erreicht und betrachtete die abgebrochenen Äste. Natürlich gab es keine Spuren, keine Hinweise, die Polizei hatte alles abgesucht. Im Übrigen war der Täter aller Wahrscheinlichkeit nach ohnehin nie hier unten gewesen. Er hatte Irmgard Grubers Leiche nur hinuntergestoßen. War er danach noch eine Weile stehen geblieben und hatte hinuntergesehen? Was hatte er gedacht, gefühlt?

Clara hob den Kopf, sah nach oben und zuckte vor Schreck zusammen. Dort oben stand jemand. Direkt über ihr am Rande der Böschung, und er sah genau zu ihr herunter. Clara duckte sich instinktiv. Der Gestalt nach war es ein Mann, aber sie konnte sein Gesicht nicht erkennen. Vielleicht hatte er sie gar nicht gesehen? Sie war wegen der Beerdigung ganz in Schwarz gekleidet, und hier unten herrschte ein diffuses Zwielicht, zumal jetzt die Sonne endgültig verschwunden war. Aber was tat er dort? Warum stand er genau da? Sie begann zu zittern, und ihr Herz klopfte schmerzhaft irgendwo in der Nähe ihres Halses. Sie duckte sich noch tiefer, versuchte, sich unsichtbar zu machen, mit dem dunklen Waldboden zu verschmelzen. Ihre Hände, die sich in den gefrorenen Boden gekrallt hatten, leuchteten verräterisch hell. Eine ganze Weile starrte sie auf ihre weißen Hände und war wie gelähmt. Sie wagte nicht, den Kopf zu heben, aus Furcht, dem Mann womöglich ins Gesicht zu blicken. Ihre Ohren waren aufs Äußerste gespitzt. War da nicht ein Knacken gewesen? Das Geräusch von Schritten? Kam er zu ihr herunter? Sie machte sich sprungbreit, entschlossen zu fliehen, doch gleichzeitig war sie nicht in der Lage, sich auch nur einen Millimeter zu bewegen. Erst als vom Friedhof Glockengeläut ertönte, hob sie vorsichtig, im Zeitlupentempo, den Kopf und sah nach oben. Die Gestalt war verschwunden. Sie richtete sich halb auf und sah sich um. Niemand war zu sehen. Doch die Angst, die sie gepackt hatte, wollte noch nicht weichen. Mit wackeligen Knien und dem ständigen Gefühl im Nacken, beobachtet zu werden, kletterte sie nach oben. Sie erreichte den Rand der Böschung gerade in dem Moment, als die gesammelte Trauergemeinde um die Ecke bog.

»Ach du große Scheiße«, fluchte sie und wischte sich mit zitternden Händen die Blätter und dürren Äste von den Knien.

Gruber hatte sie schon entdeckt und steuerte geradewegs auf sie zu. »Frau Niklas!« Er packte sie am Arm. »Sind Sie hingefallen? Sie schauen furchtbar aus.« Dann fiel sein Blick auf die Böschung, und er verstand.

»Was zum Teufel …«, begann er, doch Clara unterbrach ihn, während seine Schwägerin mit ihrem Mann und Armin im Schlepptau wie ein Fregatte auf sie zugesegelt kam.

»Haben Sie ihn gesehen?« Sie war noch ganz atemlos vor Schreck.

»Wen?« Er runzelte die Stirn.

»Den Mann, der gerade noch hier gestanden ist!« Sie senkte ihre Stimme zu einem Flüstern herab. »Ich glaube, das war er!«

»Hier? Heute?« Gruber sah sie fassungslos an. »Der ganze Friedhof ist voll mit Polizisten! Keiner würde so blöd sein, sich da mitten hineinzubegeben. Außer vielleicht im Fernsehen.« Er schüttelte den Kopf.

Clara biss sich auf die Lippen und kam sich unsagbar dämlich vor. Er hatte natürlich recht. So etwas taten Mörder nur in Krimis. »Es tut mir leid, war dumm von mir.«

Jetzt hatte die Fregatte sie erreicht. »Was ist denn mit Ihnen passiert?«, fragte sie in vorwurfsvollem Ton.

Clara hob in einer verlegenen Geste die Arme und lächelte entschuldigend. »Ich bin gestürzt. Das lange Stehen und die neuen Schuhe ...« Sie hob ein Bein und zeigte der Fregatte einen ihrer neu erworbenen Feuerwehrstiefel, die einzigen schwarzen Stiefel, die sie besaß.

Grubers Schwägerin musterte zuerst die Schuhe und dann den Rest von Clara abfällig. Dann wandte sie sich ohne ein weiteres Wort ab und steuerte auf einen silberfarbenen Mercedes mit Pfarrkirchener Kennzeichen zu. Ihr Mann folgte ihr auf dem Fuß.

Gruber sah Clara ein wenig unschlüssig an. »Wir gehen jetzt zum Brunnenwirt, Sie sind natürlich herzlich eingeladen.«

»O nein!« Clara wehrte erschrocken ab. »Danke, aber, nein danke, ich muss jetzt in die Kanzlei!«

Gruber nickte. »Also dann ...«

Clara verabschiedete sich von Gruber und Armin, so schnell sie konnte, ohne unhöflich zu sein, und trollte sich. Dabei bemerkte sie Kommissarin Sommer, die nur wenige Schritte entfernt von den Grubers stand und Clara aus schmalen Augen beobachtete. Als sich ihre Blicke trafen, wandte die blonde Kommissarin schnell den Kopf und tat so, als unterhielte sie sich mit einem Kollegen. Clara seufzte. Gruber wäre vieles erspart geblieben, wenn dieses Miststück sich nicht eingemischt hätte.

Während Clara zur U-Bahn ging, schimpfte sie leise vor sich hin: »Du selten dämliches Huhn! Warum musstest du nur da hinunterklettern?« Sie vergrub ihr Gesicht in ihrem Mantelkragen, um sich vor dem scharfen Wind zu schützen, der wieder unvermittelt aufgekommen war. Die letzten blauen Flecken am Himmel waren verschwunden, und die Wolken hingen tief und schneeschwer über der ganzen Stadt. Das Wetter schlug um. Clara konnte es spüren, hinter ihren Augen machte sich leichter Kopfschmerz bemerkbar, der stärker wurde, wenn sie in den Himmel blickte. Sie kniff die Augen zusammen. Kopfschmerzen! Das hatte ihr gerade noch gefehlt. Sie blieb unschlüssig stehen, dann kehrte sie um. Vielleicht war es doch besser, noch ein wenig frische Luft zu schnappen und zu Fuß zu gehen. Sie war noch keine fünf Minuten unterwegs, da begann es zu schneien. Zuerst ganz leicht, vereinzelte Flocken hie und da, dann wurden es schnell mehr. Hinzu kam der heftige Wind, der durch ihren Mantel pfiff und ihre Augen tränen ließ. Kein Mensch war auf der Straße, und Clara bereute es schon, zu Fuß gegangen zu sein. An der Münchener Freiheit würde sie in die U-Bahn steigen, Kopfschmerzen hin oder her.

Während sie mit zusammengekniffenen Augen und hochgezogenen Schultern dahintrottete, kam ihr der Mann an der Böschung wieder in den Sinn. Je länger sie über ihn nachdachte, desto weniger abwegig erschien ihr der Gedanke, dass es tatsächlich der Mörder gewesen sein könnte. Aus irgendeinem Grund, der ihr selbst noch nicht klar war, überraschte sie der Gedanke, dass er an der Beerdigung teilgenommen hatte, nicht, im Gegenteil, es schien ihr vollkommen logisch zu sein. »Es passt zu dir«, murmelte sie in ihren Mantel hinein. »Das ist genau das, was du brauchst, nicht wahr?« Sie hob den Kopf. »Du brauchst die Kontrolle! Es macht dich wahnsinnig, nicht zu wissen, was vorgeht.« Sie nickte langsam. Ja, das war es: Kontrolle, den Überblick behalten, die Dinge beobachten.

Clara blieb abrupt stehen. Um sie herum war es still, fast zu still für einen normalen Freitag in der Stadt. Der plötzliche Schnee dämpfte die Geräusche schon jetzt, obwohl noch gar nicht viel liegen geblieben war. Autos in der Ferne, irgendwo, gingen sie nichts an. Dabei lagen die Leopoldstraße und der Mittlere Ring in unmittelbarer Nähe. »Beobachten«, wiederholte Clara leise, beschwörend, voller Angst, der Gedanke, diese plötzliche, hauchdünne Verbindung zum Mörder könnte abreißen, bevor sie sich einen Reim darauf machen konnte. »Du hast sie beobachtet, du warst da, du hast gesehen, wie Gruber gekommen ist ...«

Clara setzte sich wieder in Bewegung, beschleunigte ihren Schritt, bis sie fast lief. Erst als sie vor dem Haus stand, in dem Irmgard Gruber gewohnt hatte, blieb sie schwer atmend stehen. Die kalte Luft schmerzte in ihren Lungen, aber ihr war warm geworden, und die Kopfschmerzen waren verschwunden. Die beiden Fenster im ersten Stock, die zu Irmgards Wohnung gehört hatten, waren dunkel und leer. Jemand, Clara vermutete, Irmis Schwester, hatte bereits die Vorhänge abgenommen.

Doch das Haus selbst interessierte Clara dieses Mal nicht.

Sie sah sich um, suchte nach einem geeigneten Platz, von dem aus man die Fenster sehen konnte, ohne selbst gesehen zu werden. Sie fand ihn direkt gegenüber. Auf der anderen Straßenseite stand ein altes Haus mit Backsteinfassade in einem zugewachsenen Garten. Hohe Buchen säumten den von zwei ebenfalls hohen Backsteinpfosten gesäumten Eingang. Ein Gartentor gab es nicht. Überhaupt sah das Haus nicht sehr gepflegt aus. Der schmale Kiesweg war von den Blättern des vergangenen Herbstes bedeckt, die niemand weggefegt hatte, und die Fassade war stellenweise so dicht von Efeu bewachsen, dass er bereits anfing, die Fenster zu überwuchern. Über der Eingangstür hingen die letzten Fetzen einer tibetanischen Gebetsfahne, und neben den Stufen lehnte ein rostiges Fahrrad, dem ein Reifen fehlte.

Clara ging in den Garten und stellte sich zwischen zwei besonders dicke Buchen. Der Platz war perfekt: Sie konnte die ganze Straße überblicken und hatte vor allem freie Sicht auf Irmgard Grubers Fenster. Clara bückte sich, um den Boden nach verräterischen Fußspuren abzusuchen, doch der Boden war seit Wochen gefroren, und selbst wenn sich hier jemand längere Zeit aufgehalten hätte, könnte man nichts sehen. Auch gab es kein Kaugummipapier und keine Zigarettenstummel, die darauf hätten schließen lassen, dass hier jemand gestanden und gewartet hatte.

Clara wollte sich gerade wieder aufrichten, als ihr Blick auf etwas Merkwürdiges fiel. Es lag etwa einen halben Meter entfernt, dicht am Gartenzaun, und war auf den ersten Blick nicht zu definieren. Clara griff danach. Es war ein Geschenk. Sorgfältig verpackt in dunkelblaues Papier mit Flugzeugen darauf und mit einer grünen Schleife umwickelt. An der Seite hatte es einen Riss, und es war feucht und etwas schmutzig, aber nicht allzu sehr. Sicher lag es noch nicht den ganzen Winter über hier. Clara erinnerte sich, dass es um Weihnachten herum wie üblich einige Tage heftig geregnet hatte. Wenn das Päckchen schon zu dem Zeitpunkt hier gelegen hätte, wäre es in einem erheblich schlechteren Zustand. Clara wog das Geschenk in der Hand: Es war schwerer, als es aussah. Sie sah sich um. Kein Mensch war zu sehen. Doch irgendetwas verbot ihr, es hier sofort zu öffnen. Es erschien ihr zu unsicher, zu ungeschützt, fast hatte sie Angst, jemand könnte es ihr wegnehmen, wenn sie es hier in diesem fremden Garten öffnete. Sie sah sich erneut um und schob es dann schnell in ihre Handtasche. Verstohlen verließ sie den Garten und wandte sich in Richtung Leopoldstraße, um die U-Bahn zu nehmen. Mittlerweile schneite es heftiger, und der Wind hatte nachgelassen. Clara tastete noch einmal nach dem Päckchen und überlegte, was für ein glücklicher Zufall es doch war, dass sie ausgerechnet heute hier vorbeigeschaut hatte. Wenn es so weiterschneite, würde der Garten morgen schneebedeckt sein, und sie hätte das Päckchen wahrscheinlich gar nicht bemerkt.

Auf dem Weg von der U-Bahn zu ihrer Wohnung lief sie fast, die Tasche fest an sich gepresst. Zu Hause angekommen, bekam Elise einen flüchtigen Schmatz auf ihr rechtes Ohr, dann rannte Clara in die Küche und legte das blaue Päckchen auf den Tisch. Zuerst betrachtete sie es von allen Seiten. Die Motive auf dem teuer aussehenden Papier ließen auf ein Geschenk für ein Kind schließen. Es war sehr sorgfältig eingepackt, ohne Tesafilm, mit akkurat umgeknickten Falzen und mit einer grünen Stoffschleife umwickelt. Langsam packte sie es aus, legte die Schleife behutsam auf den Tisch, öffnete das feuchte Papier. Darin befand sich eine stabile Schachtel aus grauer Pappe. Sie drehte sie ein wenig hin und her, löste den Tesafilm, mit der sie zugeklebt war, und zog einen kalten, überraschend schweren Gegenstand heraus. Es war eine Lokomotive. Clara betrachtete sie genauer. Eine leuchtend blau lackierte Dampflok, wunderschön detailgenau gearbeitet. Sie las die Bezeichnung auf der Verpackung: *69281 Dampflok BR 03.10 »Blaue Mauritius«*.

»Aha.« Clara stellte sie auf den Tisch und musterte sie ratlos. War das nun ein Hinweis oder nicht? Wer hatte das Päckchen dort verloren? Konnte es tatsächlich Irmgard Grubers Mörder gewesen sein, als er das Haus beobachtet hatte? Clara schüttelte zweifelnd den Kopf. Warum sollte er eine Lokomotive dabeihaben? Als Geschenk verpackt? Etwa für Irmgard Gruber? Sie musterte die blaue Lok unschlüssig. Elise kam an die offene Küchentür getapst und winselte leise. Als Clara den Kopf hob, wedelte sie mit dem Schwanz und lief in Richtung Wohnungstür.

»Ja, ja, ich komme schon...« In Gedanken versunken schlüpfte Clara wieder in ihren Mantel, den sie achtlos über den Küchenstuhl geworfen hatte, und ging mit Elise zur Isar hinunter. Es schneite noch immer heftig, und Elise machte sich einen Spaß daraus, nach den Schneeflocken zu schnappen und imaginäre Monster anzubellen, die sich in heimtückischer Weise unter der noch dürftigen Schneedecke vergraben hatten und ihr nun auflauerten. Clara sah ihr abwesend zu. Ihre Gedanken kreisten um die blaue Lokomotive auf ihrem Küchentisch. »Was hat das zu bedeuten?«, fragte sie sich und kniff die Augen zusammen, um sich gegen eine Windböe zu schützen. »Für wen war dieses Geschenk bestimmt? Ein Geschenk für ein Kind.«

Plötzlich blieb sie wie angewurzelt stehen und hob den Kopf in die wirbelnden Flocken. Dann schlug sie sich mit einer Hand auf die Stirn und rief laut: »Natürlich! Ich bin so eine Idiotin!« Hastig machte sie kehrt. Elise, die gerade voller

Eifer versucht hatte, ein Loch in die gefrorene Erde zu kratzen, hob ungläubig den Kopf und bellte, doch als Clara nicht reagierte, blieb ihr nichts anderes übrig, als das soeben begonnene Werk im Stich zu lassen und ihr zu folgen.

Clara hatte schon Grubers Handynummer gewählt, als ihr bewusst wurde, dass er wahrscheinlich noch mit Freunden und Verwandten im Brunnenwirt war. Früher, als Teenager, hatte Clara den »Leichenschmaus« immer als eine besonders abartige Art der öffentlichen Zurschaustellung der Trauer angesehen und verächtlich den Kopf darüber geschüttelt. Längst hatte sich jedoch ihre Meinung dazu geändert. Zusammen zu essen und zu trinken war wichtig. Es bedeutete eine Art Rückkehr ins Leben nach den Schrecken einer Beerdigung, und es war kein Wunder, dass diese Veranstaltungen hin und wieder aus dem Ruder liefen. In Irland hatte sie Beerdigungen miterlebt, die in große wilde Partys gemündet waren. Manche mochten das gegenüber dem Verstorbenen für pietätlos halten, aber Clara, deren Sinn für religiöse Gefühle und Pietät im Allgemeinen nicht sehr ausgeprägt war, hielt es lieber mit den Lebenden: Sie mussten schließlich weiterleben, und alles, was ihnen dabei half, war gut.

Gruber und seine Familie würden heute wohl kaum in Feierlaune geraten, aber trotzdem kam es nicht in Frage, ihn jetzt zu stören. Sie unterbrach die Verbindung hastig. Stattdessen suchte sie im Telefonbuch die Versicherungsagentur Wimbacher. Er müsste eigentlich schon wieder von der Beerdigung zurück sein. Clara konnte sich nicht vorstellen, dass er von Gruber zum Leichenschmaus in den Brunnenwirt eingeladen worden war. Im Büro meldete sich nur der Anrufbeantworter, doch Clara fand auch seine Privatnummer im Telefonbuch und schickte ein Stoßgebet zum Himmel, dass er zu Hause war. Ihr Gebet wurde erhört, Wimbacher nahm nach dem zweiten Klingeln ab.

Clara atmete auf. »Hier ist Clara Niklas, die Anwältin von Walter Gruber«, begann sie aufgeregt.

»Ja?« Wimbachers Stimme klang misstrauisch.

»Ich wollte Sie nur etwas fragen«, sagte Clara schnell. »Wegen Ihrem Neffen, dem Rudi.«

»Ja?«, kam es gedehnt zurück.

»Sie sagten doch, Irmgard Gruber hat ihm immer Geschenke gemacht. Was waren das für Geschenke? War es vielleicht Zubehör für seine Modelleisenbahn?«

»Wieso wollen Sie das denn wissen?«, fragte Wimbacher zurück.

Clara unterdrückte einen Seufzer. »Es könnte sein, dass wir so etwas wie eine Spur haben«, meinte sie ausweichend.

»Aha. Und was hat der Rudi damit zu tun?«

»Nichts! Gar nichts!« Clara wurde ganz zappelig. »Ich muss nur etwas überprüfen, ich habe etwas gefunden.«

Wimbacher schwieg einen Augenblick, dann sagte er: »Hören Sie, ich komme gerade von Irmis Beerdigung und habe jetzt wirklich gar keinen Sinn für Ihre Detektivspiele. Überlassen Sie das doch der Polizei!«

»Bitte, Herr Wimbacher! Sie wollen doch auch, dass der Mörder gefunden wird!«, flehte Clara ihn an. »Es ist doch kein Problem, mir zu sagen, was …«

Wimbacher unterbrach sie. »Was ich will, ist, diese unselige Sache endlich zu vergessen. Der Rudi ist fix und fertig, das können Sie sich ja wohl vorstellen, oder? Wir wollen damit nichts mehr zu tun haben.« Er legte auf.

Clara starrte ungläubig den Hörer an. »Was für ein Arschloch«, brummte sie. »Als ob er das so einfach vergessen könnte.«

Dann musste es eben anders gehen. Sie kochte sich einen Kaffee, setzte sich an ihren Schreibtisch, rauchte und durchforstete das elektronische Telefonbuch auf dem Laptop. Es gab elf Fachgeschäfte für Modelleisenbahnen und Modellbau im Großraum München, davon sechs in der Innenstadt. Clara überflog die Liste mit fieberhafter Ungeduld. An einer Adresse blieb sie hängen: *Modelleisenbahnen Bockelmann. Inhaber Josef Gerlach*. Und dann die Adresse: direkt an der Münchener Freiheit, keine fünf Minuten entfernt von der Kneipe, in der sie gestern gewesen war, und höchstens zehn Minuten zu Fuß bis zu Irmgard Grubers Wohnung.

Clara ließ sich auf ihren Stuhl fallen und atmete tief ein. Hatte sie ihn? Hatte sie Papa Joke tatsächlich gefunden? Sie nickte langsam, und ihr Blick wanderte zurück zu dem Namen auf der Liste. Josef Gerlach. *Josef!* Er musste es sein. Und die Modelleisenbahn war die Verbindung zu Irmgard Gruber. Sie war in seinem Laden gewesen, hatte dort Geschenke für Adolf Wimbachers Neffen gekauft. Clara konnte sich zwar noch immer nicht vorstellen, was zu dem Mord geführt hatte, aber das hier war eine echte Spur. Die Verbindung zwischen Papa Joke alias Josef und Irmgard Gruber.

Sie stand auf. Jetzt war Schluss. Mehr konnte sie nicht mehr tun. Der Rest war Sache der Polizei. Sie packte die Lokomotive zusammen mit dem Geschenkpapier in ihre große Kanzleitasche. Nach kurzem Zögern nahm sie die beiden Todesanzeigen und das leere Kuvert ebenfalls mit. Dann wählte sie Grubers Handynummer. Beerdigung hin oder her, sie musste ihm wenigstens sagen, dass sie zu Kommissarin Sommer ging. Es meldete sich nur die Mailbox, und Clara bat dringend um Rückruf. Dabei fiel ihr ein, dass sie ihr Handy wieder einmal bei Mick vergessen hatte. Das war Pech, aber im Augenblick nicht zu ändern. Sie hatten sich zwar erst für morgen Nachmittag wieder verabredet, aber sie konnte ja heute nach dem Besuch bei der Polizei noch kurz bei ihm vorbeischauen und es abholen. Sie zog sich ihren Mantel wieder an, und Elise erhob sich erwartungsvoll, doch Clara schüttelte den Kopf: »Nein, meine Liebe, ich kann dich jetzt nicht mitnehmen.« Es war sicher keine gute Idee, bei der Kommissarin Sommer mit ihrem riesigen Hund aufzutauchen. Elise ließ sich enttäuscht wieder zurück auf ihre Matratze plumpsen und sah Clara aus ihren blutunterlaufenen Augen vorwurfsvoll an. Clara streichelte sie. »Ich komme bald zurück, versprochen.«

Elise senkte den Kopf auf ihre großen Pfoten und schmollte. Sie hasste es, allein zu sein. Und einen richtigen Spaziergang hatte es heute auch noch nicht gegeben. Auch wenn sie nicht die Allersportlichste war, ein bisschen mehr Bewegung durfte es schon sein!

Clara strich ihr noch einmal über den Kopf, dann ging sie zur Tür. »Bis dann, Dicke.«

Elise hob nicht einmal den Kopf.

EINUNDZWANZIG

Kommissarin Sommer verschränkte die Arme vor der Brust und bedachte Clara mit einem abschätzigen Blick. »Was soll ich jetzt Ihrer Meinung nach damit anfangen?« Sie deutete mit einer wegwerfenden Handbewegung auf die Modelleisenbahn, die auf ihrem Schreibtisch lag.

Clara hatte der widerstrebenden Polizistin detailliert von ihren privaten Nachforschungen erzählt und noch einmal Punkt für Punkt die Indizien dafür aufgelistet, dass nicht Walter Gruber, sondern ein Mann namens Josef Gerlach alias Papa Joke Irmgard Grubers Mörder war.

Kommissarin Sommer hatte ihr schweigend zugehört, ohne sich jedoch Notizen zu machen oder sonst einen Hinweis darauf zu geben, dass die Sache sie in irgendeiner Weise interessieren könnte. Noch nicht einmal die anonyme Todesanzeige hatte ihr mehr als das flüchtige Heben einer Augenbraue entlocken können. Jetzt sah sie auf die Uhr. »Hören Sie, ich habe eigentlich heute frei und bin nur zufällig noch da, weil wir auf der Beerdigung waren. Wenn also nichts mehr anliegt ...« Sie beugte sich vor und wollte aufstehen.

»Nichts mehr anliegt?« Clara sah sie fassungslos an. »Sie können doch jetzt nicht einfach nach Hause gehen.«

»O doch, ich kann.« Kommissarin Sommer lächelte freudlos. »Ich habe ein Überstundenkonto, das ist so lang, dass ich es schon jetzt nicht mehr abfeiern kann, bis ich in Rente gehe, und ich bin erst einunddreißig.«

»Gratuliere!«, gab Clara bissig zurück und rührte sich keinen Millimeter. Sie würde in diesem Stuhl sitzen bleiben.

Die Kommissarin sah sie einen Moment unschlüssig an, als spiele sie mit dem Gedanken, sie hinauszuwerfen, doch dann sank sie unwillig zurück auf ihren Stuhl. »Was wollen Sie überhaupt von mir?«

»Dass Sie Ihre Arbeit machen.«

Die Sommer lachte. »Ach! Sie denken, dass das, was Sie da zusammengetragen haben, etwas mit meiner Arbeit zu tun hat? Meine Liebe, Sie haben keine Ahnung von meiner Arbeit. Nur, weil Sie hier für Ihren Mandanten ein bisschen herumschnüffeln und sich wilde Storys ausdenken, soll ich mir auch noch meinen restlichen freien Tag um die Ohren schlagen?«

Sie schüttelte den Kopf.

Clara wurde rot vor Zorn. »Ich dachte eigentlich, Sie hätten ein Interesse daran, Irmgard Grubers Mörder zu finden«, entgegnete sie.

Kommissarin Sommer musterte sie kühl. »Ich habe den Täter bereits gefunden. Daran hat auch Ihre Intervention bei der Untersuchungsrichterin nichts geändert, außer dass sie uns eine Menge nutzloser Mehrarbeit eingebracht hat. Es tut mir leid, aber ich halte Walter Gruber nach wie vor für schuldig.«

»Aber Sie können die Hinweise auf einen anderen Täter doch nicht einfach ignorieren!«, wandte Clara ungläubig ein.

»Was für Hinweise sollen das denn sein? Eine Spielzeuglokomotive in irgendeinem Garten, der Inhaber eines Spielwarenladens und ein eigenbrötlerischer Akkordeonspieler, die – vielleicht – beide Josef heißen, wie ungewöhnlich! Haben Sie eine Ahnung, wie viele Männer es in München gibt, die auf den Namen Josef hören?«

»Kein Spielwarenladen«, wandte Clara zornig ein. »Es ist ein Geschäft für Modelleisenbahnen, und es ist eine solche Eisenbahn, die ich gefunden habe ...«

Kommissarin Sommer winkte ab. »Von mir aus. Wo ist da der Unterschied? Das ist doch alles kein Beweis für irgendetwas! Selbst wenn Frau Ostmann damals diesen Akkordeonspieler mit dem albernen Spitznamen getroffen haben sollte – ich sagte: *wenn*! –, dann gibt es noch immer keinerlei Beweis dafür, dass dieser Mann *irgendetwas* mit dem Mord an Irmgard Gruber zu tun hat. Wie kommen Sie überhaupt darauf, dass das ein und derselbe Mann sein sollte? Wegen eines liegen gelassenen Morgenmantels?« Sie schüttelte den Kopf. »Und dann eine Spielzeuglokomotive in einem fremden Garten! Ich bitte Sie! Ihr Eifer in allen Ehren, aber Sie haben sich da gründlich verrannt, das müssen Sie doch selber einsehen. Lassen Sie es gut sein.« Die Kommissarin hatte jetzt den Tonfall gewechselt. Sie war nicht mehr arrogant und von oben herab, sondern sprach mit Clara wie mit einer schwachsinnigen Halbidiotin, offenbar in der Hoffnung, sie so schneller loszuwerden.

Clara blieb äußerlich ruhig, obwohl sie innerlich kochte. »Und der anonyme Brief, den ich bekommen habe? Wollen Sie den auch einfach so ignorieren?«

Sabine Sommer warf einen flüchtigen Blick auf die beiden Todesanzeigen in der Klarsichthülle vor ihr. »Da hat sich einer einen dummen Scherz erlaubt.«

»Und wenn nicht? Wenn es tatsächlich eine Drohung des Mörders ist?«, fragte Clara scharf.

Die Kommissarin Sommer verzog ihren Mund zu einem spöttischen Lächeln. »Ach, und der Mörder hat nichts Besseres zu tun, als ausgerechnet Ihnen einen Brief zu schreiben? Wie sollte er denn überhaupt auf Sie kommen?«

Clara zuckte die Achseln. »Aus der Zeitung? Es stand etwas über die Haftentlassung in der Zeitung und der Name meiner Kanzlei.«

»Und jetzt glauben Sie, dass Sie *so* wichtig sind? *So* gefährlich für den Mörder, dass er sich genötigt fühlt, Ihnen zu drohen?«

Clara verschlug es die Sprache. Es war nicht nur Ignoranz oder übertriebener Ehrgeiz, wie Clara anfangs geglaubt hatte. Es war persönlich. Sabine Sommer hegte ganz offensichtlich eine tiefe persönliche Abneigung gegen Gruber und auch gegen Clara. Letzteres hing wahrscheinlich mit dem Fall Imhofen zusammen. Gruber und Sommer waren sich damals absolut einig gewesen, was ihren Verdacht anbelangte. Zumindest anfangs. Im Laufe des Verfahrens hatte Gruber seine Meinung geändert, woran Claras Recherchen einen nicht unwesentlichen Anteil gehabt hatten. Und am Ende war er als Held dagestanden. Und jetzt war es wieder Clara, die sich einmischte, war sie es, die die Haftentlassung Grubers bewirkt hatte und damit ein schlechtes Licht auf Sabine Sommers Ermittlungsarbeit warf. Wahrscheinlich hatte sich Gruber in Bezug auf Sabine Sommer keinen Gefallen getan, als er ausgerechnet Clara als seine Verteidigerin beauftragte. Sie stand hier auf verlorenem Posten. Sie war ein rotes Tuch für die Frau ihr gegenüber, die jetzt erneut genervt auf die Uhr sah.

Clara versuchte, sich ihre Wut nicht anmerken zu lassen, und sagte nur: »Sie nehmen jetzt diese Beweisstücke in Verwahrung und meine Aussage zu Protokoll, ganz offiziell, mit Stempel und in dreifacher Ausfertigung. Vorher gehe ich nicht.«

Sie lehnte sich zurück und schlug die Beine übereinander. »Im Gegensatz zu Ihnen habe ich genug Zeit, die ich mir ganz allein und selbständig einteilen kann. Als Rechtsanwältin gehöre ich nämlich zu den *Frei*beruflern.«

Kommissarin Sommer war ein harter Knochen. Es verstrich fast eine geschlagene Minute, bis sie nachgab und ihren PC einschaltete. »Also gut, wenn es Ihnen Freude macht, dann nehmen wir Ihre *Ermittlungsergebnisse* eben auf.«

Als Clara eine halbe Stunde später das Polizeipräsidium verließ, war ihr Zorn noch immer nicht verraucht. Doch er wurde nahezu erdrückt von einer lähmenden, bleiernen Erschöpfung, die sie in dem Moment überkommen hatte, als sie sich von der blonden Kommissarin verabschiedet hatte. Es war nichts gewonnen mit dieser lächerlichen Protokollierung. Nichts. Es hatte alles nichts genützt. Die Polizei würde in dieser Richtung keinen Finger rühren.

Zum Abschied hatte ihr Sabine Sommer noch den entscheidenden Schlag verpasst. »Ich dürfte es Ihnen ja eigentlich nicht sagen«, begann sie, als Clara schon aufgestanden war, »aber ich konnte mir heute Nachmittag frei nehmen, weil unsere Ermittlungen im Fall Gruber abgeschlossen sind.«

Clara starrte sie an. »Was soll das heißen?«, fragte sie.

Kommissarin Sommer lächelte kühl. Sie hatte jetzt wieder Oberwasser. »Das heißt, dass wir Walter Gruber wieder verhaften werden. Er ist der einzige Tatverdächtige. Es haben sich trotz eingehender weiterer Ermittlungen keine Hinweise auf einen anderen Täter ergeben. Mit Rücksicht auf die Beerdigung werden wir allerdings bis Montag warten. Ich darf mich doch auf Ihre Diskretion verlassen? Es wäre nämlich sehr dumm, wenn sich Herr Gruber aufgrund eines Tipps von Ihnen seiner Verhaftung entzöge. Ich würde das als Strafvereitelung werten, oder wie sehen Sie das? Es könnte Sie Ihre Zulassung kosten.«

Clara blieb der Mund offen stehen. »Sie haben mich die ganze Geschichte erzählen lassen, obwohl Sie wussten, dass Sie Gruber ohnehin wieder verhaften?«

Kommissarin Sommer zuckte nachlässig mit den Schultern und stand auf. »Wir wollen uns schließlich nicht nachsagen lassen, wir hätten kein offenes Ohr für unsere Strafverteidiger.«

Unschlüssig stand Clara in der Fußgängerzone und überlegte, was sie jetzt tun sollte. Der Besuch bei Kommissarin Sommer hatte sie vollkommen ausgebremst. Langsam trottete sie in Richtung Marienplatz, warf flüchtige Blicke in die grellen Schaufenster und kaufte sich wider besseres Wissen an einem amerikanischen Fast-Food-Pizzastand ein »Full-Size«-Stück Pizza Margherita mit »Extra-Cheese«. Vielleicht half es, etwas zu essen, um sich wieder zu beruhigen.

»Diese karrieregeile Schnepfe nagelt Gruber ans Kreuz und zuckt dabei nicht mit einer Wimper!«, murmelte sie zwischen zwei Bissen und verzog das Gesicht. Extra-Cheese war doch etwas des Guten zu viel. Sie war sich so sicher gewesen, dass die Polizei angesichts der Dinge, die sie herausgefunden hatte, etwas unternehmen werde. Unternehmen musste. Doch sie hatte sich getäuscht. Sabine Sommer war gnadenlos, und Gruber fehlten Verbündete in der eigenen Abteilung. Dieser Kommissar Hertzner, mit dem Clara anfangs einmal am Telefon gesprochen hatte, schien Gruber zwar zu mögen, und er war, anders als Kommissarin Sommer, keineswegs von Grubers Schuld überzeugt gewesen, doch Leiterin dieser Ermittlung war nun einmal Sabine Sommer. Hinzu kam, dass sich Walter Gruber mit seiner ruppigen, wenig kollegialen Art in der Dienststelle wahrscheinlich nicht nur Freunde gemacht hatte und man ihm sicher auch seine Erfolge neidete. Clara konnte sich gut vorstellen, dass es mit dem Betriebsklima in einem Morddezernat mit stressigen Arbeitszeiten und ständigem Erfolgsdruck nicht immer zum Besten bestellt war. Und dann kamen noch die betriebsinternen Hierarchien hinzu, kleine Eifersüchteleien, bewusste oder unbewusste Kränkungen, Intrigen …

Clara seufzte. Es war bitter, aber wenn nicht ganz schnell irgendetwas passierte, würde Gruber am Montag wieder in Haft sein. Clara konnte ihre Argumente zwar in einem Schriftsatz vorbringen, aber nach Sabine Sommers Reaktion zweifelte sie, ob ihr die Richterin ein zweites Mal folgen würde. Und obwohl sie sich dagegen zu wehren versuchte, begann sie selbst ein wenig zu zweifeln. War es wirklich so logisch und folgerichtig, dass dieser Josef Gerlach, den sie ausfindig gemacht hatte, Papa Joke war und gleichzeitig auch der Mörder von Irmgard Gruber? Oder hatte diese unangenehme Kommissarin am Ende doch recht, und es waren alles nur Hirngespinste, zusammengeschustert aus Zufällen und Dingen, die gar nichts miteinander zu tun hatten? Sie blieb stehen, warf die halbaufgegessene Pizza in einen Mülleimer und wischte sich mit der Serviette die öligen Finger ab. Ihr war leicht übel. Konnte es sein, dass sie sich das Ganze nur zusammengereimt hatte, weil sie nicht *wollte*, dass Gruber seine Frau getötet hatte?

Ihr Magen verkrampfte sich, und ihr war plötzlich sehr unbehaglich zumute. Es war möglich. Wenn sie ehrlich zu sich war, musste sie zugeben, dass diese Möglichkeit durchaus bestand. Ihre ganze Theorie von Papa Joke, Gerlinde Ostmann und dem Besitzer des Modelleisenbahngeschäfts hatte nämlich einen ganz entscheidenden Schwachpunkt, den sie bisher immer verdrängt hatte und der sich jetzt mit aller Macht zu Wort meldete: Es gab noch immer kein Motiv für den Mord an Irmgard Gruber. Nicht den Hauch eines Motivs. Weshalb sollte dieser Mann Irmgard Gruber umbringen? Es gab nicht einmal einen Hinweis darauf, dass sie sich tatsächlich gekannt hatten, bis auf die vage Vermutung von Clara, dass Irmgard Gruber bei ihm Geschenke für Wimbachers Neffen gekauft hatte, und nicht einmal das wusste sie sicher, nachdem dieser Vollidiot Adolf Wimbacher mit ihr nicht mehr hatte sprechen wollen. Und die Theorie von der Botschaft, die damit an Gruber gerichtet worden war, hatte sich im Grunde auch als Sackgasse erwiesen, nachdem Gruber nicht wusste, was sie zu bedeuten hatte.

Clara rieb sich ihre eiskalten Hände. Sie wollte nicht weiterdenken. Es war klar, worauf das hinauslief, und das wollte sie nicht. Sie rieb sich über ihr Gesicht, schüttelte den Kopf und flüsterte: »Nein. Das kann nicht sein!« Aber der Gedanke ließ sich nicht mehr vertreiben. Er war die ganze Zeit schon dagewesen, hatte nur auf den entscheidenden Moment gewartet, um sie so hart wie möglich zu treffen: Wenn man alles auf diese Weise zu Ende dachte, bedeutete es, konnte es bedeuten, war es möglich, dass Gruber sie die ganze Zeit angelogen hatte. »Nein!«, flüsterte sie abermals. »Nein!« Solche Gedanken durfte sie gar nicht haben. Sie vertraute Walter Gruber. Und dann war da ja noch der anonyme Brief, wer sollte den denn geschrieben haben? Eine boshafte Stimme in ihr flüsterte: Warum nicht Gruber selbst? Er benutzt dich, um von sich abzulenken.

»Quatsch!«, rief Clara so laut, dass sich einige Passanten neugierig zu ihr umdrehten. So gemein konnte er doch nicht sein. »Nicht Gruber! Nein, nicht Gruber, auf keinen Fall.« Sie verstummte, als ihr auffiel, dass sie vor dem Schaufenster eines Kaufhauses stand und mit ihrem Spiegelbild sprach. Die Leute mussten sie für verrückt halten. Sie ging mit gesenktem Kopf weiter und führte ihr Zwiegespräch in Gedanken fort: Natürlich hatte Gruber diesen Brief nicht geschrieben! Und das bewies eindeutig, dass er auch seine Frau nicht getötet hatte, denn dann musste es noch eine dritte Person geben. Sie nickte. Ja. Genau. Sie hatte sich von dieser dummen Polizistin schwindelig reden lassen. Gruber war es nicht gewesen. Sicher nicht.

Doch der Zweifel, einmal gesät, blieb bestehen: Die meisten Gewalttaten ereigneten sich innerhalb der Familie oder zwischen Opfern und Tätern, die sich kannten. Gruber hatte als bisher einziger Verdächtiger weit und breit ein denkbares Motiv, er war am Tatort, hatte die beste Gelegenheit und kein Alibi. Der Versuch, durch den Hinweis auf den Fundort der Leiche den Mord an seiner Frau mit dem Fall Gerlinde Ostmann in Verbindung zu bringen, machte Gruber im Grunde noch mehr verdächtig, als dass es ihn entlastete. Wenn man nur die harten Fakten betrachtete und alle Interpretationen außer Acht ließ, deutete sehr viel auf Gruber und fast nichts auf einen fremden Täter. Sogar die Sache mit dem Morgenmantel konnte man in einer Verhandlung als ein Indiz ansehen, das Gruber belastete, anstatt ihn zu entlasten: Er hatte ihn ihr absichtlich ausgezogen, um es genauso aussehen zu lassen wie bei Gerlinde Ostmann. Und nur Gruber, niemand seiner Kollegen, hatte diese beiden Fälle miteinander in Verbindung gebracht.

Aber war es möglich, dass sich Clara so in Walter Gruber getäuscht hatte? Seine unglaublich beherrschte Art, wie er Adolf Wimbacher gegenübergesessen hatte, kam ihr wieder in den Sinn. Es war ihr fast unheimlich gewesen zu sehen, wie gut er in der Lage war, seine Gefühle zu verbergen. Und dann sein versteinertes Gesicht heute bei der Beerdigung. Seine so offensichtliche Unfähigkeit, mit seinem Sohn zu sprechen.

Lag es etwa daran, dass er sich schuldig fühlte? Schuldig war? Wenn Gruber tatsächlich seine Frau umgebracht hatte, wenn er fähig gewesen war, danach noch so kühl und überlegt zu handeln und sie wegzuschaffen, wenn er fähig gewesen war, sich so zu verhalten, dass Clara keinerlei Verdacht geschöpft hatte, dann war er sicher auch in der Lage gewesen, ihr einen anonymen Brief zu schreiben.

Clara biss sich auf die Lippen. Sie waren eiskalt. Jetzt bereute sie es, dass sie ihm die Todesanzeige nicht gezeigt hatte. Vielleicht hätte seine Reaktion ihr irgendetwas verraten. Plötzlich wurde ihr noch kälter, als ihr ohnehin schon war. An dem Abend, an dem der Brief gekommen war, hatte Gruber sie angerufen und ihr von der Todesanzeige für seine Frau und der Beerdigung erzählt. Warum hatte er das getan? Er hatte sie noch nie zu Hause angerufen. Er hatte sich dafür extra ihre Privatnummer geben lassen. Dabei hätte der Anruf doch Zeit bis zum nächsten Tag gehabt. Hatte er wissen wollen, wie sie auf den Brief reagiert hatte? War das der Grund seines Anrufs gewesen?

Clara schüttelte wieder den Kopf. So ging das nicht weiter. Sie musste damit aufhören, sonst würde sie noch verrückt. Sie wusste, dass Gruber unschuldig war. Ganz tief in ihrem Innersten wusste sie es, und sie hatte sich bisher immer auf dieses Gefühl verlassen können. Immer. Sie musste es auch jetzt tun. Jetzt besonders, da niemand sonst an Gruber zu glauben schien. Sie musste diese Tür schließen, die sich so plötzlich in ihr aufgetan und die giftigen Zweifel hereingelassen hatte. Wenn sie jetzt nichts unternahm, würde Gruber am Montag wieder in Untersuchungshaft sitzen, und es würde unmöglich sein, ihn vor der Verhandlung auf freien Fuß zu bekommen. Und wie dann der Prozess ausgehen mochte, daran wollte sie gar nicht denken.

Sie kramte in ihrer Tasche und zog ihre Zigarettenschachtel heraus. Es war zu kalt, um im Freien zu rauchen, und es war auch zu ungemütlich. Doch das war ihr egal. Sie beschleunigte ihren Schritt, ließ den Marienplatz mit den vielen verfrorenen Touristen hinter sich und ging in Richtung Odeonsplatz. Es schneite noch immer heftig, und Clara zog den Kopf ein. Ihre dichten Locken, die sich immer wieder unter ihrer Mütze herausdrängten, waren klitschnass, und an ihren Wimpern schmolzen die Schneeflocken zu kleinen Tropfen, die bei jedem Zwinkern an ihren Wangen hinunterliefen. Dann hatte sie den Odeonsplatz erreicht. Sie ließ die Theatinerkirche links liegen und kletterte die Stufen der Feldherrnhalle hinauf, eines ihrer Lieblingsplätze. In der kleinen überdachten Einkaufspassage neben der Kirche hatte ein wahrlich unerschrockener Musiker sein Instrument aufgebaut, ein riesiges Vibraphon mit langen Klangröhren, auf dem er trotz des Schneegestöbers unermüdlich und äußerst virtuos spielte. Niemand blieb stehen und hörte ihm zu, alle hatten es eilig, in die stickig warme Abluft des U-Bahnhofs zu kommen. Obwohl sie ihn jetzt von ihrem Platz zwischen den Löwen der Feldherrnhalle nicht sehen konnte, war es, als spielte er für Clara allein. Sie rauchte und hörte ihm zu. Er spielte schön, und der ungewohnte Klang dieses Instruments inmitten des ungewöhnlich heftigen Schneetreibens war seltsam und betörend. Clara sah die schnurgerade Prachtstraße hinunter, das Siegestor war im Schneewirbel kaum mehr zu erkennen, und sie fasste einen Entschluss.

ZWEIUNDZWANZIG

Als Clara vor dem kleinen Geschäft mit dem unscheinbaren Auslagenfenster stand, kamen ihr noch einmal Zweifel daran, ob diese Entscheidung wirklich so klug gewesen war. Doch gleichzeitig wusste sie, dass Zweifel nichts an ihrem Entschluss ändern würden. Sie konnte jetzt nicht einfach nach Hause gehen und auf Montag warten. Sie stand praktisch mitten auf der Münchener Freiheit. Hinter den Bäumen auf der anderen Straßenseite zweigte der Verkehr von der Leopoldstraße in die Ungererstraße ab, und einen Steinwurf nach links befanden sich Cafés, Geschäfte, die U-Bahn. Alles vollkommen harmlos. Über dem Laden stand auf einem weißen Leuchtschild in schräger Druckschrift *Bockelmann Modelleisenbahnen*, und drinnen brannte Licht.

»Ich werfe nur einen Blick rein«, beruhigte sie ihre aufgekratzten Nerven. »Nur einen kurzen Blick.« Was sie sich davon erhoffte, ließ sich nicht genau beschreiben. Ihr Hauptbeweggrund war wahrscheinlich das Bedürfnis, sich zu vergewissern, dass ihre Theorie kein Hirngespinst war. Sie war bereits erleichtert gewesen, dass der Laden tatsächlich existierte und nicht längst geschlossen oder sonst wohin verzogen war. Sie wollte Josef Gerlach sehen. Von Angesicht zu Angesicht. Vielleicht würde ihr das die Gewissheit geben, die sie brauchte.

»Nur ein kurzer Blick durch das Fenster. Ich brauche nicht einmal hineinzugehen«, lockte sie sich selbst und ballte die

Hände in ihrer Manteltasche zur Faust. Sie ging ein paar Schritte näher und betrachtete die Auslage. Sie bestand aus nichts weiter als einer kleinen Stellfläche direkt an der Scheibe, auf der ein großes Modell eines modernen ICEs stand, und einem übermannshohen Regal dahinter, das mit Waren – akribisch nach Größen geordnet – vollgestellt war und so den Blick nach innen weitgehend versperrte. Waggons, Schienen, Modellbausätze für Häuser oder ganze Straßenzüge, vor allem aber Lokomotiven in verschiedenen Größen und Ausführungen. Clara musterte die Auswahl genau und entdeckte nach einigem Suchen auch das Modell, das sie im Garten gegenüber Irmgard Grubers Haus gefunden hatte. *69281 Dampflok BR 03.10 Blaue Mauritius* stand auf der Verpackung und daneben ein leuchtend gelber Aufkleber: *Lok des Monats: Aktionspreis!*

Sie versuchte, durch das Regal hindurch einen Blick auf das Innere des Ladens zu erhaschen, doch vergeblich. Sie konnte nichts sehen außer weiteren Regalen, vollgestellt mit weiteren Schachteln. Sie schüttelte den Kopf. »Sei kein Frosch, Clara!«, ermahnte sie sich selbst, wie früher, als sie noch ein Kind gewesen war und zitternd vor Kälte und Angst auf dem Fünfmeterturm gestanden hatte, unfähig, sich zu entscheiden, was schlimmer war: hinunterzuspringen oder die schmale, rutschige Leiter wieder hinunterzuklettern, mitten ins Gespött der Jungs aus ihrer Klasse. Damals war sie gesprungen, und sie würde auch heute springen. Und ohne sich noch einen Zweifel oder ein Zögern zu erlauben, betrat sie den Laden.

Das erste, was ihr auffiel, war der Geruch: ein sehr sauberer, angenehmer Duft nach Zitrone, vermischt mit dem trockenen Geruch nach Papier und Klebstoff. Das war unerwartet, und obwohl sie wusste, dass dies nichts zu bedeuten hatte, beruhigte es sie augenblicklich. Aus irgendeinem Grund hatte sie muffige, abgestandene Luft und den Geruch nach altem Staub und ungewischten Böden erwartet. Der Laden war leer, und die Türglocke hallte schrill in Claras Ohren. Sie blieb nahe der Tür stehen und wartete. Aus einem Raum im hinteren Teil des Ladens hörte sie das Rauschen eines Wasserhahns und eine Männerstimme, die rief: »Ich komme gleich!«

Clara ging ein paar Schritte in den Raum hinein und sah sich dabei ein wenig um. Links von der Tür stand ein spiegelblanker Tresen mit einer Glasvitrine, in der eine winzige Modelleisenbahn ihre Kreise um einen Miniaturberg fuhr. Clara bückte sich, um sie genauer betrachten zu können. So eine kleine Eisenbahn hatte sie noch nie gesehen. Alles war perfekt, naturgetreu und so klein, dass sie manche Details mit dem bloßen Auge kaum erkennen konnte. Es gab einen erstarrten, glitzernden Wasserfall, Bäume, eine Berghütte und einen Tunnel, aus dem die kleine Bahn Runde um Runde heraussauste, emsig und lautlos.

»Wunderschön, nicht?«

Die Stimme ließ sie hochschrecken. Der Mann war unbemerkt aus seinem Hinterzimmer gekommen und stand jetzt neben ihr vor der Vitrine. Sie richtete sich hastig auf.

»Aber das ist nichts für Kinder, falls ...«, begann der Mann und stoppte dann abrupt.

Clara sah ihn an, und alles Blut wich ihr aus dem Gesicht. Schlagartig war ihr klar, dass sie die ganze Zeit recht gehabt hatte. Josef Gerlach war ein großer, etwas ungeschlachter Mann etwa Anfang, Mitte fünfzig, glattrasiert, mit hellen Augen und sorgfältig gescheiteltem, mausbraunem Haar. Er trug dünne Baumwollhandschuhe. Es überlief sie kalt: Sie kannte ihn. Längst schon. In ihrem Kopf spulten sich Bilder ab, wie in einem Superachtfilm, den man zu schnell laufen ließ, und plötzlich sah sie Zusammenhänge, die sie vorher nicht gesehen hatte: Der Spaziergänger in der Unterführung auf dem Weg zum Tatort, an dem Tag, an dem sie zum ersten Mal dort gewesen war. Der Mann neben ihr in Ritas Café, als sie mit Willi über den Fall gesprochen hatte und der trotz der Wärme im Café Handschuhe getragen hatte. Und schließlich der Mann an der Böschung, heute Morgen nach der Beerdigung, der zu ihr heruntergesehen hatte, als sie dort unten am Fundort der Leiche herumgeklettert war. Sie alle hatten die gleiche, leicht vorn übergeneigte Haltung gehabt wie dieser Mann vor ihr, die Art, schlaff die Arme hängen zu lassen, so als seien sie nicht Teil seines Körpers. Und bei Rita hatte sie ihn von Angesicht zu Angesicht gesehen. Hatte in seine Augen geblickt, die hell wie Wasser waren und die sie damals schon irgendwie irritiert hatten. Sie wirkten einerseits vollkommen ausdruckslos, andererseits aber schien dahinter ein Sturm zu toben, der verzweifelt einen Weg hinaus suchte. In diese Augen blickte sie jetzt, und sie starrten zurück und ließen erkennen, dass es Josef Gerlach genauso ging wie ihr: Er hatte sie ebenfalls erkannt. Er wusste, wer sie war und was sie wollte.

Ihr Mund wurde trocken, und sie sah sich nach einer Möglichkeit um, den Laden so schnell wie möglich zu verlassen. Doch Josef Gerlach stand zwischen ihr und der Tür. Draußen gingen Leute vorbei, zwischen den Regalen im Schaufenster konnte Clara Schemen erkennen und den Kopf einer Frau. Sie öffnete den Mund, wollte etwas sagen, doch es kam nur ein Krächzen heraus. Sie murmelte etwas Lächerliches, das etwa wie: »Habe mich getäuscht« klang, und machte einen Schritt nach rechts an Josef Gerlach vorbei auf die Tür zu. Doch er war schneller. Er hatte sie am Arm gepackt, noch ehe sie den Schritt vollenden konnte.

»Warum lasst ihr mich nicht in Ruhe?«, fragte er leise, und in seinen Augen lag Verzweiflung.

»Lassen Sie mich los!« Clara spürte, wie Panik von ihr Besitz ergriff, und versuchte, sich loszureißen, doch sein Griff war unnachgiebig. Nur ein halber Meter trennte sie von der Ladentür. Wenn es ihr gelang, sie aufzureißen und zu schreien ...

Josef Gerlach hatte offenbar den gleichen Gedanken. Mit einer abrupten Bewegung riss er sie an sich und hielt ihr den Mund zu. Clara verlor das Gleichgewicht und wäre gefallen, wenn er sie nicht mit der anderen Hand festgehalten hätte. Er zerrte sie rückwärts in den kleinen Raum hinter der Theke. Dort ließ er sie so unvermittelt los, dass Clara schwankte.

»Warum lasst ihr mich nicht in Ruhe?«, heulte er und starrte sie aus wilden Augen an. »Warum könnt ihr mich nicht einfach in Frieden lassen?« Er schlug die Hände vors Gesicht und ließ sich mit dem Rücken zur Tür auf die Knie sinken.

»Lassen Sie mich gehen«, sagte Clara und versuchte, ihrer Stimme einen festen, vertrauenerweckenden Ton zu geben. Doch sie zitterte so stark, dass es nur kläglich klang. »Ich werde Sie in Ruhe lassen, das verspreche ich.«

»LÜGE!« Josef Gerlach sprang blitzschnell auf die Beine und schlug Clara mit aller Wucht ins Gesicht.

Sie taumelte gegen das Waschbecken, krallte sich an der glatten, weißen Emaille fest und keuchte. Blut floss aus Nase und Mund und vermischte sich mit den Wassertropfen im Waschbecken zu leuchtend roten Rinnsalen.

»Bitte!«, flüsterte sie und fühlte, wie ihre Unterlippe anschwoll. »Lassen Sie mich gehen!«

Josef Gerlach stand jetzt so nahe vor ihr, dass sie ihn riechen konnte. Er roch genauso sauber wie sein Laden. Seine dunkelbraune Stoffhose hatte eine tadellose Bügelfalte, und seine robusten braunen Winterschuhe glänzten frisch poliert. Sie hob mühsam den Kopf und sah ihm ins Gesicht. Trotz seiner Größe wirkte er wie ein tief verletztes Kind.

»Immer nur Lügen«, sagte er traurig, und dann schlug er noch einmal zu, aus nächster Nähe.

Claras Hand ließ das Waschbecken los, sie stürzte nach hinten und fiel schwer zu Boden. Blitze zuckten in ihren Augenwinkeln, als sie versuchte, sich aufzurichten. Doch Josef Gerlach war bereits über ihr. Er starrte ihr in die Augen, drängend, fast flehend, als erwarte er etwas von ihr. Clara versuchte, seinen Blick zu erwidern, versuchte, aus ihm herauszulesen, was er von ihr erwartete, was die richtige Antwort auf die unbekannte Frage war, doch sie konnte nichts sehen. Die Bilder verschwammen vor ihren Augen, und das Zimmer begann sich zu drehen. Ihr Mund war voller Blut, es rann ihre Kehle hinunter, und sie musste husten. In dem Moment schlossen sich seine Hände um ihren Hals. Warme Hände, schoss es Clara durch den Kopf, man spürt die Wärme trotz der Handschuhe. Dann drückte er zu. Sie schnappte vergeblich nach Luft, immer wieder, ihr Körper weigerte sich zu glauben, dass die Luftzufuhr abgeschnitten war. Sie fühlte, wie sich das Blut in ihrem Kopf zu stauen begann, ihr Mund blieb offen, hörte auf zu schnappen, sie verkrampfte sich, hörte die Absätze ihrer Schuhe über den Boden scharren, es gab ein quietschendes Geräusch, dann wurde es schwarz vor ihren Augen. Sie hörte irgendwo in ihrem Kopf ein Klingeln, schrill und drängend, als wolle es ihr noch etwas sagen, dann war Stille.

* * *

Er träumte. Er träumte wieder denselben Traum aus seiner Kindheit. Der Teppich im Wohnzimmer, die Spielsachen, vor ihm stand seine Mutter, er konnte nur ihre Beine sehen, hielt den Kopf gesenkt, saß auf dem Boden, ganz klein, vor ihm die Beine seiner Mutter in Seidenstrümpfen, ihre Füße steckten in roten Schuhen. Ein dunkles, warmes Rot wie getrocknetes Blut, und vorne an der Spitze waren sie schwarz und glänzend, wie in Pech getaucht. Er zitterte. Und wachte auf. Still blieb er liegen und wartete, bis die Eindrücke aus dem Traum verblassten. Doch sie wollten nicht verschwinden. Sie klopften und hämmerten weiter in seinem Kopf. Plötzlich durchfuhr ihn eine Erkenntnis, wie ein Blitzschlag, kurz und heftig, und ihm wurde schlagartig klar, warum er diesen Traum hatte: Weil es nicht nur ein Traum war. Nichts, was er sich eingebildet hatte. Es war wirklich passiert. Er hatte sich tatsächlich einmal getraut, auf dem verbotenen Teppich zu spielen, als seine Mutter fort gewesen war, und als sie zurückkam ... Er begann zu zittern, wollte sich wegdenken aus der Geschichte, doch es war wie eine verbotene Tür. Wenn man sie einmal geöffnet hatte, sah man, was sich dahinter verbarg, ob man wollte oder nicht. Er hörte wieder das Knirschen, als der Plastikjunge unter ihren Schuhen zerbrach, und er spürte wieder die hilflose Angst von damals.

»Steh auf.« Ihre Stimme war so kühl und unbeteiligt, dass man auf das Schlimmste gefasst sein musste. Seine Mutter schrie nicht. Niemals. Sie fasste ihn auch nie grob an. Niemals würde sie ihn schlagen. Sie war eine gute Mutter. Er stand auf. Die Spielsachen in seiner Hose drückten und pieksten ihn. Sie befahl ihm, in die Küche zu gehen. Dort öffnete sie den Schrank unter der Spüle und holte den Mülleimer heraus. Er war ziemlich voll, Reste des Mittagessens waren darin, Wollmäuse, ein verklebtes Knäuel Haare, ein schmieriger Joghurtdeckel, auf dem Brotkrümel und ein undefinierbarer brauner Klumpen klebten. Es stank. Sie befahl ihm, seine Hose auszuziehen. Er öffnete die Riegel seiner Träger, das ging schwer, immer hatte er Schwierigkeiten mit diesen Riegeln, seine Finger waren zu ungeschickt. Jetzt waren sie auch noch feucht und rutschten immer wieder von den Metallbügeln ab. Endlich konnte er einen der Träger lösen. Er streifte den anderen Träger ab, ohne ihn zu öffnen, und kletterte aus der Hose. Die Spielsachen, die er vorne in den Latz gesteckt hatte, fielen zu Boden. Es schepperte ein bisschen, aber nicht sehr.

»Du weißt, was du zu tun hast«, sagte seine Mutter. Es war keine Frage. Trotzdem nickte er. Er hatte etwas getan, obwohl er gewusst hatte, dass es verboten war. Das war böse. Er verdiente die Strafe. Und so begann er, seine Spielsachen aus den Taschen seiner Hose zu fingern, sie vom Boden aufzuklauben, eine nach der anderen, und in den stinkenden Mülleimer zu werfen. Seine Indianer, die beiden scheckigen Pferde, die kleinen Autos. Seine Mutter stand daneben und sah ihm schweigend zu. Als er fertig war, nahm sie die Tüte aus dem Eimer und knotete sie zusammen. »Wirst du jetzt wieder ein braver Junge sein?«, fragte sie. Er nickte und starrte auf seine Füße, die in dunkelblauen Socken steckten. Sie strich ihm über den Kopf und schickte ihn in sein Zimmer. Dort saß er auf seinem Bett und hörte, wie sie nach unten ging, um den Müll wegzuwerfen. Seine Krimskramskiste stand neben ihm, und die wenigen Spielsachen, die er nicht herausgenommen hatte, weil sie entweder kaputt waren oder er sie nicht so gerne mochte, starrten ihn vorwurfvoll an. Er versetzte der Kiste einen groben Tritt, und sie rutschte unter das Bett. Dort blieb sie, unberührt, bis seine Mutter sie ein paar Jahre später mit dem Besen hervorholte und auch noch den Rest wegwarf, weil er zu dem Zeitpunkt schon ein großer Junge geworden war.

Josef Gerlach starrte in die Dunkelheit. Warum hatte er sich an diese Geschichte nicht mehr erinnert? Warum hatte er geglaubt, das alles sei nur ein Traum gewesen? Und warum erinnerte er sich jetzt? Er warf einen Blick auf die Uhr. Halb vier. Plötzlich fuhr er zusammen. Er hatte den Wecker nicht gehört. Die Frau! Sie lag noch in seinem Laden. Und am Samstagvormittag kam die Putzfrau. Er hatte nicht zu Bett gehen wollen, nicht einschlafen wollen, aus Angst zu verschlafen, doch dann war er doch ins Bett gegangen und hatte den Wecker auf drei Uhr gestellt. Er musste in den Laden. Sofort.

Er sprang aus dem Bett und schlüpfte in seine Kleider, die er ordentlich auf den Stuhl neben dem Bett gelegt hatte. Es dauerte keine zwei Minuten. Sein Auto stand unten direkt vor der Tür. Er benötigte weitere zwei Minuten, um die Scheiben vom Schnee zu befreien. Die Luft war so trocken, dass der Schnee gar nicht angefroren war, sondern leicht wie Staub davonwehte, als er mit dem Handfeger darüberstrich. Trotzdem nahm er sich die Zeit, jede Scheibe ordentlich zu säubern. Nicht auszudenken, was passierte, wenn er aufgehalten wurde, weil die Scheiben nicht frei waren, oder irgendwo gegen etwas fuhr, weil er in der Sicht behindert war. Vorsichtig fuhr er los. Die Straßen waren menschenleer. Halb vier war eine gute Zeit, um möglichst ungesehen durch die Stadt zu fahren, und der Schneefall tat sein Übriges. Die Städter waren ja ziemlich verweichlicht, was Schnee anbelangte, und schon ein paar Zentimeter führten dazu, dass viele das Auto lieber stehen ließen, vor allem nachts. Sein Glück. Und er musste nicht weit fahren. Seine Wohnung lag nur fünf Minuten vom Laden entfernt, das war perfekt.

Noch am Abend hatte er eine große Plane aus dem Keller geholt und in den Kofferraum gelegt. Vorsichtshalber. Es war zu dumm gewesen, dass ausgerechnet in dem Moment, in dem die Frau das Bewusstsein verloren hatte, noch ein Kunde gekommen war. Gott sei Dank war seine Türglocke laut genug, dass er sie durch die geschlossene Tür hatte hören können. Sonst wäre der Kunde – ein Stammkunde, der seit Jahren kam und ihn gut kannte – womöglich noch in die Teeküche gekommen. Ihm wurde jetzt noch heiß bei dem Gedanken.

Er hatte gar nicht genau gewusst, ob die Frau schon tot war, als er die Klingel gehört hatte. Sie rührte sich jedenfalls nicht mehr. Schnell war er aufgestanden und hinaus in den Laden gegangen. Er hatte sie einfach dort liegen gelassen. Das war riskant gewesen. Sehr riskant. Zum Glück war der Kunde nicht lange geblieben, hatte nur nach einer Bestellung gefragt. Die Ware war schon längst dagewesen, doch Gerlach hatte den Mann angelogen und gesagt, sie komme erst am Montag. Als der Mann wieder gegangen war, hatte Gerlach schnell hinter ihm zugesperrt, fast eine Stunde vor Ladenschluss, aber das ließ sich nun einmal nicht ändern. Als er zurück in die Teeküche kam, lag die Frau noch immer reglos am gleichen Fleck zwischen dem Waschbecken und dem Tisch. Aber sie atmete noch. Er war ein paar Minuten lang unschlüssig dagestanden und hatte sie nur angesehen. Es war unverzeihlich, dass er sie nicht gleich getötet hatte. Es würde ihn in Schwierigkeiten bringen. Doch jetzt, nachdem sein Zorn verraucht war, konnte er es nicht mehr tun.

ER KONNTE ES NICHT MEHR TUN!

Er war in die Knie gegangen, hatte seine Finger an ihren Hals gelegt und ihren Herzschlag gespürt. Es wäre ein Leichtes gewesen, noch einmal zuzudrücken. Ungestört dieses Mal. Oder er hätte ihr das dünne Stuhlkissen auf das Gesicht drücken können, so lange, bis sie nicht mehr geatmet hätte. Doch er war nur dagestanden und hatte sie angesehen. Ihre roten Haare, wirr und dicht, wie ein Wald im Herbst. Den dicken schwarzen Wollmantel, den sie auf der Beerdigung am Morgen auch schon getragen hatte, und die merkwürdigen Schuhe: Arbeitsstiefel mit stabilen Kappen und tiefem Profil, die ihr weit über die Knöchel reichten. Sie war ziemlich klein, und wie sie so dalag auf dem Boden seiner Teeküche, sah sie gar nicht mehr so gefährlich aus. Er war einfach dagestanden und hatte sie angesehen. Und dann war sie aufgewacht.

Was hätte er machen sollen? Sie einfach laufen lassen? Vollkommen unmöglich. Sie würde wiederkommen, mit Gruber und vielen Beamten, oder sie würden ihr perfides Katz-und-Maus-Spiel weiterspielen, so lange, wie es ihnen gefiel, und dann, irgendwann, würden sie ihn packen und einsperren, und er würde in einer Zelle hocken und verrotten ...

Verrotten war ein Wort, das seine Mutter häufig benutzt hatte. Sie las morgens immer die Zeitung, und wenn sie etwas besonders Schlimmes las, was jemand getan hatte, rief sie oft aus: »Man sollte ihn einsperren und verrotten lassen!« Er hatte sich das als Junge immer besonders gruselig vorgestellt, wenn jemand verrottete. Er sah einen Verbrecher vor sich, mit bösem Vollbart, schmutzig und stinkend, wie er in einer modrigen Zelle saß und langsam verrottete. Zuerst wurde er braun, wie alte, feuchte Blätter in dunklen Hinterhofecken, die vom Herbst noch übriggeblieben waren und unter denen meistens Kellerasseln wohnten. Dann zerbröckelte er langsam, ein fauliges Ohr fiel ihm ab, ein Arm, die Haare und der Bart begannen zu schimmeln, zwischen seinen nackten Zehen wuchsen Pilze. So hatte er sich das vorgestellt mit dem Verrotten.

Was hätte er tun sollen mit dieser Frau? Er stellte sich die Frage ein zweites Mal, während er die Straße entlangfuhr, in der sich sein Laden befand. Alles war dunkel, die Rollläden heruntergezogen, sein Geschäft sah aus wie immer. Er fuhr weiter und bog um die Ecke und blieb vor dem roten Eisengitter stehen, das die Einfahrt zum Hinterhof versperrte. Er stieg rasch aus, sperrte auf und fuhr dann langsam hinein. Dort gab es einen Lieferanteneingang zum Lager und eine rückwärtige Tür zu seinem Laden. Das war sehr praktisch. Er parkte mit dem Kofferraum direkt an der Tür und stieg aus. Er überlegte, ob er die Plane mitnehmen sollte. Vielleicht war sie ja in der Zwischenzeit gestorben. Manchmal passierte so etwas. Ein Asthmaanfall oder ein Blutgerinnsel von seinem Schlag. Vielleicht hatte sie keine Luft bekommen, hatte sich übergeben müssen, war erstickt? Manchmal passierte so etwas. Er beschloss, die Plane noch im Auto zu lassen. Man würde sehen.

Es war totenstill in seinem Laden, als er aufschloss. Kein Geräusch. Überhaupt kein Geräusch. Er lauschte angestrengt. Hatte sie sich befreien können? Lauerte sie ihm irgendwo auf? Er drückte auf den Schalter, und im Ladenraum flammte das Licht auf. Die Regale wie immer, alles aufgeräumt, ordentlich. Und still. Schnell schaltete er das Licht wieder aus. Gut möglich, dass durch die Rollläden ein Lichtschimmer auf die Straße drang. Das wäre verdächtig um diese Zeit. In der Teeküche konnte er dagegen gefahrlos das Licht anschalten. Dort gab es keine Fenster.

Sie saß dort, wo er sie zurückgelassen hatte: an der Wand neben der Heizung, den Mund noch immer ordentlich mit Paketband zugeklebt, Arme und Beine mit Kabelbindern verschnürt. Nein, nicht ganz am selben Fleck, offenbar hatte sie die Beine bewegt. Der Stuhl war umgefallen, der Tisch etwas verschoben. Weiter war sie nicht gekommen. Er nickte befriedigt, gut, dass er ihre Hände an der Heizung festgebunden hatte. Man konnte ja nie wissen. Zwar hatte sie nicht gut ausgesehen, als er gegangen war, aber das mochte nichts heißen. Frauen waren zäh. Viel zäher als Männer. Und er hatte recht behalten. Vorsicht ist die Mutter der Porzellankiste.

Jedenfalls war sie nicht tot. Sie hatte den Kopf zu ihm gedreht, als er das Licht angeschaltet hatte, und jetzt starrte sie ihm ins Gesicht, mit weit aufgerissenen Augen, ohne ein Geräusch von sich zu geben. Sie hatte Angst, ganz klar. Er hätte an ihrer Stelle auch Angst. Es machte ihn traurig, dass es so hatte kommen müssen. Er hockte sich vor sie hin und sah sie an. »Warum mussten Sie nur hierherkommen?«, fragte er. »Warum haben Sie keine Ruhe gegeben? Hat Ihnen die Todesanzeige nicht gereicht?«

Sie starrte ihn an.

Er schüttelte den Kopf. »Was soll ich nur mit Ihnen machen? Ich kann Sie doch nicht gehen lassen.« Er hob hilflos die Arme, fuhr sich durch die Haare und sah sie wieder an. »Das verstehen Sie doch?«

Sie schwieg noch immer, machte keine Anstalten, ihm zu antworten, kein Zeichen, dass sie ihn verstanden hatte. Dieses Schweigen machte ihn wütend. Verhöhnte sie ihn? Jetzt noch, in ihrer Situation? Er gab ihr eine Ohrfeige, nicht allzu fest, aber doch fest genug, um ihre Haare zur Seite fliegen zu lassen. Es gab einen merkwürdig klingenden Ton, als sie mit dem Kopf gegen das Heizungsrohr schlug.

»Können Sie nicht antworten?«, herrschte er sie an und spürte, wie sein Zorn heftiger wurde. »Sie verstehen doch, dass ich Sie nicht gehen lassen kann, oder? SIE VERSTEHEN DOCH?«

Jetzt nickte sie, und er sah, wie sich ihre Augen mit Tränen füllten. Kein Hohn war mehr darin, kein Spott, keine Überheblichkeit.

Na bitte. Geht doch.

Er löste den Knoten an der Heizung. Er hatte eine alte Hundeleine benutzt, um sie an dem Rohr festzubinden. Ein Kunde hatte sie irgendwann liegen gelassen und nie wieder abgeholt. Gut, dass er sie aufbewahrt hatte. Man konnte sich gar nicht vorstellen, wozu manche Dinge am Ende doch noch nütze waren. Den Kabelbinder an ihren Beinen durchschnitt er mit einer Schere, dann half er ihr beim Aufstehen.

Es schneite jetzt nicht mehr. Der Himmel war stellenweise sogar klar, und man konnte zwischen den Wolkenfetzen die Sterne sehen. Er fuhr ganz vorsichtig. Einige wenige Autos kamen ihm entgegen. Frühschichtler. Er arbeitete samstags nicht. Es hatte sich nicht gelohnt. Seit Jahren hatte er seine Öffnungszeiten, Montag bis Freitag, 9 – 12, 14 – 18 Uhr. Und samstags kam die Putzfrau. Sie würde nichts bemerken. Er hatte alles noch überprüft, bevor sie gegangen waren. Kein Blut, keine Spuren, nichts. Doch jetzt kam der schwierigste Teil. Auf seiner Stirn bildeten sich trotz der Kälte im Wagen Schweißtropfen. Was für ein Mist, das Ganze. Warum war diese Frau nur gekommen? Seine Hände waren ebenfalls schweißnass. Kalt und schweißnass. Er rieb abwechselnd die eine und die andere Hand an seiner Hose trocken und versuchte, den Ekel zu unterdrücken, der ihn in Wellen überkam. Wäre noch schöner, wenn ihm jetzt auch noch übel würde und er sich übergeben müsste.

Er versuchte, seine Gedanken von den verschwitzten Händen abzulenken, doch es gelang ihm nicht wirklich. Dann schoben sich höchstens die Bilder von der Frau dazwischen. Wie er sie in den Kofferraum hatte stoßen müssen, weil sie sich geweigert hatte. Sie hatte sich tatsächlich geweigert! Als ob sie eine Wahl gehabt hätte. Er runzelte die Stirn, als er daran dachte. Er hätte sie töten müssen. Es richtig machen. Dann wäre es jetzt vorbei. Aber er hatte noch nie etwas wirklich richtig gemacht. Nichts zu Ende gebracht. Nicht die Schule, nicht die Ausbildung, die er sich gewünscht hatte. Er hatte das Gleiche werden wollen wie sein Vater. Der war Handelsvertreter gewesen. Ein schönes Wort, das hatte sogar seine Mutter gefunden. Sie hatte es immer ganz deutlich ausgesprochen, eine Silbe nach der anderen, in einem Ton, den sie für die guten, schönen Dinge reserviert hatte: Für *Per-ser-tep-pich* zum Beispiel oder *Nerz-man-tel*, *Gei-ge*, *Kreuz-fahrt* ...

Rudolf Gerlach, Handelsvertreter für Spielwaren. Sein Vater. Er war immer *auf Reisen* gewesen, auch so ein Wort, das man sorgfältig aussprechen musste, damit Klang und Bedeutung übereinstimmten. Wahrscheinlich hatte er den Schlamassel verdient, in dem er jetzt steckte.

Der Parkplatz vor seinem Haus war noch frei. Er parkte sorgfältig, dann schaltete er die Zündung aus und blieb einen Augenblick sitzen, um sich zu sammeln. Es war nur eine Übergangslösung. Bis ihm etwas Besseres einfiel. Er konnte nicht so schnell denken. Warum musste sie auch einfach so vor ihm stehen wie ein Geist? Einfach so. IN SEINEM LADEN! Ihm würde schon noch etwas einfallen. Aber im Laden hätte er sie ja nicht liegen lassen können. Wegen der Putzfrau. Und laufen lassen konnte er sie auch nicht. Wenn nur alles gut ging. Er sah auf die Uhr: Viertel nach vier. Gerade noch richtig. Die meisten Leute schliefen noch.

Ein dumpfes Geräusch riss ihn aus seinen Gedanken. Es war sie. Sie schlug wahrscheinlich mit den Beinen gegen den Kofferraumdeckel. Warum gaben sie nur immer keine Ruhe? Hatte sie es immer noch nicht kapiert? Der Schweiß brach ihm jetzt aus allen Poren. Hastig stieg er aus und rannte nach hinten, um den Kofferraumdeckel zu öffnen. Er zog sie aus dem Auto, packte sie am Hals, drückte ein bisschen zu. »Ruhe!« Er flüsterte, aber in seinen Ohren klang es so laut, als ob er geschrien hätte. Sie musste husten, was mit dem zugeklebten Mund nicht gut funktionierte, und ihre Augen weiteten sich. Er konnte Panik darin sehen. Als er ihren Hals losließ, schwankte sie ein wenig hin und her. Er war zufrieden. Das hatte gut geklungen. Richtig autoritär.

Der Rest war sehr viel weniger schwer, als er gedacht hatte. Kein Auto fuhr die Straße entlang, während er mit ihr zur Haustür ging und aufsperrte. Kein Mensch im Treppenhaus, alles in tiefer Stille. Er hielt sie die ganze Zeit fest gepackt, schob sie grob die Treppe hinauf. Sie sollte nicht auf den Gedanken kommen, fliehen zu wollen. Aber sie machte keine Anstalten. Das Gehen schien ihr schwer zu fallen, sie stolperte mehrmals über ihre eigenen Füße, atmete heftig durch die Nase, der verklebte Mund, die gefesselten Arme behinderten sie natürlich. Ihre eigene Schuld. Endlich waren sie da. Er schob sie in die Wohnung, verschloss die Tür von innen und steckte den Schlüssel in seine Hosentasche.

Er hatte lange überlegt, wohin er sie bringen sollte, was sicher genug war. Bis ihm sein altes Kinderzimmer eingefallen war. Natürlich. Es war perfekt für diesen Zweck. Er ging mit ihr durch die Wohnung, ohne Licht zu machen. Der Zugang zu dem kleinen Zimmer war in der Küche. Es war eigentlich als Abstellkammer gedacht gewesen und hatte nur ein kleines Fenster auf den Küchenbalkon hinaus. Das hatte er gestern Abend noch von außen vernagelt. Dort konnte sie eine Weile bleiben. Bis er wieder einen klaren Kopf hatte. Dann würde er weitersehen. Er gab ihr einen Stoß, und sie stolperte hinein, fand nur mühsam das Gleichgewicht mit den auf dem Rücken gefesselten Händen. Tollpatschig, dachte er. Wie ein Kartoffelsack. Er gab ihr noch einen Stoß, und sie fiel auf das Bett.

Sein altes Kinderbett. Es war merkwürdig, dort eine Fremde sitzen zu sehen.

Noch nie war jemand anderer hier gewesen außer ihm und seinen Eltern. Freunde durfte er nicht einladen. Selten genug hatte seine Mutter ihm erlaubt, irgendwo hinzugehen, oft hatte sie die Erlaubnis auch kurz davor widerrufen, wenn er böse gewesen war, zum Beispiel, wenn er seine Mütze in der Schule vergessen oder sein Pausenbrot zu Hause auf dem Küchentisch liegen gelassen hatte.

Er nahm das Glas, das er schon vorbereitet hatte, vom Schreibtisch. Vier Schlaftabletten waren darin. Das würde erst einmal reichen. Dann würde er weitersehen. Er riss das Paketband ab und hielt ihr das Glas hin. Es bedurfte einiger Überredungskunst, bis sie trank, doch dann war sie gehorsam. Er hielt ihr den Mund zu, als sie etwas sagen wollte, und wartete, bis das Mittel zu wirken begann. Dann löste er ihre Handfesseln und zog ihr den Mantel aus. Sie wehrte sich noch im Halbschlaf, schlug mit den Händen um sich, aber schon ohne Kraft. Er versperrte die Tür von außen, löschte das Licht und ging. Endlich Ruhe.

DREIUNDZWANZIG

Gruber sah auf die Uhr. Noch über eine Stunde Zeit. Sie waren viel zu früh losgefahren. Beide hatten es in der Wohnung nicht mehr ausgehalten. Jetzt standen sie vor dem Bahnhof und sahen sich unschlüssig an. Der gestrige Schnee war nur noch ein flüchtiger Traum. Er hatte einen Wetterumschwung gebracht. Jetzt schien die Sonne, und es war um einiges wärmer geworden. Keine Spur mehr von der sibirischen Kälte der vergangenen Wochen. Wenn der frische Wind nicht gewesen wäre, hätte man fast meinen können, ein Hauch von Frühling liege in der Luft. Sie gingen in das Kaufhaus, das dem Bahnhof gegenüberlag, und fuhren in den obersten Stock. Dort gab es eines dieser schicken neuen Selbstbedienungsrestaurants. Als sie sich gegenübersaßen, ihre Plastiktabletts vor sich auf dem Tisch, sah Armin seinen Vater an.

»Willst nicht doch mitfahren?«, fragte er.

Gruber schüttelte den Kopf. »Das geht nicht. Ich muss erst einmal das Verfahren abwarten.« Er wollte nicht daran denken. Schon Sabine Sommers Anblick bei der Beerdigung hatte ihn fast zur Weißglut gebracht. »Außerdem musst du ja lernen. Ich komm' ein anderes Mal.« Er versuchte ein Lächeln. »Versprochen.« Er meinte es ehrlich. Er würde kommen. Dieses Mal ganz sicher. Die Fehler der Vergangenheit würde er nicht mehr wiederholen.

Armin sah ihn zweifelnd an. »Und du kommst sicher allein zurecht?«

»Freilich!« Gruber nahm sich eine Weißwurst aus der Terrine und schnitt die Haut längs ein. Dann schälte er die dampfende Wurst mit Messer und Gabel aus der Haut und schnitt sie in dicke Scheiben. Seit gestern, seit dem Leichenschmaus, hatte er einen solchen Hunger, dass es schon fast peinlich war. Das lag wohl daran, dass er die Woche davor so gut wie nichts gegessen hatte. Der Körper forderte sein Recht. »Mach dir keine Sorgen um mich«, sagte er und sah seinen Sohn aufmunternd an. »Jetzt fährst du erst einmal zurück und gehst in deine Vorlesungen, und in den Semesterferien besuche ich dich. Ist ja nicht mehr lange bis dahin.«

Er trank einen Schluck von seinem Weißbier, um seinen Sohn nicht ansehen zu müssen. Alles war gelogen. In Wahrheit riss ihm der Gedanke, dass sein Sohn heute schon wieder zurück nach Berlin fuhr, das Herz auseinander. Aber das konnte er ihm ja nicht sagen. Er musste stark sein. Armin durfte nicht denken, dass er Hilfe brauchte. Er trank noch einen Schluck. Der Junge hatte ein Leben dort oben, sein Studium, das er beenden musste. Er selbst würde schon zurechtkommen. Und er würde ihn besuchen. Ganz sicher.

»Papa«, begann Armin plötzlich, ohne seinen Vater anzusehen. »Ich muss dir was sagen.«

Gruber hob alarmiert den Kopf. Das klang nicht gut. »Ja?«

»Wegen des Studiums ...« Armin nestelte an seiner Serviette herum und starrte auf seinen Teller. Die Rühreier mit Speck, die Gruber ihm aufgenötigt hatte, waren noch unberührt.

»Also ... ich hab's geschmissen.«

»Ge...« Gruber sah ihn bestürzt an. »Jetzt, unmittelbar vor den Prüfungen? Du wärst doch im Herbst fertig geworden!«

»Das stimmt nicht. Das hab' ich euch nur erzählt. Ich habe schon vor einiger Zeit aufgehört.«

»Vor einiger Zeit? Das heißt, du hast dich zu den Prüfungen gar nicht angemeldet?«

Armin schüttelte den Kopf. »Ich hab' schon vor über einem Jahr aufgehört.«

»Vor über einem Jahr!« Gruber blieb der Mund offen stehen. »Aber ... Warum hast denn kein Wort gesagt?«

Armin biss sich auf die Lippen und sah nach oben, im Versuch, die Tränen wegzublinzeln, die ihm in die Augen stiegen. »Wegen der Mama. Die war immer so stolz, dass ich dort oben in Berlin bin und so etwas Tolles studiere.« Er machte eine ausladende Geste, ahmte seine Mutter nach: »Volkswirtschaft *und* Politologie, der Bub wird mal Politiker.«

Gruber musste unwillkürlich lächeln. »Ja. Genauso hat sie das immer gesagt.«

Armin wischte sich über die Augen. »Ich hab' sie ganz mies angelogen, verstehst du! Und jetzt kann ich ihr nicht mehr die Wahrheit sagen! Nie mehr!« Er schluckte hart und sah weg.

Gruber konnte nichts machen, er musste noch immer lächeln. Es kam ihm so unpassend vor, vollkommen deplatziert, aber er konnte es nicht ändern. »Ich bin ganz froh, dass du kein Politiker wirst«, sagte er schließlich.

Armin sah ihn überrascht an. Seine Augen waren rot. »Echt?«

Gruber nickte. »Das sind doch sowieso alles Verbrecher. Mein Vater hat immer gesagt, steck sie alle in einen Sack, hau drauf und ...«

»... du erwischst nie den Falschen!«, ergänzte Armin, und sein Gesicht entspannte sich ein wenig. »Aber ...«, begann er wieder, doch Gruber ließ ihn nicht ausreden.

»Wegen deiner Mutter musst du dir keine Gedanken machen. Sie war so oder so stolz auf dich.« Er schwieg einen Augenblick, dann fügte er noch hinzu: »Es spielt keine Rolle, verstehst du?«

Armin nickte langsam. »Ja«, sagte er dann, und aus seiner Stimme klang Erleichterung. »Vielleicht hast du recht.«

Gruber sah auf die Uhr. Wenn Armin den Zug erreichen wollte, mussten sie jetzt los. Er trank sein Weißbier aus und meinte dann zögernd: »Dann musst du ja jetzt gar keine Vorlesungen besuchen, oder?«

Armin schüttelte den Kopf.

»Könntest also noch ein paar Tage dableiben?«

»Könnte ich.«

Gruber sah seinen Sohn an. »Soll ich uns noch ein Weißbier holen?«

Armin nickte.

Als sie eine gute Stunde später nach draußen traten, hatte Gruber das Gefühl, als ob sich das schwarze Loch in seinem Inneren ein klein wenig geschlossen hätte. Vielleicht ging doch nicht alles zu Ende. Vielleicht konnte doch irgendwo etwas Neues seinen Anfang nehmen. Sie gingen bis zum Stachus, dann kramte Gruber sein Handy aus der Tasche. Fast hätte er vergessen, die Niklas anzurufen. Sie hatte ihm gestern nach der Beerdigung noch eine Nachricht auf der Mailbox hinterlassen, die recht dringend geklungen hatte. Er rief bei ihr zu Hause an, doch es meldete sich nur der Anrufbeantworter, auf dem sie ihre Handynummer angab. Er brauchte zwei Anläufe, um sie sich zu notieren, dann wählte er diese Nummer. Er ließ es lange klingeln, und gerade, als er auflegen wollte, meldete sich jemand:

»Ja?« Es war die Stimme eines Mannes.

Gruber war etwas irritiert »Hier ist Walter Gruber. Ich wollte eigentlich Frau Clara Niklas sprechen.«

»Sie ist leider nicht da!«

»Und wer sind Sie?«, fragte Gruber misstrauisch.

»Oh, ich bin Michael. Michael Hamilton, Claras Freund. Sie hat ihr Handy anscheinend bei mir vergessen.«

Jetzt hörte Gruber den leichten Akzent in seiner Stimme und erinnerte sich an den unrasierten Engländer, der damals in dem Fall Imhofen mit Claras Sozius auf dem Präsidium gewesen war. Das also war ihr Freund. Er hatte damals schon so etwas in dieser Richtung vermutet, aber sich nicht weiter dafür interessiert. Eine etwas extravagante Wahl, dachte er bei sich. Aber es ging ihn ja nichts an.

»Wo kann ich sie denn erreichen?«, fragte er. »Ich glaube, es ist dringend.«

»Ist sie denn nicht zu Hause?«

Gruber verneinte.

»Vielleicht ist sie mit Elise spazieren«, vermutete der Mann, und Gruber hörte, wie er sich eine Zigarette anzündete. Im Hintergrund spielte Musik. »Sie kommt später vorbei, soll ich ihr etwas ausrichten?«

»Wenn sie mich bitte zurückrufen könnte.«

Der Mann versprach, es ihr zu sagen, und Gruber legte auf. Dann versuchte er es noch unter Claras Kanzleinummer, doch auch dort meldete sich nur der Anrufbeantworter. Er schob das Handy zurück in seine Jackentasche und wandte sich an seinen Sohn: »Wir könnten dein Zimmer aufräumen«, schlug er vor. »Das ganze alte Gerümpel muss raus, jetzt, wo du länger bleibst.«

In Claras Kopf tanzte jemand immer im Kreis herum, zu einer endlosen Musikschleife, links herum und rechts herum und links herum ... Ihr wurde schon beim Zusehen übel, und dann, plötzlich war sie es selbst, die tanzte, und die Übelkeit nahm zu. Sie schaffte es gerade noch, sich über den Bettrand zu beugen, dann musste sie sich schon übergeben. In ihrem Kopf hämmerte es, und jedes Husten verstärkte den Schmerz und ließ sie zusammenzucken. Stöhnend ließ sie sich zurück auf das Kissen fallen. Als sie versuchte, sich den Mund abzuwischen, fuhr sie zurück. Ihr Gesicht war von irgendetwas verklebt und schmerzte bei der geringsten Berührung. Verwirrt tastete sie nach ihrer Nachttischlampe, doch sie griff ins Leere. Dort, wo sie normalerweise stand, war nichts. Mühsam öffnete sie die Augen. Es war stockfinster im Raum. Wo war das Fenster? Normalerweise war es rechts von ihr, doch da war nichts, nicht einmal der Umriss eines Fensters, nur Schwärze. Plötzlich fiel ihr auf, dass die Musik aus ihrem Traum noch immer spielte, obwohl sie längst wach war. Oder schlief sie etwa noch? Und in dem Moment fiel es ihr wieder ein. Sie war gar nicht zu Hause in ihrem Bett. Sie war in seiner Gewalt.

Ruckartig setzte sie sich auf und fiel sofort wieder zurück, so sehr schmerzte ihr Kopf. Was war das für Musik? Woher kam sie? Sie lauschte. Irgendwo vor der Tür spielte ein Akkordeon. Nein: *Er* spielte Akkordeon. Josef Gerlach, Papa Joke, Irmgard Grubers Mörder. Clara konnte nur mit Mühe einen Schrei unterdrücken, als ihr die Tragweite ihrer Situation nach und nach bewusst wurde. Sie konnte sich nur noch verschwommen an das erinnern, was gestern passiert war, aber das wenige, was ihr einfiel, genügte, um die Panik in ihr hochflackern zu lassen wie ein unruhiges, unkontrollierbares Feuer. Sie zwang sich zur Ruhe und setzte vorsichtig ihre Beine auf den Boden. Schon bei dieser kleinen Bewegung wurde ihr wieder übel, und in ihrem Kopf drehte sich alles. Sie wartete vornübergebeugt, bis die Welle der Übelkeit abgeflaut war, dann richtete sie sich vorsichtig auf.

Es war fast vollkommen dunkel in dem Raum, in dem sie

sich befand. Lediglich über der Kopfseite des Bettes gab es einen Spalt, durch den ein dünner Lichtstrahl hereinfiel. Mühsam drehte sie den Kopf und blinzelte in das Licht. Ihre Augen taten ebenfalls weh. Dort gab es ein kleines Fenster in der Wand, das von außen mit einem Fensterladen oder Holzbrettern verschlossen war. Sie konnte die Maserung des Holzes in dem Spalt erkennen. Statt eines Griffs gab es nur ein Loch. Sie versuchte hinauszusehen, doch sie konnte nichts erkennen außer einem haarfeinen Strahl milchig weißer Helligkeit. Vielleicht Himmel? Mühsam wandte sie sich wieder um und presste stöhnend ihre Hände gegen den schmerzenden Kopf. Ihre Augen gewöhnten sich nur langsam an die Dunkelheit. Soweit sie sehen konnte, befand sie sich in einem kleinen Zimmer, höchstens zwei mal vier Meter groß. Das Bett, auf dem sie saß, stand an der Längsseite, davor gab es eine Tür. In der Ecke schräg gegenüber stand ein Tisch mit einem großen, unförmigen Gegenstand darauf, und direkt gegenüber dem Bett war der Umriss eines schmalen Kleiderschranks zu erkennen. Sie konnte mit der Hand danach greifen. An der Decke hing eine Lampe, doch sie konnte keinen Lichtschalter entdecken. Vorsichtig stand sie auf und tastete die Wand ab. Nichts. An der Tür gab es keinen Griff, er war offenbar abgeschraubt.

Unschlüssig blieb sie davor stehen. Sollte sie sich bemerkbar machen? Schreien? Sie hatte keine genaue Vorstellung davon, wo sie sich eigentlich befand. Eine Wohnung im ersten Stock, wenn sie sich richtig erinnerte, doch war es seine Wohnung? Wahrscheinlich. Wo wohnte Josef Gerlach? Warum hatte sie nicht nachgesehen, bevor sie diese unsägliche Dummheit begangen hatte und einfach in seinen Laden spaziert war? Clara stöhnte leise. Wie hatte sie nur so leichtsinnig sein können?

Sie stemmte sich gegen die Tür, doch sie gab keinen Millimeter nach. In ihrem Kopf begann sich erneut alles zu drehen, und sie wankte zurück und ließ sich auf das Bett fallen. Die wenigen Schritte hatten sie bereits erschöpft. Sie starrte an die Decke, wartete, bis sie ihren wilden, schwankenden Tanz einstellte und die Dinge an ihrem Platz blieben. Er hatte ihr etwas gegeben. Sie erinnerte sich an das Glas Wasser, das er sie zu trinken gezwungen hatte. Schlaftabletten? Drogen? Sie versuchte zu schlucken, doch ihr Mund war wie ausgetrocknet, und ihre Kehle schmerzte. Er hatte sie gewürgt. Sie hatte gedacht, sie müsse sterben. Sie war gestorben. In ihrer Vorstellung war sie gestorben. Warum hatte er sie am Leben gelassen?

Sie blieb zusammengekrümmt auf dem Bett liegen und wartete mit geschlossenen Augen. Mit der Zeit ließen die Übelkeit und der Schwindel etwas nach. Dafür wurde ihr Durst größer. Noch immer spielte das Akkordeon. Als es endlich verstummte, war der Lichtschein, der durch den Spalt drang, schon deutlich schwächer geworden. Clara wusste nicht, wovor sie mehr Angst hatte: Davor, dass er kam oder dass er nicht kam. Als sie dann tatsächlich seine Schritte hörte und der Schlüssel sich im Schloss drehte, war sie steif vor Angst. Licht flammte auf, offenbar war der Lichtschalter außen angebracht. Sie schloss einen Moment die Augen. Dann stand er in der Tür. Und in dem Moment begriff Clara erst, dass das, was hier passierte, real war. Erst in diesem Augenblick, in dem sie Josef Gerlach dort stehen sah, begriff sie, dass er sie umbringen würde. Wenn nicht gleich jetzt, dann irgendwann später. Er konnte sie nicht laufen lassen. Sie erinnerte sich, wie er das zu ihr gesagt hatte, immer wieder, wie einem ungehorsamen Kind. Wenn es ihr nicht gelang zu fliehen, würde sie sterben. So einfach war das.

»Hunger?«

Clara verstand ihn nicht sofort, so sehr überraschte ihn seine Frage.

»Haben Sie Hunger?«, wiederholte er, und seine Stimme klang seltsam unbeteiligt, fast höflich.

»Durst!«, flüsterte sie. Ihre Stimme war nichts als ein heiseres Krächzen.

Er nickte. Sein Blick fiel auf das Erbrochene neben dem Bett, und er runzelte die Stirn. »Das ist ja ekelhaft«, sagte er. »Widerlich.«

Clara fiel darauf nichts ein, daher schwieg sie.

»Sie werden das wegmachen.«

Clara nickte. »... Lappen und einen Eimer«, stieß sie mühsam hervor. Ihr Hals brannte wie Feuer.

Er ging. Clara hörte den Schlüssel im Schloss. Das Licht ließ er brennen. Fünf Minuten später kam er wieder, mit einem Putzeimer und einem Lappen. Er stellte es wortlos in das Zimmer und ging wieder.

Als er wiederkam, hatte sie saubergemacht, so gut es ging. Er nahm den Eimer mit spitzen Fingern und sah sie angewidert an. Obwohl es nicht ihre Schuld war, schämte sich Clara und senkte den Kopf.

»Kommen Sie mit«, sagte er. Gehorsam stand sie auf und folgte ihm. An der Tür blieb er noch einmal stehen und packte sie am Hals, so wie er es gestern schon einmal getan hatte. Er drückte nicht zu, doch Clara blieb bereits vor Angst die Luft weg.

»Wenn Sie irgendeine Dummheit machen, bringe ich Sie augenblicklich um. Haben Sie das verstanden?«

Clara bemühte sich zu nicken. Sie wusste, dass er eine Antwort erwartete. Sie würde keinen Fluchtversuch wagen. Nicht jetzt. Erst musste sie sich ein wenig orientieren und sich besser fühlen. Sie wollte nicht daran denken, dass ihr die Zeit dafür vielleicht gar nicht blieb.

Er stieß eine Tür auf und schob sie hinein. »Waschen Sie sich«, sagte er und schloss ab.

Es war eine Toilette mit einem winzigen Handwaschbecken. Erst jetzt merkte sie, wie dringend sie auf die Toilette musste. Am Beckenrand lagen ein sauberes Handtuch und eine Kernseife bereit. Clara schüttelte den Kopf. Was für ein seltsamer Mensch. Doch das machte das Ganze noch beunruhigender. Was hatte er mit ihr vor? Als sie in den Spiegel über dem Waschbecken sah, erschrak sie heftig. Ihr ganzes Gesicht war zugeschwollen, und die eine Gesichtshälfte stellenweise dick mit Blut verklebt. Auf ihrem Hals konnte man rote Druckstellen von seinen Fingern erkennen. Mühsam befreite sie ihr Gesicht von dem Blut und verzog dabei das Gesicht vor Schmerzen. Endlich war sie fertig, und sie war Josef Gerlach tatsächlich für Handtuch und Seife dankbar.

Sie klopfte leise, und sofort öffnete er die Tür und brachte sie in das kleine Zimmer zurück. Das Licht brannte noch. Auf dem Tisch in der Ecke standen eine Plastikflasche Wasser und ein Holzbrettchen mit zwei Butterbroten. Er wollte wieder gehen, doch Clara hielt ihn auf. »Bitte, bleiben Sie doch noch da!«, bat sie, noch immer krächzend.

Er zögerte.

»Bitte!«

Er blieb wachsam an der Tür stehen, während sie zum Tisch ging und nach der Wasserflasche griff. Durstig nahm sie ein paar Schlucke, dann hielt sie abrupt inne. Womöglich hatte er ihr etwas ins Wasser gemischt? Sie stellte die Flasche zurück auf den Tisch, bemüht, ihr Misstrauen nicht zu zeigen, und wandte sich dem Mann an der Tür zu.

»Was wollen Sie von mir?«, fragte er.

Clara starrte ihn verdutzt an. Fast hätte sie gelacht. »Ich von Ihnen? Was wollen Sie von mir?«

»Ich? Nichts!« Seine Stimme bebte plötzlich. »Ich will überhaupt nichts. Nur in Ruhe gelassen werden. Nur in Ruhe gelassen werden! Aber das geht ja nicht. Man lässt mich nicht in Ruhe! Zuerst dieser Gruber und jetzt Sie!«

»Was hat Walter Gruber Ihnen denn angetan?«, wollte Clara wissen.

Gerlach starrte sie an. Seine Augen begannen zu flackern. »Warum tun Sie das?«, fragte er leise und kam auf sie zu.

Clara wich einen Schritt zurück. »Was denn?«, fragte sie furchtsam. »Was tue ich denn?« Sie hob beide Hände, wie zur Kapitulation. »Sehen Sie, ich tue doch gar nichts ...«

Obwohl sie nicht ganz unvorbereitet war, traf sie der Schlag mit einer derartigen Wucht, dass sie seitlich wegtaumelte und mit der Schulter hart gegen die Wand schlug. Sie ging in die Knie und hob beide Arme schützend über ihren Kopf. »Nicht! Bitte!« Ihre Stimme war nur noch ein Flüstern. Doch es kam kein weiterer Schlag. Als sie das Drehen des Schlüssels im Schloss hörte, hob sie langsam den Kopf. Er war weg. Sie begann zu weinen.

VIERUNDZWANZIG

Als Grubers Handy klingelte, saß er mit Armin in dessen Zimmer auf dem Boden und wischte sich den Schweiß von der Stirn. Was als kleine Aufräumaktion begonnen hatte, war zu einer großen Entrümpelung ausgeartet, die nicht nur Armins altes Zimmer, sondern einen Großteil der Wohnung mit umfasst hatte. Jetzt standen alle ausgemusterten Gegenstände in Kisten verpackt und die Möbel ordentlich gestapelt im Flur und warteten auf den Abtransport auf den Speicher beziehungsweise zum Sperrmüll. Alle Schränke, Kästchen, Sideboards, Regale, Fenster, Fensterbänke, Wände, Nischen und Ecken waren von alten Erinnerungsgegenständen, Staubfängern und allen Dingen, die Gruber noch nie gemocht hatte, befreit. In Armins Zimmer lag nur noch die Matratze auf dem Boden. Er wollte es so. Und Gruber, der neben seinem Sohn auf der Matratze saß, fand es plötzlich auch nicht mehr so abwegig. Ein leeres Zimmer. Für ein Leben, das neu beginnen musste. Nicht das Schlechteste und jedenfalls besser als das alte, abgeschabte Jugendzimmer aus dem Versandhaus.

Er warf einen Blick auf das Handy, das als Anruferin Clara Niklas angab. Endlich. Es war schon fast sieben, und die Niklas hatte sich noch immer nicht gemeldet. Womöglich hatte dieser Typ ihr gar nicht ausgerichtet, dass er angerufen hatte. Doch es war nicht Clara Niklas, es war wieder dieser Engländer. Ob sich Clara bei Gruber gemeldet habe, wollte er wissen. Sie sei nicht gekommen, obwohl sie für den Nachmittag verabredet gewesen waren. Und zu Hause sei sie auch nicht. Er klang besorgt.

Gruber revidierte seine abschätzige Meinung von dem Mann ein wenig und versuchte, das alarmierende Kribbeln in seinem Nacken zu ignorieren, das sich bei seinen Worten gemeldet hatte. Er kannte dieses Kribbeln. Es war eine Berufskrankheit und verhieß nichts Gutes. Niemals hätte er mit jemandem darüber gesprochen. Bauchgefühle, Intuition, das war etwas für Esoteriker und spinnerte Weiber, aber nicht für Polizeibeamte. Aber insgeheim hatte er diesem Gefühl doch vertraut, und dieses Vertrauen hatte sich bisher immer als richtig erwiesen. Was allerdings in diesem Fall höchst beunruhigend war.

»Ich habe keine Ahnung, wo sie sein könnte, Herr ...«, begann Gruber zögernd.

»Hamilton.«

»Vielleicht hat sie Besuch bekommen oder so? Ihre Verabredung vergessen?«, mutmaßte Gruber in einem halbherzigen Versuch, seine böse Ahnung herunterzuspielen. Es gab schließlich keinen Grund zu glauben, dass ihr etwas passiert sein sollte.

»Nein, sicher nicht!«, gab Mick heftig zurück. »Wir wollten etwas unternehmen. Das ist nicht ihre Art, einfach nicht zu kommen.« Dann fügte er zögernd hinzu: »Sie war ein bisschen komisch in den letzten Tagen. Bedrückt. Kann es sein, dass das mit Ihrem Fall zu tun hat? Vielleicht hat sie irgendeinen Blödsinn gemacht?«

Gruber schwieg einen Augenblick. Sein Kribbeln wurde stärker. Dann sagte er: »Wir treffen uns in einer halben Stunde vor Claras Wohnung.«

Auf dem Weg von Milbertshofen durch die ganze Stadt bis zur Au, wo Clara wohnte, waren Gruber wieder Zweifel gekommen, ob er nicht ein wenig zu überstürzt gehandelt hatte. Vielleicht war er paranoid geworden in der letzten Zeit, sah Gespenster? Micks Stimme hatte so erschrocken geklungen, als Gruber das Treffen vorgeschlagen hatte, dass es ihm fast unangenehm gewesen war. Doch während er jetzt vor der Reichenbachbrücke im Stau stand und nur zentimeterweise vorwärtskam, wuchs seine Unruhe erneut. Clara war am Donnerstag noch einmal allein in dieser ominösen Kneipe gewesen. Was, wenn sie dort den Mörder aufgescheucht hatte? Seine Finger trommelten nervös auf dem Lenkrad herum. Ihm fiel ein, wie er sie nach der Beerdigung völlig aufgelöst am Parkplatz des Nordfriedhofs getroffen hatte. Da hatte sie behauptet, sie sei dem Mörder begegnet. Und er hatte sie nicht ernst genommen. Hatte das Ganze abgetan. Wegen seiner dämlichen Schwägerin und wegen Armin. Vor allem seinetwegen. Dabei war es ihrem Gesicht anzusehen gewesen, dass etwas nicht stimmte. Doch er hatte es nicht wissen wollen. Nicht in diesem Augenblick. Nicht mit Sabine Sommer und den Kollegen im Nacken, nicht fünf Minuten, nachdem man Irmi beerdigt hatte. Er war sogar ein bisschen sauer auf die Niklas gewesen, weil sie damit angefangen hatte, an diesem Ort, zu dieser Unzeit, vor all den Leuten.

»Verdammt, verdammt!« Er hieb mit der Faust auf sein Lenkrad und hupte. Nichts ging vorwärts. »Scheiße!« Er hatte plötzlich das Gefühl, als liefe ihm die Zeit davon.

Als er endlich bei Claras Wohnung ankam, war ihr Freund schon da. Er ging unruhig vor der Einfahrt auf und ab und rauchte. Gruber parkte direkt vor ihm auf dem Gehsteig und sprang aus dem Wagen. Er gab dem schlaksigen Engländer,

der mindestens einen Kopf größer war als er und ihn mit einer Mischung aus Besorgnis und Misstrauen musterte, ein wenig distanziert die Hand.

»Haben Sie schon geklingelt?«, fragte er.

Mick nickte. »Mindestens zehn Mal. Es ist niemand da. Es brennt auch kein Licht.« Er deutete nach oben zu einer dunklen Fensterreihe im ersten Stock.

»Na, dann gehen wir rein und sehen nach, ob wir etwas finden«, schlug Gruber vor. »Eine Nachricht, einen Notizzettel, irgendetwas.«

Mick zögerte. »Ich habe keinen Schlüssel.«

»Ach.« Gruber hob die Augenbrauen ein wenig. »Dann gehen wir eben zum Hausmeister.«

»Was ist überhaupt los?«, wollte Mick wissen. »Was genau ist das für eine Geschichte mit Ihnen?«

»Hat Sie Ihnen nichts erzählt?« Grubers Augenbrauen wanderten noch ein paar Millimeter höher.

»Wir sprechen nicht sehr viel über ihre Arbeit«, gab Mick nervös zurück. »Und in diesem Fall hat sie eigentlich überhaupt nichts gesagt.« Er schwieg und fuhr sich mit den Händen über seine kurzgeschnittenen Haare, dann sagte er: »Warum glauben Sie, dass ihr etwas passiert ist?«

Gruber sah ihn eine Weile nachdenklich an, dann zuckte er mit den Schultern. »Ich weiß es nicht. Vielleicht ist ja gar nichts ...«

Mick zog die Brauen zusammen, und seine Miene verfinsterte sich. »Reden Sie keinen Blödsinn«, sagte er zornig, und sein Akzent war plötzlich deutlicher hörbar. »Wieso stehen wir dann hier und überlegen, wie wir am besten in Claras Wohnung kommen?«

Gruber verzog das Gesicht. »Es geht um den Mörder meiner Frau«, begann er zögernd. Er hatte keine Lust, die Sache hier vor einem Fremden auszubreiten, dem er nicht wirklich über den Weg traute, auch wenn er Claras Freund sein mochte. »Wir, das heißt Frau Niklas und ich, suchen ihn und ...«

»Clara sucht einen Mörder?«, fragte Mick ungläubig. »Sind Sie noch ganz bei Trost? Sie ist Anwältin, keine Polizistin!«

Gruber seufzte. »Ich weiß. Das ist eine komplizierte Geschichte. Ich erzähle Sie Ihnen ein andermal. Wir sollten jetzt lieber etwas unternehmen.« Er wandte sich zum Haus, doch Mick hielt ihn fest.

»Was ist passiert?«

Gruber schüttelte Micks Hand unwillig ab. »Ich weiß es nicht! Aber es könnte sein, dass sie herausgefunden hat, wer der Täter ist, und es könnte außerdem sein, dass sie sich gestern begegnet sind ...«

Er verstummte angesichts von Micks Gesichtsausdruck.

Schweigend wandte er sich ab und ging auf die Haustür zu. Mick folgte ihm. Der Hausmeister öffnete erst nach dem dritten Klingeln und fixierte sie mit dem schwurbeligen Blick eines schwer angetrunkenen Mannes. Gruber stellte sich vor und übernahm das Reden. Die Tatsache, dass er vom Dienst suspendiert war, konnte man im Augenblick getrost vernachlässigen.

Doch Hausmeister Manninger ließ ihn gar nicht ausreden. In dem Moment, in dem der Name Niklas fiel, begann er zu fluchen. »Ihr habts euch ja sauber Zeit gelassen!«, schimpfte er. »Des Viech dreht ja schon durch! Wissen S', was? Angezeigt gehört das Frauenzimmer, jawohl. Den Vermieter hab' ich auch schon informiert. So eine g'schlamperte Person! Das war sie allaweil schon, aber diese Sache mit dem Hund, die geht zu weit!«

Gruber unterbrach nur mit Mühe seinen Redefluss. »Wovon sprechen Sie eigentlich?«, fragte er.

Manninger glotzte ihn an: »San Sie net wegen dem Hund da?«

»Wegen Elise?«, mischte sich jetzt Mick ein. »Was ist denn mit ihr?«

Manningers Blick wanderte langsam zu Mick und wieder zurück zu Gruber. Es schien seine Kräfte zu überfordern, mit mehr als einer Person gleichzeitig zu sprechen.

»Sind Sie nicht vom Tierheim?«, fragte er langsam, plötzlich um korrekte Aussprache bemüht.

Gruber schüttelte den Kopf. »Wir sind von der Polizei. Könnten wir jetzt den Schlüssel zu Frau Niklas' Wohnung bekommen?«

»Polizei? Ich hab' doch noch gar keine Anzeige erstattet, oder?« Manningers unsteter Blick schwankte, dann hielt er sich an Mick fest. »Aber den da, den kenn' ich doch! Von wegen Polizei. Sie sind doch der Ausländer, des g'schlamperte Verhältnis von der Niklas ...«

»Bitte, Herr Manninger, es eilt.«

Grubers Stimme nahm an Schärfe zu, und Mannningers Blick kehrte prompt zu ihm zurück. »Ja, freilich eilt's«, schimpfte er wieder los. »Ich hab' ja schon zweimal angerufen heut, aber die Tritschler kommen ja nicht! Da meint man immer, das Tierheim wär' für die Viecher da ...«. Er griff nach einem Universalschlüsselbund, der an einem Haken in seinem Flur hing, und ging mit erstaunlich sicherem Gang voraus ins Treppenhaus. In dem Moment ertönte von oben ein lautes Bellen, gefolgt von einem schabenden Geräusch. Der Hausmeister beschleunigte seinen Schritt. »Da! Hören Sie's? So geht das schon seit gestern Abend! Jedes Mal, wenn jemand unten zur Tür reinkommt, bellt das Viech los.«

Gruber blieb stehen. »Wie bitte? Seit gestern Abend schon?«

»Freilich!« Hausmeister Manninger nickte nachdrücklich. »Ich hab' mir schon überlegt, ob ich nicht reingehen soll und dem Viech was zu fressen geben, aber jetzt sind ja Sie da.«

»Und Sie haben nicht einmal nachgesehen, ob Frau Niklas vielleicht etwas passiert ist?«, fragte Mick ungläubig nach und sprang mit langen Schritten die restlichen Stufen hinauf. Elises Bellen wurde lauter.

»Wir achten hier im Haus die Privatsphäre unserer Mieter!«, brachte der Hausmeister mühsam heraus. »Wo kämen wir da hin, wenn wir gleich bei jedem Hundebeller ...«

»Jetzt sperren Sie schon auf, verdammt noch mal!«, schrie Mick wütend und rüttelte an der verschlossenen Tür. Elise, die Mick erkannt hatte, winselte jetzt, und das Scharren an der Tür hörte auf.

***

Clara wusste nicht, wie lange sie am Boden gekauert und geweint hatte. Wahrscheinlich war es nicht länger als ein paar Minuten gewesen. Er war nicht zurückgekommen, und das Licht im Zimmer war noch eingeschaltet. Irgendwann versiegten die Tränen von selbst. Ihre Augen brannten, und ihr Mund war vollkommen ausgetrocknet. Sie griff nach der Wasserflasche auf dem Tisch, roch zuerst noch einmal misstrauisch daran und trank schließlich in langen durstigen Zügen. Das Wasser war warm und ohne Kohlensäure, aber es schmeckte zumindest nicht so, als ob irgendetwas hineingemischt worden wäre. Vor der Tür war es still. Sie konnte keine Schritte hören, überhaupt keine Geräusche, und sie wünschte sich das Akkordeonspiel zurück, um wenigstens eine Ahnung davon zu haben, wo sich Gerlach gerade befand.

»Papa Joke«, murmelte sie und verzog den Mund. Was für ein Spitzname für diesen Mann, so vollkommen unpassend, dass er gerade deswegen schon wieder treffend war. Da hatte Oscho mit seiner boshaften Ironie den Nagel auf den Kopf getroffen. Ob Gerlach wohl wusste, wie sie ihn genannt hatten? Wahrscheinlich.

Sie richtete sich keuchend auf und setzte sich auf den einzigen Stuhl, der am Tisch stand. Er war fahlgrün gestrichen wie der Tisch und hatte eine hohe, unbequeme Lehne. Vor ihr stand der Teller mit den Butterbroten. Es war ein altmodischer Teller mit Goldrand und kleinen Streublümchen, und die Brotscheiben waren mächtig und millimeterdick mit Butter beschmiert. Wenigstens hatte er nicht vor, sie hier verhungern zu lassen. Sie nahm eines der Brote und biss vorsichtig hinein. Trotz der Schmerzen beim Beißen und Schlucken merkte sie bei diesem ersten Bissen, wie groß ihr Hunger war. Langsam und mit sparsamen Kaubewegungen aß sie beide Brote auf. Danach fühlte sie sich stark genug, um wenigstens einigermaßen klare Gedanken fassen zu können. Und das musste sie. So schnell wie möglich.

Das Schlimmste an ihrer Situation war die Angst. Die Angst vor ihm. Sie lähmte sie, machte sie hilflos, unfähig zu agieren. Aber an dieser Angst ließ sich nichts ändern, sie war durchaus berechtigt. Clara befühlte ihr geschwollenes Gesicht und zuckte zusammen. Doch bei aller Brutalität blieb doch die Frage, warum er sie nicht längst umgebracht hatte. Er hatte Gerlinde Ostmann sterbend im Park zurückgelassen, hatte Irmgard Gruber mit bloßen Händen erwürgt. Und auch bei ihr war er nahe daran gewesen. Sie konnte noch immer seine Hände an ihrem Hals spüren, das grauenhafte Gefühl, keine Luft zu bekommen, sein Gewicht, mit dem er sie am Boden hielt, und dann diese Schwärze, das Wegdriften ... Sie begann zu zittern und griff wieder nach der Wasserflasche.

Doch er hatte es nicht getan. Warum? Ihr fiel das Schrillen

in ihrem Kopf wieder ein, das sie gehört hatte, bevor sie das Bewusstsein verlor. War er gestört worden? Sie nickte langsam, begreifend. Es konnte die Türglocke gewesen sein. Doch danach oder in der Nacht, als er zurückkam? Warum hatte er es da nicht getan? Stattdessen hatte er sie hierhergebracht. In seine Wohnung, in ein Zimmer, das aussah wie ein altes Kinderzimmer. Sie sah sich um. Hoffentlich ließ er das Licht brennen. Neben allem anderen war es merkwürdigerweise besonders beunruhigend, dass er die Gewalt über den Lichtschalter hatte. Er allein konnte darüber entscheiden, ob sie ihre Zeit hier im Dunkeln verbrachte oder im Licht.

War das für das Kind, das hier gewohnt hatte, auch so gewesen? Hatten die Eltern entschieden, wann das Licht ausging? Aber sicher hatte es noch eine Nachttischlampe besessen oder eine Schreibtischlampe. Sie sah sich um, konnte jedoch keine Steckdose entdecken. War es sein Kind, das hier gewohnt hatte? War es erwachsen geworden, weggezogen, um zu arbeiten, zu studieren, so wie ihr Sohn? Oder vielleicht sogar gestorben? Das Zimmer wirkte merkwürdig verlassen. Es gab keine Bücher oder Spielsachen, keine Fotos oder Poster, es ließ sich nicht feststellen, wie alt das Kind gewesen war, als es hier gewohnt hatte. Über dem Bett hing ein Bild mit einem Schutzengel, daneben saß ein abgegriffener Teddybär auf einem Regal aus bunten Holzbrettern. Über dem Tisch hing ein altes Mobile von der Decke, schon verstaubt, aber noch immer im Gleichgewicht. Es bestand aus kleinen, buntbemalten Holzflugzeugen. Clara erinnerte es an etwas, aber sie wusste im ersten Augenblick nicht, woran. Doch dann fiel es ihr ein: Es erinnerte sie an das Geschenkpapier, mit dem die Lok eingepackt gewesen war, die sie gefunden hatte.

Auf dem Tisch, der für das kleine Zimmer ziemlich groß war, wölbte sich unter einem alten Bettbezug ein unförmiger

Gegenstand. Clara beugte sich vor und lüpfte das Tuch vorsichtig an einer Ecke. Etwas Grünes lugte daraus hervor. Sie hob das Tuch ein wenig weiter an und schlug es schließlich ganz zurück. Es war eine Modelleisenbahn. Größer als die, die Clara in Gerlachs Geschäft gesehen hatte, aber genauso detailgetreu. Nur die Loks und Wagons fehlten, die Schienen waren leer. Es gab einen Stadtplatz mit Brunnen, umgeben von Fachwerkhäusern, einen Felsen mit einer Burgruine und einen Eisenbahntunnel darunter. Vor dem Stadtplatz befand sich der Bahnhof. Auf dem Ortsschild stand in etwas ungelenken, um Sorgfalt bemühten Buchstaben GLÜCKSSTADT.

Clara musste lächeln, und gleichzeitig überkam sie ein Gefühl von Traurigkeit. Sie wusste jetzt, wessen Kinderzimmer es war, in dem sie gefangen saß: Es war Josef Gerlachs eigenes Zimmer. Dies hier war seine Eisenbahn, die er vor vielen Jahren als Kind gebaut hatte, vielleicht mit seinem Vater. Die Modellautos waren Fahrzeugtypen aus den Sechziger- oder Siebzigerjahren, auch die winzigen Menschen waren nach der damaligen Mode gekleidet. Es erinnerte Clara ein bisschen an eine Kiste, die es bei ihrer Großmutter in Starnberg auf dem Speicher gegeben hatte: Dort waren alte Spielsachen ihrer Geschwister und auch von ihrer Mutter und deren jüngerem Bruder aufbewahrt worden, und wenn Clara dort zu Besuch gewesen war, hatte sie damit gespielt.

Sie strich mit den Fingern vorsichtig über die Dächer der Häuser, stellte einen umgefallenen Spaziergänger wieder auf und pustete auf das Ortsschild am Bahnhof. Staubflocken wirbelten auf.

Glücksstadt. War dieser Name purer Zufall, oder hatte er eine Bedeutung für Josef Gerlach gehabt? Mit Sicherheit war Gerlach kein glücklicher Mann. Er war brutal. Bestimmt hatte er keine glückliche Kindheit gehabt, hier in dieser Kammer mit dem winzigen Fenster. Und er hatte dieses Zimmer unberührt gelassen, all die Jahre, in denen er hier gewohnt hatte. Clara war sich jetzt sicher, dass er allein war und keine Familie besaß. Vielleicht hatte er sich in der Kindheit nach einem glücklicheren Ort gesehnt. Nach einer *Glücksstadt*.

Clara legte den Bettbezug behutsam wieder über die Modelleisenbahn und dachte nach. Ihr fiel der Moment in der Kanzlei wieder ein, an diesem verdammten Tag, an dem Willi mit ihr gesprochen hatte, als ihr klar geworden war, dass der Mann, den sie suchten, kein kaltschnäuziges Monster war, sondern ...

»... ein armer Teufel«, flüsterte Clara fast lautlos in die Stille des kleinen Raums. »Er leidet darunter, was er getan hat, er verzweifelt daran ...«

Es fiel ihr ziemlich schwer, ihre Gedanken von damals mit dem unberechenbaren Mann in Verbindung zu bringen, der sie geschlagen und fast erwürgt hatte, aber sie wusste, dass es stimmte. Und sie durfte es nicht mehr vergessen. Es war wichtig im Umgang mit ihm. Es war wichtig, um sich vor seinen unvermittelten Aggressionen zu schützen. Es würde ihr vielleicht helfen, am Leben zu bleiben.

FÜNFUNDZWANZIG

Walter Gruber und Mick standen ratlos in Claras Wohnung. Elise tanzte aufgeregt um Mick herum und winselte. Ein durchdringender Gestank aus dem Badezimmer besagte, dass sich die Dogge notgedrungen einen Platz gesucht hatte, um ihr Geschäft zu verrichten. Mick warf einen vorsichtigen Blick hinein und hielt sich die Nase zu. »Puh!« Ein überdimensionaler Hundehaufen prangte auf dem orangefarbenen Badezimmerteppich, der überdies mehrere verräterische feuchte Flecken aufwies. Mick hielt den Atem an, rollte mit spitzen Fingern den Teppich zusammen und deutete zur Tür. »Ich bringe erst mal Elise runter, bevor noch so etwas passiert!« Gruber nickte abwesend. Sie hatten sich bereits vergewissert, dass die Wohnung leer war.

Mick öffnete das Badezimmerfenster. Dann verließ er zusammen mit Elise die Wohnung. Gruber ging in die Küche. Unter dem Tisch lag der umgedrehte Futternapf von Elise. Er hob ihn auf und öffnete die Schranktüren, um nach Futter zu suchen. Im Besenschrank wurde er fündig. Er wuchtete den großen Sack Trockenfutter heraus, füllte den Napf bis zum Rand und goss Wasser in eine zweite Steingutschüssel, die er in der Ecke neben der Tür fand. Dann wartete er auf Mick, der schon wieder die Treppe heraufgelaufen kam. Während Elise sich dankbar auf das Wasser stürzte und lautstark zu schlabbern begann, sahen sich die beiden an. Es bedurfte keiner Worte. Ihre Gedanken spiegelten sich jeweils in den

Augen des anderen: Es war etwas passiert. Clara musste etwas zugestoßen sein.

Sie gingen mehr oder weniger systematisch vor, doch sie fanden nichts. Keinen Hinweis darauf, wo Clara hingegangen sein mochte. Ihr letzter Anruf war der auf Grubers Handy, vorher hatte sie noch zwei weitere Nummern gewählt. Bei der einen Nummer meldete sich niemand, bei der anderen sprang ein Anrufbeantworter an. Gruber stutzte, als er den Namen hörte. »Wimbacher! Was zum Teufel wollte sie von diesem Idioten?« Er notierte sich die unbekannte Nummer, bei der sich niemand gemeldet hatte, und legte das Telefon zurück. Auf dem Anrufbeantworter befanden sich drei Anrufe von Mick und einer von ihm selbst. Der Schreibtisch war aufgeräumt, der PC ausgeschaltet, ihre Kanzleitasche, eine große Umhängetasche aus Leder, fehlte.

Mick, der bis dahin unruhig wie ein Tier im Käfig durch die Wohnung gestreift war, schaltete den Computer ein. Sie klickten sich eine Zeitlang wahllos durch die Ordner, ohne auf irgendetwas Bedeutsames zu stoßen. Mick sprang ungeduldig auf. »Das bringt doch nichts! Wir müssen sie suchen!«

Gruber verzog den Mund. »Und wo, bitte schön?«

»Sagen Sie's mir! Sie wissen doch über die Sache mehr als ich!«

Gruber sah ihn an: »Ich weiß viel weniger, als Sie glauben.« Er schüttelte den Kopf. »Wenn ich ihr nur gestern zugehört hätte!«

Mick ließ sich auf das Sofa fallen und seufzte. »Vielleicht erzählen Sie jetzt einmal von Anfang an.«

Und Gruber erzählte ihm, wie er seine Frau gefunden hatte, wie er verhaftet worden war, wie Clara ihm geholfen und was sie herausgefunden hatte.

Mick hörte ihm schweigend zu. »Ich kann gar nicht glauben, dass sie mir kein Wort davon erzählt hat«, murmelte er, als Gruber fertig war. »Sie hätte doch mit mir darüber reden können?« Er sah Gruber fragend an, doch der zuckte nur matt mit den Schultern.

»Keine Ahnung, wie das in Ihrer Beziehung so läuft.« Er lächelte bitter, als Mick ihn zornig anstarrte und etwas erwidern wollte.

»Ich habe meiner Frau fast nie etwas von meiner Arbeit erzählt. Wir haben überhaupt nicht viel miteinander geredet.«

Mick schwieg. Nach einer Weile sagte er: »Sie war wirklich etwas merkwürdig in den letzten Tagen. Ich hatte manchmal das Gefühl, als ob sie mir etwas sagen wollte, aber sie hat immer wieder abgelenkt. Und ich habe nicht nachgehakt. Sie kann recht stur sein, wissen Sie?«

Gruber nickte nachdrücklich. »O ja, das weiß ich. Das ist es ja gerade, was mir solche Sorgen macht.« Er sah sich um. »Wir sollten noch einmal genauer suchen. Vielleicht finden wir doch etwas.« Er griff nach dem Papierkorb unter dem Schreibtisch und leerte ihn aus. Gemeinsam untersuchten sie die zerknüllten Blätter, ohne zu wissen, wonach sie eigentlich suchten. Vergeblich.

Mick stand auf. »In der Küche ist auch noch ein Abfalleimer.«

Den halbvollen Mülleimer in der Küche brauchten sie nicht auszuleeren. Ganz obenauf lagen die zerschnittenen Reste einer Zeitungsseite. Die Zeitung war von Mittwoch, und Gruber sah sofort, was ausgeschnitten worden war: die Todesanzeige seiner Frau. Er starrte nachdenklich auf das leere Viereck.

»Warum hat sie die ausgeschnitten?«, fragte er und sah sich um. »Gibt es hier eine Pinnwand?«

Mick schüttelte den Kopf. »Nicht dass ich wüsste.«

Sie suchten trotzdem, öffneten noch einmal alle Schubladen mit Kleinkram und Papieren, aber die Todesanzeige war nicht zu finden. »Wahrscheinlich hat sie sie mitgenommen, wegen der Beerdigung«, vermutete Mick. »Damit sie die Uhrzeit nicht vergisst.«

»Nein.« Gruber schüttelte den Kopf. »Die Beerdigung stand da gar nicht drauf.« Er verstummte und dachte einen Augenblick nach. »Ich habe sie deswegen extra angerufen, am Mittwochabend, und ihr den Tag und die Zeit gesagt. Wenn ich es mir jetzt überlege, war sie bei diesem Gespräch auch etwas seltsam. Fast so, als hätte sie einen anderen Anruf erwartet. Einen, vor dem sie sich fürchtete. Und als ich ihr von der Todesanzeige erzählt habe ...«

Er sah Mick beunruhigt an. »Sie hatte vor etwas Angst. Definitiv. Ich habe nicht weiter darüber nachgedacht, meine Schwägerin war schon da, und wir hatten uns ohnehin für den nächsten Tag verabredet. Da war sie eigentlich wieder ganz normal.« Gruber setzte sich auf den Küchenstuhl und runzelte die Stirn. »Was kann es nur gewesen sein, was sie mir am Freitag sagen wollte? Sie hat auf meine Mailbox gesprochen und um Rückruf gebeten. Ich Trottel habe erst am nächsten Tag nachgeschaut,...«

»Vielleicht ist sie zur Polizei?«, schlug Mick vor. »Die bearbeitet doch Ihren Fall. Und wenn Sie nicht zu erreichen waren ...«

Gruber verzog zweifelnd das Gesicht, doch er zückte sein Handy und tippte die Nummer seiner Dienststelle ein. Nach zwei kurzen Sätzen legte er wieder auf. »Wochenende«, knurrte er. »Keiner da, nur die Bereitschaft. Die Sommer kommt erst am Montag wieder. Sie hatte außerdem am Freitag frei.« Er sah Mick aufmerksam an. »Wenn Clara tatsächlich zur Polizei gegangen ist und dort niemand war oder niemand etwas unternehmen wollte ...«

»... dann ist sie auf eigene Faust los!« Micks Miene wechselte von Besorgnis zu Bestürzung, als er aussprach, was beide dachten.

Gruber steckte fluchend sein Handy zurück in seine Jackentasche. »Wir fahren ins Präsidium«, sagte er und ging hinaus.

Mick warf einen hilflosen Blick auf Elise, die ihn treuherzig ansah und mit dem Schwanz wedelte. »Moment!«, rief er Gruber nach, der schon ungeduldig im Treppenhaus stand. »Wir haben jemanden vergessen.«

Gruber seufzte. »Nehmen Sie sie mit! Aber schnell jetzt!«

Mick suchte nach einer Leine, fand nichts und ergriff Elise vorsichtig am Halsband. »Wir werden schon klarkommen, oder?«

Seit Elises Eifersuchtsattacke im letzten Jahr hatte sie zwar zunehmend Gefallen an Mick gefunden, doch das hatte seine Vorbehalte ihr gegenüber noch nicht ganz beseitigen können. Zumal jetzt Clara nicht da war, um notfalls einschreiten zu können, falls Elise sich das mit der Sympathie wieder anders überlegen sollte. Er atmete tief ein, streichelte Elise mit der freien Hand besänftigend über den Kopf und beeilte sich dann, Gruber zu folgen.

Als sie im Präsidium ankamen, war es kurz vor elf. Der Pförtner und die Beamten der Bereitschaft musterten Gruber überrascht, und als er nach dem Besucherprotokoll fragte, versuchte einer der Beamten zu protestieren: »Walter«, begann er zögernd. »Du darfst nicht ...«

Aber Gruber schnitt ihm mit einer herrischen Geste das Wort ab. »Willst du die Verantwortung dafür übernehmen, dass ihr morgen eine weitere Leiche im Englischen Garten findet?«, schnauzte er den Beamten an. Er konnte hören, wie Mick hinter ihm bei dem Wort »Leiche« scharf die Luft einzog. Der Mann tat ihm leid, doch jetzt war keine Zeit für übertriebene Rücksichtnahme.

Der Beamte zeigte sich von seinen Worten weniger beeindruckt. Er schüttelte den Kopf und meinte dann: »Sei doch vernünftig, Walter, und geh nach Hause. Die Sommer macht das schon ...«

Gruber ignorierte ihn und zog dem Pförtner, der hilflos von einem zum anderen blickte, das Protokoll einfach aus der Hand. Mit grimmiger Miene überflog er die Einträge vom heutigen Tag. »Die Sommer macht das schon ...«, murmelte er verächtlich. »Dass ich nicht lache.« Dann winkte er Mick zu sich und tippte triumphierend mit dem Finger auf die letzte Zeile. Dort stand es schwarz auf weiß: *Clara Niklas, Rechtsanwältin / Hauptkommissarin Sommer, 15 Uhr.*

»Sie war da! Und die Sommer offenbar auch«, kommentierte er überflüssigerweise, und Mick nickte stumm, Elise noch immer am Halsband festhaltend. Er hatte es nicht übers Herz gebracht, sie in seinem Auto zu lassen, nachdem sie so lange allein gewesen war. Jetzt schmiegte sie sich so eng gegen seine Beine, dass er Mühe hatte, gerade stehen zu bleiben.

Gruber wandte sich wieder an den Beamten der Bereitschaft, einen älteren Mann mit rotem Schnauzer, der jetzt aufgestanden war und unbehaglich vor ihm stand. »Walter...«, begann er aufs Neue. »Du bringst uns in eine verdammt blöde Situation ...«

Gruber musterte ihn kalt. »Du kannst deinen Arsch drauf verwetten, dass deine Situation gleich noch viel ungemütlicher wird, wenn du nicht endlich vernünftig mit mir redest, du Idiot«, gab er grimmig zurück.

Der Polizist warf einen Blick auf seinen Kollegen, der mit den Achseln zuckte und dann unmerklich nickte. Der Beamte gab nach. »Worum geht's denn überhaupt?«, fragte er.

Gruber deutete auf das Protokoll. »Um diese Unterredung. Weißt du, ob die Sommer irgendetwas deswegen unternommen hat?«

Der Polizist hob die Arme. »Keine Ahnung! Die Sommer hatte ja eigentlich frei. Ich wusste gar nicht, dass die noch einen Termin hatte.«

Gruber nickte erbost. »Genau. Und deswegen, weil du keine Ahnung hast, geh' ich jetzt da hinauf und überzeuge mich selber. Und wenn du etwas dagegen tun willst, musst du mich verhaften.«

Der Beamte starrte ihn einen Augenblick wütend an. »Ich rufe jetzt die Sommer an«, sagte er dann und griff nach dem Hörer.

Gruber bejahte. »Tu das.«

Der Beamte wählte, wartete einige Augenblicke, dann legte er auf und wählte eine andere Nummer. Nach wenigen Sekunden legte er wieder auf. »Sie ist nicht erreichbar ...«, begann er, doch Gruber war schon auf dem Weg die Treppe hinauf zu den Büros seiner Abteilung.

Mick beeilte sich, ihm zu folgen. »Woher wussten Sie, dass Ihre Kollegin nicht erreichbar ist?«, rief er Gruber hinterher, während sie mit Elise im Schlepptau die Treppen hinaufhasteten.

»Hab' ich nicht gewusst«, kam es leicht keuchend von Gruber zurück. »Nur Glück gehabt.«

Grubers Büro war dunkel und verlassen. Er ging durch die Zimmer seiner Dienststelle, schaltete überall das Licht ein und blieb schließlich vor Sabine Sommers Schreibtisch stehen. Mick folgte ihm langsam. Dort lag die Akte *Leichensache Irmgard Gruber* mitten auf dem Tisch, daneben eine durchsichtige Tüte. Darin befand sich ein Stück schmutziges Geschenkpapier, eine grüne Schleife und die Lok einer Modelleisenbahn.

Gruber starrte auf die Tüte und runzelte die Stirn. »Was soll das bedeuten?«, sagte er verwirrt. »Eine Modelleisenbahn? Was hat das mit Irmi ...« Dann unterbrach er sich plötzlich: »Verdammt! Wimbachers Neffe! Wie hieß er noch? Rudi! Jetzt weiß ich, was sie von diesem Hurensohn Wimbacher gewollt hat.« Er zog sein Handy aus der Tasche und wählte noch einmal die Nummer, die er sich bei Clara notiert hatte. Dieses Mal hob jemand ab. Wie er vermutet hatte, war es Adolf Wimbachers Privatanschluss. Wimbacher klang verschlafen. Gruber hielt sich nicht mit langen Vorreden auf und kam gleich zur Sache: »Was hat Rechtsanwältin Niklas von dir gewollt?«, schnauzte er ins Telefon.

»Wie ... Wieso?«

»Es ging um Rudi und seine Modelleisenbahn, oder?«, half ihm Gruber barsch auf die Sprünge.

»J-ja ...«

»Und?«

»Was und?«

»Herrgott noch mal, was wollte sie wissen?«, brüllte Gruber in den Hörer.

Mick warf Elise einen unsicheren Blick zu. Hatte sie etwa gerade geknurrt? Sie hasste lautes Geschrei. Er setzte sich auf einen der Stühle, die vor dem Schreibtisch herumstanden, und legte seinen Arm um die Dogge. Diese Geste hatte er schon öfters bei Clara gesehen, und sie sollte Elise beruhigen. Was er jedoch nicht bedacht hatte, war, dass er sich so auf gleicher Höhe mit Elises Kopf befand. Er schluckte, löste seinen Arm ein wenig und versuchte, auf Distanz zu gehen, ohne dass es allzu sehr auffiel. »Alles gut«, murmelte er und tätschelte Elises Schulter.

Gruber warf ihm einen spöttischen Blick zu.

»Auch kein Hundefreund, was?« Er hatte sein Gespräch mit Wimbacher inzwischen beendet.

»Eigentlich schon, aber ... sie ist ein bisschen groß, oder?« Mick schielte unsicher zu Elise hin. »Sie mag es außerdem nicht, wenn man schreit.«

Gruber nickte, und seine Miene verfinsterte sich wieder. »Kluges Tier. Aber dieser Oberarsch von Wimbacher, diese Null ...« Er hielt inne und wischte sich mit einer heftigen Bewegung über den Mund. »Clara hat anscheinend irgendwo diese Lok gefunden und vermutet, das wäre die Verbindung zwischen meiner Frau und dem Mörder. Sie wollte von Wimbacher etwas über die Geschenke wissen, die Irmi seinem Neffen gemacht hat. Doch Wimbacher hat sich geweigert, mit ihr zu sprechen. Er hat einfach aufgelegt, dieser Volltrottel.« Grubers Stimme wurde wieder lauter, und Mick warf ihm einen warnenden Blick zu.

»Scht! Was hat das denn alles zu bedeuten?«

Gruber antwortete nicht. Er ließ sich auf Sabine Sommers Stuhl fallen und schlug die Akte auf. Eine weitere Klarsichthülle rutschte heraus und fiel auf den Boden. Gruber hob sie auf, musterte den Inhalt und erstarrte. Mit einem raschen Blick auf Mick schob er sie zurück zwischen die Seiten, nahm das Protokoll, das lose obenauf lag, und begann zu lesen. Als er fertig war, meinte er zu Mick: »Wir hatten recht. Clara hat herausgefunden, wer der Mörder ist. Sie hat hier alles zu Protokoll gegeben.«

Micks Blick wanderte von der Modelleisenbahn zu dem Protokoll, das Gruber in den Händen hielt. »Und diese Kommissarin ist jetzt unterwegs, um ihn zu verhaften?«, meinte er schließlich hoffnungsvoll. »Vielleicht ist Clara ja dabei, und sie hat einfach vergessen anzurufen.«

Walter Gruber schüttelte den Kopf. »Nein. Kommissarin Sommer hat offenbar nur das Protokoll aufgenommen und ist nach Claras Besuch gleich wieder gegangen.«

Mick starrte ihn an. »Was soll das heißen?«, fragte er tonlos.

Gruber wich seinem Blick aus. »Sie hat ihr nicht geglaubt. Sie ist überzeugt, den Mörder längst gefunden zu haben: mich.«

»Dann hat niemand etwas unternommen? Niemand hat Clara geholfen?«

Die Stimme des Engländers war ruhig, aber Gruber konnte den fassungslosen Zorn hören, der sich hinter seiner scheinbaren Beherrschtheit verbarg. Er musterte den Mann nachdenklich und überlegte, ob er ihm sagen sollte, was er noch gefunden hatte: die beiden Todesanzeigen in der Klarsichthülle, die seiner Frau und die, die an Clara gerichtet war. Das war es, was Clara so bedrückt hatte. Aber warum hatte sie mit niemandem darüber gesprochen? Warum nicht einmal mit ihrem Freund? Wie eng war diese Freundschaft überhaupt?

Gruber kniff die Augen zusammen, versuchte, den Mann einzuschätzen. Er wirkte jünger als Clara, war recht gutaussehend, soweit er das beurteilen konnte, aber weit davon entfernt, ein Schönling zu sein. Seine Haare waren ganz kurz geschnitten, und er trug eine alte, abgewetzte, mit Lammfell gefütterte Lederjacke. Seine langen Beine mündeten in schwarzen Stiefeln, und die Jeans war unten an den Kanten zerfranst. Was bedeutete er Clara? Vertraute sie ihm nicht? Oder warum sonst hatte sie ihm nicht davon erzählt?

Mick nahm ihm die Entscheidung ab. »Spucken Sie's aus«,

sagte er und räusperte sich. Seine Stimme war heiser vor unterdrückter Wut und Sorge. »Da ist doch noch etwas.«

Gruber seufzte, dann nickte er und reichte Mick die Hülle mit dem Brief und dem Zeitungsausschnitt. »Das war offenbar der Grund für ihr verändertes Verhalten. Sie hat einen anonymen Brief bekommen.«

Er wartete Micks Reaktion nicht ab, sondern fuhr hastig fort: »Sie hat Kommissarin Sommer die Adresse eines Modelleisenbahnladens genannt. Der Inhaber könnte ... ähm ... unser Mann sein. Wir müssen seine Privatadresse ausfindig machen.«

Er unterbrach sich und sah Mick an. Der hatte ihn offenbar gar nicht gehört. Mit versteinerter Miene starrte er auf das Papier in seinen Händen. Sein Gesicht war kalkweiß, und seine Kieferknochen arbeiteten heftig. Gruber beugte sich vor. »Herr Hamilton. Alles in Ordnung?«

Mick schüttelte den Kopf. Er sagte etwas auf Englisch, was Gruber nicht verstand, dann sprang er auf. Die Klarsichthülle fiel auf den Boden. »Sie ist nicht tot. Das kann nicht sein.«

Nun schüttelte Gruber den Kopf. »Ich glaube auch nicht, dass sie tot ist«, sagte er langsam und spürte gleichzeitig das vertraute Kribbeln drohenden Unheils in seinem Nacken. »Aber wir müssen uns beeilen.«

»Worauf warten Sie dann noch?« Jetzt war es Mick, der schrie, und prompt begann Elise zu bellen.

Gruber hob die Hand. »Moment. Ich muss nachdenken.«

Mick versuchte Claras Dogge zu beruhigen, der die angespannte Stimmung in dem Raum zu viel geworden war und die immer lauter und aufgeregter bellte. Es blieb Mick nichts anderes übrig, als sich wieder zu setzen. Er legte Elise beruhigend einen Arm auf den Rücken und streichelte sie. »Schsch«, murmelte er. »Schsch, alles wird gut. You will see … everything's fine … schsch …« Und tatsächlich hörte Elise nach einer Weile mit dem Bellen auf. Sie blieb jedoch aufmerksam, jede Faser ihres Körpers angespannt.

In die plötzliche Stille hinein begann Gruber zu reden. »Ich werde jetzt einen Freund anrufen. Er ist Polizist wie ich und im Gegensatz zu mir nicht suspendiert. Er wird Kommissarin Sommer vertreten und alle nötigen Anweisungen geben.« Er sah Mick eindringlich an: »Wir werden Clara finden. Ganz sicher!«

Mick antwortete nicht. Er hatte seinen Arm noch immer fest um den Hund gelegt, und es war nicht klar ersichtlich, wer hier wen beruhigte.

Noch während Gruber sprach, wählte er Roland Hertzners Telefonnummer. Als sich dessen vertrauter Bass meldete, atmete er hörbar auf. »Roland, hier ist Walter Gruber. Du musst mir helfen.«

SECHSUNDZWANZIG

Er kam nicht zurück. Clara wusste nicht, wie lange sie gesessen und gewartet hatte. Sie hatte versucht, sich für die nächste Begegnung zu wappnen, hatte sich Strategien zurechtgelegt, mit sich gehadert, war aufgestanden und an die Tür gegangen, um zu schreien und zu klopfen, um dann im letzten Moment innezuhalten, hatte eine Ewigkeit an der Tür gestanden, das Ohr an das alte Holz gepresst, und versucht, etwas zu hören. Irgendetwas. Dabei hatte sie die Tür näher in Augenschein genommen. Sie war alt und zerschrammt, und dort, wo die Klinke hätte sein sollen, war ein Loch, mit Spachtelmasse zugekleistert. Clara ging in die Knie und betrachtete die Stelle genauer: Sie war eindeutig alt, keinesfalls hatte Josef Gerlach die Klinke erst vor ein paar Tagen abgeschraubt. Claras Finger glitten über das unebene Holz und kratzten vorsichtig an der Masse. Sie war bröckelig und spröde. Man hatte sie vor Jahren dort angebracht.

Vor Jahren.

Das bedeutete, man hatte das Kind, das damals hier gewohnt hatte, eingesperrt. Clara fröstelte. Sie versuchte, sich Josef Gerlach als kleinen Jungen vorzustellen, wie er hier in dieser Kammer saß und wartete. Darauf, dass jemand kam. Darauf, dass sie ihn wieder hinausließen. Ihr wurde wieder leicht übel. Jetzt entdeckte sie auch andere Spuren an der Tür. Verstohlene, winzige Kratzspuren, vollkommen ungeeignet, um jemals die Tür aufbrechen zu können. Wie von einem kleinen Tier. Sie liefen die Türkante entlang, unten an der Ecke waren sie deutlicher sichtbar, hier fehlte sogar ein kleines Stück Holz. Clara legte sich flach auf den Boden und versuchte, durch das winzige Loch zu schauen, das die abgebrochene Ecke freigab. Zunächst sah sie nur den Fußboden. Fliesenboden oder PVC, das konnte sie nicht genau erkennen. Sie zwinkerte und richtete sich wieder auf. Ihr Kopf dröhnte, und ihre Augen tränten.

Doch sie erinnerte sich an etwas. Als er sie hierhergeschleppt hatte, waren sie im Dunkeln durch die Wohnung gegangen. Doch heute, als er sie auf die Toilette gebracht hatte, war es hell gewesen. Sie war noch zu benommen gewesen, um auf die Umgebung zu achten, war voller Furcht vor ihm hergestolpert, aber jetzt, jetzt begann sie, sich an Dinge zu erinnern. Zwei Türen auf beiden Seiten des Flurs und eine weitere Tür am Ende. Wo hatte sich die Toilette befunden? Sie kniff die Augen zusammen, versuchte, sich den Weg noch einmal vor Augen zu rufen. Es war die zweite Tür rechts gewesen. Plötzlich war sie sich ganz sicher. Sie malte mit den Fingern den ungefähren Grundriss der Wohnung auf den Boden. Das Zimmer, in dem sie sich befand, führte gar nicht direkt in den Flur, sondern ... ja, in die Küche. Dort gab es eine Eckbank, Stühle und auf der anderen Seite Herd und Spüle. Sie starrte so angestrengt auf die unsichtbaren Linien auf dem Boden, als wären sie real. Womöglich war die erste Tür rechts das Bad. Und gegenüber Schlafzimmer und Wohnzimmer. Sie nickte. Ja. Das war eine logische Aufteilung. Dann musste sich die Haustür am anderen Ende des Flurs befinden. Sie kniff die Augen zusammen und versuchte, sich noch stärker zu konzentrieren. Richtig. Als sie in der Nacht angekommen waren, waren sie immer geradeaus gegangen. »Immer geradeaus«, flüsterte sie und zeichnete mit den Fingern die Haustür auf den Boden. Das war wichtig. Wichtig für den Fall, dass ihr die Flucht gelingen sollte. Sie musste sofort in die richtige Richtung laufen. Und wenn die Tür verschlossen war? Sicher war sie das. Clara biss sich auf die Lippen. Sie würde kaum einfach so hinausspazieren können.

Doch Josef Gerlach war ein überaus ordentlicher, ja zwanghaft ordentlicher Mensch. Das war ihr schon in seinem Laden aufgefallen, und auch hier herrschte eine Atmosphäre antiseptischer Reinlichkeit. Kein Stäubchen irgendwo, nicht einmal unter der Tür. Der Boden in der Küche, zumindest der Ausschnitt, den sie hatte sehen können, war spiegelblank. Sicher hatte Josef Gerlach einen besonderen Platz für seine Schlüssel. Und sicher rückte er nicht mehr als notwendig von seinen Gewohnheiten ab. Gewohnheiten brachten Sicherheit, und die brauchte Josef Gerlach. Ganz besonders jetzt, in einer Situation wie dieser, die sein Leben vollkommen durcheinanderbrachte. Sie würde sich beim nächsten Gang auf die Toilette so genau wie möglich umsehen. Vielleicht gab es ein Schlüsselbrett oder einen Schlüsselkasten?

Josef Gerlach tat ihr den Gefallen, erneut auf die Toilette gehen zu dürfen, jedoch nicht. Nur wenige Minuten, nachdem Clara mit ihrer fiktiven Zeichnung fertig geworden war, hörte sie Schritte, die näher kamen. Wie ertappt sprang sie auf und setzte sich auf das Bett. Einen Augenblick war sie wie panisch, felsenfest davon überzeugt, Gerlach werde die unsichtbare Skizze sehen können. Doch dort gab es nichts zu sehen, keine Linien, keine Türen, keine Fluchtwege, nur den blanken Dielenboden.

Der Schlüssel drehte sich im Schloss, und Gerlach schob etwas herein, ohne den Raum selbst zu betreten. »Keine Schweinereien mehr, hören Sie?«, schrie er durch den schmalen Spalt in der Tür, bevor er diese wieder verschloss. Er hatte ihr einen großen, leeren Putzeimer und zwei Rollen Toilettenpapier gebracht, dazu noch eine Plastikflasche Mineralwasser.

»Na prima!« Clara seufzte. Wenigstens sollte sie nicht verdursten. Dann ging das Licht aus. Im ersten Moment erfasste sie Panik. Es war stockfinster. Sie konnte ihre Hand nicht vor Augen sehen. Ihr Herz begann heftiger zu klopfen. »Alles gut«, flüsterte sie sich selbst zur Beruhigung zu. »Er hat das Licht ausgemacht. Es ist wahrscheinlich schon spät. Er geht ins Bett.« Sie drehte sich um und sah zum Fenster: Tatsächlich, kein Lichtstrahl drang durch den schmalen Spalt in dem Holzbrett. Wie spät mochte es sein? Wie lange hatte sie überhaupt geschlafen, nachdem er ihr das Mittel gegeben hatte? Es war Samstagnacht, oder? Es musste Samstagnacht sein. Oder etwa schon Sonntag?

Vorsichtig stand sie auf und tastete sich zur Tür. Sie schob den Eimer und die Flasche beiseite und legte sich wieder auf den Boden, um unter der Tür durchzusehen. In der Küche brannte Licht. Clara konnte Gerlachs Beine sehen. Er stand an der Spüle. Jetzt hörte Clara auch Wasser plätschern. Sie sah ihm zu, wie er hin und her ging, in Hausschuhen aus dunkelblauem Cord und grauen Socken. Es sah alles so harmlos aus. Trügerisch harmlos, wie sie wusste. Sollte sie sich trotzdem bemerkbar machen? Versuchen, mit ihm zu reden? Sie hatte nicht mehr viel Zeit. Gleich würde er fertig sein, das Licht in der Küche ausmachen, und dann säße sie die ganze Nacht hier im Dunkeln, ohne zu wissen, was der Morgen bringen würde. Sie stand hastig auf, atmete tief ein und klopfte dann gegen die Tür.

Nichts geschah. Stille draußen.

Sie klopfte noch einmal. Heftiger dieses Mal.

»LASSEN SIE MICH IN RUHE!«

Er schrie, nein, brüllte so laut, dass Clara erschrocken zurückfuhr. Josef Gerlach musste direkt vor der Tür stehen.

»RUHE! Lassen Sie mich in Frieden!«, heulte er und schien der Panik näher zu sein als sie selbst.

Sie schloss die Augen einen Augenblick lang, dann schlug sie mit beiden Fäusten gegen das Holz und brüllte zurück, so laut sie konnte: »NEIN! Verdammt! Reden Sie mit mir!«

Verblüfftes Schweigen antwortete ihr. Clara spürte, wie sie zitterte, und vom lauten Schreien meldeten sich ihre Kopfschmerzen tobend zurück. Ihr Kopf drohte zu zerspringen. Sie presste ihre Handflächen gegen die Schläfen und keuchte. Blitze zuckten hinter ihren Augen, und ihr wurde wieder schlecht.

»Nur nicht kotzen, Clara Niklas!«, beschwor sie sich. »Bloß nicht. Das darfst du nicht. Das darfst du nicht ...« Und mit aller Kraft drängte sie die Übelkeit zurück. Dann wiederholte sie noch einmal, diesmal etwas leiser: »Bitte! Reden Sie mit mir!«

Noch immer herrschte absolute Stille auf der anderen Seite der Tür. Clara konnte nicht einmal sagen, ob er noch da war. Sie legte ihren Kopf an das Holz und lauschte. War das ein Keuchen? Ein leises Atmen oder nur Einbildung? Dann drehte sich der Schlüssel im Schloss, und das Licht ging wieder an. Clara trat einige Schritte zurück und verbarg ihre zitternden, schwitzenden Hände hinter dem Rücken. Eine Waffe!, schoss es ihr durch den Kopf. Wenn ich nur irgendetwas hätte, das sich als Waffe gebrauchen lässt. Oder wenigstens einen Plan ...

Dann stand er in der Tür und starrte sie an. Schwer atmend, als ob er gelaufen wäre. Seine Augen waren von einem blassen, wässrigen Blau, und die Lider waren gerötet und glänzten feucht. Es sah aus, als ob die Augen in den Augenhöhlen schwämmen. Doch er weinte nicht, wie Clara anfangs geglaubt hatte. Er blickte sie nur unverwandt an, so angestrengt, mit so weit aufgerissenen Augen, dass diese zu tränen begonnen hatten. Er war in Panik. Clara wusste nicht, was beunruhigender war: ein Entführer, der aus Berechnung handelte, überlegt und eiskalt, oder dieser Mann, in heller Panik, kurz davor durchzudrehen. Sie durfte nichts Falsches sagen, keine falsche Bewegung machen, ihn nicht reizen. Doch sie hatte keine Ahnung, was richtig und was falsch war. Sie hatte keinen blassen Schimmer, was ihn reizen könnte und was beruhigen. Ihr Mund war trocken und fühlte sich an wie aus Pappe, ihre Zunge klebte am Gaumen. Sie räusperte sich, was ihr sofort wieder ihre geschundene Kehle in Erinnerung brachte, und sagte das Erstbeste, was ihr einfiel: »Sie haben die Katze gefüttert, nicht wahr?« Ihre Stimme war nur ein heiseres Krächzen, das Schreien hatte ihre letzte Kraft gekostet.

»Wie?« Er zuckte zusammen und zwinkerte heftig. Diese Frage hatte ihn aus dem Konzept gebracht.

»Die Katze. Gerlinde Ostmanns Katze. Sie haben ihr das Leben gerettet.«

»Das Leben gerettet ...«, wiederholte er wie ein Schlafwandler. »Ja. Habe ich das?«

Clara nickte. »Das war gut. Ich habe auch einen Hund, ich könnte den Gedanken nicht ertragen, dass er verdurstet.« Sie dachte an Elise, die nun schon mindestens vierundzwanzig Stunden in ihrer Wohnung war, und ihr Magen zog sich zusammen. Hoffentlich hatten Herr oder Frau Manninger sie bemerkt. Oder Gruber oder Mick – Mick ... sie spürte, wie ihre Beine zu zittern begannen, und sie stützte sich hastig mit den Händen am Kleiderschrank ab.

»Eine Dogge«, sagte Gerlach. »Sie haben eine graue Dogge.«

Clara nickte mühsam. »Sie mögen Tiere?«, fragte sie vorsichtig.

Er warf ihr einen misstrauischen Blick zu, als vermute er eine Fangfrage, doch dann nickte er. »Ich hatte einmal ein Haustier«, sagte er überraschend.

»Eine Katze?«, vermutete Clara, doch Gerlach schüttelte den Kopf. »Einen Wellensittich. Hansi.«

»Wie schön! Konnte er sprechen?« Clara wagte keine Bewegung, aus Angst, ihn zu irritieren. Sie wagte kaum zu atmen.

Gerlachs glasige Augen nahmen einen leicht versonnenen Ausdruck an. »Nein. Aber er konnte meinen Wecker nachmachen. Morgens, wenn ich zur Schule musste, hat er mich geweckt.« Er senkte den Blick, dann fügte er noch – wie zur Rechtfertigung – hinzu: »Der Wecker hat natürlich auch geklingelt, aber da war ich immer schon wach.«

»Stand sein Käfig hier in Ihrem Zimmer?« Clara fühlte sich wie auf einem Tretminenfeld.

Gerlach deutete auf das winzige Fenster. »Dort hing er, und im Sommer auf dem Balkon. Aber nur im Sommer. Wellensittiche brauchen es warm, wissen Sie?«

Clara nickte. »Ich weiß. Meine Oma hatte auch zwei. Einen grünen und einen blauen. Sie hießen Meier und Müller.« Sie lächelte ein wenig, doch Gerlach lächelte nicht mit.

»Komische Namen für Vögel«, sagte er.

»Da haben Sie recht. Meine Großmutter hatte einen etwas seltsamen Humor. Hansi ist da schon passender, nicht wahr?«

Gerlach nickte und sah zu dem vernagelten Fenster hinüber, als hinge der Käfig noch immer dort. »Ich wollte auch immer einen zweiten, aber meine Mutter hat es nicht erlaubt. Glauben Sie, dass Hansi einsam war?«

Ja, dachte Clara. Mit Sicherheit. Aber das durfte sie nicht sagen. Gerlachs Frage war so drängend gewesen, als quäle sie ihn tatsächlich noch immer. Deshalb schüttelte sie den Kopf. »Ich glaube nicht. Man sagt, Wellensittiche gewöhnen sich so sehr an die Menschen, dass sie ihre Artgenossen nicht vermissen.« Tatsächlich hatte sie keine Ahnung vom Seelenleben eines Wellensittichs, wusste nur, dass sie normalerweise in Schwärmen zusammenlebten, was nicht unbedingt für uneingeschränkte Glückseligkeit in Einzelhaft sprach, doch es klang tröstlich, und es verfehlte nicht seine Wirkung.

Gerlach atmete spürbar erleichtert aus. »Das habe ich mir auch immer gedacht. Er war ganz zahm, ließ sich anfassen.« Er hielt behutsam eine Hand in die Höhe. »So habe ich immer gemacht, und er ist sofort angeflogen gekommen.«

Clara verfolgte seine Bewegung, musterte seine Hand, seine fast zärtliche Geste und musste sich gewaltsam in Erinnerung rufen, dass es die gleichen Hände gewesen waren, die Irmgard Gruber erwürgt hatten.

»Es muss schlimm für Sie gewesen sein, als er gestorben ist?« Clara hielt die Luft an, als Gerlach mit einem Ruck die Hand sinken ließ. Sie hatte sich auf gefährliches Terrain gewagt, doch irgendetwas in ihr hatte sie dazu gebracht, genau diese Frage zu stellen.

Er antwortete nicht. Doch Clara konnte sehen, wie es hinter seiner Stirn arbeitete. Er presste die Lippen zusammen, und seine Hände ballten sich zu Fäusten. Da war etwas. Ein wunder Punkt. Clara hatte einen Nerv getroffen. Hastig plapperte sie weiter. »Ich jedenfalls war völlig untröstlich, als Müller und Meier gestorben sind. Meier zuerst und dann, wenige Tage danach, Müller, wohl aus … aus Trauer. Ich habe tagelang geweint, und es gab ein großes Begräbnis im Garten meiner Großmutter ...«

»Quatsch!«, fuhr Gerlach dazwischen. »Es sind nur Tiere, keine Menschen. Da weint man nicht.«

Es klang merkwürdig abgehackt, wie auswendig gelernt.

Clara schüttelte den Kopf. »Ich schon. Ich habe furchtbar geweint. Aber vielleicht waren Sie ja schon älter, ich war neun oder zehn, und außerdem sind Jungs vielleicht anders.«

»Ich war elf. Und ich habe nicht geweint. Es war nur ein Vogel. Nichts weiter. Wir haben ihn weggeworfen.«

Clara sah ihn an. »Und trotzdem haben sie die Katze vor dem Verhungern gerettet. Obwohl es nur eine Katze war.«

Gerlach wich ihrem Blick aus. »Aber Hansi habe ich nicht gerettet«, sagte er schließlich, und seine Stimme war leise, fast tonlos. Keine Emotion lag darin.

»Hätten Sie ihn denn retten können?«, wollte Clara wissen.

Gerlachs Blick wanderte unruhig durch das Zimmer. Clara hatte den Eindruck, als sähe er direkt durch sie hindurch in die Vergangenheit.

»Ich durfte nicht«, sagte er schließlich. »Ich war böse. Hatte Strafe verdient.«

»Was haben Sie getan?«, fragte Clara behutsam und vergaß einen Augenblick ihre Angst vor diesem Mann.

»Ich ... hatte schlechte Zensuren.«

Gerlach sah auf seine Hände, als schämte er sich noch immer dafür. Er trug jetzt keine Handschuhe, und Clara sah die fast nicht vorhandenen Fingernägel und die rote, gereizte Haut und dachte an Sigi und seine gute Beobachtungsgabe. An den Knöcheln waren Gerlachs Hände so wund, dass zwischen den verkrusteten Stellen hier und da das rohe Fleisch zu sehen war.

»Schlechte Zensuren?« Das schien Clara nicht besonders böse zu sein; wenn sie an Sean mit elf Jahren dachte, war das vielmehr vollkommen normal.

»Ich durfte auf die Realschule gehen. Meine Mutter hatte es erlaubt, obwohl sie ihre Zweifel hatte, ob ich gut genug war. Aber ich wollte gerne, und so hat sie es mir erlaubt«, fuhr Gerlach mit leiser Stimme fort. »Und dann, im Zwischenzeugnis, hatte ich drei ... drei ...«, seine Stimme wurde noch leiser. »Drei Vieren.«

Clara hob die Augenbrauen und konnte sich einen Ausruf der Überraschung nicht verkneifen. »Aber das ist ja noch gar nichts! Mein Sohn hatte zwei Fünfen und eine Vier in seinem ersten Zwischenzeugnis auf dem Gymnasium. Das war ein hartes Stück Arbeit, ihn wenigstens bis zum Jahresende auf drei Vieren zu bringen, das kann ich Ihnen sagen.«

»Haben Sie ihn verprügelt?«, wollte Gerlach wissen.

»Aber nein!« Clara wehrte erschrocken ab. »Doch nicht wegen der Noten. Auch sonst nicht, niemals.« Sie dachte nach und räumte dann freimütig ein: »Manchmal war er so unausstehlich, dass ich ihm am liebsten ein paar Ohrfeigen gegeben hätte. Aber ich konnte mich immer beherrschen.«

Gerlach nickte, offenbar zufrieden. »Das ist gut. Meine Mutter hat mich auch nie geschlagen. Sie war eine gute Mutter.«

Claras Blick wanderte zu der herausgeschraubten Klinke an der Tür, und sie meinte: »Und Ihr Vater?«

Bei dieser Frage verwandelte sich Gerlachs Gesicht auf wunderbare Weise. Er lächelte, und seine groben, irgendwie nicht zueinander passenden Gesichtszüge wurden weicher. »Mein Vater war Handelsvertreter.« Er sprach das Wort so behutsam und vorsichtig aus, wie er zuvor mit seiner Hand den Umgang mit seinem Vogel demonstriert hatte. »Er war selten zu Hause, aber er hat mir immer schöne Dinge mitgebracht. Spielsachen. Eine Eisenbahn.« Er warf einen kurzen, fast schüchternen Blick auf die zugedeckte Eisenbahn auf dem Tisch. »Mein Vater hat mit mir gespielt. Er war lieb.«

Lieb. Nicht gut. Also war wohl die »gute« Mutter diejenige, die ihren Sohn eingesperrt hatte.

»Sie wurden also wegen Ihrer Vieren im Zwischenzeugnis bestraft?«, kehrte sie zu ihrem anfänglichen Thema zurück, bemüht, das Gespräch nicht versiegen zu lassen.

Gerlach nickte. »Ja. Ich war böse. Ich habe meine Mutter enttäuscht. Sie hat mir vertraut und mich auf die Realschule geschickt, und ich habe ihr Vertrauen enttäuscht.«

Clara sagte nichts. Ihr wurde nachträglich noch heiß vor Wut bei dem Gedanken an diese unbekannte Mutter.

Und Gerlach, jetzt ganz in Gedanken versunken, fuhr fort: »Sie musste mich bestrafen. Sie meinte, Hansi wäre schuld an meinen schlechten Noten. Ich hätte mich zu viel mit ihm beschäftigt und darüber meine Hausaufgaben vernachlässigt.« Gerlachs Blick wanderte wieder zu der Stelle am Fenster, wo der Käfig gehangen hatte. »Er musste weg.«

»Ihre Mutter hat den Vogel weggegeben, weil Sie drei Vieren im Zwischenzeugnis hatten?«, fragte Clara ungläubig nach. »Das war die Strafe?«

Gerlach schüttelte den Kopf. »Sie hat ihn nicht weggegeben. Ich selber musste es tun.«

»Sie mussten also Ihren Vogel wegbringen ... ins Tierheim? Oder zu anderen Leuten?«, fragte Clara beklommen nach und versuchte sich vorzustellen, was das für den Elfjährigen bedeutet haben musste.

»Nicht zu anderen Leuten! Ich musste ihn *frei*lassen.« Er deutete mit dem Kopf ruckartig nach hinten in Richtung Küche. »Auf dem Balkon habe ich ihn freigelassen.«

Clara schluckte. »Aber es war Winter. Zwischenzeugnisse gibt es im Februar, da konnte er ja nicht überleben.«

Gerlach nickte. Seine Stimme war jetzt wieder ganz unbeteiligt. »Natürlich nicht. Er ist auch nicht weggeflogen. Es war viel zu kalt zum Fliegen. Er saß auf der Brüstung, den ganzen Tag. Aber ich durfte ihn nicht mehr hereinlassen. Das war meine Strafe. Es war meine Schuld, dass er leiden musste. Weil ich in der Schule nicht genügend aufgepasst habe. Meine Schuld. Deshalb musste er dort draußen sitzen. Am nächsten Morgen war er tot. Er lag am Boden auf dem Balkon. Ganz steif. Wie tiefgefroren.«

Clara starrte ihn entsetzt an. Was für eine Grausamkeit einem kleinen Jungen gegenüber. Und unvermittelt drängte sich ihr ein anderes Bild auf, das Bild einer Frauenleiche im Schnee, steifgefroren ...

Als ob Gerlach das Bild in Claras Kopf gesehen hätte, schaute er sie plötzlich an und sagte: »Es war meine Schuld, dass sie gestorben ist. Ich habe sie getötet.«

»Gerlinde Ostmann«, brachte Clara mühsam heraus und räusperte sich. »Sie meinen Gerlinde Ostmann?«

»Wen denn sonst?«, fuhr er sie an.

Clara beeilte sich zu nicken. Dann sagte sie: »Aber sie wäre sowieso gestorben.«

»Was?« Gerlach zwinkerte heftig.

»Sie haben Gerlinde Ostmann nicht getötet. Sie hatte einen Herzinfarkt.«

»Sie lügen!«, sagte er leise. Seine Augen waren starr wie Glasmurmeln unter Wasser.

»Nein.« Clara versteifte sich, versuchte, sich gegen einen Angriff zu wappnen. »Wussten Sie das nicht? Sie ist an einem tödlichen Herzinfarkt gestorben. Niemand hätte sie mehr retten können.«

»SIE LÜGEN!«

Clara wich zurück. Sie konnte seinen Atem riechen, er roch scharf und stechend wie ein Desinfektionsmittel beim Zahnarzt. »Ich lüge nicht. Warum sollte ich Sie anlügen?« Sie versuchte, noch ein Stück weiter zurückzuweichen, tastete mit den Händen nach der Kante des Schranks und ließ ihn gleichzeitig nicht aus den Augen.

Doch er bewegte sich nicht, sondern starrte sie nur an. Eigentlich sah er nicht sie an, sondern durch sie hindurch. Dann senkte er langsam den Kopf, sah auf seine Hände und begann auf eine qualvolle Art und Weise zu husten. Das Husten ging in Würgen über, und ohne ein Wort drehte er sich um und flüchtete aus dem Zimmer.

Clara konnte hören, wie er sich irgendwo draußen übergab. Sie starrte die offene Tür an, und es dauerte eine Weile, bis sie reagierte. Vorsichtig ging sie hinaus in die Küche, noch immer hörte sie sein Husten. Sie schlich auf den Flur. Die Geräusche kamen aus dem Bad. Die Tür war nur angelehnt. So schnell es ging, ohne ein Geräusch zu machen, schob sie sich an der halboffenen Tür vorbei. Sie hatte sich richtig erinnert: Dort am Ende des Flurs war die Haustür. Eine weiß gestrichene Tür mit einem Spion in der Mitte und einer vorgelegten Türkette. Kein Schlüssel steckte im Schloss. Sie schlich weiter. Nur noch ein knapper Meter trennte sie von der Tür. Vielleicht hatte sie Glück. Jetzt hatte das Husten aufgehört, und Clara hörte Wasserrauschen. Sie nutzte das laute Geräusch, machte einen Satz auf die Tür zu und löste die Kette. Dann drückte sie die Klinke. Die Tür war verschlossen. Sie hämmerte dagegen, begann zu schreien: »Hilfe!«

Doch da war er schon hinter ihr und versetzte ihr einen groben Stoß gegen den Hinterkopf. Sie krachte mit dem Gesicht gegen die Tür, ein stechender Schmerz durchzuckte ihre Stirn, und sie ging zu Boden. Benommen versuchte sie, sich aufzurichten. Blut rann in ihr rechtes Auge. Sie hob die Hand, tastete ihr Gesicht ab und berührte eine Wunde an der Augenbraue. Das scharfe Metall des Türspions hatte ihr die Augenbraue aufgerissen. Sie drehte sich um.

Gerlach stand einige Schritte von ihr entfernt und betrachtete sie. »Warum tun Sie das?«, fragte er traurig. »Warum hintergehen Sie mich?«

Clara hustete und schmeckte Blut. Offenbar hatte auch ihre Nase unter dem Stoß gelitten. Sie stand jetzt, mit einer Hand an die Tür gestützt. »Ich hintergehe Sie nicht«, stammelte sie mühsam. »Wirklich nicht. Ich ... habe Angst.«

»Wovor haben Sie Angst?« Er kam einen Schritt näher, sah ihr interessiert ins Gesicht, wie ein Forscher sein Objekt anschaut.

»Wovor *genau* haben Sie Angst?«, wiederholte er seine Frage und drehte den Kopf weg.

»Ich ...« Sie stockte, trotz dieser absurden Situation, trotz ihrer Angst vor dem Mann fiel es ihr schwer zu antworten. Es war, als riefe sie mit ihrer Antwort die Folgen herbei. Doch sie musste etwas sagen, sie musste ihm antworten. Sie sah zu Boden, sah das Blut, das von ihrem Gesicht auf den Läufer tropfte, und sagte dann leise: »Ich habe Angst davor zu sterben.«

Er nickte befriedigt. »Alle haben Angst zu sterben«, sagte er, und es klang sanft, so als wolle er sie trösten. »Dabei ist sterben nicht so schlimm. Man ist einfach tot, verstehen Sie?«

Clara schwieg.

»VERSTEHEN SIE?«

Sie schüttelte trotzig den Kopf. »Nein. Das verstehe ich nicht.«

Gerlachs Hände regten sich langsam, wie in Zeitlupe, er bewegte jeden einzelnen Finger, als prüfe er, ob sie noch funktionstüchtig waren. »Dann herrscht Stille. Stille im Kopf. Stille um einen herum. Alles ist rein und still und sanft.«

Clara richtete sich auf und ließ die Tür los. »Was fürchten Sie, wenn Sie keine Angst vor dem Tod haben?«, fragte sie und drückte ihren Handrücken auf die blutige Augenbraue.

»Ich?« Er sah noch immer auf seine Hände, doch Clara war sich sicher, dass er jede ihrer Bewegungen registrierte. »Ich fürchte mich vor …«, seine Stimme war so leise, dass Clara ihn kaum verstehen konnte. »… vor den Gedanken.«

Clara runzelte die Stirn, sie verstand nicht genau, was er damit meinte, aber sie wagte nicht nachzufragen. Stattdessen sagte sie: »Hätten Sie vielleicht ein Taschentuch für mich?« Fast hätte sie gelacht, angesichts der Absurdität der Situation: Er hatte ihr fast die Nase gebrochen, und sie erkundigte sich höflich nach einem Taschentuch.

Doch Josef Gerlach nickte, als wäre diese Frage vollkommen selbstverständlich, und deutete auf die Toilettentür. »Kommen Sie!«, befahl er.

Clara setzte sich mühsam in Bewegung.

Er wartete vor der Tür auf sie, als sie wieder herauskam. Claras Blick fiel auf die Haustür, und sie sah, dass sich eine verschmierte Blutspur vom Türspion hinunterzog und dann auf halber Höhe verblasste. Ihr Blut. Sie schauderte, und es fiel ihr schwer, das Zittern, das sie erfasst hatte, unter Kontrolle zu bekommen. Es hatte keinen Sinn. Sie musste die Geschichte anders angehen. Noch so ein gescheiterter Fluchtversuch, und er würde sie umbringen.

Er ist ein armer Teufel, sagte sie stumm bei sich, baute den Satz wie ein Bollwerk gegen ihre Panik auf. Er leidet mindestens so wie du. Es half ihr nicht wirklich weiter, doch sie klammerte sich an diese Sätze wie an den sprichwörtlichen Strohhalm. »Ich möchte mit Ihnen reden«, sagte sie und sah ihm dabei fest in die Augen, obwohl ihre Stimme angstvoll flatterte. »Über Gerlinde Ostmann.«

Er zögerte. »Es ist schon spät«, sagte er, so als habe sie versucht, ihn zu überreden, mit ihm auf ein Glas Bier auszugehen.

Clara ließ nicht locker. »Es ist wichtig«, insistierte sie, und nach kurzem Überlegen fügte sie vorsichtig hinzu: »Auch wenn Sie das glauben, ich bin nicht Ihre Feindin.«

Gerlach reagierte nicht sofort. Er stand einfach nur da. Dann plötzlich sagte er: »Niemand redet einfach nur. Es steckt immer etwas dahinter.«

»Ja«, gab Clara ihm nach kurzem Überlegen recht. »Bei mir auch.«

Endlich hob er den Kopf, sah sie an, lauernd und gleichzeitig furchtsam.

»Ich möchte Sie verstehen«, sagte Clara so aufrichtig wie möglich, und es fiel ihr nicht schwer, denn trotz der Angst, die sie hatte, wollte ein Teil von ihr wirklich verstehen. Und dieses Verstehenwollen schaffte es auch, ihre Furcht im Zaum zu halten.

»Mich verstehen?«, wiederholte Gerlach verdutzt. »Aber sie sind die Jägerin. Die rothaarige Jägerin ...«

Clara ging nicht darauf ein. »Sie haben Gerlinde Ostmann in einer Kneipe kennengelernt? Sie haben dort Akkordeon gespielt ...«

Gerlach nahm sie am Arm. »Los, gehen Sie.« Er schob sie zurück in Richtung Küche.

»Sie spielen sehr gut Akkordeon«, versuchte Clara es weiter. »Ich habe Sie heute gehört. Sie spielen sicher schon seit Ihrer Kindheit?«

Er gab keine Antwort.

»Hat Gerlinde Ostmann Ihre Musik gefallen?«

»Ich kannte ihren Namen nicht«, sagte Gerlach unvermittelt und blieb stehen. »Nur Gerda. Sie sagte, sie heiße Gerda. Auch gelogen.«

»Nein, das war sicher nicht gelogen.« Clara schüttelte den Kopf. »Vielleicht gefiel ihr Gerda einfach besser? Es ist eine Art Abkürzung von Gerlinde.«

Gerlach nickte. »Sie war schön«, sagte er. »Und traurig.«

Clara dachte an die farblose, dickliche Frau auf den Fotos und überlegte, was Gerlach wohl an ihr anziehend gefunden hatte. Fotos sagten so wenig über einen Menschen aus. Vielleicht hatte sie ein schönes Lächeln gehabt.

»Ihr war der Job gekündigt worden«, sagte sie. »Nach zwanzig Jahren in der gleichen Firma.« Sie standen jetzt in der Küche, und Gerlach deutete auf die Sitzecke. »Setzen Sie sich! Und laufen Sie nicht mehr weg.«

Clara rutschte auf die Bank.

Gerlach setzte sich auf den Stuhl ihr gegenüber. Der Tisch war leer und blitzblank. Die Wände waren kahl. Nur hinter seinem Kopf hing das gerahmte Foto einer schwarzhaarigen Frau mit Mittelscheitel und hochgestecktem Haar. Clara lief es kalt den Rücken herunter. Es war ein Porträtfoto in Schwarzweiß, und die Frau darauf starrte mit kalten Augen auf sie herab. Das musste die Mutter sein.

»Ich habe sie nur drei Stunden gekannt«, sagte Gerlach, und Clara riss sich von dem Foto los. »Nur drei Stunden! Stellen Sie sich das vor! Niemals zuvor habe ich ... bin ich ...« Er schüttelte den Kopf.

»Sie waren sich eben sympathisch«, half ihm Clara weiter. »Da kann es schon einmal vorkommen, dass man sich so schnell näher kommt ...«

»Aber nicht ich!«, wandte Gerlach heftig ein, und seine Hände, die vor ihm auf dem Tisch lagen, verknoteten sich. »Ich hätte das nicht tun dürfen. Und dann, dann kam die Strafe!«

»Die Strafe? Welche Strafe? Wofür?«

»Dafür, dass ich sie heimgefahren habe, mit dem Auto. Ich hätte das nicht tun dürfen, ich hatte getrunken. Und dann, dann habe ich mit ihr ... dort am Bachufer in meinem Auto ... Sie meinte: ›Halte doch mal an‹ ...« Er schlug die Hände vor das Gesicht.

»Aber Sie sind doch beide erwachsen... Sie konnten doch tun, was Sie wollten.«

»NEIN! Das tut man nicht! Das ist ...« Er atmete heftig, »Das ist widerlich.« Er verzog das Gesicht vor Ekel. »Es war so widerlich, ich hatte zu viel getrunken, das tue ich sonst nie, ich war nicht ganz bei Sinnen ... und dann, als sie plötzlich anfing zu röcheln, bin ich wieder zu mir gekommen. Es war widerlich, wie sie da im Auto lag, ganz nackt und ich auf ihr ... in ihr drin ...« Er presste die Hände auf den Mund und schloss die Augen. Nach einer Weile sprach er mit leiser, abwesender Stimme weiter: »Der Geruch war so abstoßend. Es roch nach Schweiß und Alkohol und nach ... Körpern, nach ihrem Körper und nach ... meinem. Das ganze Auto stank! Und dann begann sie zu röcheln, nach Luft zu schnappen, und ich ... ich ... Mir wurde schlecht, ich habe die Tür aufgemacht, bin hinausgesprungen und ... sie lag da auf dem Beifahrersitz und stank und röchelte, und alles war so ekelhaft, und ich wusste wieder, warum ich das nicht hätte tun dürfen, weil es widerlich ist und schamlos und verkommen. ICH, ich bin verkommen. Ein widerlicher, geiler Kartoffelsack ...« Er schwieg erschöpft und versenkte seinen Kopf in den Händen.

Clara warf einen nachdenklichen Blick auf das Bild der Frau an der Wand und wartete darauf, dass er weitersprach.

»Ich habe sie aus dem Auto herausgezogen, getreten und geschoben, bis sie von allein gerollt ist...« Er hob den Kopf, und seine starren Augen waren wieder vor Anstrengung gerötet. »Ihre Kleider, die lagen alle noch im Auto, sie rochen nach ihr, überall dieser widerliche Geruch nach Haut und ...« Er hustete, es war mehr ein trockenes Würgen, und wischte sich mehrmals heftig über den Mund. »Ich habe alles rausgeworfen. Nur die Schlüssel und den Geldbeutel habe ich behalten.« Er sah sie fast flehend an. »Aber ich wollte nichts stehlen. Niemals in meinem Leben habe ich etwas gestohlen!«

»Das weiß ich«, beruhigte ihn Clara. »Es wurde ja auch nichts gestohlen. Sie wollten nur nicht, dass man sie sofort identifiziert, habe ich recht?«

Gerlach nickte. »Und in der Geldbörse war das Foto einer Katze, und ich dachte ... ich dachte ... wenn jemand ein Foto von einem Tier im Geldbeutel hat, dann muss es ihm wichtig sein, nicht wahr? Eigentlich darf man sich keine großen Gedanken über ein Tier machen, nicht wie bei einem Menschen, es ist nur ein Tier ... aber wenn es jemand im Geldbeutel stecken hat, das Foto, dann ist es wichtig, oder? Sehen Sie das nicht auch so?«

Clara konnte nur staunen. Dieser Mann hatte eine nackte, sterbende Frau bei Eiseskälte mit den Füßen eine Böschung hinuntergetreten und machte sich, während die Frau noch um ihr Leben kämpfte, Gedanken um ihre Katze? Nun, sie war keine Psychologin, aber das schien ihr doch eine ziemlich merkwürdige Art zu sein, mit seinen Schuldgefühlen umzugehen.

»Sie hätten die Frau ins Krankenhaus fahren können«, wagte sie sich vor.

Gerlach schüttelte den Kopf. »O nein! Dann hätte man wissen wollen, was wir ... gemacht haben, und außerdem hätte ich sie ja vorher wieder anziehen müssen ... o nein, ich konnte sie nicht mehr berühren ...« Er starrte auf seine Hände, und ein Schauer überlief ihn.

Clara wartete einen Augenblick, dann sagte sie eindringlich: »Sie haben sich, ähm, falsch verhalten, Sie hätten die Frau nicht einfach so abladen dürfen, aber trotzdem sind Sie nicht schuld an ihrem Tod. Verstehen Sie mich? Gerlinde Ostmann wäre in jedem Fall gestorben. Sie hatte einen tödlichen Herzinfarkt. Niemand hätte sie retten können.«

Gerlach reagierte nicht. Clara wusste nicht einmal, ob er sie überhaupt gehört hatte. Sie fuhr fort: »Es war kein Fehler, mit ihr schlafen zu wollen. Sie haben sie nicht getötet, und es war auch keine Strafe, dass sie gestorben ist.«

»In jedem Fall gestorben ...«, wiederholte Gerlach, und Clara hatte das Gefühl, dass er erst jetzt begriff, was sie sagte und was es bedeutete. »Aber wenn ich sie gar nicht getötet habe, warum hat der Kommissar mich dann so gnadenlos verfolgt? Warum hat er seine Frau auf mich gehetzt und dann auch noch Sie?« Gerlachs Blick war verwirrt wie der eines Kindes.

Clara antwortete nicht gleich. Sie waren jetzt in einem gefährlichen Bereich, weil Gerlach davon ausging, dass sie wusste, wovon er sprach, und sie aber nur ahnen, nur raten konnte, was er meinte. Jetzt durfte sie keinen Fehler machen.

»Kommissar Gruber hat Sie nicht verfolgt«, sagte sie vorsichtig und ließ Gerlach dabei nicht aus den Augen. »Er weiß gar nicht, wer Sie sind. Der Fall Gerlinde Ostmann wurde schon im letzten Jahr zu den Akten gelegt.«

»Zu den Akten ...« Gerlach schüttelte den Kopf. »Er hat nicht ... nein, das kann nicht sein! Sie, Sie sind doch beauftragt worden, mich zu jagen!« Seine Stimme war jetzt lauter geworden, und hinter seinen Augen flackerte wieder die unkontrollierbare Wut.

»Ja! Aber nicht wegen Gerlinde Ostmann, sondern weil Sie Grubers Frau getötet haben! Deswegen suchen wir Sie!« Jetzt war es ausgesprochen. Sie schluckte hart und warf ihm einen bangen Blick zu. Es schien, als habe er bisher nur über Gerlinde Ostmanns Tod nachgedacht und sich schuldig gefühlt. Was würde passieren, wenn sie ihn jetzt damit konfrontierte, dass er Irmgard Gruber umgebracht hatte?

Solange wir miteinander reden, bringt er dich nicht um.

Das war ihr Plan gewesen. Ein kümmerlicher, erbärmlicher Plan. Sie hatte es gewusst, aber in Ermangelung von Alternativen hatte ihr dieses Wissen nichts genützt. Jetzt sah sie in seine Augen, und ihr Magen drehte sich um. Nichts als Wut war darin zu sehen, irrsinnige, wilde, alles verzehrende Wut. Wenn sie vollständig von ihm Besitz ergriffen hatte, dann war es vorbei. Dann würde sie ihm nicht mehr entkommen können, nicht mit Worten und auch sonst nicht. So musste es Irmgard Gruber ergangen sein. Sie hatte wahrscheinlich gar nicht begriffen, worum es ging. Hatte nur diese Wut in seinen Augen gesehen und seine Hände an ihrer Kehle gespürt. Wie sie zudrückten und zudrückten ... Clara schnappte nach Luft und griff sich unwillkürlich an den Hals.

»Sie haben Irmgard Gruber ermordet. *Das* ist Ihre Schuld!«, sagte sie leise und versuchte, das unkontrollierbare Zittern zu unterdrücken, das jetzt ihren ganzen Körper erfasst hatte.

»NEIN!«

Er heulte wie ein Tier auf, und Clara duckte sich, aus Angst, er werde nach ihr greifen. Doch nichts geschah. Er saß da, starrte ins Leere und klammerte sich mit den Händen an der Tischkante fest.

»Nein.«

Jetzt war es nur noch ein Flüstern. Clara richtete sich langsam wieder auf und wartete. Sie wusste nicht mehr, was sie sagen sollte, und sie wusste nicht, was passieren würde. Die Sekunden vergingen. Irgendwo in der Küche tickte eine Uhr. Tick. Tick. Tick. Gerlach saß wie versteinert, sein Gesicht zu einer Maske verzerrt, nur seine Augen, diese beunruhigend hellen, wassergleichen Augen bewegten sich, zuckten, als bemühten sie sich, ein wildes Tier im Zaum zu halten, das sich dahinter verborgen hatte und jetzt auszubrechen drohte. Clara konnte nicht anders, als Josef Gerlach ihrerseits anzustarren wie das Kaninchen die Schlange. Er würde sie töten. Sie würde sterben. Hier, in dieser Wohnung, von der sie nicht einmal wusste, wo sie sich befand. Und plötzlich wurde sie ganz ruhig. Alle Angst wich von ihr, sie streifte sie ab wie ein lästiges Kleid, stieg darüber hinweg und war frei. Fühlte sich so das Sterben an? Kein Licht am Ende eines Tunnels, stattdessen Freiheit? War es das, was Gerlach gemeint hatte, als er von der Stille der Gedanken sprach? Clara sah auf ihre Hände, die ruhig im Schoß lagen. Das Zittern hatte aufgehört. Sie waren kalt und fühlten sich fremd und entfernt an, als ob sie ihr nicht gehörten. Vielleicht war sie schon tot? Irgendwann in den letzten Stunden des Schreckens gestorben und hatte es nicht bemerkt. Vielleicht hatte er sie tatsächlich getötet, dort in dem Hinterzimmer des Ladens ...

Seine Stimme brachte sie zurück.

»Sie war selbst schuld!«, sagte er plötzlich.

Clara zuckte zusammen. Sie war noch nicht tot. Sie saß hier an diesem leeren Tisch mit Josef Gerlach und musste reden. Ihn am Reden halten. Sie musste alles erfahren.

»Irmgard Gruber hat so getan, als verstünde sie nicht ...«

»Sie hat nicht nur so getan. Sie wusste wirklich nicht, was

mit ihr passierte. Und warum.« Claras Stimme klang fremd in ihren Ohren.

»Aber sie ist doch zu mir gekommen! Genau so, wie Sie gekommen sind! In den Laden! IN MEINEN LADEN!« Gerlachs Stimme war wieder kurz davor, die Kontrolle zu verlieren.

»Sie hat Geschenke für den Neffen eines Freundes gekauft. Sie hat Ihnen sicher von Rudi erzählt! Irmgard Gruber kannte Sie vorher nicht! Sie hatte keine Ahnung von Gerlinde Ostmann und den Ermittlungen ihres Mannes.«

»Das glaube ich nicht!« Seine Augen flogen hin und her, huschten unruhig von einer Zimmerecke zur anderen, auf der Suche nach Halt.

»Wenn Gruber gewusst hätte, dass Sie etwas mit Gerlinde Ostmann zu tun hatten, hätte er Sie doch vorgeladen! Und seine Frau lebte längst von ihm getrennt, das wissen Sie doch sicher auch. Sie kannte seine Fälle überhaupt nicht.«

Gerlach schüttelte den Kopf: »Nein. Sie waren die Jäger. Die Jäger hetzen dich, sie kreisen dich ein, sie spielen mit dir, bis du erschöpft am Boden liegst und nicht mehr weiter kannst. Dann stecken sie dich in eine Zelle und lassen dich verrotten.«

»Warum glauben Sie das?« Clara hatte das Gefühl, unter einer Glasglocke zu stecken. Ihre eigenen Worte hallten in ihren Ohren wider, und sie wunderte sich, dass sie überhaupt bei Gerlach ankamen.

»Ich bin böse ... ein böses Tier, ein widerlicher Kartoffelsack ...«

»Quatsch!« Clara schlug mit der Faust so heftig auf den Tisch, dass Gerlach zusammenzuckte und sie selbst erschrak. Die Glasglocke zerbrach lautlos. Die Scherben legten sich wie ein Frösteln auf Claras Haut. Plötzlich war sie wieder lebendig.

Sie erhob ihre Stimme: »Glauben Sie tatsächlich, wir könnten hier so gemütlich miteinander plaudern, wenn die Polizei wüsste, wer Sie sind? Walter Gruber weiß nicht, wer Sie sind, und Irmgard Gruber wusste es erst recht nicht. Sie ist in Ihren Laden gekommen, um einem kleinen Jungen eine Freude zu machen. Und Sie haben sie getötet. Mit bloßen Händen erwürgt, nur weil Sie sich irgendeinen Schwachsinn zusammengereimt haben.« Sie atmete heftig. Es war ihr egal, ob sie mit ihren Worten vielleicht endgültig ihr Todesurteil unterschreiben würde. Sie konnte sich nicht mehr ducken. Sie war über die Angst hinausgetreten und konnte nicht mehr zurück.

»Irmgard Gruber war sehr nett«, sagte Gerlach, als habe er Claras Worte gar nicht gehört. »Anfangs hat sie nur mit mir geredet, einfach nur geredet, so als ob sie keine Hintergedanken hätte. Wollte eine Menge Dinge über Modelleisenbahnen wissen.« Sein Gesicht entspannte sich etwas, und sein Mund verzog sich zu der Andeutung eines schüchternen Lächelns. »Ich wusste, dass sie Grubers Frau war. Ich wusste alles über Gruber. ALLES! Verstehen Sie? ALLES! Man muss seine Feinde kennen. Ihnen einen Schritt voraus sein. Man darf die Kontrolle nicht verlieren. Deswegen war ich anfangs auch misstrauisch, als sie plötzlich bei mir im Laden stand. Natürlich war ich das! Sie hat sich zu der kleinen Bahn in der Vitrine hinuntergebeugt, genauso, wie Sie das getan haben! Ich dachte mir, wenn Gruber mich auf diese Weise aushorchen will, muss er früher aufstehen. Das kann ich auch. Ich dachte, vielleicht kann ich ihr Vertrauen gewinnen, und sie erzählt mir von Grubers Plänen ... Ich war so dumm.« Er senkte beschämt den Kopf. »Ein Dummkopf war ich. Und erfahren habe ich gar nichts. Sie hat nichts gesagt. Sie hat Gruber überhaupt nicht erwähnt. Auch wollte sie nichts über mich wissen, nichts über Gerlinde Ostmann. Sie hat immer nur geplaudert. Übers Wetter und den Verkehr auf der Leopoldstraße. Hat sich interessiert, für Loks, für Modellbausätze, und immer, immer wieder hat sie etwas gekauft. Für Rudi: ›Das ist für Rudi. Das wird Rudi gefallen.‹«

Er atmete ruckartig ein. Es klang wie ein Schluchzer. Seine Augen stellten ihr unruhiges Flattern und Flüchten ein und wurden ruhiger. Mit einem Mal lösten sich seine Hände aus der Verkrampfung und ließen die Tischplatte los. Er legte sie vor sich auf den Tisch und sah Clara nachdenklich an. Plötzlich schien er fast normal zu sein. »Wir waren ein paar Mal zusammen Kaffee trinken. In dem Café oben an der Münchener Freiheit. Es war schön. Sie war so nett. So als ob sie ... Ich weiß nicht, warum ich so dumm sein und glauben konnte, dass ... dass ... dass sie ...« Er brach ab und senkte den Blick auf seine Hände.

»Sie haben angefangen zu glauben, Irmgard Gruber könnte Sie einfach nur mögen und nichts anderes im Schilde führen?«, fragte Clara. Mit einer Mischung aus Faszination und Abscheu betrachtete sie Gerlachs geschundene Hände. An den Kuppen und an den Rändern der kurzgeschnittenen Fingernägel trat das wunde Fleisch hervor, rot und entzündet. Die Knöchel und die Handrücken waren übersät mit frischen Schürfwunden und alten Narben. Womit wusch sich dieser Mann die Hände? Mit Salzsäure? Clara schauderte und verspürte gleichzeitig den unheimlichen Impuls, ihre Hände auf die seinen zu legen, um die Wunden zu verdecken. Sie schob ihre eigenen Hände rasch unter ihre Oberschenkel, als müsse sie sie festhalten.

Gerlach nickte. »Das habe ich geglaubt«, sagte er leise. »Dann, vor ungefähr zwei Wochen, hat sie mir erzählt, dass Rudi im Februar Geburtstag hat und sie deshalb ein besonderes Geschenk für ihn bräuchte. Ich habe gesagt, ich würde mir etwas überlegen. Ich dachte, wenn ich für Rudi etwas ganz Besonderes fände, könnte ich damit auch ihr eine Freude machen. Da bin ich auf die Lok gekommen ...«

»Die blaue Mauritius«, sagte Clara leise, und Gerlach warf ihr einen überraschten Blick zu, doch dann nickte er, entmutigt von seiner eigenen Begriffsstutzigkeit.

»Natürlich. Die rote Jägerin weiß ja alles.«

»Ich habe Ihr Geschenk ganz zufällig gefunden«, erklärte Clara. » Es lag im Garten gegenüber von Irmgard Grubers Wohnung. Deswegen bin ich überhaupt auf Sie gekommen. Sie haben es dort weggeworfen, nicht wahr?«

Josef Gerlach lächelte jetzt tatsächlich. Ein echtes, wenngleich unsagbar müdes, erschöpftes Lächeln. »Man macht immer einen Fehler. An diesem Tag habe ich die Lieferung bekommen. *69281 Dampflok BR 03.10*, besser bekannt als *Blaue Mauritius*. Ich wollte sie ihr am Abend vorbeibringen, als Überraschung. Sie war nämlich eigentlich viel zu teuer, so etwas Teures hätte sie Rudi von sich aus nicht gekauft. Aber ich dachte, wenn ich sie ihr einfach schenke, dann kann sie nicht Nein sagen.«

»Und als Sie dort waren, ist Gruber gekommen«, sagte Clara und hatte plötzlich das Bild vor Augen, wie sich Gerlach, das so sorgfältig eingewickelte Päckchen in der Hand, hastig in den Schutz der Bäume zurückzog und ungläubig mit ansehen musste, wie der Kommissar von seiner Frau hereingebeten wurde.

»Sie müssen sich sehr verletzt gefühlt haben«, sagte sie.

»Verletzt?« Gerlach schüttelte heftig den Kopf. »Nein! Nein! NEIN! Es war ja meine eigene Schuld, *meine* Schuld! Wie konnte ich ihr nur vertrauen? Warum war ich so dumm? WIEDER EINMAL SO DUMM! Ich hätte es besser wissen müssen.

Sie hat mich verraten.« Jetzt hob er den Kopf und sah Clara in die Augen. »Die beiden haben sich dort oben über mich lustig gemacht. Sie haben mich ausgelacht. Diesen Idioten, der sich was vorgemacht hat!«

»Haben Sie das gehört?«, wollte Clara wissen.

»Nein. Das musste ich nicht hören. Das wusste ich. Ich bin weggelaufen, nach Hause, wollte nicht mehr denken, nichts mehr wissen, doch es ging nicht. Sie haben die ganze Zeit in meinem Kopf weitergelacht, laut und lauter, die ganze Zeit! Da bin ich zurück, ganz früh am Morgen, und gerade, wie ich um die Ecke biege, sehe ich, wie Gruber aus dem Haus kommt. Er war die ganze Nacht bei ihr! Sie haben miteinander gefickt und sich dabei totgelacht.« Sein Gesicht verzerrte sich vor Ekel.

»Gruber und seine Frau haben nie über Sie gelacht.«

Gerlach ignorierte den Einwurf und redete schnell und aufgeregt weiter. »Die Haustür war offen, der Kommissar hat sie in der Eile nicht richtig zugemacht, da bin ich hinauf und habe geklingelt. Ich wollte nur mit ihr reden, wollte sie fragen, warum sie das getan hat. ABER SIE HAT NICHTS KAPIERT!« Er starrte Clara wild an. »Warum hat sie nur nichts kapiert? Sie hat mich verhöhnt, so wie mich alle die ganze Zeit verhöhnt haben. Dumm gestellt hat sie sich. Angeglotzt hat sie mich. Aber es hat ihr nichts genützt. Und Gruber auch nicht! Ich habe ihr extra den Morgenmantel ausgezogen, es sollte genauso aussehen wie bei Gerda. Das muss er doch gesehen haben! Hat er denn nicht begriffen, was das bedeutet?«

»Der Morgenmantel war also tatsächlich eine Botschaft an Gruber.« Clara nickte langsam, sie verstand jetzt. »Sie wollten ihm damit zeigen, dass Sie es gewesen sind.«

»Er sollte wissen, dass jetzt Schluss ist! Dass ich mich wehren kann!« Er atmete heftig, und plötzlich hob er den Kopf, wie ein Blinder, als lausche er auf etwas, das nur er hören konnte. »Ich habe auf ihn gewartet danach. Das ganze Wochenende habe ich hier auf ihn gewartet. Aber er ist nicht gekommen. Stattdessen hat er so getan, als ob man ihn verdächtigte. Alles LÜGE!«

Clara sah ihn traurig an. »Sie haben sich geirrt«, sagte sie leise. »Walter Gruber hat Ihre Botschaft gar nicht verstanden. Beide hatten keine Ahnung. Es war genau so, wie Sie anfangs geglaubt hatten. Irmgard Gruber hat Sie gemocht, ganz ohne Hintergedanken. Einfach nur so.«

»Einfach nur so«, wiederholte Gerlach abwesend. »Einfach nur so.« Sein Blick schweifte ab, und irgendetwas in ihm sackte zusammen, die unterdrückte Anspannung, die ihn so starr hatte scheinen lassen, wich von ihm, und plötzlich saß er nur noch da, vornübergebeugt, die Hände auf dem Tisch. Wie ein armer Teufel.

Dann stand er unvermittelt auf. Clara wich zurück, doch er beachtete sie nicht. Er ging zur Spüle, holte aus dem Schrank darunter eine Plastikflasche heraus, die mit einer durchsichtigen Flüssigkeit gefüllt war, und kam zurück. Er zog etwas aus seiner Hosentasche und warf es auf den Tisch. Clara zuckte zusammen, doch es war nur ein Schlüsselbund. Ein Schlüsselbund!

»Gehen Sie«, sagte er.

»W-w-w-was?«, stotterte Clara.

»Gehen Sie.« Er wandte sich ab und verließ ohne ein weiteres Wort die Küche. Clara sah ihm verwirrt nach, dann griff sie nach dem großen silbernen Ring und starrte auf die Schlüssel, die schwer und warm in ihrer Hand lagen. Sollte sie ... durfte sie ... einfach so ...? Würde er sie tatsächlich gehen lassen? Sie hatte verstanden, was er gesagt hatte, doch die Botschaft drang nur verzögert in ihr Gehirn und löste keine Reaktion aus. Es war, als hätten sich ihr Verstand, ihr Körper, all ihre Sinne so auf einen gänzlich anderen Ausgang der Geschichte eingestellt, dass sie jetzt nicht in der Lage waren, so schnell umzulenken. Nach einer Weile gelang es ihr dennoch aufzustehen.

Wie eine Schlafwandlerin ging sie durch die Küche, registrierte die Uhr an der Wand, die sie die ganze Zeit ticken gehört hatte, den Stapel gestärkter und auf Kante gebügelter Geschirrtücher auf der Arbeitsfläche, das Desinfektionsmittel neben der Spüle. Dann trat sie auf den Flur. Die erste Tür links stand offen, und Clara warf einen Blick hinein. Es war das Wohnzimmer. Muffige, abgestandene Luft drang heraus. Ein mit Gobelinstoff bezogenes Sofa in Eiche rustikal stand an der der Tür gegenüberliegenden Wand, daneben ein dazu passender Stuhl. Ein kitschiges Landschaftsbild mit schwülstigem Goldrahmen hing über dem Sofa. Die ehemals weiße Raufasertapete war uralt und in den Ecken dunkelgrau vor Staub. An der Decke hing ein mehrarmiger Leuchter aus Holz mit kugelförmigen Glasschirmen, die ein gelbliches, krankes Licht verbreiteten. Gerlach stand mit herunterhängenden Armen mitten im Raum und starrte zu Boden. Clara folgte seinem Blick unwillkürlich, doch es gab nichts zu sehen. Auf dem Boden lag ein alter Teppich, ausgetreten und schäbig, das Muster, die billige Imitation eines Perserteppichs, war stellenweise bis zur Unkenntlichkeit verblichen. Gerlach stand einfach da und starrte darauf. Clara wollte gehen, doch sie konnte nicht. Obwohl sie gerade eben noch davon überzeugt gewesen war, sterben zu müssen, hatte sie Mitleid mit dem Mann.

»Kommen Sie mit«, bat sie leise. »Stellen Sie sich der Polizei.«

Gerlach schüttelte den Kopf. »Gehen Sie weg.«

»Aber ...«, begann Clara, doch da drehte sich Gerlach zu ihr hin und schrie sie mit sich überschlagender Stimme an:
»HAUEN SIE ENDLICH AB!«
Und Clara ging. Mit zitternden Fingern versuchte sie, die Tür aufzusperren, doch die Schlüssel glitten ihr immer wieder aus der Hand, und es dauerte eine ganze Weile, bis sie den richtigen Schlüssel fand und ihn ins Schloss stecken konnte. Die ganze Zeit saß ihr die Angst im Nacken, dass das Ganze nur ein Spiel war, dass Gerlach jeden Augenblick herauskommen und sie wieder packen würde. Doch aus dem Wohnzimmer drang kein Laut. Mit fliegenden Händen drehte sie schließlich den Schlüssel im Schloss und drückte die Klinke. Die Tür ging auf. Kühle Luft strömte aus dem dunklen Treppenhaus herein. Sie tastete nach dem Lichtschalter und ließ die Tür hinter sich ins Schloss fallen. Das laute, satte Geräusch durchzuckte sie wie ein Stromschlag.

Langsam und wie in Trance ging sie die flachen, ausgetretenen Holzstufen hinunter. Erster Stock, murmelte sie, als ob es noch eine Rolle spielte. Erster Stock. Als sie die Haustür öffnete, fiel ihr auf, dass sie die Hausschlüssel noch in der Hand hielt. Sie zögerte einen Augenblick, und in dem Moment hörte sie von oben ein Geräusch. Kein Geräusch, einen Ton. Sie hob den Kopf und lauschte. Es war das Akkordeon. Er spielte die Melodie, die sie heute Morgen schon aus ihrem bleiernen Schlaf geweckt hatte. Clara sah nach draußen. Eine schmale, stille Straße, eine schmucklose, dunkle Häuserzeile. Es schneite nicht mehr, auch lag nirgends mehr Schnee. War es Samstag oder Sonntag? Wie spät mochte es sein? Es gelang ihr nicht, sich von dem Akkordeonspiel zu lösen. Sie blieb in der Tür stehen, zitternd vor Kälte und Josef Gerlachs Hausschlüssel in der Hand. Warum hatte er sie gehen lassen? Sie hatte in seinen Augen gesehen, dass er den Kampf mit seiner Wut nicht gewinnen würde, nicht gewinnen konnte. Er war in sich gefangen wie ein Tier im Käfig. Warum also hatte er sie plötzlich gehen lassen? Ein seltsamer Geruch drang ihr plötzlich in die Nase. Sie schnupperte, und dann fiel ihr die Plastikflasche ein, die er aus dem Schrank unter der Spüle genommen hatte. Kein Wasser, natürlich nicht! Es war etwas Brennbares, Terpentin oder Waschbenzin. Und das war es auch, was sie jetzt roch: Rauch, Feuer.

Er wollte den Kampf gar nicht gewinnen. Er wollte Ruhe. Stille. Keine Gedanken mehr, die ihn quälten.

Mit einem Schlag kam wieder Leben in sie. Sie drehte sich um und hämmerte an die einzige Tür im Erdgeschoss. »HILFE! HALLO!« Sie klingelte Sturm, trat gegen die Wohnungstür und schrie. Endlich hörte sie etwas, hastige Schritte, ein Flüstern hinter der Tür, doch niemand öffnete. Sie konnte es den Leuten, die dort wohnten, nicht verdenken. Wahrscheinlich sah sie schrecklich aus, und es war mitten in der Nacht. »FEUER!«, rief sie und sah direkt in den Türspion. »Es brennt im ersten Stock! Rufen Sie die Feuerwehr und die Polizei!«

Hinter dem Spion konnte man eine vage Bewegung wahrnehmen, und endlich öffnete sich die Tür. Ein alter Mann im Schlafanzug und ohne Zähne stand vor ihr und starrte sie erschrocken an. Hinter ihm lugte ein kleines Weiblein hervor, das einen rosa Bademantel trug. Clara deutete nach oben: »Bei Herrn Gerlach brennt es! Rufen Sie die Feuerwehr! Schnell!«

Der Mann nickte. »Feuerwehr!«, wiederholte er nuschelnd, und bevor Clara eintreten konnte, hatte er die Tür wieder zugeschlagen.

Clara sah nach oben. Der Rauch war jetzt deutlich wahrzunehmen, und sie glaubte, im trüben Licht des Treppenhauses feine Rauchfahnen zu sehen. Sie lief wieder nach oben, zögerte einen Augenblick und sperrte dann die Tür auf. Beißender Rauch schlug ihr entgegen. Sie musste heftig husten und hielt sich einen Zipfel ihres Pullovers vors Gesicht. Man konnte die Hand kaum vor den Augen sehen, so dicht war der schwarze stinkende Qualm. Clara hastete durch den Flur und stieß mit dem Fuß die Tür zum Wohnzimmer weit auf.

Gerlach saß auf dem Stuhl neben dem Sofa, sein Akkordeon noch umgeschnallt, doch er spielte nicht mehr. Um ihn herum brannte der Teppich. Das Feuer hatte sich noch nicht besonders weit ausgebreitet, doch die Rauchentwicklung war enorm. Clara griff nach einer noch nicht brennenden Ecke des Teppichs und schlug ihn um, so dass sie zu Gerlach gelangen konnte. Er hatte die Augen geschlossen, doch seine Finger bewegten sich noch auf den Tasten, ohne einen Ton zu erzeugen. Sie gab ihm zwei heftige Ohrfeigen. »Sie werden sich nicht so davonstehlen«, schrie sie ihn an und bekam einen weiteren Hustenanfall.

Er öffnete die Augen, und Clara zog ihn rüde am Arm. Gehorsam und ohne Gegenwehr stand er auf und stolperte schwerfällig hinter ihr her, das Akkordeon fest umklammert. Es gab merkwürdige, schrille Töne von sich, die in dem dunklen Rauch körperlos und gespenstisch nachhallten. Endlich erreichten sie die Tür. Clara fiel fast nach draußen, konnte sich nur halten, weil sie Gerlach noch gepackt hielt. Sie zog ihn weiter, die Treppe hinunter zur Haustür.

Die beiden alten Leute vom Erdgeschoss hatten sich wieder hervorgewagt, und der alte Mann hatte seine Zähne eingesetzt. »Polizei und Feuerwehr kommen!«, vermeldete er mit noch immer schreckgeweiteten Augen. Seine Frau hatte seine linke Hand fest umklammert und tätschelte sie, obwohl sie selbst zitterte wie Espenlaub.

Im gleichen Moment hörte Clara von weitem Sirenen und

ließ Gerlach abrupt los. Er blieb einfach stehen, das Akkordeon hing vor seinem Bauch. »Sie kommen«, flüsterte sie in die Nacht hinaus. »Alles ist gut. Sie kommen schon.«

Sie ging durch die leere Straße. Der Weg war viel weiter, als sie geglaubt hatte. In der Ferne, gegen den schmutziggrauen Nachthimmel der Stadt erhob sich eine dunkle Wand aus dünnen Fingern. Bäume. Sie ging schneller. Hinter sich hörte sie Geräusche. Leute redeten, laute Stimmen, jemand kreischte. Sie sah, wie das Blaulicht die Hauswand entlangzuckte. Polizei und Feuerwehr. Sie waren jetzt da. Und die Polizei hatte ihn festgenommen. Sie hatte es gesehen. Da war sie losgelaufen. Aus den Augenwinkeln hatte sie noch etwas anderes gesehen, ein weiteres Auto, das ganz schnell angefahren kam und vor dem Haus bremste, mit quietschenden Reifen wie im Film. Es war ein grauer BMW, der ihr irgendwie bekannt vorgekommen war, doch sie konnte nicht warten, sie musste weg. Alles war gut. Sie ging schneller. Es war wichtig zu sehen, was das für Bäume waren. Sie hätte die beiden Alten fragen sollen, aber die hätten sowieso nichts sagen können, sie waren viel zu erschrocken gewesen.

Endlich hatte sie das Ende der Straße erreicht. Hohe kahle Bäume. Still und majestätisch hinter einer Mauer. Sie befand sich an einer Stichstraße. Vor ihr führte eine weitere Straße quer vorbei. Irgendwie kam sie ihr bekannt vor, doch sie konnte trotzdem noch nicht sagen, wo sie sich befand. Hinter ihr ertönten Rufe, jemand rief ihren Namen. Sie reagierte nicht. Dann sah sie das Straßenschild. *Werneckstraße*, las sie leise, und der Mund blieb ihr offen stehen. Mitten in Schwabing! Einen Steinwurf von der Leopoldstraße entfernt. Sie begann zu lachen, und gleichzeitig liefen ihr die Tränen über das Gesicht. Er wohnte mitten in Schwabing! Mittendrin, zwischen dem Trubel der Leopoldstraße auf der einen Seite und dem Englischen Garten auf der anderen Seite, war sie gefangen gewesen. Sie konnte nicht aufhören, zu weinen und gleichzeitig zu lachen. Die Knie wurden ihr weich, und sie setzte sich auf den Boden. Schritte irgendwo, Hundegebell. Der Asphalt war kalt wie Eis. Ihre Hände krallten sich in den rauen Stein, sie spürte, wie ihre Fingernägel brachen, und freute sich. Sie war am Leben.

Jemand kam atemlos angerannt. Clara hob nicht den Kopf, es war zu mühsam. Stattdessen zählte sie die Füße, die sie glaubte, hören zu können: eins, zwei, drei, vier, fünf? Etwas leckte ihr das Gesicht ab. Sie legte ihren Arm um einen warmen, festen Körper, spürte ein Hundeherz heftig schlagen und lehnte ihren Kopf daran. Dann begann jemand zu reden. Atemlos, schnell, durcheinander. Sprach er Deutsch, oder was war das für eine Sprache? Englisch? Vielleicht. Clara konnte ihn nicht verstehen. Sie musste kichern, es klang so komisch, sie konnte nicht aufhören, doch dann kamen ihr erneut die Tränen, sie schluchzte auf, einmal, zweimal, trockene, zutiefst schmerzhafte Schluchzer, die sie selbst hören konnte, ganz fremd und entfernt. Sie streckte die freie Hand aus, spürte warme Finger, die sich um die ihren schlossen, und drückte sie fest. Ganz fest. Nicht mehr loslassen. Alles musste anders werden. Alles. Nicht mehr loslassen. Noch immer redete er. Was sagte er bloß? Sie war am Leben. Das war genug.

»Halt endlich die Klappe, Mick!«, murmelte sie, und dann wurde ihr schwarz vor Augen.

»Unbestritten das derzeit größte Talent des deutschen Polizeiromans.« *(WDR)*

288 Seiten
ISBN 978-3-442-45230-9

288 Seiten
ISBN 978-3-442-45912-4

384 Seiten
ISBN 978-3-442-46305-3

288 Seiten
ISBN 978-3-442-46487-6

Überall, wo es Bücher gibt und unter www.goldmann-verlag.de

Reetgedeckte Häuser, malerische Häfen, Dünen in milder Septembersonne – und ein Mord ...

224 Seiten
ISBN 978-3-442-46855-3

»In *jeder* Hinsicht eine spannende Geschichte!«
NDR

Überall, wo es Bücher gibt und unter www.goldmann-verlag.de

Die ganze Welt des Taschenbuchs unter
www.goldmann-verlag.de

Literatur deutschsprachiger und
internationaler Autoren,
**Unterhaltung, Kriminalromane, Thriller,
Historische Romane** und **Fantasy-Literatur**

Aktuelle **Sachbücher** und **Ratgeber**

Bücher zu **Politik, Gesellschaft,
Naturwissenschaft** und **Umwelt**

Alles aus den Bereichen **Body, Mind + Spirit**
und **Psychologie**

Überall, wo es Bücher gibt und unter www.goldmann-verlag.de

Goldmann Verlag • Neumarkter Straße 28 • 81673 München